Claire Calman

»... ICH DICH AUCH«

Claire Calman

»... ICH DICH AUCH«

Roman

Aus dem Englischen von
Leonie von Reppert-Bismarck

Droemer

Originaltitel: Love Is a Four Letter Word
Originalverlag: Transworld/Black Swan, London

Besuchen Sie uns im Internet:
www.droemer-weltbild.de

Die Folie des Schutzumschlags sowie die Einschweißfolie sind
PE-Folien und biologisch abbaubar.
Dieses Buch wurde auf chlor- und säurefreiem Papier gedruckt.

Umschlaggestaltung: ZERO Werbeagentur, München
Umschlagfoto: Superstock, München
Satz: Ventura Publisher im Verlag
Druck und Bindung: Clausen & Bosse, Leck
Printed in Germany
ISBN 3-426-19529-1

2 4 5 3 1

Für meine Schwester Stephanie,
die mir sagte,
dass ich damit weitermachen soll

Prolog

Sie sieht sich fallen, sieht in Zeitlupe, wie sie auf dem Bürgersteig mit dem Schuh an einem Pflasterstein hängen bleibt, wie sie ihre Arme nach vorne reißt, ihre nackte Hand ein heller Fleck, wie ein herabschwebendes Blatt vor dunklem Himmel. Der Bürgersteig kommt ihr entgegengerast, seine Risse erinnern an das Straßennetz einer Stadt, von einem Wolkenkratzer aus gesehen, und plötzlich kann sie die Beschaffenheit des Betons genau erkennen.

Es ist kein schlimmer Sturz: sie trägt lediglich ein geschwollenes Knie davon, was auf einen ausgedehnten, nicht gerade kleidsamen blauen Fleck hinauslaufen wird, eine schmerzhafte Aufschürfung am Handballen und ein ruiniertes Paar sehr guter Nylonstrümpfe. Zu Hause angelangt, legt sich Bella eine angebrochene Packung tiefgekühlter dicker Bohnen auf das Knie und nippt an einem Glas Shirazwein. So schlimm war der Sturz nicht, beruhigt sie sich. Doch als sie am nächsten Morgen aufwacht, ist alles anders, ist es, als ob ihr in der Nacht sämtliche Energie entzogen worden wäre. Gegen die Arbeitsplatte in der Küche gelehnt, trinkt sie ihren morgendlichen Kaffee. Sie wagt es nicht, sich hinzusetzen, weil sie weiß, dass sie dann nie wieder hochkommt.

London hat sich über Nacht in das Zerrbild einer Großstadt verwandelt, die nicht mehr lebendig und anregend ist, sondern laut und aggressiv. Müll wirbelt vom Straßenrand hoch; Dreck fliegt ihr ins Auge. Sie fühlt sich so hilflos wie ein Kaninchen, das in einen Scheinwerferkegel hineingeraten ist. Doppeldeckerbusse tauchen aus dem Nichts auf, groß und bedrohlich. Radfahrer müssen ihr mit waghalsigen Manövern ausweichen und überschütten sie mit Flüchen. Wann immer sie die Straße überqueren muss, verspannt sich jeder Muskel in ihrem Körper, und sie meint, ihr Herz ängstlich klopfen zu hören. Wenn jemand sie auf der Straße anrempelt, glaubt sie, in tausend Stücke zu zerspringen. Vor ihrem geistigen Auge sieht sie, wie ihr Körper zerspringt, die Bruchstücke wie funkelnde Kristalle durch die Luft wirbeln und mit einem gläsernen Klirren auf dem Bürgersteig landen. Sie stellt sich vor, wie man sie aufzusammeln versucht, um sie dann in mühseliger Arbeit wieder zusammenzuflicken, doch bleiben viele Bruchstücke von ihr unbemerkt im Gully zurück, von einem Mülleimer oder einer Straßenlaterne verdeckt.

Ihr Arzt hat wenig Mitgefühl. Er atmet seufzend aus, während sie seine Fragen beantwortet. Klarer Fall von monatelanger Überarbeitung, konstatiert er. Dauerstress. Ob sie das verwundere? Ob sie auf einen ernsten Zusammenbruch hinarbeite? Wenn ja, dann sei sie tatsächlich auf dem besten Wege. Keine Tabletten, sagt er. Kein Rezept. Ich verschreibe Ihnen eine Auszeit. Ruhe. Überdenken Sie Ihr Leben. Das ist alles?, fragt sie. Das ist alles.

Ihr Chef ist nicht überrascht.

»Halb tot nützen Sie mir hier gar nichts«, sagt er. »Hau'n Sie für 'n Monat ab, in die Karibik oder so. Genießen Sie die Mai Tais und die Kellner.«

In die Karibik? Sie ist so erschöpft, dass sie von Glück reden könnte, würde sie es bis zum Reisebüro um die Ecke schaffen. Vielleicht könnte man ihr die Cocktails ja als Tropf verabreichen?

Sie besucht ihre Freunde Viv und Nick, die seit einiger Zeit in Kent wohnen und schleppt sich wie eine Rekonvaleszente durch das Gewirr der schmalen Gassen, an schiefen Häusern und uralten grauen Trockenmauern vorbei. Sie geht jetzt alles aufmerksam und konzentriert an, als habe sie einen Herzinfarkt erlitten und müsse jetzt alles, was vorher selbstverständlich war, von neuem lernen. Und dann sieht sie auf einem ihrer Irrgänge in einer ruhigen Seitenstraße in der Nähe des Flusses plötzlich das Schild: Zu verkaufen.

Im Vergleich zu der Londoner Wohnung, die sie mit Patrick gemietet hatte, ist die Nummer 31 ein wahres Juwel: sonnig, geräumig, mit einem richtigen Garten statt eines deprimierenden, schattigen Zementhofs. Ja, sagt Viv, ein neuer Anfang sei genau das, was Bella brauche. Und bei ihren Erfahrungen würden sich Firmen um jemanden wie sie förmlich reißen.

Wie in Trance setzt sie sich mit Notar und mit Hausverwaltung auseinander. Sie schickt erste Bewerbungen los. Die Formulare und der Papierkram sind ihr eine willkommene Ablenkung, etwas Greifbares, auf das es sich zu konzentrieren gilt und das zu lösen sie im Stande ist. Man nehme schlicht und ergreifend einen Stift und fülle die leeren Rubriken der Formulare in ordentlichen Blockbuchstaben aus. Die Fragen sind einfach: Name, Adresse, Bankverbindung, derzeitiges Einkommen. Kaum ist dies korrekt erledigt, stellt sich das gewünschte Ergebnis ein – beinahe wie von Zauberhand.

Die letzten Wochen an ihrem alten Arbeitsplatz bringt sie

ruhig und gelassen hinter sich. Nachdem sie sich erst einmal auf ein Dauerlächeln und gesteigerte Arbeitseffizienz programmiert hat, gleiten die Tage nur so dahin. Jetzt, da sie weiß, dass sie nicht mehr lange dort arbeiten wird, reduziert sie ihre Arbeitszeit auf das vorgeschriebene Kontingent und widmet die Abende dem Papierkram und Organisatorischem, wobei sie die kleinen Probleme, die sich auftun, geradezu genießt. Sei es nun die Kleinlichkeit des Verkäufers, der auf seiner Gartenlaube sitzt, oder die Eröffnung des Gutachters, dass das Haus vom Schimmel befallen ist – es sind immerhin Dinge, an denen sie sich festbeißen kann.
Mit farbigen Trennblättern unterteilt, ist jedes beliebige Papier in ihrem gut geführten Aktenordner sofort griffbereit. Befriedigt kann sie ihn mit vernehmlichem Klicken schließen, in ihm ist ihre Existenz geborgen, er bringt Ordnung in ihr Leben. Sie wechselt die Bank, den Arzt, den Zahnarzt und verschickt ausgefallen gestaltete Karten, auf denen sie ihre Adressänderung kundgibt. Das ist alles nicht schwer: Anrufe erledigen, A4-Briefe falten und in Umschläge stecken, die Fenster für Vorhänge ausmessen. Es füllt sie ganz aus. Und sie braucht das dringend, weil es sie zusammenhält, als sei jeder Schritt des Hauskaufs wie ein potenter Klebstoff, der verhindert, dass die Teile eines uralten, von Rissen durchzogenen Tellers auseinander brechen.

1.

Jetzt, da sie hier war, kam ihr dieses Unterfangen plötzlich gar nicht mehr so großartig vor. Sie war umzingelt von einer kubistisch anmutenden Kistenlandschaft. Die Männer vom Umzugsunternehmen hatten die Kisten so klug verteilt, dass ein Durchqueren des Raumes einer gefährlichen Expedition gleichkam, die nur mit Abseilmanövern, Steigeisen und einem zähen Gespann von Schlittenhunden zu bewerkstelligen war. Und natürlich hatte die Heizung beschlossen, den Geist aufzugeben. Bestimmt hatte der Verkäufer – kaum dass der Vertrag unterzeichnet war – dem Heizkessel irgendein lebenswichtiges Organ entfernt. Überhaupt hatte er es in der Kunst der Kleinlichkeit zu neuen Höhen gebracht – oder eher Tiefen? – und mit Bella über jeden Beschlag und jede Schraube gefeilscht, wobei er entweder unterschwellig aggressiv oder triefend freundlich war. Sie wolle doch sicher seine schmiedeeisernen Wandlampen kaufen, nicht wahr? Sie seien sozusagen neu. Nein, hatte sie entgegnet, das wolle sie ganz bestimmt nicht. Und die eingebauten Regale? Tja, sie sei davon ausgegangen, dass diese, nun ja … eben eingebaut seien. Was sei mit den Gardinenschienen? Und mit dem Läufer auf der Treppe? Der würde bestimmt noch viele Jahre halten, fügte er störrisch hinzu und wirkte dabei wie ein Hund, der seinen Knochen nicht herausgeben will. »Hmm«, stimmte sie ihm unverbindlich zu und dachte bei sich, dass es gerade die

Haltbarkeit des Teppichs sei, die gegen ihn spreche, es sei denn, man wolle seine Wohnung khaki-gerippt einrichten. Er hänge ja ganz offensichtlich an dem Teppich, meinte sie, deshalb solle er ihn unbedingt mitnehmen.

Nun saß sie also auf der Treppe, vorsichtig darauf bedacht, nicht mit der Jeans an der Treppenläuferstange hängen zu bleiben, und streckte einen Fuß aus, um den Deckel der nächsten Kiste aufzuklappen. Toilettenbürste, in Luftpolsterfolie gewickelter Spiegel, Quietschekrokodil. Oje. Sie schaute auf das Etikett, das seitlich an der Kiste klebte: Ba-Zi. Ist ja toll, dachte sie. Die sollte eigentlich oben stehen. Im Ba-Zi. Sie hatte die Beschriftung für ziemlich eindeutig gehalten. Aber offensichtlich hätte sie besser KISTE FÜRS BAD (DAS HEISST: FÜR OBEN – DEN RAUM, IN DEM DAS BAD IST) geschrieben. Also noch etwas, das auf *Die Liste* kam: Kisten für oben nach oben, Kisten für unten nach unten schleppen.
Ihr Blick fiel auf die blasenschlagende und bröckelnde Farbe über der Fußleiste. Ihr Haus war das einzige in der Straße, das an dieser Krankheit litt. Feuchtigkeit. Dieses Übel gehörte eigentlich ganz oben auf ihre Liste – jedenfalls sollte es vor dem Gardinenaufhängen in Angriff genommen werden, vor dem Umbau im Bad, dem Überspachteln der Risse im Studio, der Verschönerung der hinteren Gartenmauer durch ein Wandgemälde … Vor ihrem geistigen Auge sah sie *Die Liste* vor sich, ein wallender Teppich aus Papier, der sich bis zum Horizont erstreckte.

Es klopfte an der Haustür.
»Hey, Alte, hast du noch nie etwas von einer Klingel gehört?«

»Hab ich, Runzelgesicht. Nur scheint deine nicht zu funktionieren.« Viv umarmte Bella und legte ihr einen goldfarbenen Karton in den Schoß.
»Oh, genau, was ich brauche. Ein Karton. Ich hatte schon befürchtet, sie würden mir ausgehen. Woher wusstest du das?«
»Es sind Törtchen. Eine Notration. Mein Gott, sind alle Zimmer so voll?« Viv schüttelte ungläubig den Kopf, wobei ihr lässig hochgestecktes karottenfarbenes Haar gefährlich wackelte.
»Ich scheine mehr Zeug zu haben, als ich dachte«, meinte Bella achselzuckend.
»Was ist das denn alles?«
»Keine Ahnung. Bücher. Farben. Küchenutensilien. Blinde Passagiere. Zeug eben.«
Viv öffnete die nächstbeste Kiste.
»Alte Ausstellungskataloge?«
»Da wollte ich eigentlich die aussortieren, die ich nicht mehr brauche, aber ich bin noch nicht dazu gekommen.«
»Gehört das zu dem Motto der Kreuzer-Familie: *Dulce et decorum est procrastinare …* ?«
»Hab Dank für diese freundlichen Worte. Mach dich lieber nützlich, ja? Hilf mir, den Wasserkessel zu finden. Er ist in einer Kiste mit der Aufschrift KÜ, was für Küche und nicht Künste steht, um deinem vorlauten Mundwerk gleich zuvorzukommen. Wahrscheinlich findest du die Kiste im BA-ZI.«

Wie immer ließ Bella auch in dieser ersten Nacht in ihrem neuen Zuhause eine Lampe brennen. Sie hatte deshalb eigens zu dem Laden mit den langen Öffnungszeiten eilen müssen, da der ehemalige Hausbesitzer jede einzelne Glühbirne mitgenommen hatte. Hellwach lag

sie in ihrem Bett und schaute zu dem Lichtstreifen, der unter ihrer Schlafzimmertür durchschimmerte. Ich sollte das Ganze aufregend finden, dachte sie. Neues Haus, neue Arbeitsstelle, neue Stadt. Ich darf nicht so negativ sein. Was macht es schon, dass mir nur eine Woche bleibt, um mich um das Haus zu kümmern, bevor ich bei Scotton Design anfange? Und dass an dem Haus einige Dinge repariert werden müssen, na und? Sonst wäre es ja nicht so preiswert gewesen. Eine Gegenstimme riss das Wort an sich: Du hast sie ja wirklich nicht mehr alle. Als hättest du nicht schon genug um die Ohren, auch ohne dein ganzes Leben umzukrempeln. Jetzt bist du hier auf ewig in diesem schimmligen Chaos gefangen, kennst niemanden außer Viv und Nick und kannst von denen auch nicht erwarten, dass sie dich immer mit offenen Armen begrüßen. Sie haben einander. Sie brauchen dich nicht.
Bevor ihr die Augen zufielen, dachte sie an Patrick. Wenn er jetzt bei ihr wäre, was täte er dann wohl? Wahrscheinlich schnarchen, rief sie sich energisch zur Ordnung. Ihm hätte das Haus gefallen, entschied sie und kuschelte sich gähnend in die Decke. Das war das Blöde daran, keinen Mann im Haus zu haben. Er hätte das mit dem Schimmel schon in Ordnung gebracht. Und mit den Kisten. Nein, dachte sie, das hätte er nicht: Patrick wäre mit den Worten, »da müssen wir unbedingt etwas tun«, einfach über die Kisten hinweggestiegen. Aber wenigstens hätte er ihre kalten Füße gerieben, bis sie warm geworden wären.

Bella biss sich auf die Lippe. Genug des Selbstmitleids, okay? Konzentrier dich auf das Gute: ein schönes Haus, das ganz allein dir gehört und aus dem man viel machen kann, vor allem, seitdem Mr. Kleinlich es von seinen furchtbaren Wandlampen und Teppichen befreit hat; die

Nähe zu Viv, was für eine erheblich niedrigere Telefonrechnung sorgen wird, da du nun nicht mehr elendig lange Ferngespräche führen musst; du musst nicht mehr jedes Mal, wenn dein Kollege Nathan (auch der Nasenschock genannt) in Atemnähe kommt, die Luft anhalten; du hast eine interessante neue Stelle, die wahrscheinlich weniger aufreibend sein wird als die alte. Ja, dachte sie aufatmend bei sich, auf jeden Fall weniger Stress, und das war die Hauptsache. Nie wieder müsste sie gedrängt, die Nase dicht an der Achsel eines Wildfremden, in der U-Bahn stehen. Nie wieder müsste sie ein Vermögen für Taxis ausgeben, um nachts sicher nach Hause zu kommen. Auch die schäbige Wohnung, in der sie selbst tagsüber hatte Licht machen müssen, gehörte der Vergangenheit an. Und vorbei waren auch die Gedanken an Patrick, die sie jedes Mal überfielen, kaum dass sie die Tür zu der leeren Wohnung aufsperrte. Sie setzte ihre Püppchenstimme auf: Nein, wirklich, was *war* sie zu beneiden! Ein neuer Anfang, oh, wie aufregend! Sie konnte es kaum erwarten.

2.

Okay: Stift, Tasche? Schuhe geputzt? Lippenstift? Haare in Ordnung? Oh, Mist. Wie war denn das passiert? Mit so einer Frisur sah sie aus wie ein Hund, der gerade durch das Unterholz geprescht war. Sie ließ ihre Zunge heraushängen und hechelte, um das Bild zu vervollständigen. Vielleicht sähe ihr Haar hochgesteckt besser aus? Sie fasste es im Nacken zusammen und gab ihrem Gesicht einen, wie sie hoffte, eleganten Ausdruck. Na, großartig: jetzt ähnelte sie einem frisch frisierten Pudel. Aber sie besaß doch einen Hut. Irgendwo da draußen, in der Kisten-Zone, lag eine schmucke, außerordentlich kleidsame Kopfbedeckung. Die Frage war nur: in welcher Kiste versteckte sie sich? Sie versetzte der nächstbesten Kiste einen Fußtritt. Vielleicht gab sie ja ein typisches Hutgeräusch von sich. Ein Blick auf die Uhr bestätigte ihr: jetzt war nicht der geeignete Moment, um sich auf Hutjagd zu begeben. Und was sollte sie überhaupt damit anfangen? Sie würde ihn wohl kaum den ganzen Tag aufbehalten können. Vielleicht könnte sie behaupten, sie sei Muslimin? Oder, sie bekäme gerade eine Chemotherapie?

Sie stand am Spülbecken in der Küche und trank ein Glas Wasser, um ihre Nerven zu beruhigen. Himmel, das war ja schlimmer als alle ihre Verabredungen und ihr erster Schultag zusammen. Mein Gott, du bist dreiunddreißig, sagte sie sich. Sie werden dich schon nicht aufziehen oder versuchen, dir dein Federmäppchen zu entwenden.

Mummy redet mit Mr. Bowndes, dem Schuldirektor. Hell auflachend legt sie ihm eine Hand auf den Arm und wirft den Kopf zurück. Bella schaut auf ihre Füße, betrachtet ihre neuen Schuhe. Sie sind dunkelblau, mit einer Silberschnalle und Riemchen versehen, die noch zu steif sind, als dass Bella die Schuhe alleine an- oder ausziehen könnte. Obwohl es bereits September ist, trägt sie Söckchen, die blütenweiß und mit blauen Ankern reizend verziert sind. Sie bemerkt, dass die anderen Mädchen graue Kniestrümpfe tragen. Herbststrümpfe.
Durch ihren neuen Filzhut spürt sie, wie ihr jemand den Kopf tätschelt. Sie schaut auf.
»Wie schön, endlich einmal eine Schülerin anständig angezogen zu sehen, mit dem vorgeschriebenen Hut«, sagt Mr. Bowndes und beugt sich zu Mummy vor. »Die wenigsten Eltern halten sich heute noch daran.« Er lacht, als hätte er etwas Witziges gesagt, doch Bella beschließt, es muss sich um einen Erwachsenenwitz handeln, denn sie wüsste nicht, was es da zu lachen gäbe.
»Aber es sieht doch *so* nett aus, finden Sie nicht?« Mummy gibt ihrer Stimme wieder diesen merkwürdigen Klang, als würde sie gleich zu singen beginnen, während sie mit ihren schlanken Fingern an Bellas Hutkrempe tippt.
Ganz still steht Bella unter ihrem Hut. Sie stellt sich vor, sie sei ein dunkelblauer Pilz. Sie wünschte, sie wäre im Wald, ihre Füße von samtigem Moos umgeben, ihre Zehen würden wachsen, sich strecken und sich in Wurzeln verwandeln. Kaninchen würden bei ihr Halt machen, sich

mit ihr unterhalten und sie mit ihren Barthaaren kitzeln. Sie würde dem Rauschen der Blätter lauschen.
Mr. Bowndes verabschiedet sich von ihrer Mutter, winkt ihr nach und übergibt Bella dann einem älteren Mädchen, das sie in das richtige Klassenzimmer führt.

Bella ist die Einzige, die einen Hut trägt.

Es dauerte länger, Scotton Design zu finden, als sie gedacht hatte. Wahrscheinlich, so überlegte sie, weil sie aus einer anderen Richtung kam. Doch davon abgesehen schien sich der Ort ihr auch irgendwie zu entziehen. Denn eigentlich sollte er direkt hinter jener Ecke in der Nähe des Schuhgeschäfts sein, oder? Sie hielt einen Moment inne: das letzte Mal war sie vom Bahnhof gekommen. Genau, deshalb hätte sie dieses Mal dort hinten links und nicht rechts abbiegen sollen. Oder doch nicht? Wieder blieb sie stehen und versuchte, das aufkeimende Gefühl der Panik zu ignorieren. Entnervt stieß ein Passant einen lauten Seufzer aus, immer diese Touristen, die glotzend den Bürgersteig verstellen. Der Turm des Doms ragte zu ihrer Linken in die Höhe – aha, Dom liegt links, also, ja, genau, an der fettigen Pommesbude und der Buchhandlung vorbei.
In bester Londoner Manier ging sie automatisch in ein Café in der Nähe des Büros, um sich einen Cappuccino und eine Rosinenschnecke mit Zuckerguss mitzunehmen. Aus dem übervollen Becher schwappte ihr durch das Loch im Deckel ein Schwall Kaffeeschaum über die Hand.
Noch ehe sie ihre Finger sauber geleckt hatte, war sie be-

reits an der Rezeption angelangt und wurde von ihrer neuen Chefin begrüßt.

»Bella! Da sind Sie ja! Wunderbar!« Seline warf einen Blick auf die Uhr. »Wir treffen uns mit Neukunden um zwei! Ich bin aber beinahe den ganzen Morgen nicht da, muss Sie also im Eilverfahren einführen! Also, los!«

»Prima!« Bella hob die Stimme, um ihren Worten ebenso viel Schwung zu geben, wie Seline das tat. War sie tatsächlich auch während ihrer beiden Vorstellungsgespräche so gewesen? »Natürlich!« Sie schaute sich suchend nach einem Platz um, wo sie ihren überschwappenden Kaffee abstellen konnte. Morgen, schwor sie sich, würde sie sich mit einem vierfachen Espresso derart aufputschen, dass sie nicht mehr wie die Haselmaus aus *Alice im Wunderland* klang.

»Gail! Bitte, mach doch die Honneurs!«

»Kommen Sie, ich nehm Ihnen das ab.« Gail half Bella, sich ihres Bechers, Mantels und Aktenkoffers zu entledigen. »Achten Sie nicht auf Seline. Sie versucht lediglich, Sie zu beeindrucken, weil Sie doch die hippe Art-Direktorin aus der großen Stadt sind. Hier ist übrigens das Klo – Küche – Kaffeemaschine – Teebeutel sind hier. Und jetzt stell ich Sie den anderen Insassen vor … «

»Wollen wir wieder in die Tapas-Bar gehen?«, fragte Viv, als sie am nächsten Tag telefonierten. »Aber ich geh da immer hin. Ist das schlimm?«

»Warum solltest du Zeit verschwenden und auf der Suche nach etwas Neuen durch die Stadt rennen? Nur um dir zu beweisen, dass du aufregend und abenteuerlustig bist und nicht immer in dieselben zwei Restaurants gehst, wenn du doch weißt, dass du nicht abenteuerlustig bist, und dies eindeutig die beiden besten Lokale vor Ort sind? Du solltest froh sein, dass du nicht die Qual der Wahl hast.«

»Und du ebensowenig. Denn falls du's vergessen hast: Du lebst jetzt auch hier.«

»Ja, aber ich habe mir doch noch ein wenig mondäne Kultiviertheit bewahrt, während du wahrscheinlich denkst, *focaccia* sei ein rumänischer Volkstanz.«

Tatsächlich zog Bella zur Zeit die eingeschränkten Möglichkeiten der Provinz vor. In London war sie sich wie der Held einer griechischen Sage vorgekommen, der vor einer schier unlösbaren Aufgabe steht. Patrick hatte dann die Auswahl eingeschränkt: zunächst auf einen Kontinent, dann auf ein Land. »Okay, Europa also. Italienisch, französisch, griechisch?« Doch kaum war diese Frage gelöst, ging es weiter mit der Suche nach der Heiligen Dreifaltigkeit, bestehend aus gutem Essen, freundlicher Bedienung und netter Atmosphäre. Das dauerte meist so lange, dass es sich häufig kaum noch lohnte aufzubrechen. »Im Conca d'Oro arbeitet diese nette Kellnerin. Aber das Gemüse war letztes Mal zerkocht.« – »Le Beaujolais? Ja, die haben leckere Pommes, aber hast du Lust auf den arroganten Blick, wenn du nach Essig für die Pommes fragst?«

»'tschuldigung, 'tschuldigung, 'tschuldigung.« Mit zwanzigminütiger Verspätung kam Viv in die Tapas-Bar hereingerauscht. »Bei der Arbeit gab's eine *absolute* Katastrophe. Das gesamte Netzwerk ist abgestürzt, weil so ein hirnverbrannter Idiot seinen Föhn eingestöpselt und das Netz überlastet hat.« Viv liebte Katastrophen. Sie bestellten sich je ein Bier und diskutierten darüber, ob die *pinchos morunos* oder das *pollo al ajillo* besser sei.

»Na, was meinst du?« Viv deutete mit hochgezogener Augenbraue auf den Kellner. »Doch zum Anbeißen, oder?«
Bella rümpfte die Nase.
»Du bist so etwas von mäkelig. Ich dachte, dir gefallen Latino-Typen.«
»Er ist wahrscheinlich aus dem Dorf um die Ecke«, erwiderte Bella. »Ich weiß, ich weiß: So finde ich nie jemanden. Du klingst schon genau wie meine Mutter.«
»Hab ich das gesagt? Natürlich findest du jemanden. Kein Grund zur Panik – noch lange nicht.«
»Und was war das?« Bella legte den Kopf schief, als horche sie auf etwas.
»Was?«
»Tick, tack. Meine biologische Uhr. Du hörst sie bestimmt auch. Meine Mutter kann sie anscheinend aus siebzig Kilometern Entfernung hören. Mir ist das egal. Ich habe beschlossen, mir über das Thema Bälger keine Sorgen zu machen. Ich kann mir immer noch welche für zwei Wochen im Jahr einfach ausleihen.«
»Wie geht's deinen Eltern eigentlich?«, fragte Viv durch die Limone hindurch, die sie aus der Bierflasche geangelt und als Smiley zwischen die Lippen gesteckt hatte. »Sind sie schon dagewesen, um das neue Kreuzer-Anwesen in Augenschein zu nehmen?«
»Ich versuche, sie mir so lange wie möglich vom Hals zu halten. Beim letzten Telefonat hat sich *Alessandra* wie üblich nach dir erkundigt.« Beim Namen ihrer Mutter gab Bella ihrer Stimme ein theatralisches Timbre. »Ich seh sie schon vor mir, wie sie sich über die feuchten Flecke beugt – ›Oh, Bella-Liebling, streicht man heute so an?‹«
»Du brauchst einen Plan«, sagte Viv. »Um Männer kennen zu lernen.«

»Ich schlage nie eine Einladung aus, egal, wie öde sie zu werden droht.«

»Danke«, sagte Viv. »Das war das letzte Mal, dass ich dich eingeladen habe.«

»Ach, du bist wirklich doof. Das gilt doch nicht für dich.« Bella nahm einen kräftigen Schluck direkt aus der Flasche. »Ich sag doch, mir ist das egal. Ich bin gern alleine.«

»Lügnerin.«

»Es stimmt! Und warum auch nicht? Nur weil du deinen Mr. Perfect gefunden hast, glaubst du, sämtliche Singles seien bemitleidenswerte Halbmenschen.«

Viv schüttelte den Kopf.

»Selbst Nicks Mutter würde ihn nicht unbedingt als vollkommen bezeichnen. Was ist mit deiner neuen Stelle? Wie ist die Männerquote da?« Diese Frage stammte aus einer Zeit, als sie noch im Rudel jagten. Die anderen, Kath und Sinead, hatten bereits seit langem das Lager gewechselt, als sie die Kardinalsünde begangen hatten: sie hatten geheiratet. Und da Viv nun mit Nick zusammenlebte, war einzig Bella als Alleinstehende übrig geblieben.

»0,5. Zwei Ehemänner, ein Schwuler und ein solcher Waschlappen, dass man ihn glatt auswringen könnte.«

»Also nicht mal die Spur eines Mannes?«

»Ich kann mich noch nicht einmal mehr daran erinnern, wie einer aussieht. Das sind doch die mit den Bartstoppeln und dem großen Ego, nicht wahr? Also, ich bin ein paar Mal mit diesem Kundenbetreuer aus der Werbeagentur ausgegangen. Tim, erinnerst du dich? Aber er war sterbenslangweilig. Quasselte in einem fort über sein Aktienpaket, gab mir Kauf- und Verkaufsempfehlungen. Uah. Da geht's mir besser ohne. Außerdem hasse ich dieses ganze Pärchengehabe.«

»Was für ein Gehabe?«

»Du weißt schon, dieses Über-alles-eine-gemeinsame-Meinung-Haben: ›*Wir* glauben dies und *wir* tun das. *Wir* finden, dass *Citizen Kane* überbewertet wird, und *wir* ziehen die szechuanesische Küche der kantonesischen vor … ‹ Die beiden Persönlichkeiten verschmelzen zu einer, wie die unterschiedlichen Käse beim Fondue letztlich eine einzige Pampe werden.«

»Das ist so ein Quatsch. Bei uns ist das nicht so.«

»Siehst du? Bei *uns* … Wo ist nur das *Ich* geblieben?«

»Na ja.« Viv seufzte und signalisierte dem Kellner, dass sie noch zwei Bier haben wollten. »Es hat auch gute Seiten: Liebe, Gesellschaft und – nicht zu verachten – Sex.«

»Sex? Was ist das? Ist das das, was zwischen der ersten Knutscherei und dem Zuknallen der Haustür passiert? Ach, ja, das habe ich auch einmal erlebt …«

»Heißt das, dass du nicht – «, Viv nickte aufmunternd, »seit … ?«

»Nein. Nicht seit Patrick. Ich bin zur sexfreien Zone erklärt worden. Ganz offiziell. Stand in der Zeitung.«

Keiner seit Patrick. Sie erinnerte sich noch an das letzte Mal, an jenen zweiten Weihnachtstag. Nach einer langen, verregneten Fahrt waren sie von ihrem Besuch bei seinen Eltern in Norfolk endlich nach London zurückgekehrt.

Die Wohnung ist kalt und wenig einladend, der Kühlschrank geradezu trostlos unweihnachtlich in seiner gähnenden Leere, über die auch die halb aufgebrauchte Tube Tomatenmark, die traurige Zitrone und die zwei Flaschen Wein nicht hinwegtäuschen können.

»Ich glaube, ich verschwinde ins Bett«, sagt sie und unterdrückt halbwegs ein Gähnen. »Bin ich müde.«
»Gute Idee. Ich komm auch.«

Langsam zieht sie sich aus, schält sich achtlos aus ihren Sachen, zerrt ihre Bluse über die Hände, weil sie keine Lust hat, sie an den Ärmeln aufzuknöpfen. Sie holt ihr großes schwarzes T-Shirt und ihre weichen Bettsocken unter dem Kissen hervor, stapft schließlich durch das Zimmer zum Bad, um sich die Zähne zu putzen.
»Willst du noch lesen?«, fragt Patrick.
Ihre Weihnachtsbücher sind noch in der Tasche im Flur. Sie schüttelt den Kopf. Mit einem Klick schaltet er das Licht aus.
Sie fühlt, wie er seinen Arm um sie legt, unter ihr T-Shirt fährt und seine Hand auf ihren Bauch platziert.
»Du bist schön warm.«
Sie dreht sich ihm zu, um ihm einen Gutenachtkuss zu geben.
»Nacht«, sagt sie.
Sie spürt, wie seine Zunge vorsichtig ihre Lippen öffnet; sie murmelt, dass sie wirklich viel zu müde sei, es sei ein langer Tag gewesen. Er streichelt ihr Haar, erzählt ihr leise, dass er sie liebt, wie weich sie sich anfühlt, wie sexy sie ist.
Ihr Körper reagiert automatisch auf seine Berührungen, seine Hand gleitet zwischen ihre Schenkel; sie merkt, wie sie erregt wird, hört seinen leisen Seufzer, als seine Finger zu ihr finden.

Ja, sie erinnert sich, das war am zweiten Weihnachtstag. Des vorletzten Jahres.

»Na, der sieht aber nett aus. Dort drüben – guck nicht hin.« Viv senkte die Stimme zum Flüsterton.
»Ist ja gut, ich schau eh nicht hin.«
»Doch, jetzt kannst du gucken, schnell.«
Bella verrenkte den Hals nach dem ahnungslosen Opfer und tat dabei, als schaue sie sich das spanische Stierkampfposter an. Im Flüsterton wandte sie sich an Viv.
»Viv, er ist in Begleitung. Siehst du diese andere Person am selben Tisch mit den Ohrringen und der gepunkteten Bluse? Das ist nicht die Beilage zum Hauptgericht, weißt du. Nach dem Motto: hier haben Sie ein wenig Brot und eine Frau für den Abend.«
Viv tat ihren Einwand mit einer Handbewegung ab.
»Vielleicht ist sie seine Cousine, die auf Besuch ist.«
»Klar, womöglich ist sie sogar der Dalai-Lama in Verkleidung. Aber vielleicht sollten wir erst einmal vom Wahrscheinlichsten ausgehen, ja? Zwei Menschen, eine Frau und ein Mann, abends in einem Restaurant. Das scheint mir doch ziemlich verdächtig nach einem Paar in einer Beziehung auszusehen. Du musst es doch wissen. So etwas tut man als normaler Mensch. Ich hab davon in der Zeitungsbeilage gelesen.«

Bis zum Dom gingen sie gemeinsam, dann trennten sich ihre Wege. Wie wunderschön der Dom nachts angeleuchtet wurde – und kein Tourist weit und breit, um ihn zu bewundern. Tagsüber war er Anziehungspunkt ganzer Horden von Japanern, die ihrem Reiseleiter folgten, der wie ein Tambourmajor seinen Regenschirm in die Höhe hält. Auch Schwärme französischer Schulkinder strömten dorthin. Sie alle trugen blaue Käppchen, von ihren Hälsen baumelten passende Brustbeutel aus Plastik herab, die förmlich schrien: »Hier ist mein Pass und mein gesamtes Geld. Klau mich.«

Bella überquerte die Brücke. Der Fluss darunter glitzerte dunkel. Ein paar Boote schaukelten sachte auf und ab und machten ein dumpfes, hölzernes Geräusch, wenn ihre Rümpfe aneinander stießen. Die Dunkelheit wirkte geheimnisvoll und aufregend, eine Nacht, in der sich der Geliebte einem zuwendet und sagt: »Lass uns fürs Wochenende nach Rom fahren – jetzt gleich!« Gab es wirklich Beziehungen, in denen so etwas geschah? Viv klagte häufig darüber, dass Nick und sie nie Zeit hatten fortzufahren. Und in Bellas Beziehungen war es ebenfalls nie zu derartigen Aktionen gekommen wie etwa einer spontanen Reise über den Kanal oder wildem Sex auf dem Küchenboden oder im Bad. Sie und Sean, ihr Freund vor Patrick, hatten einander einmal in einem Anfall von heftiger Leidenschaft die Jeans halb ausgezogen, um es auf der Treppe zu tun. Doch die herabgezogenen Jeans waren hinderlich und irgendwie waren auch viel zu viele Knie im Spiel gewesen. Außerdem hatte sie nach zwei Minuten an nichts anderes mehr denken können, als dass ihr die Stufe in den Rücken schnitt. Sie hatten aufhören und mit hosengefesselten Fußgelenken nach oben in sein Schlafzimmer stolpern müssen. Als sie dort ankamen, war ihre wild züngelnde Leidenschaft ziemlich erloschen.

So etwas gehörte lediglich zu diesen fruchtlosen Ideen, die ausgeheckt werden, um die Seiten der Frauenzeitschriften zu füllen: »Hat auch Ihr Liebesleben seinen Zauber verloren? Wecken Sie neue Leidenschaft durch unverhoffte Anträge an unverhofften Orten.« Es gab so viele Zeitschriften-Klischees über Beziehungen und Sex wie etwa »Verstecken Sie kleine Liebesbriefe in den Taschen Ihres Partners, auf dass er sie im Laufe des Tages findet« oder »Überraschen Sie Ihren Freund unterwegs mit der geflüsterten Mitteilung, dass Sie *dummerweise* vergessen haben, Ihr Höschen anzuziehen«. Doch im normalen Leben würde der Mann einfach denken, man wäre bereits leicht senil. Was würde geschehen, wenn man ihm so etwas zuflüstern würde, während man im Supermarkt nach anständigen Oliven sucht? Das wäre allerdings eine Überraschung. Ob ihn das wirklich so anspornen würde, dass er einen auf der H-Milch überfiele? Oder einen auf der mit Schoko-Vienetta und Magnum gefüllten Tiefkühltruhe vögelte? Würde einem da nicht der Hintern abfrieren? Und die anderen Leute? Würden sie dich einfach ignorieren – wie britisch – und vielleicht mit den Worten: »Entschuldigen Sie, Liebes, dürfte ich bitte ganz kurz an die Eistorte? Wissen Sie, meine Schwägerin kommt am Wochenende«, an deinen Schenkeln vorbeizugreifen versuchen?

Ein junges Pärchen kam auf sie zu. Alle paar Schritte hielten sie an, küssten sich und schwankten dann weiter wie ein Paar betrunkener Krebse; ein älteres Paar, vermutlich in den Fünfzigern, ging Händchen haltend an ihr vorbei. In ihrer ersten Zeit mit Patrick hatte sie sich meistens gefreut, andere Pärchen zu sehen, die ebenfalls lachten, sich küssten und liebevoll miteinander umgingen. Zwischen ihnen allen schien ein geheimes Einvernehmen zu herrschen. Gelegentlich trafen sich die Blicke beider Paare und man lächelte sich an: »Wir wissen, wie schön das Leben sein kann, nicht wahr?«
Mittlerweile deprimierte es Bella, so etwas zu sehen. Gott, nein, was waren Pärchen doch selbstzufrieden.

Sollte sie jemals wieder eine Beziehung haben – schon dieser Ausdruck war furchtbar: man *hatte* eine Beziehung so wie man auch eine Krankheit, einen Alptraum oder arge Probleme hatte –, würde sie die Selbstzufriedenheit bekämpfen. Wie kannst du anderen Menschen ihr Glück nur so missgönnen, hielt sie sich vor. Sie beschleunigte ihren Schritt und beschloss, fortan positiver zu denken. Es lief doch alles ganz gut. Sie hatte Zeit für sich und konnte sich mit ihrem Haus beschäftigen. Am Wochenende konnte sie in ausgeleierten Klamotten herumhängen, sich mit allen möglichen Männern treffen. Musste nicht mehr die Handtücher immer wieder ordnen, weil ihm die Idee des Faltens einfach nicht in den Kopf ging. Musste nicht mehr diese grauenhafte, unverschämt teure Dreifruchtmarmelade kaufen, nur weil sie ihm schmeckte.

Aber irgendwann mochte ich die Marmelade auch, erinnerte sie sich. Und ich scheine nun wirklich nicht mit Horden von Männern auszugehen, oder? Nein, das musste sie zugeben. Aber sie hätte all diese Dinge tun können, wenn sie gewollt hätte. Es war das Prinzip, das zählte.

Als sie später im Bett lag, dachte sie über Viv und Nick nach. Erstaunlich, wie nahtlos sich die Metamorphose ihrer Freundin von Viv zu Viv und Nick vollzogen hatte, als sei Nick schon immer ein Teil von ihr gewesen. Er war tatsächlich fester Bestandteil ihres Lebens, so wie auch sie aus seinem Leben nicht fortzudenken war. Bellas Typ war er freilich nicht. Er hatte nicht gerade zweimal ›Hier‹ gerufen, als es um die Verteilung der Haare gegangen war. Er hatte ein weiches Gesicht, das den Eindruck erweckte, es könne, ähnlich wie Knetgummi, zu jeder beliebigen Grimasse umgeformt werden und diesen Ausdruck auch beibehalten. Und die Vernarrtheit in seinen Wagen, einen Karmann Ghia, war etwas Mitleid erregend, vor allem, da dieser Wagen eine Vorliebe für den Grünstreifen entwickelt hatte und auf jeder Fahrt über dreißig Kilometer eine Panne erlebte. Dennoch schienen Nick und Viv einander zu vergöttern. Es gab Paare, die eindeutig weniger gut zueinander passten. Ihre Eltern, beispielsweise. Mit einem freundlichen, zuvorkommenden Vater und einer Mutter, die ... na ja, wenigstens war Bella nicht wie ihre Mutter.

Ob Viv in diesem Moment ebenfalls an Bella dachte? Womöglich lag sie gerade an Nick gekuschelt im Bett und sagte: »Die arme Bella scheint aufgegeben zu haben. Sie hat seit über einem Jahr keinen Sex mehr gehabt. Wahrscheinlich findet sie eh nie wieder jemanden, der auch nur annähernd so nett ist wie Patrick. Allerdings sollte sie allmählich darüber hinweg sein.«

In Bellas Kopf hallte es wider: *Sollte allmählich darüber hinweg sein, sollte allmählich darüber hinweg sein ...*

3.

Unter den beiden Wörtern JOGHURT – IDEEN??, die Bella auf ihren Notizblock geschrieben hatte, entstand gerade eine Zeichnung von ihrer neuen Chefin, samt Bluse, die nicht richtig am Hals anlag, und samt der ins Haar geschobenen Brille, die wie ein zweites Augenpaar die Decke anzuglotzen schien. Bella sah zu, wie ihr Stift, als führe er ein Eigenleben, den Winkel nachzeichnete, in dem Selines Kinn entschlossen vorsprang, wie bei einem Huhn, das auf Körner losgeht.

»Bella?« Seline schaute sie mit hochgezogenen Brauen an. Hastig setzte Bella ihren Kaffeebecher auf der Zeichnung ab und versuchte, nachdenklich auszusehen, als wolle sie erst alle Möglichkeiten abwägen, bevor sie sich äußerte. Diskutierten sie etwa immer noch über die Joghurtkampagne oder sprachen sie bereits über das *Corporate Design* für ein Landhotel? Sie kam sich wie ein Schulmädchen vor, das wegen seiner Unaufmerksamkeit gescholten wird. *Bella Kreuzer! Träumst du wieder?*
»Ähm … «, fing sie an und versuchte einen seitlichen Blick auf Anthonys Notizblock zu werfen, auf dem er ihr gerade etwas hinkritzelte.
»Lebensstil Joghurt?«, warf ihr Seline die Stichwörter zu. »Haben Sie noch Ideen zur Neugestaltung? Die Zielgruppenbefragung deutet darauf hin, dass er zu gesund aussieht. Der Kunde möchte ein neues Design.«

»Ja, ich habe darüber nachgedacht«, nickte Bella bedeutend, ganz in der Rolle der Grafikdesignerin, die förmlich darauf brennt, sich mit dem ernsten Problem der richtigen Joghurtverpackung auseinander zu setzen. »Ich bin absolut dafür, diesem Joghurt ein Image zu geben, das auch Spaß und Sinnlichkeit beinhaltet. Die Kunden beziehungsweise Endverbraucher möchten das Gefühl vermittelt bekommen, dass sie sich gesund ernähren, zugleich aber ein wenig hemmungslos sind und sich mit einem Hauch von Sünde umgeben. Ich werde morgen ein paar Entwürfe mit einem attraktiveren Schriftbild machen.«

»Wunderbar!« Erfreut spielte Seline mit ihrem Stift. »Sonst noch jemand?«

Bellas Innenlippe war an der Stelle, an der sie sich das Lachen verbissen hatte, völlig wund. Dies war erst die zweite Woche an ihrem neuen Arbeitsplatz, doch ihr fiel es bereits immer schwerer, ein ernstes Gesicht zu machen. Wie sollte sie auch einen vernünftigen, seriösen Gesichtsausdruck aufrechterhalten, wenn die Leute um sie herum von Joghurt, Waschmitteln oder einer neuen Farbpalette sprachen, als ginge es um ein Heilmittel gegen Krebs oder einen Weg zum Weltfrieden?

Seline, die Chefin von Scotton Design (von Anthony auch Scrotum Design genannt), war in vielerlei Hinsicht eine ganz normale, gesunde Person, die von sich selbst gern behauptete, sie sei für Späße genauso zu haben wie jeder andere auch. Das stimmte – vorausgesetzt Ironie war für diese anderen ebenfalls ein Fremdwort. Jedenfalls erweckte sie häufig den Eindruck, ihre Welt bräche zusammen, wenn die Schrift auf einer Packung Slipeinlagen nicht Trockenheit, Frische, Sorglosigkeit, ein aktives

Liebesleben und einen geschäftigen, erfolgreichen Lebensstil vermittelte. Und das war erst die Schrift. Dabei waren Slipeinlagen Bellas Meinung nach absolut überflüssig. Wer brauchte schon Slipeinlagen? Dafür gab's doch Unterhosen. Als nächstes würde man dann Einlagen für die Slipeinlagen auf den Markt bringen.
Bella ermahnte sich, nicht zu übertreiben. An einem guten Tag erfüllte es sie mit Stolz, dass sie genau wusste, welche Schrift besonders sorglos aussah. Außerdem sorgte ihre Arbeit dafür, dass sie nicht auf der Straße landete und fürs Erste dieses ganze Anti-Schimmelprogramm bezahlen konnte – nicht zu vergessen den Belüftungsventilator, das Auswechseln der beiden Gewichtsschnüre an den Schiebefenstern, die Reparatur der Klingel und vielleicht die Tiefkühltruhe, mit der sie liebäugelte ... Wie auf Knopfdruck nahm die *Liste der zu erledigenden Dinge* vor ihren Augen Gestalt an, waberte um sie herum und wickelte sie schließlich wie eine ägyptische Mumie ein. Sie schloss die Augen und tröstete sich mit dem Gedanken, dass sie Viv sehen würde, sowie sie sich davonstehlen konnte, ohne von Seline abgefangen zu werden.

»Bella, welch eine Überraschung.« Nick kam in die Küche, um den Wasserkessel zu füllen. »Es kommt mir vor wie gestern, dass du uns zuletzt besucht hast. Ah. Es *war* gestern. Also, wie ist es dir in den letzten vierundzwanzig Stunden ergangen?«
»Ich geh ja schon, bin ja schon weg. Sie ist schuld. Sie wollte, dass ich komme.« Bella zeigte auf Viv.
»Stimmt genau. Ich war's.« Viv legte ihre Arme um Nicks Taille. »Aber sie kommt dir zuliebe. Sie zeigt mir, wie man ihre prächtige Fischpastete macht, damit ich sie dei-

nen Eltern servieren kann, wenn sie am Wochenende kommen.«

»Kleine Berichtigung: Tatsächlich koche ich die Fischpastete für das Kühlfach vor, während Viv dabeisteht, nickt und sagt: ›Ah ja, ich glaube, ich verstehe. Zeig mir doch noch, wie man diese eine Kartoffel schält, und dann versuche ich es.‹«

»Möchte jemand von euch eine Tasse Tee? Nein? Ihr habt den Wein entdeckt?« Nick schenkte ihnen nach.

»Dann nimmst du die Oliven … «

Nicks Hand schoss vor und schnappte sich eine.

»… und gibst sie Nick, weil Dad sie nicht mag.«

Nick verließ die Küche, um es sich auf dem Sofa bequem zu machen.

»Ich bin jetzt außer Hörweite. Ihr könnt also nach Lust und Laune über Männer, Sex und Frauenangelegenheiten reden.«

»Schuhe, Nick!«, rief Viv ihm aus der Küche hinterher.

Es folgte ein diskretes Rascheln, als würde eine Zeitung unter ein Paar Füße gelegt.

»Nick, tu mal kurz so, als wärst du ein richtiger Mann.«

»Danke für die Blumen, Bella.«

»Ach, du weißt doch, was ich meine. Viv meint, ich sollte dich fragen, was ihr Typen anziehend findet.«

»Seit wann befolgst du Vivs Rat? Ich dachte, du wolltest niemanden.«

»Das habe ich auch gesagt, aber Viv glaubt mir nicht. Gegen ein wenig Sex hätte ich allerdings nichts einzuwenden, bevor ich noch ganz vergesse, wie das geht.«

Viv mischte sich ein. »Komm schon. Sie ist doch süß. Eigentlich sollten die Jungs vor ihrer Tür Schlange stehen.«

»Ich sag gar nichts. Denn erst wollen die Leute eine

ehrliche Meinung hören, und hinterher sind sie sauer auf einen.«

»Ich verspreche dir, nicht sauer zu werden. Großes Pfadfinderehrenwort.« Bella hob die Hand zum Schwur.

»Du warst doch nie bei den Pfadfindern!«, wandte Viv ein. Bella tat es mit einer Handbewegung ab.

Nick schüttelte den Kopf und wandte sich, wie ein Kaninchen Pfefferminzbonbons mümmelnd, wieder seiner Zeitschrift zu.

Viv blies ihm von links Kusssalven zu, Bella fiel von rechts mit ein. Nick seufzte.

»Aber nur auf eigene Gefahr. Und es ist sowieso nur eine Meinung, noch dazu von jemandem, der kein richtiger Mann ist. Aber wenn du wirklich nur auf ein Abenteuer aus bist, dann zeig einfach ein wenig mehr Bein, Mädchen. Trag einen kurzen Rock und lach über unsere Witze. Mehr braucht es nicht.«

»Ist das alles, was dir einfällt?« Viv schnippte mit dem Finger gegen Nicks Zeitschrift.

»Was? Wie? Ich habe diesen blöden Satz jetzt zum zwölften Mal gelesen. Wärt ihr so freundlich, endlich abzuhauen?« Er legte sich die Zeitschrift über das Gesicht.

»Nick, wir verschwinden sofort, versprochen.« Bella hob eine Ecke der Zeitschrift und lugte darunter. »Und wir werden dir auch einen Kaffee machen und über deine Witze lachen – wenn du denn einmal einen erzählst –, aber sag, … seh ich, na … du weißt schon, … passabel aus?«

»Oje! Wie du aussiehst? Also, wie ich bereits sagte, ein Rock wäre nicht schlecht. Davon abgesehen trägst du, erstens, zu viel Schwarz.« Nick zählte die Dinge an der Hand ab. »Das ist deprimierend. Zweitens solltest du etwas mit deinem Haar anstellen. Es ist großartig, aber meistens verdeckt es dein Gesicht, und das ist die reinste Verschwendung. Könntest du es nicht hoch- oder zurückstecken? Drittens solltest du diese schreckliche Jacke verbrennen. Hast du nichts anderes? Diese Jacke ist jedenfalls viel zu groß für dich. Du siehst aus, als wolltest du dich darin verstecken, damit dich niemand bemerkt.«

»Nick!«, unterbrach Viv ihn vorwurfsvoll.

»Was ist? Was habe ich denn jetzt schon wieder getan?«

»Nichts. Ist schon okay.« Bella angelte sich ein Pfefferminzbonbon. »Sie gehört Patrick.«

»Oh, das tut mir leid.«

»Ist nicht so schlimm. Red weiter.«

»Außerdem könntest du ab und zu versuchen zu lächeln. Das gefällt Männern. Wir fühlen uns dadurch begehrt.«

»Wie denn? So?« Bella setzte ein extrabreites, zähnefletschendes Grinsen auf und hüpfte aufgeregt durch den Raum. »Ist das Leben nicht wunderbar? Im Vergleich zu mir wirkt der Optimist vom Dienst geradezu depressiv.«

»Aber um *mein* Gesicht wäre es wohl nicht so schade, wenn es von Haar verdeckt wird, wie?«, sagte Viv.

»Ich wusste, dass das passieren würde. Ich hasse euch.« Nick hievte sich vom Sofa. »Wenn irgendjemand nach mir fragt: Ich werde jetzt so tun, als sei ich ein richtiger Mann und mich mit meiner Autozeitschrift aufs Klo verziehen.«

Als sie nach Hause kam, fand sie auf ihrem Anrufbeantworter zwei Nachrichten vor. Eine stammte von dem Schimmelbekämpfungsmann, der ihr mitteilte, er könne nichts unternehmen, bis das Wetter nicht besser sei. Vielleicht hoffte er ja, dass sich der Zustand mit jedem Regentag verschlimmerte, damit er noch einen Quadratmeter mehr zu bearbeiten hatte und eine entsprechend höhere Rechnung ausstellen konnte. Die andere Nachricht war von ihrem Vater Gerald: »Ich wollte nur Hallo sagen und hören, wie's dir so geht. Nun, ich denke es läuft alles ganz gut. Ruf uns doch irgendwann zurück. Alles Liebe. Dads.« Er beendete seine Nachricht auf Band immer, als sei sie ein Brief.

Da sie keine Lust hatte, mit irgendjemandem zu sprechen, es im Fernsehen nichts Interessantes gab und sie zwar ihre Mappe mit den Notizen und Zeichnungen mit nach Hause geschleppt hatte, den Gedanken, Joghurt mit einem sexy Image zu versehen, jedoch im Augenblick nicht gerade verlockend fand, beschloss sie, ein ausgiebiges heißes Bad mit Lavendelöl zu nehmen. Die Badezimmerkerzen waren in den verschnörkelten, auf alt getrimmten Leuchtern zu armseligen Stummeln heruntergebrannt. Wachs war herabgetropft, hatte gotisch anmutende Gebilde geformt und auf den Kacheln am Fußende der Wanne Spritzer hinterlassen. Während das Wasser einlief, setzte sie sich zunächst auf den Badewannenrand, kratzte gedankenverloren mit ihren Fingernägeln das Wachs ab, um es ins Klo zu werfen, und machte sich dann auf, in den Kisten neue Kerzen zu finden. Ihr Haar löste sich aus der Frisur; sie fuhr mit ihren Fingern hindurch, als sei sie in einer Shampoowerbung, bis sich ihr Haar verknotete. Schließlich durchwanderte sie langsam die Räume auf der Suche nach einem Haarklipp.
»Ich bin zu empfindsam, als dass ich mich dem grellen künstlichen Licht aussetzen könnte«, sagte sie laut. »Wo sind die Rosenblüten für mein Badewasser? Wo meine abgerichteten Eunuchen, die mir meine Fußnägel anmalen und meine Pickel ausdrücken?«

Das Baden bei Kerzenschein hatte sie mit Patrick begonnen; schließlich gehörte das zu den üblichen Dingen, die man als Paar tat – so wie man sich auch gegenseitig den Rücken einseifte, den Seifenschaum zu überdimensionalen Körperteilen formte und sich freiwillig bereit erklärte, am Wasserhahn zu sitzen. Sie hatte plötzlich Patrick vor Augen, wie sie ihn zuletzt gesehen hatte.
Sie packte ihren Massagehandschuh und begann, ihre Haut äußerst energisch damit zu traktieren. Ob das wirklich gegen Zellulitis half? Oder ließ es einen lediglich rot und wund aussehen, so dass die Zellulitis weniger auffiel? Im flackernden Licht inspizierte sie ihre Oberschenkel. Die Kerzen sorgten nicht nur dafür, dass Bella ihre Zellulitis nicht sehen konnte – eine Tatsache, die eindeutig für die Kerzen sprach –, sie hatten darüber hinaus auch noch einen äußerst pragmatischen Zweck. Denn das entnervende, moskitoähnliche Gebrumm des Belüftungsventilators, der mit dem Licht anging, verstummte erst Stunden nachdem man das Licht ausgeschaltet hatte. Bella hatte vor, den Ventilator irgendwann, möglichst bald, auf jeden Fall sowie das Schimmelproblem gelöst wäre, reparieren zu lassen, doch *Die Liste* hatte mittlerweile so unerhörte Ausmaße angenommen, dass sie sich nicht in der Lage fühlte, auch nur eines der *zu erledigenden Dinge* in Angriff zu nehmen. So ließ sie die Tür also weiterhin offen, benutzte das Licht im Flur, wenn sie aufs Klo gehen wollte, und nahm ihr Bad im Kerzenschein.

Sie lag in der Badewanne, umgeben von Lavendelduft und Kerzenschein. Die Ereignisse des Tages schwirrten ihr im Kopf herum, alltäglich, wie sie waren, und doch so eindrücklich. War Seline verärgert? Sie hätte sich bei Anthony nach der Präsentation erkundigen sollen, die nächste Woche stattfand. Wie lange wohl diese Anti-Schimmelaktion dauern würde? Und wie viel Dreck würde das machen? Vielleicht müsste sie sogar für ein paar Tage ausziehen. Wenn doch nur jemand daher käme und all das einfach erledigen würde. Bella ließ sich tiefer ins Wasser gleiten, machte ihren Waschlappen nass und legte ihn sich auf das Gesicht. Mit geschlossenen Augen stellte sie sich vor, sie würde sich von oben sehen, und fragte sich, wie es wohl wäre, wenn sie sich tatsächlich von ihrem Körper lösen könnte, wenn sie fühlen könnte, wie sich ihr Geist, ihre Gedanken frei machten und sich von ihrem Körper losrissen, wie ein Pflaster, das man abzieht. Der Regen prasselte hart gegen das Fenster, wie Finger, die im Nähmaschinenrhythmus gegen Glas trommeln.

Sie konzentrierte sich darauf, *seine* Schritte und das Knarren des Türgriffs zu hören.

Hinter geschlossenen Lidern beschwor sie das Bild des Bades herauf. Sie sah die Kerzen, die mit ihren Flammen tanzende Schatten an die Wand warfen, das flackernde Licht auf ihren glänzenden Schenkeln und Brüsten. Die Tür geht auf, und *er* schaut sie fragend an. Sie lächelt ihm einladend entgegen, worauf er auf sie zugeht und sich neben die Badewanne kniet. Sein dichtes Haar fällt ihm über die Augen, er streicht es mit den Fingern zurück. Er schweigt. Er muss auch nichts sagen, das Begehren in seinen Augen sagt alles. Er schaut sie einfach nur an, seine Blicke streicheln ihren Körper. Schließlich streift er seinen Ärmel hoch und berührt sie …

Unten schrillte das Telefon, bis sich ihr Anrufbeantworter einschaltete.

»Hallo, hier ist noch mal Dad. Hättest du Lust, fürs

Wochenende herzukommen? Es wäre wunderbar, dich zu sehen. Mum sagt, du kannst gerne jemanden mitbringen. Das heißt, wenn du willst. Wenn es da jemanden gibt. Na ja. Oder du kommst alleine. Das wäre schön. Alles Liebe. Ach, und wir haben noch das Einweihungsgeschenk für dein neues Haus.«

Bella verdrehte die Augen vor ihrem unsichtbaren Gegenüber, doch musste sie zugeben, dass sie das ›Haus der Freude‹ schon länger nicht aufgesucht hatte. Sie konnte sich nicht ewig davor drücken. Das Badewasser kühlte allmählich ab, hatte bereits Körpertemperatur angenommen. In ein paar Minuten würde sich das Wasser kühl anfühlen und sie würde heißes Wasser nachlaufen lassen oder aus der Badewanne steigen müssen. Raus, beschloss Bella, sonst würde sie bald so attraktiv wie eine eingelegte Walnuss aussehen. Außerdem war es noch nicht zu spät, ihren Vater zurückzurufen. Vielleicht würde sie ihre Eltern besuchen fahren. Könnte sogar ganz nett werden. Im Übrigen konnte sie einen Tapetenwechsel gebrauchen. Statt immerzu auf ihre unausgepackten Umzugskisten zu starren, würde sie mit ihrem Vater und dem Hund spazieren gehen können. Sie fröstelte und schüttelte sich, streifte ganz automatisch – eine Gewohnheit aus ihrer Kindheit und Ergebnis unzähliger Ermahnungen, den Teppich zu schonen – ihre Füße am Badewannenrand ab. *Bella-Liebling, versuch doch bitte, den Teppich nicht ganz unter Wasser zu setzen, ja? Der Teppich schrumpft, wenn er nass wird.*

4.

»Ev'ry time we say goodbye, I die a little …«, sang Bella, ein Zitronenbonbon lutschend, zu Ella Fitzgeralds Lied und fluchte zwischendurch einem Fahrer hinterher, der ihr die Vorfahrt am Kreisverkehr genommen hatte. »…why a little, why the gods above me…« Sie hätte bereits gegen Mittag losfahren sollen, um der freitäglichen Stadtflucht zu entgehen. Seit ihrem Umzug lebte Bella kaum noch 80 Kilometer von ihren Eltern entfernt, die in einem malerischen Dorf in Sussex ein glyzinienüberranktes Haus besaßen. Dennoch würde es eine lange Fahrt werden, die überwiegend über kleine, kurvige Landstraßen führte. Wenn sie doch nur nicht einem von Selines Endlosmonologen ausgesetzt gewesen wäre, in dem sich ihre Chefin über die verschiedenen Gebrechen ihrer Katzen ausgelassen hatte. Schließlich hatte sie den Rückzug rückwärts durch die Tür angetreten, dabei weiterhin mitfühlend den Kopf geschüttelt und mitleidig getan: »Wie schrecklich! Das Haar fällt gleich büschelweise aus? Verkrustete Wunden? Die Arme.« Diese Katzen litten immer an irgendwelchen ekelhaften Krankheiten, die jedem im Büro einzeln und brühwarm erzählt wurden, so dass Bella dieselben Gesprächsfetzen – »O nein, Zäpfchen? Wirklich?« – immer wieder herumschwirren hörte, als seien sie auf einer Endloskassette aufgenommen worden. Warum sich Seline die beiden räudigen Biester nicht vom Hals schaffte und sich neue, unverkrustete besorgte, verstand sie nicht. Sie konzentrierte sich auf die Hinweisschilder. Zweite, dritte Ausfahrt: ja, das war die richtige. »... think so little of me, they allow you to go ... «

Mittlerweile war es richtig dunkel geworden. In dem Blauschwarz der Straße und des Himmels leuchteten ihr die roten Hecklichter der Autos hypnotisierend entgegen. Nachts Auto zu fahren, schien ihr voller Verheißung. Die Straße erstreckte sich ins Unendliche, als würde sie Bella an jeden beliebigen Ort führen; ihr Weg war von Lichtern gesäumt, die an ein unbekanntes Sternbild am Himmel erinnerten. Plötzlich wurde ihr bewusst, was auf dem Hinweisschild gestanden hatte, das sie gerade hinter sich gelassen hatte. Sie näherte sich ihrer Ausfahrt. Sie brach ihren Versuch ab, einen Fiat zu überholen, der noch älter als ihr roter Peugeot war, und reihte sich wieder hinter ihm ein. Von hinten wurde sie missbilligend angeblinkt. Konzentrier dich, Mädchen. Wenn sie doch nur nicht immer so müde wäre.
Wenn sie sich recht erinnerte, gab es hier, einige Kilometer weiter, eine Raststätte für Fernfahrer, das Überbleibsel aus einer Zeit, in der Motorradfahrer in schwarzem Leder ihre Maschinen hatten aufheulen lassen, um Mädchen in hohen Stiefeln und Miniröcken zu beeindrucken. Wie durch ein Wunder war diese Raststätte noch nicht geschlossen beziehungsweise in einen Würger-King oder einen Unhappy Eater verwandelt worden, mit geschliffenen Plastikstühlen, geschliffenen Kunstspiegeleiern und ungeschliffener, dafür umso echterer Bedienung. Die Freundlichkeit dieser Kellnerinnen existierte nur noch auf den Namensschildern mit der Aufschrift: »Hi, ich heiße NICKI, und ich freue mich, Sie bedienen zu dürfen«.

Solcher Enthusiasmus war ebenso überzeugend wie der eines lila Partyhütchens auf dem Kopf einer sauertöpfischen Tante. Warum gaben sie sich nicht so, wie sie waren: »Also: Ich bin Charmain und bring euch das Essen, wenn ich Bock hab.«

Helles Licht, das Geräusch von Eiern, die zischend mit dem heißen Öl in Berührung kommen und der Geruch von typisch englischem Frühstück schlug ihr in der Raststätte entgegen. Die wenigen Männer, die an den Tischen saßen, schauten von ihren Zeitungen oder ihrer Tasse Tee auf, als sie eintrat. Sie wünschte, sie hätte sich die Zeit genommen, sich nach der Arbeit umzuziehen. Als sie auf die Theke zuging, um ihre Bestellung aufzugeben, hallte das Klappern ihrer Absätze unangenehm laut auf dem Linoleumboden wider und schien zu rufen: *Schaut mich an! Schaut mich an!* Sie knöpfte ihren taillierten Blazer zu, als könne sie damit von ihrem neuen Rock ablenken, dessen gekräuselter Saum ihre bloßen Knie umspielte. Sie kämpfte gegen das Bedürfnis, den Rock herunterzuziehen.

»Zahlen Sie doch ruhig erst nach dem Essen«, sagte die Bedienung hinter dem Tresen. »Können Sie einen Moment auf Ihren Tee warten? Ich brüh gerade neuen auf. Das Sandwich bringe ich Ihnen dann an den Tisch.« Sie leerte die Teekanne und warf frische Teeblätter hinein. Heißes Wasser strömte aus der Teemaschine, der Dampf verhüllte ihre Hände, das Schimmern der metallenen Teekanne und das Gold ihres Eherings.

»Alles klar, Jim?«, wandte sich die Bedienung an einen kräftigen, gut aussehenden Mann, der zahlen wollte. »Wohin geht's denn heute, Schönheit?«

»Nur nach Southampton. Aber für die paar Stündchen hätte ich doch gerne etwas Süßes.«

»Ich versüß dir deine Stunden immer gern, Jim.«
»Na, na. Hier sind Damen anwesend. Hören Sie nicht hin«, sagte er an Bella gewandt. Er trug ein weißes T-Shirt unter einem karierten Baumwollhemd, eine Art, wie amerikanische Männer sich oft kleideten. Sie sah, wie sich die Sehnen an seinem sonnengebräunten Hals anspannten. Er schob einen Ärmel hoch und rieb sich gedankenverloren über die dunklen Haare auf seinem Unterarm.
»Alles in Ordnung?«, fragte er lächelnd.
Bella merkte plötzlich, dass sie ihn zu lange betrachtet hatte, und schlug schnell die Augen nieder. Ihr Blick fiel auf seine Hände. Er hatte kurze Fingernägel und kräftige Hände.
»Ja, danke.«
»Sind Sie sicher? Soll ich Sie irgendwohin mitnehmen? Sie sehen ein wenig verloren aus.«
»Nein, wirklich nicht.« Bella warf ihm ein kühles, distanziertes Lächeln zu. »Ich hab ein Auto.« Sie verschränkte die Arme, nur um sich sogleich lächerlich defensiv vorzukommen. »Vielen Dank.«
»Kein Problem.« Er tat einen Schritt zurück, lächelte und hob die Hände – *'tschuldigung. Ich komm schon nicht zu nahe* –, bevor er sich wieder der Bedienung an der Kasse zuwandte.

Der Speck lag fett und salzig zwischen dicken Scheiben getoasteten Brots. Bella gab sich burschikos und sorglos. Sie biss fest in ihr Sandwich hinein und schlürfte ihren Tee. Von wegen Dame.
Als sie zur Theke ging, um zu bezahlen, sah sie, dass es auch Brotpudding zu kaufen gab, und zwar von der schweren, unverdaulichen Sorte, die ihr Vater so gerne mochte und die etwas völlig anderes war als die vanille-

oder zimtgewürzten Nachspeisen, die ihre Mutter kreierte. Sie bestellte zwei Scheiben.
»Dann bekomme ich nur noch Geld für den Brotpudding. Jim hat Ihren Tee und Ihr Sandwich bereits bezahlt.« Bella schaute die Frau überrascht an.
»Er hat gesagt, er fände es schrecklich, eine Dame in Not zu sehen. Ich glaube, er fand Sie ziemlich nett«, seufzte sie. »Sie Glückliche. Ich jedenfalls hätte nichts dagegen, von ihm mitgenommen zu werden.« Sie lachte komplizenhaft, während Bella lächelte.

Während der restlichen Fahrt kehrten ihre Gedanken unwillkürlich immer wieder zu ihrem Retter-in-kariertem-Hemd zurück. Sie stellte sich vor, sie hätte sein Angebot angenommen und wäre nach oben in die Fahrerkabine geklettert.

Er würde die Tür aufhalten und beobachten, wie ihr beim Hinaufklettern der Rock hochrutschte und ihre Oberschenkel halb entblößt würden. Wenn sie schließlich im Lkw neben ihm säße, hoch, hoch über der Straße, und die dunkle Nacht sich über sie legte, würde sie sich ihm zuwenden, um sein Profil vor dem sternenübersäten Himmel zu betrachten und den Geruch männlicher Haut, von frischem Schweiß und Baumwolle einzuatmen.
In dem warmen Kokon der Fahrerkabine spürt sie das Vibrieren des Motors durch ihre Fußsohlen und fühlt sich sicher. Worte sind überflüssig. Warum auch das tiefe Dröhnen durch schrilles Geschnatter verderben? Es gibt nur sie und ihn und die Straße vor ihnen. Die kräftige Gestalt neben ihr kommt ihr wie ein Felsbrocken oder ein aufragendes Gestein vor, massiv und beständig. Sie will seine Hände fühlen, seine warmen Finger an ihrem

Nacken, die plötzliche Berührung seiner rauen Wange gegen die ihre. Sie will schweigend gehalten werden.
Sie streckt die Hand aus und fährt mit einem Finger über seine verwaschene Jeans, über den straff gespannten Stoff. Er wendet sich ihr zu, schaut ihr in die Augen, sieht ihre Bereitschaft, stellt das Warnlicht an und fährt auf den Seitenstreifen.
Jetzt führt er sie um den Lkw herum, sucht in dem orangefarbenen Blinken nach ihrer Hand. Mit festem, selbstbewusstem Griff umfasst er ihre Taille und hebt sie mühelos auf die Ladefläche. Sie lehnt sich gegen einen Turm von Kisten und wartet. Sieht, wie seine Gestalt in der Dunkelheit auf sie zukommt. Fühlt eine Hand in ihrem Haar, seinen Mund. Hände, die ihren Rock hochschieben. Der Duft der Erwartung. Sie holt scharf Luft, als sie ihn warm gegen die kühle Haut ihres Schenkels spürt. Seine raue Stimme, die leise etwas in ihr Haar, ihren Nacken flüstert. Seine Hände. Sein …

Ein entgegenkommender Wagen gab ihr mit der Lichthupe ein Zeichen. Für einen Moment war sie durch das grelle Licht wie versteinert, dann begriff sie und schaltete das Fernlicht aus. Du armselige alte Jungfer, du, schalt sie sich, da phantasierst du von Lkw-Fahrern. Und was kommt als Nächstes? Wahrscheinlich träumst du von Bauarbeitern, die sagen: »Ich höre, ich soll mich hier um ein wenig überschüssige Feuchtigkeit kümmern?«, oder von Elektrikern, die ihre Dienste mit den Worten: »Das Problem liegt wohl weiter unten« anbieten. Wie wär's mit einem der berüchtigten Postboten, nach dem Motto: »Wo darf ich's Ihnen hintun?« Das war ja grauenhaft. *Lass es dir doch, um Gottes willen, einmal richtig besorgen, Mädchen!* Es war schön und gut, sich nach Patrick eine Weile zurückzuziehen, aber dieser Zustand war nicht mehr lustig. Wahrscheinlich war sie praktisch wieder Jungfrau, zusammengewachsen, wie durchstochene Ohrläppchen wieder zuheilen, wenn man keine Ohrringe trägt.

Es war immer wieder merkwürdig, ins Elternhaus zurückzukehren und diese merkwürdige Mischung aus Freude und Frust zu verspüren. Freuen konnte sich Bella an dem Haus selbst – an den auf Hochglanz polierten Möbeln, den ruhigen Farben und der allgemeinen Ordnung –, das so ganz anders war, als die Wohnung, in der sie mit Patrick gelebt hatte, oder ihr neues Haus mit den leuchtenden Kissen, den exotischen Teppichen, den Bildern, die zwar momentan noch in Kisten lagen, aber irgendwann einmal die Wände schmücken würden, und den üppigen Pflanzen, die jetzt bereits von den Regalen wucherten; sie freute sich auch auf die Kochkunst ihrer Mutter, wenigstens etwas, das sie gemeinsam hatten, und auf die unaufdringlich gute Laune ihres Vaters, seine Aufrichtigkeit und Freude, sie zu sehen.
Allerdings gab es auch genügend Anlass zur Gereiztheit. So erwarteten ihre Eltern von ihr, dass sie den Nachbarn, die sie nicht mochte, einen Besuch abstattete, obwohl diese eine derart sporadische Höflichkeitsgeste wahrscheinlich ebenso überflüssig fanden wie Bella selbst. Und sie benutzten mundgeblasene Weingläser, die aus Liliput stammen mussten. Bella jedenfalls hatte das Gefühl, ihr Glas müsste alle paar Minuten nachgefüllt werden, und ihre Eltern würden jeden ihrer Griffe zur Flasche schweigend registrieren. Höchst irritierend war auch die Langsamkeit und Fairness ihres Vaters und sein Bedürfnis, immer auch die Sicht der anderen zu verstehen. Am meisten irritierte jedoch die unerschütterliche

Tüchtigkeit ihrer Mutter, das steinerne Gesicht einer enttäuschten Frau.
Gab es überhaupt jemanden, der im Beisein seiner Eltern erwachsen war?, fragte sie sich. Man mochte es sich vielleicht einbilden, doch das wäre ein eindeutiger Fall von Selbsttäuschung gewesen. Denn kaum äußerte man im scheinbar gleichberechtigten Gespräch über Leben, Bücher oder Politik eine leicht provokative Meinung, reagierte der Vater mit einem sanften, nachsichtigen Auflachen und einem leichten Nicken und Lächeln, das besagte: ›Du hast schon verquere Ideen, Kind. Aber wir lassen dir deinen Willen, weil du noch jung bist und es nicht besser weißt.‹ Oder die Mutter rümpfte kaum merklich, aber eben doch wahrnehmbar, die Nase und dachte: ›Sehr schade, dass du diese Meinung vertrittst. Vielleicht gibt sich das ja noch mit der Zeit. Allerdings kann ich nur mir selbst einen Vorwurf machen: Schließlich habe ich dich erzogen.‹

Wenn sie ihre Eltern besuchte, sah sie sich unweigerlich mit Fragen konfrontiert, die unausgesprochen in der Luft hingen:
Hast du schon einen neuen Freund?, leuchtete es ihr von dem cremefarbenen Lampenschirm in der Halle entgegen. *Gibst du dir auch genügend Mühe?*, lauerte die nächste Frage hinter dem Samtvorhang. *Dir läuft die Zeit davon!*, funkelte der silberne Salzstreuer sie an. *Wie lange müssen wir noch warten?*, flüsterten die weichen Teppiche unter ihren Füßen.
Bellas Mutter, Alessandra, ging natürlich etwas subtiler vor. Nicht umsonst hatte sie ihr Diplom in ›Stillschweigender Anklage‹ mit Auszeichnung bestanden. So verwandelte sich selbst das unschuldigste Gesprächsthema

in ein gefährliches Minenfeld, auf dem jeder unbedachte Schritt Gefahr bedeutete. Alessandras Schweigen war so vielsagend, in ihm konnten Zweifel, Verlegenheit oder enttäuschte Erwartung mitschwingen.
»Erinnerst du dich an Sarah Forbes, aus der Klasse unter dir?«, hatte sie Bella bei deren letzten Besuch gefragt. »Die in der Church Street in dem Haus mit den künstlichen Erkern wohnte? Sie hat vor kurzem einen sehr netten jungen Mann geheiratet. Für ihre Hochzeit hat sie sich eine wunderschöne Frisur machen lassen, die übrigens von ihrer Nase abgelenkt hat.«
Die eigentliche Botschaft war kompliziert, aber für Bella leicht zu entziffern: *Sie ist ein Jahr jünger, und sie hatte nicht deine Vorzüge. Aber selbst sie hat es geschafft zu heiraten. Sogar einen anständigen Mann. Dabei sieht sie noch nicht einmal gut aus. Du solltest es weiter bringen als sie.*
Bella war dem Kanonenhagel gekonnt ausgewichen und hatte das Feuer erwidert.
»Wie schön für sie. Ich werde ihr eine Glückwunschkarte schicken. Meinst du, sie wird weiter in dem Laden arbeiten?«
Die Welt hat durch ihre Heirat nicht viel verloren. Sie feuert an der Karrierefront nicht gerade aus vollen Rohren. Könntest du nicht wenigstens auf mein Talent und auf das, was ich erreicht habe, stolz sein?
»Oh, ich glaube nicht, dass sie das nötig haben wird, Bella-Liebling. Ihr Mann ist Rechtsanwalt; anscheinend Juniorpartner in einer sehr bekannten Firma.« Alessandra schenkte ihr ein heiteres Lächeln. »Er macht sich da ganz gut. Na ja, Männer können es sich schließlich auch leisten, ganz auf Karriere zu setzen, nicht wahr? Sie stehen immerhin nicht unter demselben Zeitdruck wie wir Frauen.«

Beeindruckend: ein Angriff auf zwei Fronten.
1. Sie hat sich nicht nur jemanden mit Geld geangelt, sondern auch noch jemanden mit besten beruflichen Aufstiegsmöglichkeiten.
2. Männer haben nun einmal keine Zeitbombe in ihren Fortpflanzungsorganen eingebaut. Gegen Ehrgeiz und Erfolg ist daher bei ihnen nichts einzuwenden. Hörst du nicht das Ticken deiner Uhr?
Geschwächt hatte Bella eine letzte, schwere und ungeschickte Breitseite abgefeuert.
»Einen Rechtsanwalt also? Na ja, es gibt Schlimmeres. Aber hätte sie sich nicht jemanden mit einem angeseheneren Beruf aussuchen können? Du kennst doch den alten Witz: Wie nennt man hundert am Meeresboden zusammengekettete Anwälte? Einen ersten Schritt in die richtige Richtung.« Jämmerlich. Ein lahmer Spruch. Das verdiente noch nicht einmal einen Gegenschlag. Unbeeindruckt seufzte Alessandra leise und überprüfte mit der Hand ihren ohnehin perfekt sitzenden Haarknoten.
»Wärst du so lieb, uns einen Kaffee zu machen, Bella-Liebling?«, fragte sie, wobei sie angesichts Bellas zerknitterter Bluse leicht die Stirn runzelte. »Ich muss nach oben.« Sie war aufgestanden und hatte beim Hinausgehen über die Schulter hinweg noch gesagt: »In der blauen Dose sind übrigens selbst gemachte *fiorentine*.«
Der Gnadenstoß.
Wenn du schon nicht in der Lage bist, einen Ehemann zu finden und uns Enkelkinder zu schenken, kannst du dich ja zumindest nützlich machen und einen Kaffee kochen. Vielleicht hättest du ja einen Mann, wenn du dich aufraffen und deine eigenen Plätzchen backen würdest, so wie ich.
Nervtötend war auch die Art, wie sie fremdsprachige Wörter gewollt perfekt aussprach, als sei sie Nachrichten-

sprecherin. Besonders im Italienischen tat sie das, obwohl Alessandra, nachdem ihre Eltern einige Jahre zuvor aus Italien eingewandert waren, tatsächlich in Manchester geboren worden war. Und die Art, wie sie »Bella« sagte – mit dieser lächerlichen Betonung der beiden »L«, die an italienische Kellner erinnerte, die einem regelmäßig so einen riesigen Pfeffer-Phallus unter die Nase hielten und fragten: »Ein wenig schwarzen Pfeffer, *bella* Signorina?«

»Ich will sowieso keinen beschissenen Ehemann«, hätte Bella ihrer Mutter am liebsten gesagt und zugesehen, wie diese unwillkürlich zusammengezuckt wäre. Als ob sie ihr das je glauben würde! Welche Frau wollte schon alleine sein? Eine Nonne, vielleicht. Alessandra würde diesen verblüfften Gesichtsausdruck annehmen und ihre Tochter stirnrunzelnd betrachten, als komme sie von einem anderen Stern. Vielleicht sollte sie *tatsächlich* Nonne werden. Bella stellte sich das Gesicht ihrer Mutter vor, wenn sie ihr feierlich erklärte: »Mutter, ich gehe in ein Kloster. Du siehst mich nie wieder.« Womöglich würden sich dann in diesen Tigeraugen so etwas wie Gefühle widerspiegeln: Unverständnis, Verlegenheit und ein schuldbewusster Hauch von – was? – Erleichterung? Nein, lieber würde sie eine Einsiedlerin. Wer weiß, vielleicht würde sie in ihrer kargen Zelle wieder mit dem Malen anfangen und sich in der Abgeschiedenheit der Pracht der Farben und Formen verschreiben. Die Außenwelt wäre nichts weiter als eine Faser, die sie zu Bildern ausspinnen würde. In ihrer Einsamkeit würden ihre Gedankenmuster reizend und vibrierend sein und das jungfräuliche Papier unter liebkosenden und verführerischen Pinselstrichen erzittern lassen und in ihrer Dreistigkeit schockieren. Sie schnaubte verächtlich: Was hatte sie nur für Vorstellungen? Heilige Bella der göttlichen Pinselstriche.

Es war bereits spät, als sie das Haus ihrer Eltern erreichte. Ihre Mutter war bereits zu Bett gegangen. Bella warf einen Blick in den Wirtschaftsraum, um Perro, den Hund, zu begrüßen, aber er schlief bereits in seinem Korb, eingekuschelt in eine alte Kinderdecke. Ihr Vater hatte jedoch auf sie gewartet und saß in der Küche über eine Frauenzeitschrift gebeugt. Er umarmte sie liebevoll, setzte den Wasserkessel auf, um ihr eine Tasse Tee zu machen.

»Rate mal, was ich mitgebracht habe, Dads?« Bella legte die beiden Scheiben Brotpudding auf den Porzellanteller.

»Du verwöhnst mich. Erzähl das nicht deiner Mutter. Übrigens, stimmt das?«, fragte ihr Vater und zeigte auf einen Artikel in der Zeitschrift. »Da steht, dass sich 64 Prozent der Frauen eher in einen Mann verlieben, den sie haben weinen sehen.«

»Das bezweifle ich. Wusstest du nicht, dass sie 72 Prozent dieser Statistiken erfinden beziehungsweise nur die fünf Leute im Büro befragen? Allerdings glaube ich schon, dass die meisten Frauen einen einfühlsamen Mann haben möchten. Keinen Softie, versteht sich, aber jemanden, der zu seinen Gefühlen und zu dem ganzen anderen Mist steht.«

Gerald lachte prustend in seine Tasse hinein.

»Wie nett gesagt.«

Er brach sich ein Stück von dem Brotpudding ab und schaute sie über seine Brille hinweg an.

»In letzter Zeit jemanden, hm, interessantes kennen gelernt?«, fragte er auf betuliche Art, die so typisch für Eltern ist.

»Ist schon okay, Dads. Ich hab nichts dagegen, wenn du fragst. Doch ich fürchte: nein. Du kannst deinen Smoking also ruhig eingemottet lassen. Eigentlich kannst du ihn auch gleich verscherbeln, denn das mit der Hochzeit wird sowieso nie was.«

»Wir lieben dich, was auch immer du tust, Kind. Wir wollen dich doch nur glücklich sehen.«

»Ja, ja. Melde, pflichtschuldige elterliche Ansprache erhalten und verstanden zu haben. Aber im Grunde wollt ihr Enkel. Das wollt ihr alle. Meinen Freunden geht es mit ihren Eltern ebenso. Aber keine Sorge, das ist nur eine Phase; das gibt sich wieder.«

Gerald lächelte.

»Aber was sollen wir dann mit dem Pu der Bär-Frühstücksgedeck anfangen, das wir eigens aufgehoben haben? Wir haben auch noch zwölf Rollen Tapete mit Häschenmotiv auf dem Dachboden liegen.«

»Ach, sei bloß ruhig«, erwiderte Bella liebevoll. »Ich habe dir deinen geliebten Brotpudding mitgebracht. Was willst du mehr?«

Bella schlief in ihrem alten Zimmer. Es sah jetzt ganz anders aus, ruhiger, wie Bella zugeben musste. Alessandra hatte es eine Woche, nachdem Bella für ihr Kunststudium nach London gegangen war, neu gestalten und Bellas ehrgeiziges Wandgemälde eines Dschungels im Stile Rousseaus mit einem geschmackvollen hellen Aprikot übertünchen lassen. *Wenn du willst, kannst du selbstverständlich gerne ein neues malen, Bella-Liebling. Vielleicht etwas, das ein wenig mehr* simpatico *ist, hmm? An der Schranktür würden sich ein paar Lilien sicher sehr gut machen.* Nun ja, Bella hätte die ganze Wand, die im Laufe der Zeit tatsächlich ein wenig schäbig geworden war, auch nicht noch einmal auffrischen mögen. Jedenfalls war ihr Zimmer seitdem mindestens noch zweimal verändert worden, obwohl es eigentlich nur selten benutzt wurde. Doch Bellas Bett stand noch an derselben Stelle neben dem Fenster, in der Nische zwischen Wand und Schrank. Als sie sich jetzt hineinlegte, überkam sie das Bedürfnis, ins Bett gebracht zu werden und eine Geschichte vorgelesen zu bekommen. Sie zog die Decke hoch bis unters Kinn und schaltete das Licht aus.

Sie liegt im Bett und unterhält sich flüsternd mit Fernando, ihrem Stofffrosch. Fernandos Flausch sieht an den Stellen, an denen er besonders intensiv geherzt wird, ein wenig mitgenommen aus. Die kleine Nachttischlampe, die einen warmen, weichen Lichtschein verbreitet, ist angeschaltet, weil sich Fernando im Dunkeln fürchtet. Ein pinkfarbenes Kopftuch ist um den Lampenschirm gebunden, damit das Licht nicht so hell ist.

Bella hört, wie sich Mummy und Poppy auf dem Treppenabsatz unterhalten. Poppy hütet Bella gelegentlich, wenn deren Eltern ausgehen. Bella mag Poppy. Sie hat krauses Haar, in das bunte Bänder geflochten sind, und eine große Flickentasche, in der immer schokoladenüberzogene Rosinen sind. Außerdem hatte sie Bella einmal erlaubt, länger aufzubleiben, um den Samstagabendkrimi zu sehen, was sie eigentlich nicht durfte.

Auf der Treppe sagt ihre Mutter gerade:

» … und erlaub ihr nicht, immer wieder aufzustehen. Sie behauptet dann gerne, unter dem Bett sei irgendetwas, aber lass so einen Unsinn erst gar nicht zu.«

»Alles klar«, sagt Poppy. »Viel Spaß.«

Die Tür zu ihrem Schlafzimmer geht auf, und Mummy kommt herein.
»Wir gehen jetzt, Liebling. Mach Poppy bitte keinen Ärger, ja?« Sie kommt ans Bett und beugt sich hinab, um Bella einen Gutenachtkuss zu geben. Mummy riecht wunderbar – nach Parfüm und Seide, nach glitzernden Ohrringen und einem aufregenden Abend. Bella atmet diesen Duft glücklich ein und streckt ihre Arme aus, um ihre Mutter zu umarmen.
»Jetzt zerwühl mir nicht mein Haar, Bella. Ich habe es gerade erst frisiert. Gute Nacht, Liebling. Schlaf gut.«
Dann schaut Daddy bei ihr herein.
»Wollte dir nur noch Gute Nacht sagen.«
Obwohl sie noch nicht schläft, sind seine Schritte behutsam, als er zu ihr geht, um sich auf die Bettkante zu setzen. Er nimmt sie in den Arm und drückt sie fest an sich. Sie fühlt das glatte, weiche Material seiner Krawatte an ihrer Wange und den rauhen Stoff seines Jacketts gegen ihre Nase gepresst.
»Schaust du noch einmal nach, Daddy? Bitte?«
Er lässt sich auf alle viere nieder und späht unter das Bett.
»Ist alles in Ordnung«, sagt er, indem er sich wieder aufrichtet. Von der Tür aus haucht er ihr noch einen Kuss zu.
»See you later, aligator.«
»In a while, crocodile«, erwidert sie.

5.

Lass dir ruhig Zeit mit dem Aufstehen«, sagte Gerald, als er den Kopf in ihr Zimmer steckte, um ihr eine Tasse Tee zu bringen. »Deine Mutter musste ins Dorf, zum Friseur. Du bist also ein freier Mensch.«
»Wie reizend, dass sie den roten Teppich ausrollt und das Begrüßungskomitee antreten lässt.«
»Möchtest du etwas frühstücken?«

Auf ihrem üblichen Gang durchs Dorf kaufte sie sich ein paar Postkarten mit Ansichten von der Hauptstraße und der Kirche und spazierte weiter zum *Whistling Kettle*, um die Karten dort bei einer Tasse Kaffee zu schreiben.
»Mum ist wieder da«, begrüßte Gerald sie, als Bella nach Hause kam. »Vergiss nicht, ihr Haar zu erwähnen, ja?«

Bella strich ihr Hemd glatt, bevor sie an die Schlafzimmertür ihrer Eltern klopfte.
»Ja?«
Sie öffnete die Tür einen Spalt und steckte den Kopf hindurch.
»Ich bin's nur. Wollte nur Hallo sagen.«
»Oh, Bella-Liebling, *hallo!*« Alessandra schaute von ihrem Schminktisch auf. »Was drückst du dich denn an der Tür herum. Komm rein, komm rein. Schön, dich zu sehen.« Bella näherte sich ihrer Mutter und neigte sich vor, um ihr auf die dargebotene Wange einen Kuss zu geben.

»Schöne Frisur. Sehr elegant. Auch die Farbe gefällt mir.« Alessandra warf Bella einen prüfenden Blick zu, um ihren Gesichtsausdruck zu überprüfen, bevor sie sich wieder dem Spiegel zuwandte und den Kopf prüfend nach links und rechts drehte.

»Ich glaube, ich hätte es besser gekonnt. Aber sag: wie geht es dir, Liebling?« Alessandra schirmte ihre Augen mit einer Hand vor der Wolke Haarspray ab, und strich eine Haarsträhne zurück, die ihrem französischem Zopf entkommen war. Der Friseurgeruch stieg Bella in die Nase und rief ihr die vielen Stunden in Erinnerung, die sie als Kind füßebaumelnd, mit einem Buch zum Lesen oder ihrem neuen Zeichenblock, den ihr Daddy zum Malen gegeben hatte, beim Friseur auf ihre Mutter gewartet hatte.

»Prima. Ja, mir geht's gut.«

Alessandras dreifach gespiegeltes Gesicht schaute sie erwartungsvoll an.

»Wir haben dich schon seit Ewigkeiten nicht mehr gesehen«, sprach das Gesicht aus dem mittleren Spiegel zu Bella. »Du solltest uns wirklich öfter besuchen.«

»Das täte ich ja wirklich gerne, aber … « Bella zuckte mit den Achseln. »Erst kam der Umzug, dann muss noch unheimlich viel erledigt werden, und du weißt doch, wie hektisch es mit der Arbeit und so ist.«

»Tja, mir ist schon klar, dass wir im Vergleich zu den Aufregungen der weiten Welt nichts zu bieten haben«, erwiderte das rechte Profil im Spiegel, während es sich energisch die Wange puderte.

»Das Haus sieht sehr schön aus. Wie immer. Ist die Vase in der Eingangshalle neu?« Das Spiegelbild warf ihr einen Blick von der Seite zu und nickte.

»Dein Vater vermisst dich schrecklich«, sagte das linke

Profil. »Du solltest wirklich versuchen, ab und zu auch ein wenig an ihn zu denken.«
»Das *tu* ich doch.« Bella hakte ihre Daumen in die Gürtelschlaufen ihrer Jeans und konzentrierte sich auf ihre linke Stiefelspitze. Wie schön das abgewetzte Leder auf dem weichen grünen Teppich aussah: wie ein Stück Baumrinde auf einem Bett aus samtigem Moos. Vielleicht könnte sie in den Wald gehen, um zu malen; sich davonschleichen, wie zu einem heimlichen Treffen mit dem Geliebten. Plötzlich konnte sie die dunklen Bäume mit ihren langen, von Lichtstreifen durchzogenen Schatten förmlich vor sich sehen. *Ach, Bella-Liebling, spielst du wieder mit deinen Farben? Das freut mich. Es ist so nett für eine Frau, ein schönes Hobby zu haben …*
Alessandra öffnete leicht ihren Mund und verzog ihn zu einem straffen Lächeln, während sie Lippenrot auflegte.
»Wie findest du den Lippenstift, hmm? Er ist neu. Gewürznelkenbraun.«
»Sehr hübsch.« Bella nickte dem Spiegelbild zu. »Bringt deine Augenfarbe auch so schön zur Geltung.« Alessandras blitzende Augen, die an Schildpatt erinnerten, strahlten sie im Spiegel an.
»Meinst du wirklich?« Sie lächelte besänftigt. »Lass uns doch nach unten gehen und einen Kaffee trinken.« Das Spiegelbild tupfte sich die Lippen und wandte sich prüfend von links nach rechts. »Ich habe ein neues *biscotti*-Rezept ausprobiert. Ich bin gespannt, ob du die Zutaten erraten kannst.«

Bella atmete die salzige Luft tief ein und schaute aufs Meer hinaus. Es war ein schöner, klarer Tag, allerdings mit ziemlich starkem Wind, der den Wellen Schaumkronen aufsetzte. Sie liebte den Strand an Tagen wie diesem, die kalt genug waren, dass die Frostbeulen eingeigelt in ihren Autos sitzen blieben und das Meer von dort misstrauisch beäugten. Obwohl sie mittlerweile selbst in der Nähe des Meeres lebte, hatte sie eine Vorliebe für gerade diesen Küstenstreifen, für den Strand ihrer Kindheit, der etwa fünfzehn Kilometer vom Haus ihrer Eltern entfernt lag. Ihr Vater hatte mitkommen wollen, doch sie hatte sich kurzerhand ihre Autoschlüssel gegriffen und war scheinbar in Gedanken verloren aus dem Haus gestürmt. Denn wenn er mitgekommen wäre, hätten sie ihre Mutter nicht ausschließen können, und mit ihr wäre es eine traurige Parodie auf einen Familienausflug geworden, mit all dem Gesuche nach einem windgeschützten Platz, dem Theater um ihre Frisur. Es wäre einfach nicht dasselbe gewesen.

Zwei Windsurfer tänzelten über das Meer, mal auf dem Kamm der Wellen, mal im Tal. Ihre grellen, grünen und rosafarbenen Segel sahen wie die Flügel exotischer Vögel aus. Es war Ebbe, und am Wasserrand hockte ein Mädchen, das ungeschickt Sand in ihr Eimerchen schaufelte. Ihr weißer Hut war ihr so tief in die Stirn gezogen, dass Bella meinte, mit so einem eingeschränkten Blickfeld könne sie nur nach unten schauen. Sie schien entschlossen, nicht nur eine Burg, sondern gleich ein ganzes Kaiserreich bauen zu wollen, doch die Ärmel ihrer Strickjacke waren ihr im Weg, und sie war noch zu klein, um sie alleine aufrollen zu können. Die Mutter saß in der Nähe, las in einer Zeitschrift und nahm ab und zu einen Schluck aus ihrer Coladose.

Bella nahm einen Kieselstein und schleuderte ihn nach einem Stück Treibholz, das in einiger Entfernung am Strand lag. Er schlitterte über den Kiesstrand. Ein Mann

mit einem kläffenden Terrier warf ihr einen bösen Blick zu, als habe sie versucht, den Hund zu treffen.
»Nur knapp daneben«, meinte sie zu sich. »Noch einen Versuch, und dann geht's zurück ins ›Haus der Freude‹.«

Daddy geht mit ihr zum Strand und hilft ihr, Schuhe und Strümpfe auszuziehen.
»Hast du Lust, ein wenig im Wasser zu plantschen, Bella-Rella?« Das ist sein gelegentlicher Kosename für sie, in Anlehnung an Cinderella. Aber Mummy sagt, das sei lächerlich und nicht richtig. Bella sei ein wunderschöner Name. Er bedeute ›schön‹, und sie müsse es ja wissen, sie habe den Namen schließlich ausgewählt, und sie sei Italienerin.
»Will 'neine.«
Er zieht seine eigenen Schuhe und Socken aus, rollt sich die Hosenbeine hoch, bis sie sich oberhalb der Knie aufbauschen. Das Meer ist so kalt, dass Bella aufkreischt, als es ihr um die Knöchel rauscht. Unter Wasser sehen ihre Füße so aus, als gehörten sie gar nicht zu ihr, als habe sie sie soeben beim Muschelsuchen gefunden. Sie sehen blass und zart aus, während die Sonne helle Lichtstreifen durch die Wellen auf sie wirft. Als sie aus dem Wasser watet, fühlen sich die Kiesel unter ihren Fußsohlen doppelt so hart und scharfkantig an.
»Aua, aua, aua!«
Daddy schnappt sie sich und hebt sie hoch, hält sie über seinem Kopf in die Nähe der Möwen, von denen er sagt, mit ihren Schreien würden sie nach all den Fischern und Seeleuten rufen, die sich auf See verirrt haben. Bella versteht nicht, wie sie sich verirren konnten, denn es gibt

keine Straßen und man braucht keine Karte. Man braucht sich doch nur umzuschauen, und schon sieht man den Strand. Und plötzlich wirbelt er sie herum, kopfüber und kopfunter, und die Welt besteht nur noch aus Kies und Meer, dann aus Himmel und nochmals Himmel und dann wieder aus Meer und Kies. Sie kreischt vor Freude.

»Daddy, Daddy, lass mich runter.«

Sie lässt sich von ihm die Socken anziehen, weil ihr das noch schwer fällt, wenn ihre Füße nicht ganz trocken sind. Er zieht sie ihr schief an, so dass die Fersen seitlich am Fuß sitzen. Er schließt die Schnallen ihrer Schuhe zu fest, und es ziept an ihrem linken Fuß. Aber sie sagt nichts.

Er bestellt ihr eine Limonade und ein Käsetoast in einem Café, vor dessen Eingang ein bunter Perlenvorhang hängt, der im Wind hin- und herschwingt. Sie wünscht sich nichts sehnlicher, als dass dieser Tag nie enden möge: die Möwen, die über ihrem Kopf dahingleiten, die süßen, gelben Bläschen der Limonade, das Knirschen des Strandkieses, der salzige Meeresgeschmack, wenn sie ihre Finger ableckt, und ihr Vater, der ihr die Schuhe anzieht, sich erst auf die Schnallen konzentriert und dann zu ihr, die sie auf dem Felsen hockt, aufschaut.

»Alles klar, Bella-Rella. Auf geht's. Mummy wartet sicher schon.«

Alessandra regte sich gerade über ihr Haar auf.

»Wunderschön, wie immer«, sagte Gerald.

Mit ihren schmalen, eleganten Fingern machte sie eine abwehrende Bewegung.

»Warum verschwenden wir nur so viel Zeit, Geld und

Mühe darauf, uns für euch Männer schön zu machen?« Sie bezog Bella mit ein, indem sie sich auch an sie wandte, schweigend ihre ausgeblichenen Jeans und ihren sorglosen Pferdeschwanz in Augenschein nahm, um sich wieder abzuwenden. »Wenn ihr noch nicht einmal den Unterschied wahrzunehmen scheint?«
Sie ging in Richtung Küche.
»Amüsiert euch, und bleibt mir bitte beide aus der Küche. Ich werde uns nur ein paar Kleinigkeiten zum Abendessen zubereiten. Nichts Besonderes, wir sind ja unter uns.«

Zu dem »Nichts Besonderes« gehörten Pastetchen mit Spargel- oder Gruyèrefüllung, gefolgt von einer Hühnchen-Spinat-Terrine mit Salat als Beilage.
»Gibt's etwas Neues?«, fragte Alessandra ins Blaue, nachdem sie die Zielgerade des Abendessens – in Portwein gedünstete Birnen mit Crème fraîche – glücklich und ohne Zwischenfälle erreicht hatten.
Hast du einen Freund? Bella spürte die unausgesprochene Frage über das gestärkte Leinentischtuch und vorbei an der Porzellanschüssel mit den kleinen gelben Rosenknospen auf sich zukriechen. *Gibst du dir wenigstens Mühe?*, folgte dicht auf den Fersen.
»Nichts Besonderes«, sagte Bella und bemühte sich, ein widerspenstiges Stück Birne auf den Löffel zu bekommen, während sie mit der Geschicklichkeit einer versierten Politikerin das Gespräch in andere Bahnen lenkte. »An dem Haus muss wegen des Schimmels einiges getan werden.« Sie hielt ihre Hand hüfthoch. »Der Putz muss bis hier hin abgeschlagen werden.«
»Das hört sich teuer an«, meinte Gerald. »Brauchst du Hilfe?«
»Hast du ... «, begann Alessandra.

»Danke, aber finanziell gesehen geht's mir ganz gut. Und Seline scheint bislang recht zufrieden mit mir zu sein, wahrscheinlich weil ich ein paar fette Kunden mitgebracht habe, die bereit sind, gemolken zu werden. Sie meinte, wenn es weiter so gut ginge, sollten wir nächstes Jahr über eine Partnerschaft reden.«
»Aber das ist ja großartig. Sollten wir nicht darauf anstoßen?«
»Natürlich ist es schön, dass sie deine Talente zu würdigen wissen, aber ist das nicht ein wenig riskant?«, fragte Alessandra. »Wärst du nicht haftbar, wenn die Firma in den Konkurs ginge?«
Bella trank einen Schluck Wein.
»Ach ja, natürlich, ich hatte vergessen, wie gut es tut, sich auf das Positive zu konzentrieren«, sagte sie und erhob sich. »Soll ich Kaffee machen?«
»Vielleicht sollte ich ihn lieber zubereiten, Bella-Liebling. Die Kaffeemaschine ist gerade ein wenig eigen.«
»Kann ich verstehen«, murmelte Bella.

Am Sonntagmorgen bot Gerald seiner Tochter die traditionelle Gartenführung. An seinem Gemüsebeet blieben sie eine Weile stehen, deuteten hierhin und dorthin und begutachteten, als gelte es, eine Medaille auf einer Gartenschau zu vergeben.
»Natürlich sieht es momentan noch nicht so aus, wie es aussehen soll. Ich will dieses Jahr Kürbisse anpflanzen. Deine Mutter sagt, daraus lasse sich eine leckere Suppe machen.«
»Ach ja? Läßt sich daraus nicht eine ganz *ausgezeichnete* Suppe machen?«
»Benimm dich, Töchterlein.«
Kaum dass Bella beim Rundgang durch den Garten ir-

gendeine Pflanze auch nur erwähnte oder gar bewunderte, balancierte Gerald auch schon erstaunlich elegant über die schmalen Pfade zwischen den Beeten und sagte: »Hier, nimm, nimm ruhig. Lass mich dir etwas davon ausgraben.«

Bella fand es deprimierend, dass sie ihr kleines Stück Garten noch gar nicht bepflanzt hatte, während ihr Vater auf seiner großen Grünfläche lauter kleine Wunder geschaffen hatte.

»Ich überlege, ob ich meinen Garten nicht umgestalten lassen soll, damit er leichter zu handhaben ist, was meinst du?«, fragte sie. »Er wächst mir jetzt schon über den Kopf.«

»Sehr vernünftig. Wenn du möchtest, schau ich ihn mir mal an oder schicke dir jemand, der tatsächlich weiß, was er tut.«

»Natürlich weiß ich nicht mehr, was heutzutage modern ist«, meinte Alessandra, indem sie eine Bluse aus ihrem begehbaren Schrank nahm und sie Bella hinhielt. »Aber die hier hat mir immer gute Dienste geleistet.«

Jedenfalls ist sie ganz sicher besser als dieses furchtbare Hemd.

»Die ist wunderschön«, sagte Bella, während sie mit dem glatten Seidenärmel über ihre Wange strich. »Bist du sicher, dass du sie nicht mehr brauchst?«

»Wir gehen nicht mehr so häufig aus wie früher. Ich habe mehr Abendkleidung, als ich je tragen kann.«

Wenn ich so alt wäre wie du, ginge ich jede Nacht tanzen und müsste eine ganze Horde von Verehrern in Schach halten.

Bella hielt sich ein Seidenoberteil an und begutachtete das Resultat im Spiegel. Es war wirklich wunderbar, strahlte förmlich in seinem satten Kirschrot.

»Bei deiner Haarfarbe steht es dir wirklich außerordentlich gut. Ich werde nie verstehen, warum die jungen Leute heute so viel Schwarz tragen. Behalt es.« Alessandra nahm auch noch einen passenden Rock aus dem Schrank. »Hier. Ich pass da nicht mehr rein. Eine der vielen Freuden des Alters.« Sie klopfte sich auf die nach wie vor schmale Hüfte.

Man bleibt nicht ewig jung.

»Und außerdem kannst du ein paar anständige Sachen gebrauchen. Bei deinem Aussehen ist es wirklich eine Schande, nicht das Beste daraus zu machen.«

Warum gibst du dir nicht mehr Mühe? Dir geht sonst nie ein Mann ins Netz.

In dem Rock und der Bluse kam sich Bella plötzlich wie verwandelt vor: ungewohnt elegant, anmutig und erwachsen. Der Rock umspielte sanft ihre Beine, als sie im Schlafzimmer auf und ab lief. Die gebauschten Ärmel der Bluse waren durchsichtig, halb enthüllend, viel sinnlicher als nackte Haut.

»Darin siehst du wirklich bezaubernd aus«, meinte Alessandra abwägend. »Genau das Richtige für einen besonderen Anlass. Oder wenn dich jemand zum Abendessen einlädt.«

»Frauen werden heute nicht mehr zum Abendessen eingeladen«, erwiderte Bella und ignorierte die angedeutete Frage. »Wenn du dich so umhörst, wirst du merken, dass wir meistens selbst bezahlen.«

»Oh. Nun ja, gut. Ich dachte nur … « Alessandra lachte verlegen kurz auf. »Natürlich müsste man hochhackige Schuhe dazu tragen«, fügte sie mit einem Blick auf Bellas Wochenendstiefel hinzu.

Willst du denn wirklich, dass dich niemand bemerkt?

»Ich besitze durchaus ein paar schicke Schuhe, Mutter. Nur weil ich sie nicht … «

»Nein. Natürlich nicht. Selbstverständlich sind dir deine besten Sachen zu schade, um sie hier zu tragen.« Sie drehte sich auf dem Absatz um und verließ das Zimmer.
Bella blieb allein im Schlafzimmer ihrer Eltern zurück. Aus dem Spiegel schaute ihr kühl und abschätzend ihr eigenes Gesicht entgegen. Plötzlich wirkte sie in dem kirschfarbenen Oberteil und in dem Rock lächerlich und übertrieben elegant. Man sah deutlich, dass es nicht ihre eigenen Kleider waren. Wie ein Mädchen, das sich mit Mummys hochhackigen Schuhen und Federboa geschmückt hat. Wen konnte man schon mit so einem plumpen Trick glauben machen, sie sei schön? Man sah doch sofort, dass sie ein Kuckuck war, eine Hochstaplerin, die etwas anstrebte, das sie niemals erreichen würde. Sie zerrte an dem Reißverschluss, klemmte den Stoff ein, schaffte es schließlich, ihn zu öffnen und griff nach ihrer Jeans.

»Vergiss dein Einweihungsgeschenk nicht«, sagte Gerald, als sie ihre Sachen neben der Haustür aufbaute. »Hast du noch Platz auf dem Rücksitz?«
»Gerald-Liebster, kannst du es bitte holen?«
Bella musste das Geschenk nicht erst auspacken, um zu erkennen, was es war. Das eine Teil war groß, schwer und offensichtlich irgendeine Art von Lampenfuß; das andere war unhandlich und sah einem Lampenschirm täuschend ähnlich. Auch ohne sie ausgepackt zu haben, wusste Bella, dass diese Lampe nicht in ihr kleines Haus passte. Sie war zu groß und – wenn sie ihre Mutter richtig einschätzte – auch zu imposant. Wahrscheinlich war der Fuß mit irgendwelchen exotischen Vögeln oder hübschen Blümchen bemalt. Gewiss hatte sie ein Vermögen gekostet.

Von dem Geld hätte sie sich ein paar anständige Handtücher kaufen können. Oder einige verdammt gute Töpfe.
»Oh, Wahnsinn«, sagte sie. »Wie aufregend, ein richtiges Geschenk zu bekommen.«
»Willst du es nicht auspacken?« Alessandra stand stolz hinter den Paketen. Ganz offensichtlich hatte sie das Geschenk ausgesucht.
»Ach, es ist so gut und sicher verpackt, dass ich es besser so transportiere. Dann habe ich auch etwas, worauf ich mich auf der Fahrt nach Hause freuen kann.«
»Natürlich.« Alessandra strich eine Haarsträhne glatt und verschränkte die Arme. »Nun, dann gute Fahrt.« Sie neigte sich leicht vor und hauchte Bella einen Kuss auf die Wange.
Als sie im Auto saß, gab Gerald ihr einen Umschlag.
»Nichts Großes, fürchte ich. Etwas für den Garten.«
»Für einen Kirschbaum sieht es aber ein wenig zu flach aus.«
»Nun fahr schon.« Er beugte sich zum Fenster, um ihr einen Kuss zu geben. »Die Quittung für das andere Geschenk ist auch in dem Umschlag, falls du es gegen das umtauschen möchtest, das wir dir eigentlich gleich hätten besorgen sollen. Du kannst uns übrigens gerne zu deiner Einweihungsfeier einladen. Wir kommen dann auch etwas eher und helfen dir bei den Vorbereitungen. Vorausgesetzt du schämst dich nicht für deine verknöcherten Eltern.«
»Ach, Dads, was redest du denn da?«
Nur über meine Leiche, dachte sie. Sie konnte es sich lebhaft vorstellen.

Ihr Wohnzimmer. Freunde stehen herum, unterhalten sich und versuchen sich in dem durch ein Buffet bedingten Kunststück, von ihren vollen Tellern zu essen, ohne ihr Glas oder ihre Serviette zu verlieren. Vorsichtig umschiffen sie die herumstehenden Kisten. Dann: Auftritt der Eltern, der an Kleopatras Einzug in Rom erinnert und von viel Aufsehen begleitet wird: Handschuhe, Schal und Mantel müssen abgelegt werden, die hektische Suche nach dem-und-dem wird aufgenommen und wieder abgeblasen, als es dort auftaucht, wo es sein sollte, und im Übrigen, wo finde ich die …? Ihr Vater sorgt sich um das Auto, steigert sich hinein wie ein alter Mann, meint, irgendetwas müsse man doch gegen das Parkplatzproblem tun. Und Alessandra rauscht in die Küche, nimmt mit einem Blick das Bild von ihr und Patrick wahr, das immer noch an der Pinnwand hängt, stellt fest, wie absolut *süß* die Küche sei – wie praktisch, alles so nah bei der Hand zu haben; wie viel einfacher zu handhaben –, deutet auf die Gardinen, die absichtlich auf dem Boden schleifen, meint, natürlich gebe es in einem neuen Haus immer unendlich viel zu tun, nicht wahr; nicht einmal zum Säumen der Gardinen oder ähnlichen unliebsamen Arbeiten komme man; ach, und diese nackten Holzdielen mit ein paar Teppichen im Schlafzimmer, warum denn Bella nichts gesagt habe, sie hätten sich doch gerne – ja, wirklich liebend gerne – an den Kosten für einen richtigen Teppich beteiligt – oder wohne man heutzutage so? Es sei ja so schwierig, auf dem Laufenden zu bleiben und zu wissen, was *in* sei.

Sie wollten früher kommen, um bei den Vorbereitungen zu helfen? Danke, aber nein, danke.

Bella hupte kurz, als sie durch das Tor auf die Straße bog. Im Rückspiegel sah sie den hochgestreckten Arm ihres

Vaters, der winkte, als würde er sich auf einer einsamen Insel einem entfernten Schiff bemerkbar machen wollen. Die Hand ihrer Mutter schien halbherzig erhoben, als greife sie nach etwas, von dem keine Hoffnung bestand, dass sie es je zu packen bekäme.

6.

Nehmen Sie doch an einem Abendkurs teil. So treffen Sie neue Leute und lernen auch noch etwas!« Bella war auf diesen Rat gestoßen, als sie auf dem Firmenklo eine Frauenzeitschrift durchgeblättert hatte. Immer bekam man dieselben Ratschläge: auf jeden Leserbrief, in dem gefragt wurde, wie man denn andere Leute kennen lernen könne, folgte die eine oder andere Version des Nehmen-Sie-an-einem-Kurs-teil. Aber traf man bei solchen Kursen wirklich nette Männer? Bella befragte Nick und Viv dazu, als sie bei ihnen zum Abendessen war. Nick fand den Ansatz sehr logisch (Viv: »Logisch? Ah ja, das ist natürlich das Wichtigste.«) und erkundigte sich, welchen Kurs sie denn belegen wolle, Tischlerarbeiten oder Automechanik? Bella hatte eigentlich eher an Glasmalerei oder Patchwork gedacht und jammerte enttäuscht, als Viv solche Pläne entschieden abwies.

»Jetzt hör mal zu: willst du, verdammt noch mal, einen Mann kennen lernen, oder nicht? Geh ruhig zu dem Patchworkkurs, aber komm mir dann nicht nachher angerannt und heul mir vor, die besten Chancen sähest du bei einer 47-jährigen Hebamme, denn die hätte wenigstens Haare auf dem Kinn.«

»Das würde mir schon genügen. Ich möchte einfach nur mehr *Leute* kennen lernen, sonst komme ich mir hier wie auf Besuch vor.«

Sie saßen um den Esstisch, genossen die in Knoblauch und Ingwer gebratenen Krabben mit den chinesischen Nudeln und versuchten, sich nicht über Nicks Versuche, mit Stäbchen zu essen, lustig zu machen. Schon zum dritten Mal fiel ihm die Krabbe, die er zum Mund führte, wieder auf den Teller.

»Ich sterbe gleich vor Spannung, Nick. Nimm dir doch eine Gabel.« Viv wandte sich halb an Bella und zog eine Grimasse. »Das macht er jedes Mal.«

»Nein, nein. Gleich hab ich's.« Die Krabbe hing schwankend in der Luft, während drei Paar Augen gebannt ihren Weg von der Schüssel zum Mund verfolgten.

»Ein Sternchen zur Auszeichnung bekommst du ganz bestimmt nicht«, meinte Bella und versuchte geschickt, ihm die Krabbe mit ihren Stäbchen wegzuschnappen.

Mit einem leichten Platschen fiel sie wieder auf ihr Nudelnest zurück. Nick ging in die Küche und kramte unüberhörbar in den Besteckschubladen.

»Aber das Ganze hat sowieso keinen Sinn. Selbst wenn ich jemanden kennen lernte, wüsste ich nicht, wie ich mich in einer Beziehung verhalten sollte. Das anfängliche Essengehen und Schön-viel-Sex-Haben beherrsche ich ganz gut, aber dann weiß ich nicht weiter. Es muss da ein Geheimrezept geben, von dem ich nichts weiß«, griff Bella das Thema wieder auf. »Könntest du mir nicht deine zehn besten Tricks verraten? Du scheinst den Dreh raus zu haben.«

»Viv, wo hast du die Gabeln mit dem blauen Griff versteckt?«, tönte es aus der Küche. »Ich mag die anderen nicht für chinesisches Essen.«

»Ja klar… Wir sind das perfekte Paar.« Viv schüttelte den Kopf und rief in die Küche zurück: »In der *zweiten* Schublade. Da, wo sie immer sind.«

»Kein Geheimrezept also?«

»Du meinst, so etwas wie das Teegebäck meiner schottischen Großmutter? Wenn es ein Geheimrezept gibt, dann weiß ich jedenfalls nichts davon, und Nick erst recht nicht, weiß Gott. Ich meine, Nick versteht unter gegenseitiger Unterstützung, dass man sich nach einem heftigen Saufgelage im *Tickled Trout Pub* aneinander lehnt, um nicht umzufallen. Ich hab keine Ahnung. Obwohl, hab ich doch. Ich glaube, miteinander zu reden, ist das Wichtigste – wenn man Lust hat, aber auch wenn man keine Lust hat, damit nicht einer wochenlang wutschäumend in der Ecke sitzt und über einem klitzekleinen Problem brütet, bis es dann plötzlich mit Türenschlagen, Geschirrzertrümmern und Kofferpacken wieder hochkommt. Ach ja, und ein wenig Liebe kann auch nicht schaden. Das hilft dir, über die ...« Viv hob an dieser Stelle die Stimme. »... ALLZU HÄUFIGEN SCHEISSMOMENTE HINWEG.«

Bella schob ihre Unterlippe vor.

»Das wär's schon, große Meisterin?«

»Ich kann sie immer noch nicht finden.« In Nicks Stimme schwang ein wenig Jammer mit.

»Nein. Du brauchst auch eine riesige Portion Glück.« Viv stand auf und marschierte in die Küche. »Nicht *diese* zweite Schublade. Die *andere* zweite Schublade. Und«, fügte sie hinzu, »du musst dich erst einmal durch all die Schweine, Psychopathen und Mamasöhnchen durchkämpfen, bis du einen netten, nur durchschnittlich neurotischen Mann findest, der zwar nicht in der Lage ist, die Gabeln in seiner eigenen Küche zu finden, aber wenigstens bereit ist, sich auch in dieser Hinsicht ein wenig Mühe zu geben.«

»Dann kann ich das Ganze gleich vergessen«, meinte Bel-

la, nahm die Stäbchen und tat so, als wolle sie gleich Harakiri begehen.
»Bitte warte damit bis nächste Woche. Dann ist Nick mit dem Fußboden dran.«

Als Bella, statt zu arbeiten, das Kursangebot der Bücherei durchblätterte, konnte sie sich des Eindrucks nicht erwehren, dass man allein, um das Verzeichnis verstehen zu können, einen Kurs besuchen müsse. Gab es einen plausiblen Grund dafür, dass man die Themen, Preise und Veranstaltungsorte so kompliziert verschlüsselte? Sie fühlte sich versucht, das Ganze auf September zu verschieben. Vielleicht würde sie nach dem Sommer die Kraft haben, das Verzeichnis zu entschlüsseln. Außerdem konnte sie dann mit dem akademischen Jahr einen Neuanfang machen. Doch sie kannte sich: bis dahin hatte sie wahrscheinlich ihr Vorhaben längst vergessen. Die verballhornte Redewendung, was du heute kannst besorgen, das verschiebe stets auf morgen, war in ihrem Fall kein Witz, es war ihre Lebensphilosophie. Deshalb tat sie es am besten sofort. In den letzten zwei Tagen hatte sie es lediglich geschafft, einen Zitronenkuchen zu backen – was nicht gerade höchste Priorität gehabt hatte – und die Gardinen in ihrem Schlafzimmer zu säumen. Sie hatte sogar gemogelt und ihrer Endlosliste den Punkt »Schlafzimmergardinen säumen« im Nachhinein hinzugefügt, nur um die seltene Befriedigung zu verspüren, endlich einmal etwas abhaken zu können.
Sie wandte sich wieder dem Kursverzeichnis zu. Vielleicht sollte sie es vom Veranstaltungsort abhängig machen. Sie könnte einfach einen Ort auswählen, der leicht zu erreichen war, und dann dort irgendeinen beliebigen Kurs besuchen. Oder vielleicht sollte sie blind wählen?

Sie schloss die Augen, schlug eine Seite in dem Verzeichnis auf und stieß mit dem Stift auf die Seite: Malen und Zeichnen für Anfänger. Sehr witzig. Das war wahrscheinlich der einzige Kurs in dem gesamten Programm, der für sie nicht in Frage kam, weil sie es bereits konnte. Jedenfalls hatte sie es einmal gekonnt. Doch ihre frühen Träume, Malerin zu werden, kamen ihr wie der peinliche erste Schwarm vor, eine Torheit, die man am besten vergisst.
Eigentlich sollte es Abendkurse geben, in denen man all die schwierigen Dinge lernte. Wozu war es gut, sich mit Spannbetttüchern für Fortgeschrittene oder Kreativer Maschinenstickerei abzugeben, wenn man einen Anfängerkurs für Beziehungskisten oder die Stufe I des Sich-am-Riemen-Reißen viel nötiger hatte? War nicht ein Fortgeschrittenenkurs für Tortendekoration lediglich schmückendes Beiwerk? Sollte man nicht erst beim Kuchen selbst anfangen? Und dafür brauchte man zunächst die richtigen Zutaten im richtigen Mengenverhältnis, die korrekt miteinander vermischt werden mussten, so dass sie sich ordentlich miteinander verbanden. Bellas Vergleich schien sich zu verselbständigen. Außerdem lenkte er ihre Gedanken auf das Mittagessen.
Sie nahm sich ihre Tasche und flitzte zur Sandwich-Bar. In Gedanken war sie noch bei ihren Kursen. Die Abendkurse müssten natürlich langsam aufeinander aufbauen, so dass man mithalten konnte, und zwar von Lektion 1: »Der erste Anruf« über Lektion 2: »Das erste Abendessen« bis hin zu: »Entkleiden: Gewusst-wie«, »Zen und die Kunst des Kondomüberstreifens«, »Das Treffen mit seinen Eltern«, »Vom Umgang mit Trotzanfällen (für Anfänger)« und zum Abschluss: »Wenn die Worte ›Ich brauche mehr Freiraum‹ besser sind als ›Verpiss dich‹«.

Der Anfängerkurs für Instandhaltung des Wagens sollte am Dienstagabend um halb sechs beginnen. Bella eilte nach der Arbeit nach Hause, um ihr Auto zu holen. Natürlich wollte es nicht anspringen. Haha, sehr witzig, dachte sie und schlug auf das Armaturenbrett. Wie beruhigend zu wissen, dass Gott offensichtlich doch einen Sinn für Ironie hatte. Und natürlich blieb sie nicht ruhig und besonnen, sondern drehte richtig auf, trat heftig aufs Gas und tat in ihrer Panik all das, von dem sie wusste, dass sie es nicht tun sollte, wenn sie nicht den Motor absaufen lassen wollte. Sie versuchte die Zuckerbrot-und-Peitsche-Methode, sprach dem Auto erst gut zu – »Komm schon, du kleines liebes Auto, du hast doch sicher Lust auf eine Spritztour, nicht wahr? Komm!«, wobei sie in ihrem Sitz nach vorne ruckte, um dem Wagen eine Vorstellung von »Vorwärts« zu vermitteln. Dann drohte sie ihm – »Du Miststück – eine Chance geb ich dir noch, dann tausch ich dich gegen einen Motorroller ein!«
Sie drehte den Zündschlüssel zurück und saß eine Weile bewegungslos da. Großartig, dachte sie, noch etwas in meinem Leben, das nicht funktioniert. Diese Abendkurssache war sowieso eine Schnapsidee, sie würde dort ohnehin niemanden kennen lernen. Wahrscheinlich hatte sie mittlerweile schon Moos zwischen den Beinen angesetzt. Warum fand sie sich nicht einfach damit ab, dass sie eine armselige, bemitleidenswerte Jungfer war, die nie einen Mann und Kinder haben würde und sich daher ebenso gut in die Arbeit mit verhungernden Asylanten oder Opfern traumatischer Tapeten stürzen und für sie Geld sammeln konnte, indem sie auf einem Dreirad um die Welt fuhr oder für Sponsoren in Badelatschen nach Llandudno marschierte.
Ein letzter Versuch. Und der Wagen sprang an. Wie konn-

te es anders sein. Sie warf einen Blick auf die Uhr: vielleicht lohnte es sich noch – zumindest zum Einschreiben. Als sie schließlich den Veranstaltungsort erreichte und einen Parkplatz gefunden hatte, war die Stunde fast vorbei. Sie fand den richtigen Raum und warf – in weiser Voraussicht – einen Blick durch das kleine Türfenster, bevor sie eintrat.

Etwa ein dutzend Leute standen dicht gedrängt um etwas herum, das vermutlich der Motor war. Plötzlich traten sie zurück, um einen etwa 50-jährigen Mann in einem blauen Monteuranzug in ihre Mitte zu lassen. Indem sie zurückwichen, wandten sie sich in Bellas Richtung. Bis auf zwei bestanden die Kursteilnehmer nur aus Frauen. Die einzigen nichtweiblichen Teilnehmer drängten sich aneinander und sahen höchst unbeholfen aus; der eine hatte rotes Haar, das vom Kopf abstand, als hätte er gerade in eine Steckdose gefasst, und der andere litt an einer derartigen Akne, dass sich von seinem Gesicht sämtliche Sternbilder, ja ganze Galaxien ablesen ließen. Keiner der beiden schien auch nur eine Minute älter als siebzehn. Bella drückte sich schnell an die Wand, wie es Spione im Film tun. Knapp entronnen! Und wen interessierten Motoren überhaupt? Dafür gab es schließlich Automechaniker.

Allerdings kam es ihr plötzlich, wo sie nun einmal dort war, wie Zeitverschwendung vor. Am Informationsbrett hing eine Liste, der sie entnahm, dass an diesem Abend noch Kurse stattfanden für »Der Steuerberater im Haus« (wirklich unwiderstehlich!), »Italienisch für Fortgeschrittene« (wäre ganz nett, zumal sie über das *grazie* und *spaghetti al pesto* noch nicht hinausgekommen war, aber sie musste befürchten, dass Alessandra ihre Aussprache korrigieren würde), »Polnischer Volkstanz« (ein Blick auf die Uhr sagte ihr, dass diese Stunde schon vorüber war) und

»Zeichnen mit Modell« (fing in 30 Sekunden an). Dass man dort viele Männer treffen würde, war unwahrscheinlich, aber wenigstens hätte sie dort Spaß. Und außerdem musste sie es ja niemandem erzählen. Sie hatte seit ihrem Studium an der Kunsthochschule keine Zeichenstunde mehr besucht, konnte sich jedoch noch gut daran erinnern, wie sie es geliebt hatte, sich völlig in die Aufgabe zu vertiefen. Wenn sie malte, war sie hoch konzentriert, widmete sich ganz und gar dem genauen Hinschauen und dem Übertragen ihrer dreidimensionalen Wahrnehmung auf die zweidimensionale Fläche. Sie lief über die Gänge auf der Suche nach dem richtigen Raum. Warum nur hatten diese Institutionen immer so merkwürdige Namen oder Zahlen für ihre Räume? Der Raum, den sie suchte, hieß WG4, aber ein WG1, 2 oder 3 war nirgends zu sehen. Endlich fand sie ihn in einem Anbau und platzte mitten in das Vorstellungsgefasel des Lehrers. Er stellte sich als JT vor und ermutigte sie, so viele Fragen zu stellen, wie sie wollten. Abgesehen von der Tatsache, dass er darauf bestand, mit Initialen angesprochen zu werden, machte der Lehrer einen guten Eindruck. »Ähm …«, meldete sich Bella zu Wort, um das JT zu vermeiden. In ihren Ohren klang das wie ein Scheuermittel oder ein selbstherrlicher Chef, der auf kumpelhaft tat. Wie konnte man sich nur mit den Worten »Nennen Sie mich JT« vorstellen, ohne vor Verlegenheit im Boden zu versinken? ›Ähm‹ schlug vor, erst mit einer kurzen 15-minütigen Pose anzufangen, bevor sie eine Zeichnung in Angriff nähmen, die längere Zeit benötigte.

Das Modell zog sich aus, stellte ein Bein auf einen Stuhl und nahm die gewünschte Position ein. Na also, dachte Bella, jetzt bekam sie doch die Gelegenheit, mit einem nackten Mann zusammen zu sein, noch dazu ohne die üb-

lichen Peinlichkeiten. Sie musste nicht über schwerfällige Witze lachen, musste nicht entdecken, dass er unter Vorspiel ein entschlossenes Massieren ihres Schamhügels nicht unter zehn Minuten verstand; sie hatte keine Blasenentzündung und kein Problem, ihn ihrer Mutter vorzustellen. Was wollte man mehr?
Bella durchwühlte ihre Tasche auf der Suche nach einem Bleistiftstummel. Merkwürdig, dachte sie, kaum schaute man genauer hin und fing an zu malen, sah man gar keine nackte Person mehr. Das Modell verwandelte sich unversehens in Fleisch und Knochen, in ein Wechselspiel von Tiefen und Oberflächen, von Licht und Schatten. Wenn sich andere Menschen doch nur ebenso leicht erfassen ließen: hier der Winkel eines Beines, dort die Rundung einer Schulter, das Gewicht einer Hand auf der Hüfte. Nicht, dass Zeichnen einfach war, weiß Gott nicht. Wie sollte sie beispielsweise seinen perspektivisch verkürzten Fuß darstellen, ohne dass er verkrüppelt aussah? Und wie vermied sie, dass seine herabbaumelnden Schätze wie Hühnereingeweide aussahen? Wenn man jedoch richtig hinschaute, konnte man lernen, wie sich das, was man sah, umsetzen ließ. Doch wenn es um das Verstehen seiner Mitmenschen oder seiner selbst ging, dann mochte man tausend Jahre alt werden – oder auch nur, wie sie, dreiunddreißig –, ohne jemals wirklich klüger zu werden. Sie verscheuchte diesen sinnlosen Gedanken, konzentrierte sich auf das Modell und verlor sich im Zeichnen.

Als es Zeit für das Modell war, eine Pause einzulegen, nahmen die Räumlichkeiten und Menschen um Bella herum erst ganz allmählich wieder Gestalt an, als sei sie soeben aus einer tiefen Trance erwacht. Sie blinzelte, als sei das Licht plötzlich angeschaltet worden; für einen

Augenblick fiel ihr das Sprechen geradezu schwer, da ihr Kopf noch voller Bilder und Umrisse war. Wörter tauchten vor ihrem inneren Auge zunächst als Symbole auf, bevor sie sie in Laute verwandeln konnte; die einzelnen Buchstaben kamen ihr wie abstrakte Linien und Kurven, eher wie Bilder als wie sprachliche Bedeutungsträger vor. Zeichnen war tatsächlich ein wenig wie Verliebtsein, dachte sie. Es war vollkommen, und man vermisste nichts.

Sie spürte, dass jemand zu ihrer Linken stand. Es war JT, der ihre Arbeit überprüfte. Er nickte anerkennend.

»Sie sind offensichtlich nicht gerade Anfängerin«, sagte er.

7.

Es war Sonntag. Der Tag, dessen einziger Zweck darin bestand, allen Singles vor Augen zu führen, wie einsam und trübsinnig ihr Leben im Grunde war. Dabei hatte sie eigentlich genügend zu tun. Zunächst einmal gab es da die unbedeutende Angelegenheit mit den Kisten. Ihr Einzug lag mittlerweile Wochen zurück, und dennoch lebte sie noch immer in einem Dschungel von Kartons. Aber wieso sollte sie alles auspacken, wenn sie sowieso alles wieder einpacken musste, sowie sie die Sache mit dem Schimmel endlich anging. Sie konnte natürlich Viv und Nick wieder auf die Pelle rücken. Viv beteuerte immer wieder, dass das in Ordnung sei, aber Nick hatte vor ein paar Tagen gemeint, sie bräuchten eigentlich gar keine Kinder, denn sie hätten ja Bella. Und wie praktisch das sei: sie brauchten sich weder um eine gute Schulbildung noch um die Finanzierung ihres Studiums zu sorgen, es gäbe keine Diskussionen über Zu-Bett-Geh-Zeiten oder über ihre Telefonitis. Das sei doch großartig, hatte er gesagt. Und warum sonst noch niemand auf den Gedanken gekommen sei. Warum sollte man sich durch all die Sorgen und den Ärger kämpfen, wenn man auch einfach eine Dreiunddreißigjährige adoptieren konnte, die zu kochen verstand und auch ansonsten zu allerlei zu gebrauchen war. Nick war wirklich urkomisch gewesen. Ja, sie hatte sich beinahe totgelacht.

Sie holte ihre Liste hervor. ›Haus in Ordnung bringen‹,

stand da; ›Garten in Ordnung bringen‹. Das schien ihr doch ein zu ehrgeiziges Unterfangen für einen Sonntag. ›Schimmel‹. Sie unterstrich diesen Punkt energisch, um sich zumindest das Gefühl zu vermitteln, sie würde die Sache vorantreiben. Sie fügte ›Bei Mr. Bowman nachhaken‹ als Unterpunkt hinzu. ›Riss in der Wand/Studio‹: Ebenfalls ein etwas größeres Projekt für den Heimwerker, also eindeutig ein Hol-dir-jemand-der-das-erledigt-Job. ›Duschvorhang‹, hieß es weiter auf der Liste, sowie: ›Jalousie fürs Bad‹. Das war schon eher nach ihrem Geschmack. Ein wenig bummeln zu gehen, würde sie nicht überfordern. Habitat öffnete erst um zwölf, so dass ihr noch genügend Zeit blieb, ein wenig aufzuräumen. Aber erst brauchte sie ein kleines Express-Frühstück.

Sie stellte ihr Frühstückstablett zusammen, mit Cornflakes, kalter Milch, Tee und einem warmem Muffin, schob dann *Die Nacht vor der Hochzeit* in das Videogerät und machte es sich auf dem Sofa gemütlich.

Das war das eigentliche Problem mit der heutigen Welt: Männer wie Cary Grant gab es nicht mehr. Mit James Stewart hätte sie sich allerdings auch zufrieden gegeben. Gleich kam die Szene, in der er Katharine Hepburn küsste – in der Nacht vor ihrer Hochzeit mit einem anderen Mann –, bevor sie dann im Mondenschein ziemlich beschwipst schwimmen gingen.

»Es wird doch wohl nicht etwa Liebe, oder?«, wisperte er ihr ins Haar.

»Nein, nein, auf keinen Fall. Das kann und darf nicht sein!«, hauchte Hepburn, gegen einen Baum gelehnt, derweil der Mond ihr Gesicht beschien.

»Käme das denn sehr .... ungelegen?«, fragte James Stewart langsam mit rauchiger Stimme.

»Schrecklich ungelegen!«

Und sie schaffte es, selbst in betrunkenem Zustand hinreißend auszusehen.

Bella schaltete den Fernseher aus und lehnte sich, den Kopf gegen die Kissen, zurück. Was wäre, wenn sie nie wieder irgendeinen Mann, geschweige denn Mr. Perfect, fände? Sie würde schließlich zu den alleinstehenden Frauen gehören, die ihre Katzen wie Kinder verwöhnten und in Gruppen zu Batikkursen nach Thailand reisten. Irgendwann würden ihre Freunde jede Hoffnung fahren lassen, sie doch noch mit jemandem zu verkuppeln. Sie würden Bella im Stillen bemitleiden, vor ihr jedoch so tun, als beneideten sie sie um ihre Freiheit: wie wunderbar es für sie sei, immer das tun zu können, was sie wollte, etwa einfach nach New York zu fliegen, ohne schon sechs Monate vorher Terminkalender vergleichen zu müssen; nicht ihr restliches Leben mit Ich-habe-gesaugt-also-musst-du-abwaschen-Gefeilsche zu verbringen; sich nicht über die Frage, wer zuletzt den Müll hinausgebracht hat, zu streiten; sich nicht fragen lassen zu müssen, warum sie denn gar so viel Geld für einen Blazer ausgegeben habe, ob sie denn überhaupt einen neuen bräuchte, sie habe schließlich schon einen; keine endlosen Debatten zu führen über die Frage, ob es Verrat ihrer sozialistischen Überzeugungen sei, wenn sie ihre Kinder auf Privatschulen schickten. Natürlich seien staatliche wunderbar, aber Lottie sei doch so begabt, und in den überfüllten Klassen würde sie niemals genug gefördert; und wie wundervoll es doch sei, dass Bella nie um drei Uhr morgens zitternd und ohne Decke aufwachte und gezwungen wäre, dem schnarchendem Idioten neben ihr einen Zipfel der Bettdecke abzutrotzen.

Um Gottes willen, jetzt war schon gleich Mittag. Sie musste ganz dringend irgendetwas Konstruktives tun. Zeichnen gehen, beispielsweise. JT hatte ihnen gesagt, sie sollten jeden Tag zeichnen, es sollte »zur unverzichtbaren Tagesroutine gehören, wie Zähneputzen«. Bellas Blick fiel auf eine Wand, an der oberhalb der Fußleiste die Farbe abblätterte und die förmlich nach dem Anti-Schimmelmann schrie (sie vermutete, dass er an irgendeinem leichten, aber unappetitlichen Kranksein litt, womöglich pilzbedingter Natur). Dann schweifte ihr Blick über die Kisten. Vielleicht konnten sie als gewollter Teil des Dekors durchgehen; vielleicht würde das sogar modern: Design-Wirrwarr. Die kunstvoll arrangierten Kisten würden in den Sonntagsbeilagen extra abgebildet; mit passend grobkörnigen Fotos würde der überquellende Kisteninhalt festgehalten und zum Inbegriff von blasiertem Chic gekürt. Das erinnerte sie an ihr großes Vorhaben, einen Duschvorhang zu erstehen. Wenn sie nur erst einen solchen hatte, gehörte auch sie ganz bestimmt zu jenen dynamischen Leuten, die morgens um sechs aus dem Bett und unter die Dusche springen und dann ihren Frühstücksjoghurt in der Lotusposition zu sich nehmen, statt sich über eine Stunde lang im Bad zu aalen, dabei zu lesen oder Träumen nachzuhängen. Sie beschloss, jetzt sofort zu Habitat zu gehen und danach einen kompromisslosen Blick auf den Garten zu werfen.

Patrick hatte Habitat gehasst, es mit derselben Intensität verabscheut, wie jeden anderen Einkaufsbummel, es sei denn, es handelte sich um Lebensmitteleinkäufe. Er hatte behauptet, farbenblind zu sein, unter Geschmacksverirrung oder was auch immer sonst zu leiden, wenn es ihn nur entschuldigte. »Geh du doch, Bel. Du bist gut darin. Für mich sieht das alles gleich aus.« Sie war ehrlich verblüfft gewesen, als hätte er ihr erklärt, er schmecke keinen Unterschied zwischen einem Fruchtkuchen und einem Shrimpscocktail. Wie konnte jemandem seine Umgebung nur derart gleichgültig sein? Ein Haus war doch wie ein wunderbares dreidimensionales Bild, das auf Gestaltung wartete: auf das Nebeneinander verschiedener Farben, den Gegensatz unterschiedlicher Materialien, auf Lichteinfall und die Überraschung einer wohl dosierten Disharmonie. »Ein Überwurf ist ein Überwurf«, meinte Patrick. »Wenn ich darunter liege und schlafe, kann es mir doch egal sein, wie er aussieht.« Bella biss sich auf die Lippe; warum nur vermisste sie ihn gerade dann am meisten, wenn sie sich an etwas Ärgerliches erinnerte?

Wenn Bella nachgedacht hätte, wäre ihr klar geworden, dass Habitat am Wochenende nicht der richtige Ort für eine Alleinstehende war. Jetzt kannte sie die dunkle und schreckliche Wahrheit: Habitat war das Epizentrum, das eigentliche Jammertal der sonntäglichen Hölle. Sie hatte noch nie so viele Paare auf einem Haufen gesehen. Wahrscheinlich wurden sie im Keller gezüchtet. Sie kamen Bella geklont vor: lauter Paare, die allesamt Küchen in naturbelassenem Stein, blitzende Espressomaschinen, Brotbehälter aus Terrakotta und ›verrückte‹ Seifenhalter in Fischform besaßen. Ihre Gardinen sahen wahrscheinlich ebenso locker gewebt und verkrumpelt aus wie ihre Jacken und ihre Kinder. Sie wurde Zeugin jener Verschwörung, die einen erfolgreich dazu brachte, seiner Rolle als Konsument voll und ganz gerecht zu werden (was war nur mit den guten alten Konsumenten geschehen?) und nur noch zu kaufen, kaufen, kaufen. In Supermärkten wurden Süßigkeiten und Schokoriegel in Reich-

weite platziert, so dass sich die Hände geradezu von alleine streckten und nach der großen Marspackung griffen; in Möbelgeschäften verteilte man lauter glückliche Familien auf den Verkaufsflächen, um die traurigen Singles durch diese Zurschaustellung familiären Glücks zu animieren. Automatisch überkam einen ein warmes Gefühl und man wurde nachdenklich und großzügig. Man musste nur die paar rustikalen Kaffeebecher, den mediterranen Saftkrug und die karierte Tischdecke mit passenden Servietten kaufen, und schon tauchte ganz bestimmt der passende Mann mit den dazugehörigen wunderbaren Kindern auf und das Leben war perfekt.
Sie konnte um kein Sofa herumgehen, ohne nicht über einen Kinderwagen zu stolpern oder in ein kleines, kniehohes Menschenkind in Jeans hineinzulaufen. Häufig versuchte jenes kleine Menschlein, einfach weiterzulaufen, als sei sie oder er eine Aufziehpuppe, was in Bellas Augen nur ein weiterer Beweis dafür war, dass diese Kleinen von irgendwelchen unsichtbaren, dunklen Mächten angetrieben wurden. Und was sollte das ganze Spielzeug in dem Laden? War es nicht ein Möbelladen? Sie wollte keine Kamele aus Kordstoff, Kuschelkissen oder süße kleine Plüschrobben sehen, deren dunkle Augen zu flehen schienen: bitte erschlag mich nicht. Sie erwischte sich doch tatsächlich dabei, wie sie mit einem kleinen, flauschigen Stoffschweinchen in der Hand, das sie *sich selbst* kaufen wollte, in Richtung Kasse ging. Sie war gerade dabei, dem Tier in Gedanken eine niedliche Schweinchenstimme zu geben, die aufgeregt quiekte: »Quiek, quiek, nimmst du mich mit nach Hause?«, als sie nach unten schaute und das Ding in ihrer Hand bemerkte. Ein Stofftier. Sie hätte nicht minder entsetzt sein können, wenn sie den Laden versehentlich ohne zu bezahlen ver-

lassen hätte. Sie stand eindeutig kurz vor dem Abgrund. Im nächsten Stadium lägen dann plötzlich vierzig süße, kuschelige Wesen mit entzückenden Namen auf ihrem Bett. Mit denen würde sie sich dann des Nachts unterhalten und Fotos von ihnen im Portemonnaie herumtragen. Bei ihrer letzten Stelle hatte sie mit einer Frau zusammengearbeitet, die ansonsten völlig normal und zurechnungsfähig aussah, die jedoch mit einem Teddybär auf dem Arm im Büro erschien und dessen Tatze zum Händeschütteln hinhielt. Nein, danke. Sie würde sich nicht in eine Stofftierfrau verwandeln. Wie konnte man nur mit Stofftieren in einem Doppelbett schlafen? War das nicht ein klein wenig abnormal? Etwas kindisch, wenn nicht sogar eine Spur pädophil?

Sie rief Viv an, um die Tat zu beichten und sich zu stellen.

»Du hast letztlich aber doch keins gekauft, oder?«

»Nein, aber ich bin der Sache gefährlich nahe gekommen. Und, und, und ... selbst nachdem ich bemerkt hatte, wie nahe ich ihr gekommen war, überlegte ich immer noch, ob ich es nicht vielleicht doch kaufen und *unter* dem Kissen aufheben könnte. Als wäre das etwas anderes. Am besten erschießt du mich also gleich, bevor es zu spät ist.«

Vivs Stimme senkte sich zu einem Flüstern, als sie Bella anvertraute, dass Nick ein Stofftier besaß.

»Nein!«

»Doch. Oh, mein Gott, ich sollte dir nicht davon erzählen. Wenn du auch nur eine Andeutung in die Richtung machst, bist du eine tote Frau, verstanden? Es ist ein kleiner, flauschiger Hund namens Max. Aber er hat ihn schon von klein auf, also ist es in Ordnung.«

»Es hat keinen *Namen* zu haben. Es ist einfach nur Stoff und Flausch.«

»Sei nicht so intolerant. Er ist wirklich niedlich. Nick lässt ihn auf meinem Bauch herumhüpfen und Saltos schlagen.«

»Oh, wie pervers!« Viv hätte genauso gut zugeben können, dass sie Polizeiuniformen im Bett trugen oder Spaß daran hatten, sich gegenseitig zu bepinkeln. »Und ich dachte, es gäbe zumindest eine zynische Ziege, auf die Verlass sei. Nein, versuch gar nicht erst, euch zu verteidigen, du machst es nur schlimmer. Welch ein trauriger, tieftrauriger Tag.«

Bella beschloss, solche Gefahrenzonen zukünftig nur noch gegen Ende der Öffnungszeiten aufzusuchen, an Abenden also, an denen berufstätige, alleinstehende Frauen in schicker taillenbetonter Markenkleidung – und nicht in weiten, unförmigen, sackähnlichen Oberteilen mit Leggings – nach Lampenständern suchten, weil sie niemanden hatten, mit dem sie gemeinsam hätten zu Abend essen können.

Am späten Nachmittag fühlte sie sich angesichts der Aufgabe, ihr Studio aufzuräumen, dummerweise noch ebenso verzagt wie zu jedem anderen Zeitpunkt. Wie stand es mit dem Garten? Der schien ihr ein bisschen weniger abschreckend. Sie stellte sich an die hohe Verandatür, um von dieser sicheren Warte aus die Lage zu überschauen. Sie lehnte die Stirn gegen das kühle Glas und presste ihre Nase an der Scheibe platt wie ein Kind, das zum Spielen herausgelassen werden möchte. Der Zustand des Gartens hatte sich ganz eindeutig verschlimmert.

Als sie das Haus zum ersten Mal gesehen hatte, war ihr der Garten lediglich langweilig erschienen: ein trauriges Stück Rasen, einige kümmerliche, undefinierbare Büsche und ein paar miteinander verschlungene Kletterpflanzen. Wie war die Sache nur so schnell außer

Kontrolle geraten? Mittlerweile konnte man kaum bis zum Ende des Gartens sehen. Das hätte sie nicht weiter beunruhigt, wenn sie einen Hektar oder mehr Land besessen hätte; denn darin lag eine der Strafen des Reichseins: die Grenzen des eigenen Besitzes nicht sehen zu können, ermüdet zu sein, wenn man schließlich das Ende des Flurs erreichte. Doch ihr Besitz hielt sich in bescheidenen Grenzen: kaum Platz genug für eine Schnecke zum Schaukeln. Es war peinlich. Sie musste irgendwie Ordnung schaffen, solange sie noch nach draußen vordringen konnte. Sonst erreichten die Pflanzen bald die Verandatür und ihre Ranken würden an die Scheiben klopfen. Das Efeu würde sich um das Haus ranken, es wie eine Boa constrictor immer fester umklammern und Bella von der Außenwelt abschneiden. Wie Dornröschen wäre sie von einer Dornenhecke eingeschlossen, müsste auf ihren Prinzen warten, auf den einzigen Mann, der mutig genug wäre, das Hindernis zu überwinden.

Wo in Gottes Namen sollte sie nur anfangen? Sie brauchte dort draußen eigentlich eine Machete, einen Kompass und das Überlebenshandbuch der Pfadfinder. Und einen langen Zwirnfaden, den sie an der Tür festbinden konnte, um ihren Weg zurück zum Haus zu finden. Vielleicht konnte Viv ihr helfen. Allerdings hatten sie und Nick bereits alle Hände voll damit zu tun, ihr eigenes Schlafzimmer neu zu streichen. Bellas Rasen sah so bemitleidenswert aus wie ungekämmte Haarsträhnen, die über eine Glatze gestrichen werden. Er musste unbedingt gemäht werden – doch dazu benötigte sie einen Rasenmäher. Und jenes wild wuchernde Monster von einem Busch musste zurückgeschnitten werden – wenn sie denn nur eine Heckenschere hätte. Sie holte ihre Liste aus der

Küchenschublade hervor. ›Gartenzentrum‹, fügte sie hinzu. ›Geräte besorgen‹.

Im Gartenzentrum ging es geschäftig zu. Hier wurden Gartenhütten gekauft, dort schwere Säcke mit Kompost in den Kofferraum gehievt oder die Holzgitter auf dem Gepäckträger befestigt. Ein fleißiger Bienenschwarm. Bella erschöpfte schon das bloße Zuschauen. Ältere Ehepaare neigten sich liebevoll zu Büschen und Rosenpflanzen hinunter, von ihrem möglichen Kauf ebenso angetan und fasziniert wie von einem neuen Enkel. Bella ging an einer etwa sechzigjährigen Frau vorbei, die Jeans und eine farbenfrohe Weste trug. »Du bist aber ein ganz Hübscher«, hörte Bella sie zu einer Stechpalme sagen. So werde ich auch sein, dachte Bella. Ich trage dann Kleider, die dreißig Jahre zu jung für mich sind, und rede mit meinen Pflanzen. Ich wette, sie hat auch Katzen.
Vielleicht sollte sie den ganzen Garten umgestalten und überwiegend Rasen, einen kleinen Baum und ein paar Blumentöpfe haben. Doch der kleine Baum würde dann schnell zum großen Baum, der den ganzen Garten überschattete, so dass sie kaum hinausschauen könnte, ganz so wie der süße Mischlingswelpe, der wächst und wächst, bis man merkt, dass er nur von einer Dänischen Dogge hatte geboren und von einem Büffel gezeugt werden können.
Sie begriff, dass sie den Garten erst einmal in Ordnung bringen musste, bevor es sich lohnte, Pflanzen zu kaufen, da sie momentan gar keinen Platz hatte, um sie anzupflanzen. So suchte sie sich lediglich zur Aufmunterung ein paar kleine Töpfchen mit Kräutern aus. Beim Bezahlen bemerkte sie an der Kasse den Aushang eines Gartenarchitekten, der seine Dienste anbot: »Soll dieser Frühling etwas Neues bringen? Wenn auch Sie an Ihrem

Garten mehr Frust als Lust haben, brauchen Sie nicht mehr zu jammern und zu klagen. Ob klassisch oder poppig, einfach oder üppig, ich verhelfe Ihnen zu Ihrem Wunschgarten – zu bodenständigen Preisen.« Eine unverbindliche Erstberatung wurde ebenfalls angeboten. Bella schrieb sich Namen und Telefonnummer auf.

Als sie ihre Kräuter einpflanzte und sich so vor dem Wäschewaschen drückte, beschloss Bella, den Gartenmenschen sofort anzurufen. Wahrscheinlich war er an einem Sonntag nicht zu Hause. Sicher gehörte er zu jenen Menschen, die einen wunderschönen Tag im Schoße der Familie verbrachten, den Jüngsten auf den Schultern trugen, mit dem Älteren in den Park gingen, um dort ein wenig Ball zu spielen, abends ein Lächeln voller Einvernehmen mit der schlanken Ehefrau tauschten, am Herd die Bratensoße anrührten, während die Kinder schelmisch grinsten und dabei vergnügt einen Berg Rosenkohl vertilgten. Die Sonntagessen ihrer Kindheit waren freilich ganz anders verlaufen. Sie erinnerte sich an das Stirnrunzeln ihrer Mutter, wenn sie einen unverschämten Klumpen in der Sauce entdeckte, und an deren konzentrierten Gesichtsausdruck, wenn sie den passenden Schuss Rotwein hineinrührte; an das schwere Besteck, mit dem Bellas kleine Hände so ungeschickt umgingen, das feine Porzellan und makellose Tischtuch. An ihr eigenes stummes Gesicht, ein bleicher Mond, von einer Wolke dunklen Haars umrahmt. An die sonore Stimme ihres Vaters, der redete, das Schweigen überbrückte und nicht müde wurde, den Schein der glücklichen Familie zu wahren.
Sie schob solche Gedanken beiseite und durchwühlte ihre Handtasche auf der Suche nach der Telefonnummer,

die sie sich aufgeschrieben hatte. Sie konnte zumindest eine Nachricht hinterlassen und dadurch einen Punkt auf ihrer berüchtigten Liste streichen. Ein Anrufbeantworter forderte sie auf, eine Nachricht für »Will Henderson oder Henderson Garten-Design« zu hinterlassen.

»Ich brauche einen Mann mit einer Machete und einem Fass Unkrautvernichtungsmittel«, sagte sie. »Ach ja, und einen neuen Garten.«

Sie holte wieder ihre Liste aus der Schublade. Mist. Fügte ›Gartenarchitekt anrufen‹ dem Ende der Liste hinzu, strich es dann energisch durch und ging somit ermutigt nach oben, um sich ihrem Studio zu stellen.

Der Riss an der Wand des Studios war größer, als sie ihn in Erinnerung hatte. Es war ein Riss, den man nur mit schnalzender Zunge begutachten konnte, der einem die Worte »Da muss dringend etwas getan werden« entlockte, als sei man Experte in solchen Dingen. Bella tat beides und ging dann einen Schritt zurück, um sich die Sache mit halb geschlossenen Augen anzusehen. Es schien ihr eine Schande, den Riss einfach mit langweiligem Gips zu füllen, mal von der unwichtigen Tatsache abgesehen, dass sie gar keinen hatte. Sie nickte nachdrücklich, als habe sie einen Entschluss gefasst, und ging an die Kisten, um nach ihren Farben zu suchen.

8.

»Nein, nein, nein, nein und nochmals nein.«

»Das hört sich ja fast nach einem Nein an«, sagte Bella.

Bella konnte sich des Eindrucks nicht erwehren, dass Viv nicht unbedingt für eine Dichterlesung zu begeistern war.

Viv behauptete, seit einer peinlichen Erfahrung in der Schule sei sie allergisch gegen Gedichte. Damals war sie mitten im Vortrag ihrer Lehrerin, die den unglückseligen Namen Mrs. Boring trug und das Versmaß der »Lady of Shalott« dadurch betonte, dass sie wie eine Sprungfeder auf den Zehenspitzen auf und ab wippte, eingeschlafen und plötzlich mit dem Kinn auf ihr Schreibpult aufgeschlagen.

»Aber es sind keine *Gedichte* Gedichte, Viv, kein hingehauchtes Zeug à la Tauig in des Mondscheins Mantel liegt die stille Sommernacht. Die Dichterin ist wirklich witzig. Es sind unanständige Gedichte. Das gefällt dir bestimmt.«

»Da ist nichts zu machen, Baby. Freitags ist unser Takeaway- und Videoabend.«

»Aber das hier ist Kultur«, entgegnete Bella. »Weißt du noch, was das ist? Das hat dich einmal interessiert, zuletzt vor vier Jahren.«

Viv blieb standhaft. Bei allen Paaren gab es einen festen Abend, den sie gemeinsam vor dem Fernseher verbrach-

ten und sich ihren Weg durch Hühnchen Cho Mein und Rindfleisch mit schwarzen Bohnen oder Spezialmenü Nr. 2 bahnten; es war ein nicht zu hinterfragendes Naturgesetz, wie die Schwerkraft oder $e=mc^2$.
Vor ihrem geistigen Auge sah sie Patrick vor sich, wie er in einer Schublade kramte. »Wo ist denn schon wieder die Wongsche Karte, Bel?« Die Menükarte vom Wong Kei Takeaway. »Wozu brauchst du sie? Wir bestellen doch sowieso immer das Gleiche: 5, 8 27, 41, 63, 66. Krabbenchips gratis.« Mein Gott, sie konnte die Zahlen noch auswendig. Sie waren ihr ins Gedächtnis gebrannt wie ein Code für einen Safe. Wie lange müsste sie diese Erinnerung noch mit sich herumschleppen?
»Du bist wirklich ein trauriger Fall. Man könnte meinen, ihr seid zusammengeschweißt. Nein, nein, keine Einwände. Ich werde euch zu Weihnachten zwei gleiche Anoraks kaufen. Orangefarben mit *frechen* zusammenfaltbaren Kapuzen.«
»Du solltest auf jeden Fall hingehen«, meinte Viv. »Vielleicht gibt's dort ja ein paar nette Männer.«
»Klar. Was sind das schon für Typen, die zu einer Dichterlesung gehen?«
»Dir ist nicht zu helfen. Aber beschwer dich nicht, wenn du –«, sie machte ein dramatisches Geräusch wie aus einem schlechten Horrorfilm »– DEN RICHTIGEN niemals findest.«

IHN. Der magische, perfekte Mr. Right aller Träume, der, wie jede Frau weiß, irgendwo »da draußen« ist und ein einsames Dasein fristet, weil er seine Traumfrau, seine SIE, noch nicht gefunden hat. Der Verstand sagte Bella, dass das Leben nun einmal nicht so war; natürlich gab es hunderte, vielleicht sogar tausende von Männern, die die eine oder andere Frau wirklich glücklich machten. So einen Mann würde man zwar wahrscheinlich nie treffen, aber es blieben einem dennoch viele, viele Gelegenheiten, ein durchaus nettes Leben mit einem durchaus netten Irgendwem zu verbringen. Aber was war, wenn es wirklich nur den EINEN gab, *den* Idealpartner, der zu einem gehörte? Vielleicht verpasste man eines Morgens den Bus und ER saß darin, allein, offen für eine Begegnung, und man erfuhr niemals, wie nahe man dem Ziel gekommen war. Oder man fing seinen Blick von der anderen Seite des Raumes auf, schaute ihm in die Augen und fragte sich: »Was wäre, wenn…?« Doch eine andere könnte einem zuvorgekommen sein und die Person, für die man bestimmt war, in einer ausweglosen, lieblosen Ehe gefangen halten. Genau jetzt, in dieser Minute, könnte *der eigene* Mr. Right mit einer anderen Frau abziehen, der treulose Scheißkerl, und den quälenden Gedanken, der wie eine Motte in seinem Kopf herumschwirrte und ihn daran zu erinnern versuchte, dass seinem Leben etwas Wichtiges fehlte, einfach ignorieren. Sollte man sich jedoch zufällig treffen, würde er selbstverständlich die wahre Schönheit seiner SIE erkennen und blind sein für ihren dicken Bauch und ihre pummeligen Arme.

Sie würde alleine gehen. Warum auch nicht? Sie war eine unabhängige Frau, eine Wahl-Ledige, wie sie neulich jemanden hatte sagen hören. Wie gut es doch tat, dass sie so vielseitige Interessen hatte und zu Dichterlesungen ging, statt sich auf das Sofa zu lümmeln, den Fernseher einzuschalten und sich mit nichts Wichtigerem auseinander zu setzen, als mit der Frage, ob sie nun die gewohnte Nr. 63, Hühnchen mit chinesischen Pilzen, bestellte oder in einem Anfall von Waghalsigkeit die Nr. 67: Hühnchen mit Cashewnüssen.

Die meisten Plätze waren bereits besetzt, als Bella endlich bei der Dichterlesung ankam. Sie hatte sich nur mühsam von Seline losmachen können, die sie in ein Gespräch über eine mögliche Partnerschaft verwickelt hatte, da die Dinge so gut liefen. Bella hoffte, den Tag der Entscheidung so lange wie möglich hinauszögern zu können. Vielleicht auch noch länger. Sie wusste nicht, was sie wollte, wusste nur, dass sie sich nicht entscheiden wollte. Sie bestellte ein Glas Wein und hielt verstohlen über den Rand ihres Glases nach allein stehenden, attraktiven Männern Ausschau. Ein kleines Zeichen oder ein Schildchen am Revers hätte sie sehr aufmerksam gefunden: »Verfügbar« oder »Verheiratet – Suche aber Betthäschen« oder »Vergeben, bin aber offen für Neues«.
Es herrschte großes Gedränge. Das letzte Mal, als sie eine Lesung besuchte, waren außer ihr und einer kleinen Gruppe, bei der es sich eigentlich nur um die Familie des Dichters und seinen Fanklub handeln konnte, lediglich zwei Leute gekommen. Sie hatte sich verpflichtet gefühlt, den Mangel an Zuhörerschaft wettzumachen, indem sie eine übertriebene Bewunderung zur Schau stellte und durch emphatisches Nicken und entzücktes Lüpfen der Augenbrauen ein Mann-wie-tiefsinnig-wie-feinfühlig-ich-fühle-mich-zutiefst-privilegiert-diese-meine-Seele-bereichernden-Worte-hören-zu-dürfen zum Ausdruck brachte. Das Gefolge des Poeten hatte sie nach jedem Gedicht ganz offen angestarrt, um sich zu vergewissern, ob ihre Reaktion auch intensiv genug war. Warum versuchte sie ihren Erwartungen zu entsprechen, hatte sie sich gefragt. War nicht der Künstler der eigentliche Darsteller?

Sie ließ sich an einem Tisch nieder, auf dem stapelweise Bücher von Nell Calder lagen, und suchte nach einem Platz, wo sie ihr Glas abstellen konnte. Am Nebentisch erspähte sie einen freien Eckplatz. Sie erreichte ihn zeitgleich mit jemand anderem, um sich dort niederzulassen. Klirrend stießen ihre Gläser zusammen.
»Oh, Verzeihung«, sagten sie gleichzeitig.
»Na, dann prost!« Der Mann grinste und schaute ihr dabei direkt in die Augen. Nettes Gesicht, aber irgendwie unverschämt, dachte sie. Irritiert wandte sie sich ab. Er sollte sich bloß keine falschen Vorstellungen machen. Aus dem Augenwinkel sah sie, dass sein Haar eine Bürste hätte vertragen können. Es war merkwürdig wuschelig und stand hier und da vom Kopf ab. Als sie wieder von der Seite zu ihm hinüberschielte, wurde sie dabei erwischt und erntete ein Lächeln.
Begleitet von hohem Pfeifen und lautem Dröhnen wurde das Mikrofon aus dem Stativ gezerrt.
»Oh, allmählich scheint sich etwas zu tun«, sagte der Mann mit dem wuschligen Haar neben ihr und reckte sich, um über eine Frau, die einen seltsamen Flickenhut mit einer lächerlich großen Krempe trug, hinwegzuschauen.
»Glauben Sie, dass die eine Baugenehmigung für ihren Hut hat?«, flüsterte er Bella zu und deutete mit einer Kopfbewegung auf die Frau. »Das ist hier ein Naturschutzgebiet.« Lachend verschluckte sich Bella und prustete ihren Wein aus. Na, toll. Nun, das war auch eine Art, die Aufmerksamkeit auf sich zu lenken.
Verlegen schaute sie weg. Nell Calder wurde angekündigt. Applaus.
»Zu diesem Gedicht inspirierte mich mein Ex-Mann«, sagte die Autorin. »Es heißt: ›Bekomme ich das Sorgerecht für die Eieruhr?‹«

Während sie Wuschel durchaus neben sich wusste, ließ Bella mit einer Miene, die so viel besagte wie Muss-nach-meinem-Freund-Ausschau-halten, ihren Blick durch den Saal streifen, wobei sie an der Frau vor ihnen herumzuspähen versuchte. Plötzlich fiel ihr Blick auf einen Mann, der am anderen Ende des Raums halb von einer Zuhörerin mit einem Glas in der Hand verdeckt wurde. Dunkles, glattes Haar. Das Profil eines Gesichts mit einer Hornbrille. Patrick? Es war, als hätte sie einen Schlag in die Magengegend bekommen. Trockner Mund. Herzrasen. Immer noch. Während sie sich den Hals verrenkte, um besser sehen zu können, überkamen sie Erinnerungen jäh und unerwartet, brachen wie donnernde Wellen über ihr zusammen und ließen sie blass und atemlos zurück.

Sie ertappt sich dabei, wie sie im Raum nach ihm Ausschau hält. Vielleicht ist er in der Küche und durchstöbert den Kühlschrank nach einem Eckchen Käse, oder er ist auf der Toilette, vertieft in eine Ausgabe der *National Geographic*. Aber natürlich ist er nicht hier. Das weiß sie ja auch. Und dennoch … Aber sie sieht nur die anderen: seine Schwester Sophie, die mit einem Mal so schmal und zerbrechlich aussieht, als könnte sie von der kleinsten Brise fortgeweht werden. Hinter ihrem Rücken hält ihre rechte Hand den linken Arm umklammert, als müsse sie sich selbst festhalten. Einer von Patricks langjährigen Freunden, James, fühlt sich offensichtlich unbehaglich und ist sich seines dicken Bauchs in dem engen, geliehenen Anzug bewusst. Dann ist da Rose, Patricks Mutter, makellos gekleidet wie für eine Hochzeit, die mit wach-

samem Auge eifrig darauf bedacht ist, den Bedürfnissen eines jeden Gastes nachzukommen – »Noch ein wenig von dem trockenen Sherry? Noch ein Lachscanapé? Alle sind wirklich fabelhaft. Wir hatten wirklich wunderbare Hilfe. Ich musste kaum etwas tun. Bitte, lassen Sie mich Ihnen noch etwas bringen. Nur ein Häppchen?« Patricks Vater Joseph wird zusammengehalten von seinem knittrigen, taillierten Anzug, dunkel wie Schmiedeeisen. Er starrt auf die Eiswürfel in seinem schweren Glas, die in einem See aus Whiskey aneinander klirren. Es scheint, als wolle er sich am liebsten zu ihnen gesellen, sich in diese freundliche Flüssigkeit hineingleiten lassen und fühlen, wie sie über ihn hinwegströmt, dann durch ihn hindurchfließt, in ihm pocht und sein warmes Blut aus ihm hinaustreibt, das hartnäckig, wie es ist, einfach unermüdlich weiterfließt. Wenn ihn doch nur der Inhalt des Glases durchrauschte, seine Arterien vereiste und abstumpfte, ihn süß umarmte bis zur völligen Betäubung und Fühllosigkeit.
Und dort drüben stehen ein paar von Patricks Kollegen, balancieren mit Tellern, Servietten und Gläsern, während sie verlegen an den ach so guten, verführerischen Häppchen knabbern; Bella erblickt auch Patricks Bruder Alan, der seiner Tante Patsy mit wiederholtem Kopfnicken deutlich zustimmt und währenddessen mit den Münzen in seiner Hosentasche spielt, indem er sie in seine Hand nimmt, ein wenig damit klimpert und sie dann fallen lässt: aufnehmen, klimpern, fallen lassen – wie tröstlich, dass er wenigstens über diese folgsamen Münzen die Kontrolle hat.

Aber natürlich ist *er* nicht da. Bella weiß es, aber noch immer scheint es, dass diese Menschen, die ihm am nächsten standen, die ihm bei seinen ersten, unbeholfenen Schritten geholfen, die ihre verschorften Knie auf dem Schulhof mit den seinen verglichen, die bei der ersten gestohlenen Zigarette mit ihm gehustet, die mit ihm gearbeitet, diskutiert, gelacht, ihn geküsst und geliebt hatten, sie scheinen in ihrer Mitte Platz für eine Gestalt zu lassen, die wie Patrick aussieht, so dass Bella nicht umhin kann zu spüren, dass er anwesend ist. Schließlich sind sie doch alle seinetwegen hier.

»Versuch, ein wenig zu essen, Bella, hmm?« Zarter Spargel, der wie Neugeborene sanft umwickelt ist mit hauchdünnem Brot (selbstverständlich ohne Kruste – »Diese kleine extra Anstrengung macht den Unterschied aus, finde ich«), liegt auf der Platte, die ihr unter die Nase gehalten wird. Bella nimmt einen Spargel und führt ihn gehorsam zum Mund. Sie schafft das schon. Sie schafft es bestimmt, sich wie eine normale Person zu verhalten. Ihre Zähne kauen mechanisch, ihre Lippen tupft sie mit einer Serviette ab – einer blauen Serviette, genauer gesagt, einer nachtblauen, die an Patricks altes Hemd erinnert, jenes mit dem abgewetzten Kragen, das sie eigentlich nur noch als Schuhputzlappen hatte gebrauchen wollen, das jetzt aber ungewaschen unter ihrem Kopfkissen liegt und auf sie wartet, wartet, dass sie ihr Gesicht in dem zerknitterten Stoff vergräbt, das weiche Blau einatmet und sich darin einhüllt.

Pling. Pling. Ein Geräusch dringt zu ihr durch, Metall auf Glas. Ein Messer, das gegen ein Weinglas klopft, die Schneide nach innen, wie beim Eierköpfen, ein Klangeffekt, der fester Bestandteil jeder Hochzeit, jedes Gedenktages ist, und der eine Rede ankündigt. Es ist ein

Festklang. Jemand sagt etwas. Ja, die Gesichter schauen alle in eine Richtung. Bella wendet ihr Gesicht ebenfalls dorthin, wie eine Sonnenblume, die gedankenverloren der Sonne folgt.
Patricks Bruder Alan hält die Rede:
»... allen, dass ihr gekommen seid, viele von weit her. Ich fühle mich – wir alle fühlen uns – zu tiefstem Dank verpflichtet. Wir sind alle gerührt, so viele von euch zu sehen. So viele Freunde. Familie. Ich – äh –.«
Er räuspert sich, presst die Lippen fest zusammen, schluckt die Worte hinunter.
»Na ja.« Er lächelt tapfer. »Ich weiß, dass Patrick nicht gewollt hätte, dass wir hier mit Gesichtern wie drei Tage Regenwetter herumstehen, und er hätte es überhaupt nicht gern gesehen, wie hier der gute Whiskey verkommt, deshalb erhebt bitte eure Gläser. Auf Patrick.«
»Auf Patrick«, wiederholen sie.
Alan hebt noch einmal sein Glas, das Eis klirrt leise, als klinge weit entfernt eine Glocke, die durch einen leichten Windhauch bewegt wird.
»Möge er in uns weiterleben«, sagt er.
»Möge er in uns weiterleben.«

Nein, denkt sie, niemals wird sie sich mit einer hübschen Sammlung von Erinnerungsbildern zufrieden geben, ordentlich verpackt wie in einem Fotoalbum. Sie möchte zum Friedhof zurücklaufen, ihre eleganten, schrecklich feinen Wildlederschuhe abstreifen und einzeln im hohen Bogen über die Mauer in den Wald schleudern. Dann würde sie auf die Knie fallen, mit den bloßen Händen die lehmigen Erdklumpen zur Seite schaufeln, gegen die feuchte Erde ankämpfen, bis sich der Deckel der glänzenden Kiste aufbrechen ließe. Mit beiden Händen

würde sie ihn packen, ihn schütteln und anschreien: »Lass das, Patrick. Lass das! Das ist nicht lustig. Hör sofort auf.«
Und plötzlich würde sich auf seinem Gesicht ein Lachen ausbreiten, würden seine Finger die Brille auf der Nase hochschieben, während er hemmungslos kicherte. »Das war genial«, würde er sagen. »Ich hatte euch wirklich alle da. Du hast keine Ahnung, wie schwer es war, die ganze Zeit über ruhig zu bleiben. Und als der Pfarrer sagte, ich sei stets ein rücksichtsvoller und ehrlicher Mensch gewesen, musste ich mir fest auf die Lippen beißen, um nicht laut loszuprusten. Ach, komm schon, Bel, es *war* lustig – gib's zu. Schöner Hut, nebenbei bemerkt. Ist der neu?«
Und dann würde auch sie lachen müssen und ihn freundschaftlich in die Seite knuffen, weil er sie so erschreckt hatte, und sie sprächen darüber, was ihnen am besten gefallen hätte, wer am schicksten angezogen gewesen, wer zu spät gekommen war, wer am auffälligsten geweint und wer nur anstandshalber ein paar Tränen vergossen und lediglich die Augenwinkel mit einem Taschentuch abgetupft hatte. Ja, gemeinsam hätten sie darüber lachen können.

Aber es ist kein Scherz. Und mit einem Mal weiß sie auch, dass sie nicht zum Friedhof zurückgehen wird. Nicht zurückgehen kann. Nicht mit beiden Händen tief in der matschigen Erde wühlen wird. Solange sie nicht genau hinsieht, kann sie sich glauben machen, dass das dort unten eine beliebige Kiste ist, nicht mehr als ein langer Kasten aus poliertem Eichenholz, der leer in der stillen Erde liegt – während Patrick überall sein kann: zu Hause, beschäftigt mit »Dingen, die im Haus gemacht werden müssen«, wie er zu sagen pflegte, was nichts anderes bedeutet, als dass er sich die reparaturbedürftigen Geräte oder Gegenstände hoch konzentriert anschaut, »hmm« brummt und es sich dann mit einem Kaffee und einem Kreuzworträtsel gemütlich macht; vielleicht ist er auch bei der Arbeit und schreibt gerade fachmännisch einen Bericht; oder er ist irgendwo draußen, beurteilt gerade etwas, macht sich Notizen; ansonsten findet man ihn womöglich vor seinem heißgeliebten Computer oder schnarchend auf dem Sofa mit der Zeitung über dem Gesicht, wobei er beim Ausatmen einen seltsamen, fast pfeifenden Laut macht, bis sie ihn leise anstößt oder in die Nase zwickt, damit er aufhört.

Jemand umarmt sie. Sie schiebt den Körper in dunklem Anzug höflich, aber bestimmt von sich, ohne wahrzunehmen, wer es ist, fühlt sich jedoch irgendwie getröstet durch seine warme, solide Präsenz. Eine Hand tätschelt mitfühlend ihre Schulter, als belohne Herrchen seinen Hund dafür, dass er ein Kunststück aufgeführt hat. Es ist tatsächlich ein Kunststück, das sie da aufführt: dieses langsame Sherrynippen, das Knabbern an einem Canapé, das Hinhalten der Wange zum Kuss, die ein oder auch zwei leisen Tränen. Nein, bei ihr gab es kein Geschrei, kein Jammern, sie überließ sich nicht jenem herzzerreißenden Schluchzen, das einen packt und schüttelt; sie zeigte kein durch Wimperntusche bizarr verschmiertes Gesicht, mit Tränenspuren, die aussahen, als würden sie niemals trocknen; sie saß auch nicht zusammengekauert auf dem Fußboden, den Kopf zwischen den Knien, hielt sich festumschlungen, als drohte sie jeden Moment in tausende kleine, spitze Scherben zu zerspringen oder langsam niederzusinken und in einem Meer aus Tränen und Schmerz fortgeschwemmt zu werden. Nein. Ihr passiert das nicht. Sie ist durchaus in der Lage, bei dieser absurden Farce mitzuspielen. Lächelnd küsst sie die ihr dargebotene Wange, während ihre Gedanken nur noch um eines kreisen: wann nur kann sie endlich entfliehen?

9.

Isabel, nicht wahr?« Eine Hand wedelte vor ihrem Gesicht und forderte ihre Aufmerksamkeit ein. Indem sie leicht zurückwich, reckte Bella noch einmal den Hals, um einen Blick auf den Mann zu erhaschen. Er drehte sich in ihre Richtung: seine Nase war länger, seine Lippen schmaler. Er sah ganz anders aus, gar nicht wie Patrick. Nein, natürlich nicht. Sie wischte den Gedanken beiseite und wandte sich der Person zu, die ihr ein wenig zu nahe gekommen war. Es war die Frau mit dem beanstandeten Flickenhut.

»Nein«, sagte Bella automatisch. »Ich heiße Bella.« Wer war diese Frau? Das Gesicht unter der Krempe kam ihr irgendwie bekannt vor, aber sie konnte es nicht ganz einordnen.

»Das ist doch die Kurzform von Isabella, oder?« Die Frau starrte sie geradezu vorwurfsvoll an.

»In meinem Fall nicht. Ich heiße schlicht Bella.« Sie lächelte. »Entschuldigen Sie, aber ich habe ein schreckliches Namensgedächtnis … «

»Ginger Badell. Wir haben uns letzte Woche bei Scotton Design kennen gelernt. Ich entwerfe die Konzepte für Benson Foods.« Die Frau griff nach dem großen, dünnen Mann, der sie nervös umkreiste und führte ihn am Ellbogen zu Bella. »Und das ist Roger, meine *amore.*« Sie schaute links und rechts neben Bella und zog ihren dürren *amore* näher an sich heran, als befürchte sie, Bella

könnte sich ihn plötzlich schnappen und in eine leidenschaftliche Umarmung verwickeln.
Höflich wechselten sie ein paar Worte, derweil Bella versuchte, unauffällig nach Wuschel Ausschau zu halten. War er bereits gegangen?
»Es ist nett, Sie wieder zu sehen«, sagte Bella. »Aber ich muss unbedingt die Gelegenheit nutzen, um ein Buch signiert zu bekommen. Entschuldigen Sie mich bitte.«
Vor ihr standen drei weitere Zuhörer, die ihr Buch signiert haben wollten. Während sie wartete, schaute sich Bella im Saal um. Wuschel war offenbar gegangen. Sie hätte gedacht, er würde sich zumindest noch verabschieden. Nicht, dass sie sich für ihn interessierte. So, wie er sie angeschaut hatte, musste er etwas merkwürdig sein. Er war wahrscheinlich auf Jagd, hatte sie aber ohnehin nicht attraktiv gefunden. War vermutlich nur aus Mitleid freundlich gewesen. War bestimmt schon längst auf dem Weg nach Hause zu seiner Frau. Und seinen vier Kindern. Und seinem Hund. Verflucht. Selbst diese verrückte Ginger-Tante in ihrer absoluten Geschmacklosigkeit hatte einen Mann. Na ja, jedenfalls beinahe, denn er sah so aus, als verfüge er über ungefähr so viel männliche Hormone wie ein schimmeliger Waschlappen. Dabei benutzte die Frau das Wort Konzepte statt Ideen und *amore* mit einem so affektierten Blick, dass einem schlecht werden konnte. Außerdem war sie viel zu engagiert. Das Schlimmste war jedoch, dass sie wahrscheinlich auf Bella herabsah und sie bemitleidete, weil sie offensichtlich alleine war.
Sie hatte das Ende der Schlange erreicht.
»Was soll ich schreiben?« Die Dichterin saß mit gezücktem Stift bereit. »Ist es für jemand Besonderes?«
»Hah!«, stieß Bella aus. Der Mann hinter ihr zuckte zusammen. Oje, sie hatte nicht ganz so viel Nachdruck in

ihre Stimme legen wollen. Sie tat so, als sei ihr Ausruf lediglich Teil ihres Räusperns gewesen. »Schön wär's«, sagte sie.

Als Bella abends wieder nach Hause kam, fand sie auf ihrem Anrufbeantworter keine Nachricht vom Schimmel-Menschen vor. Wie konnte er es nur wagen? Sie hatte sich bereits an seine regelmäßigen Nachrichten gewöhnt, in denen er immer abstrusere Entschuldigungen vorbrachte, warum er noch nicht hatte kommen können; sie stünde jedoch ganz bestimmt, hundertprozentig als Nächste auf seiner Liste; sie sei in seinem kleinen Buch verzeichnet, und daran gäbe es nichts zu rütteln. Typisch Mann. Kaum hatte sich frau darauf eingestellt, von ihm auf bestimmte Art und Weise enttäuscht zu werden, änderte er seine Taktik. Sie hatte sich mittlerweile daran gewöhnt, das rote Licht ihres Anrufbeantworters blinken zu sehen, der ein neues Kapitel des abenteuerlichen Lebens und Werks von Mr. Bowman aufgezeichnet hatte. Ihre Lieblingsgeschichte war bislang die mit dem Mieter, der einfach ausgezogen war, ohne vorher zu kündigen. Warum genau dieser Vorfall Mr. Bowman nun daran gehindert hatte, ihren Putz abzuklopfen, wusste sie nicht zu sagen, aber Mr. Bowman hatte ganz entschieden auf einen Zusammenhang gepocht.

Allerdings fand Bella eine neue Nachricht von dem Henderson-Menschen vor, dem Gartendesigner; sie spielten dieses AB-Spiel nun schon seit einigen Tagen. Vielleicht gehörte er ja wie Mr. Bowman zu den Leuten, die ihr eigentlich helfen sollten, ihr Leben in Ordnung zu bringen, aber unerklärlicherweise nie auftauchten. Wahrscheinlich würde er – wenn er denn käme – die Hälfte ihres Gartens lustig umgraben und sie dann mit einem hübschen Berg

Schutt und Erde zurücklassen. Der Garten passte dann wirklich außerordentlich gut zum Wohnzimmer mit seiner ansprechenden Kistenkollektion. Vielleicht sollte sie Mr. Bowman einfach anbieten, mit ihm zu schlafen – ob er sie dann wohl auf seiner Prioritätenliste nach oben rückte? Sie vermutete, dass es nichts helfen würde. Bestimmt gäbe er zur Antwort: »Na ja, das wäre sicher möglich, Mrs. (er brachte ein Ms. nicht ganz über die Lippen, fand sie aber eindeutig zu alt, um Miss genannt zu werden. Also musste es Mrs. sein) Krer .. er (in seiner unnachahmlichen Höflichkeit verschluckte er einfach die Hälfte ihres Nachnamens, um ja nicht beim Versuch, ihn auszusprechen, in Verlegenheit zu geraten), aber leider muss ich mich zuerst noch um zwei andere Damen kümmern, die schon länger warten als Sie.«

Will Hendersons Nachricht besagte, sein Mann mit der Machete sei bereit, aber sie hätten ja wenig Glück, sich persönlich zu erreichen; offensichtlich habe sie ein unglaublich spannendes, aktives Sozialleben. Vielleicht könnte er am Samstagvormittag gegen 10 Uhr vorbeikommen. Wenn ihr das nicht passe, sollte sie ihn doch bitte zurückrufen und eine Nachricht hinterlassen. Vielmehr solle sie sich doch bitte in jedem Fall melden, da sie ihm ihre Adresse nicht angegeben habe.

Mist, sie sollte seine Telefonnummer vielleicht gleich in den Speicher einprogrammieren. Das würde sie sofort tun; sie musste nur erst das Handbuch finden und begreifen, wie sich der Speicher programmieren ließ. Dann wäre das Einprogrammieren ihre erste Amtshandlung.

Sie rief am nächsten Tag von der Arbeit aus an.

»Hallo, hier ist wieder Bella Kreuzer. Ich rufe an, um ... «

»Hallo?« Der Hörer wurde abgehoben.
»Mr. Henderson? Persönlich? Es gibt Sie also wirklich? Jetzt haben Sie mich völlig aus dem Konzept gebracht. Ich hatte mich mit Ihrem Anrufbeantworter schon richtig angefreundet. Die beste Beziehung, die ich je hatte.«
»Soll ich auflegen und Sie beide alleine lassen?«
Sie gab ihm ihre Adresse und meinte, dass ihr der Samstagvormittag passe.
»Und bitte, tun Sie mir den Gefallen und schneiden Sie bis dahin nichts ab«, sagte er. »Man kann so leicht etwas Wunderschönes verlieren, weil es nach nichts aussieht und man es nicht unbedingt erkennt.«
»Versprochen. Großes Indianerehrenwort.«

Freitag. Der beste Tag der Woche. Nachmittags ging meistens jemand aus dem Büro Kuchen und ein paar Flaschen Wein kaufen, vorausgesetzt, Seline war nicht da. Die Arbeit wurde zwischendurch erledigt. Vorwiegend lasen sie sich gegenseitig die besten Neuigkeiten aus den Klatschblättern vor oder spielten ›Entweder-oder‹: »Würdet ihr lieber drei Monate in einem vernetzten Raum leben, den auch Leute besuchen können, ODER mit dem Mann im Sandwichladen schlafen?« – »Mit welchem? Etwa mit dem mit den Zähnen?« – »Ja. *Und* ihr müsstet ihn küssen.«
Auf Bellas Notizblock entstanden ein paar grandiose Ideen für ihren Garten: ein viktorianisches Sommerhaus auf Rädern, zu Pyramiden geschnittene Sträucher, arabische Wasserkanäle, die ein Mondrian-ähnliches Gitter durch den Garten zogen, riesige, zerklüftete Felsen, an denen ein richtiger Wasserfall hinabtoste, eine Schaukel an einem hohen Zedernbaum, deren Seile efeu- und rosenumrankt waren. Ob man wohl einen zweihundert

Jahre alten Baum verpflanzen konnte?, fragte sie sich. Wahrscheinlich nicht.

Seline kam plötzlich unerwartet ins Büro gerauscht. Unter leisem Klirren wurden Flaschen hastig unter dem Tisch versteckt und die Computerspiele schnell mit Quark-Layouts verdeckt.

»Hat irgendjemand meine ›Hello!‹ gesehen?«, fragte sie.

Samstagmorgen. An der Tür klingelte es. War es wirklich schon so spät oder kam dieser Henderson-Mensch zu früh? Sie rannte die Treppe hinunter, während sie sich die Jeans zuknöpfte. Wo waren ihre Schuhe? Ach, dann eben nicht.

»Wuschel!« Sie versuchte, es mit einem Husten zu überdecken. Der merkwürdige Mann von der Dichterlesung.

»*Sie* sind es«, sagte Wuschel. »Was haben Sie gesagt?«

»Nichts, nichts. Ich hatte nur einen Frosch im Hals.« Sie räusperte sich laut. Wie charmant. Warum rotzte sie ihn nicht gleich ganz voll? »Was machen Sie denn hier?«

»Ich soll Ihren Garten dem Erdboden gleichmachen. Will Henderson.« Er lächelte. »Hallo. Es freut mich, Sie wieder zu sehen.« Er entschuldigte sich dafür, nach der Lesung weggegangen zu sein, ohne sich von ihr zu verabschieden. Es war ihm unangenehm, als er sah, dass sie mit der Frau im Hut sprach, über die er so unhöfliche Dinge gesagt hatte.

»Hey, psychedelische Zehen.« Er nickte in Richtung ihres glänzenden blauen Nagellacks. »Oder ist das eine ungewöhnliche Krankheit, um die ich besser kein Aufhebens machen sollte?«

O Gott, blau angemalte Fußnägel, wie bei Teenagern. Sie schaute sich nach einem Paar Schuhe um.

»Sie sind wohl gerade erst eingezogen, was?« Er deutete

auf den mehrstöckigen Kistenpark im Wohnzimmer. Sie erklärte, es mache wenig Sinn, alles auszupacken, da erst die Sache mit dem SCHIMMEL geregelt werden müsse.
»In meinem Kopf taucht das Problem schon in Großbuchstaben auf, weil ich schon so lange versuche, dass etwas dagegen getan wird. Aber an Mr. Bowman ist schwerer heranzukommen als an den Papst.«
»Bowman, ja? Hmm-mm.«
»Was ist? Was ist mit ihm?«
»Nichts, er ist sehr gut. Aber Sie haben's hoffentlich nicht besonders eilig, oder?«
Sie erzählte ihm, sie warte bereits seit über zwei Monaten. Und dann erging sie sich in einer Tirade über Mr. Bowman und seine phantasievollen Entschuldigungen. Nie käme er wie verabredet und jetzt riefe er noch nicht einmal vorher an, um den Termin abzusagen. Ob er eine Dorflegende sei, fragte Bella, oder weshalb habe Will von ihm gehört?
»Nein. Er ist mein Schwager.«
»Ja, klar. Sehr witzig.« Diesen Streich hatten immer gewisse Kinder in der Schule gespielt. Wenn man mit einem dieser Jungs an der Hand auf dem Weg zur Bibliothek an einem Mann mit einem schlecht sitzenden Toupé vorbeiging und seinem Begleiter »Perücke« zuzischte, meinte dieser dann: »Das ist mein Onkel«, und tat so, als sei er beleidigt. Das war schick gewesen, eine Phase wie Mau-Mau oder das Wort »dufte« oder Cartoonaufkleber, die unter die Schulbank geklebt wurden.
»Doch, das ist er wirklich. Mehr oder weniger jedenfalls. Genauer gesagt, er ist ein verschwägerter Schwager. Der Bruder des Mannes meiner Schwester. Was ist er also?«
»Ich fürchte, er ist nach wie vor ein unmöglicher Mensch, der sich nicht um meinen Schimmel kümmert.«

Sie gingen in den Garten. Er summte vor sich hin, nickte hier, schnalzte dort mit der Zunge und murmelte die ein oder andere Bemerkung in seinen nicht vorhandenen Bart: nette Steinmauer, dum-di-dum, Kieselwege … hmm-mm, Betonplatten … mittelprächtiger Rasen … paar anständige Büsche … schöne Klematis, dum-di-dum … oh, oh, Giersch … Dornengewächse … winterhartes Unkraut … hier roden, das da umpflanzen …« Er tauchte zwischen den Büschen ab, ging auf alle viere, griff in die Erde, nahm sie und zerkrümelte sie zwischen den Fingern.
Sie beobachtete, wie er schnelle Zeichnungen, zahllose Notizen und winzige Diagramme machte. Er würde noch einmal kommen, um alles richtig auszumessen, vorausgesetzt, sie wollte ihm den Auftrag erteilen, ließ er sie wissen.

»Dürfte ich Ihnen ein paar Fragen stellen?« Zurück im Haus, stellte Will seinen Kaffeebecher ab und holte aus einer seiner ausgebeulten Jackentaschen ein Notizbuch hervor.
»Das hört sich aber bedrohlich an. Ich war's nicht, Herr Inspektor. Ich war gar nicht da. Da können Sie jeden fragen.«
»Immer mit der Ruhe.« Er schaute von seinem Notizbuch auf. »Das Problem ist, dass viele Leute einen Garten haben, der ihnen nicht gefällt, weil sie sich einfach in die Sache stürzen, ohne darüber nachzudenken, was sie wirklich wollen.«
Bella rutschte auf ihrem Stuhl hin und her und setzte sich auf ihre Hände, um nicht pausenlos an etwas herumzufingern.
»Ich hab das Gefühl, ich bin in einer Prüfung.«

»Das sind sie auch.« Will krempelte sich die Ärmel hoch. »Je mehr Fragen Sie falsch beantworten, desto höher wird mein Honorar. Sind Sie bereit? Okay. Frage Nummer eins: Wie wollen Sie diesen Garten nutzen?«

»Könnten wir nicht mit einer einfacheren anfangen?«

»Nein, können wir nicht. Aus seinem jetzigen Zustand schließe ich, dass Sie keine passionierte Pflanzensammlerin sind, oder? Also; wollen Sie: einen Ort, an dem Sie im Freien essen können, ein Versteck vor der weiten Welt, ein Fleckchen, an dem Sie ungestört Sonne tanken können, oder alles drei?«

»Wie war noch mal die Frage in der Mitte? Ich weiß es nicht, ich weiß es einfach nicht. Privatsphäre ist allerdings ein Muss. Ich möchte irgendwo ein abgeschirmtes Eckchen mit viel herabhängendem Grün. Ich hasse das Gefühl, dass Leute mich anstarren. Klingt das sehr paranoid?«

»Das muss Ihr Leben sicher ziemlich schwer machen.« Will schrieb etwas in sein Notizbuch.

»Was? Dass ich paranoid bin?«

Er zuckte mit den Achseln, als sei offensichtlich, was er meinte.

»Nein. Es ist nur so, na ja, ich kann mir vorstellen, dass Sie recht viele Blicke auf sich ziehen.« Er hob den Blick von seinem Heft.

»Nächste Frage, bitte.«

Bella schaute in ihren Kaffeebecher und konzentrierte sich dann auf seine Hände, um seinem durchdringenden Blick nicht begegnen zu müssen. Warum nur musste er sie so anstarren? Das war eigentlich schrecklich unhöflich. Jetzt hatte er sie verlegen gemacht. Er sagte das ja sowieso nur, um sie zu ärgern. Keiner konnte sie an diesem Morgen, in ihren furchtbar alten Jeans und dem Schlab-

berpulli attraktiv finden. Sie trug ihr Haar offen und hatte noch nicht einmal die Lippen geschminkt, geschweige denn sich der Prozedur unterzogen, die sie für nötig hielt, um sich halbwegs ansehnlich zu fühlen.
»Haben Sie Kinder?«
»Nein. Aber was hat das mit dem Garten zu tun?«
»Spielraum. Vielleicht möchten Sie ja einen Sandkasten. Eine Schaukel. Was auch immer. Sind denn welche im Anmarsch?«
»Der Vatikan würde mich zum achten Weltwunder erklären, wenn dem so wäre.«
»Sie wollen also keine Kinder?«
»Gehört das wirklich noch zum Fragebogen?«
»Nicht wirklich. Ich bin bloß elendig neugierig.« Wieder dieser Blick.
Bella lachte. Wenigstens war er ehrlich.
»Nicht, dass ich etwas gegen Kinder hätte, es ist nur so, dass … « Sie zuckte mit den Achseln. »Ich … na ja, ich … Noch etwas Kaffee?«
Bella machte sich an dem Kesseldeckel zu schaffen und durchsuchte dann intensiv verschiedene Küchenschränke nach Keksen.
»Machen Sie sich keine Mühe. Wirklich nicht.« Will erhob sich, um sich zu verabschieden. »Ich bin sowieso schon viel zu lange geblieben. Also, denken Sie darüber nach, was Sie genau in Ihrem Garten wollen, was unabdingbar ist und so weiter. Machen Sie sich eine Liste.«
»Alles klar. Eine Liste. Das kann ich gut. Werden Sie ihn wirklich so gestalten, dass er all meine Wünsche erfüllt?«
»Keineswegs. Ich werde viel nicken und ›Ich verstehe. Kein Problem‹ sagen, um Sie dann zu ignorieren und das zu tun, was ich mir so vorgestellt habe.«

Will gab ihr seine Visitenkarte.
»Rufen Sie mich an. Hier, lassen Sie mich Ihnen noch ein paar mehr geben, falls Sie eine weitergeben wollen.«
Bella lächelte. »Sie haben sich zu viele drucken lassen, stimmt's?«
»Na ja, es ist unglaublich preiswert, wenn Sie gleich tausend bestellen.«
»Tausend? Um Gottes willen. Geben Sie mir gleich einen ganzen Packen. Ich kann sie gut für meine Einkaufslisten benutzen.«
»Sie eignen sich auch ganz gut für wackelige Restauranttische.«

An der Pinnwand in der Küche waren keine freien Nadeln, so dass sie eine seiner Karten hinter die Ecke eines Fotos klemmte. Das von ihr und Patrick. Ihre Finger blieben einen Moment auf der Pinnnadel ruhen und sie spürte die kalte Festigkeit unter ihren weichen Fingerkuppen.

Sie war gerade beim Kochen gewesen, als sie die Nachricht erhielt.

Bella rührt die Sauce und kichert über Vivs Beschreibung eines aufgeblasenen Wichtigtuers, den sie auf einer Besprechung hatte ertragen müssen, die sich über den ganzen Tag hingezogen hatte.
»Und dann bietet sie ihm ein Stück Brie an, und er sagt: ›Also, ich persönlich bevorzuge einen guten Stilton‹, und lacht und erwartet, dass wir seine unglaubliche Schlagfertigkeit bewundern. Jill und ich konnten einander nicht

ansehen. Und er trug einen Blazer mit diesen glänzenden Ankerknöpfen.«

»Einen Blazer, hey? Ah, für so jemanden ist doch selbst der Strick zu schade!«

Das Telefon klingelt.

»Geh du doch bitte ran. Ich kann hier nicht aufhören – das klumpt sonst. Wahrscheinlich ist das Patrick mit seinem: Bin spät dran, könnt ihr mir nicht ein wenig vom Abendessen aufheben? Bla, bla. Sag ihm, es gäbe überbackene Bananen. Dann beeilt er sich.«

»Kreuzer & Hughes Residenz, guten Abend.« Vivs übertriebener Empfangsdamensingsang klingt überzeugend. »Ja, ja, ist sie. Sie steht neben mir.«

»Patricks Vater«, sagt Viv und reicht ihr das Telefon.

»Hallo, Joe! Wie geht es dir? Patrick ist noch nicht zurück. Er …«

Sie verstummt.

Nur das Ticken der Küchenuhr ist zu hören.

Viv hört auf zu rühren und schaut auf. Bellas Gesicht ist zur starren Maske geworden, bleich und ausdruckslos.

»Mm-mm. Bin noch da. Geht schon. Wo bist du? Warte.« Sie sucht nach einem Stift. »Okay. Wohin muss ich kommen?«

Mit zittriger Hand überschreibt sie eine alte Einkaufsliste auf der Rückseite eines Briefumschlags. Sie sieht, wie Tintenschleifen und -striche auf dem Papier entstehen, und weiß, dass sie diesen Moment niemals vergessen wird: nicht, wie sie in dieser Küche steht, wie der Name des Krankenhauses, den sie gerade aufschreibt, neben Wörtern steht, die plötzlich sinnlos und unverständlich erscheinen – Butter, Kartoffeln, Gemüse, Kaffee – KEIN entkoff. K., Einweg-Rasierkl. für P. Wenn man darüber nachdachte, war das Wort Kartoffeln doch sehr merkwür-

dig. Hatte sie es wirklich so eilig gehabt, als sie Einweg-Rasierkl. geschrieben hatte? Auch an Vivs Gesichtsausdruck und daran, dass ihr der Schneebesen aus der Hand in die Sauce fällt, wird sie sich ewig erinnern. Wie laut doch die Küchenuhr tickt. Warum ist sie nur so laut?
Bellas Augen streifen die Pinnwand, an der Karten, Listen und Nachrichten einen bunten Flickenteppich bilden: Taj Mahal Take Away. Lieferung frei Haus. Freitagabends: Tandoori Spezial. Ein Bild von ihr am Strand von Arisaig, das während eines gemeinsamen Urlaubs entlang der schottischen Westküste aufgenommen wurde. Ein unglaublich süßes Bild von Lawrence, Patricks Neffen, der beim Weihnachtskrippenspiel als Schäfer verkleidet ist und einen aus einem Handtuch gedrehten Turban trägt. Ein einsamer schwarzer Ohrring, der hoffnungsvoll auf seinen Partner wartet. Eine alte Nachricht: B. Vergiss nicht: bin nicht vor 10 zurück. Bitte heb mir etwas Leckeres auf; sonst ess ich ein Brot (schluchz …). Dicker Schmatz. P. Ein unscharfes Foto, das an Weihnachten vor zwei Jahren mit Selbstauslöser aufgenommen wurde und sie beide im Bett mit roten Rentiergeweihen auf den Köpfen zeigt.
Sie zittert. Das ist ganz normal, beruhigt sie sich. Sie hat das Gefühl, als stände sie neben sich und sähe zu, wie sie den Telefonhörer wie einen rettenden Halm umklammert hält, wie sie auf ihre nackten Füße starrt. Sie kann den Boden darunter kaum spüren. Fest drückt sie ihre Sohlen auf die Korkfliesen, bis sie sich wieder verbunden fühlt. Sie nickt, sagt, ja, ja, sie sei schon auf dem Weg, sie sei gleich da.
»Patrick ist etwas zugestoßen, nicht wahr?«
»Er hatte einen Unfall. Auf einer Baustelle.« Das hört sich wie ein Spruch aus einem schlechten Film an. Sie

wünschte, sie könnte die Kassette zurückspulen und etwas Bedeutungsvolleres, etwas Erschütternderes, einfach *Besseres* sagen.

»Ist er … ?«

Patrick lebt, ist aber bewusstlos. Er hat schwere Kopfverletzungen und innere Blutungen erlitten.

»Schuhe?«, sagt Bella. »Ich brauche Schuhe.«

Ihre Beine fangen an, unkontrollierbar zu zittern, als sie sich hinsetzt, um ihre Stiefel zuzuschnüren. Viv kniet sich vor sie, macht ihr die Schuhe zu und hält sie beruhigend an der Schulter.

»So kannst du nicht fahren«, sagt Viv. »Ich bring dich hin.«

» … oder am Wochenende?«, sagte Will gerade.

»Mmm?«

»Es tut mir leid, wenn ich Sie langweile. Aber momentan ist die richtige Zeit, um in Ihrem Garten anzufangen, also rufen Sie mich doch recht bald an. Ja? Ich hoffe, ich drängle nicht zu sehr.«

»Nein. Ja. Sie haben recht.«

»Ich drängle zu sehr?«

»Nein. Mit dem schnellen Entscheiden. Nächstes Wochenende? Aber vielleicht passt das nicht … ?«

»Prima. Ganz prima. Dann seh ich Sie dann. Ach, das klingt immer doch wieder merkwürdig, nicht wahr?«

»Was?«

»Das dann … dann.«

»Haben Sie schon an eine Therapie gedacht? Heutzutage können die mit Laserchirurgie wahre Wunder bewirken. Die können ganze Areale des Gehirns lahm legen.«

»Danke für den Tipp. Ich werd's mir merken. Ich geh jetzt, aber vergessen Sie es nicht.«
»Werd ich nicht.« Sie nickte bekräftigend. *Was denn vergessen?*, fragte sie sich.

10.

Ich hab Croissants mitgebracht«, sagte Will und hielt Bella eine Papiertüte unter die Nase, als sie die Tür öffnete. »Weil Sie wegen mir so früh aufstehen mussten.«
»Früh? Ach was. Ich bin schon seit Stunden wach. Hab bereits meine morgendliche 16-Kilometer-Runde und meine hundert Liegestützen hinter mir; das ganze Haus ist frisch gesaugt, alle Fenster sind sauber geleckt, und das Dach ist auch neu gedeckt.«

Sie nahmen die Croissants und ihre Teetassen mit in den Garten, lehnten sich draußen mit dem Rücken an die Verandatür, die durch die Frühlingssonne angenehm warm war, und unterhielten sich. Welche Art von Pflanzen sie möge, wollte er wissen.
Sie schloss die Augen, um sich besser auf die lebhaften Bilder in ihrem Kopf konzentrieren zu können: flaumweiche Gräser, sagte sie, die sich wie Federn im Wind wiegen und das Licht reflektieren; Pflanzen unterschiedlicher Beschaffenheit, solche mit samtigem Blattwerk, mit schimmerndem Stiel und diese Pflanze mit den gefächerten, mit feinen Härchen versehenen Blättern, auf denen die Regentropfen wie Glasperlen aufgereiht liegen bleiben; ineinander fließende Farbtöne; und verschiedene Düfte: große, aufgeplusterte Rosen und Lavendel und Jasmin; Kräuter, Zitronenmelisse, Gemüse; irgendetwas Dramatisches, mit spitzen Blättern: vielleicht eine Yucca-

palme, die man nachts anleuchten könnte, damit ihre Schatten über die Mauer tanzten.
Sie sprachen über Formen, Proportionen, Stile und Materialien. Er skizzierte Ideen, ging hin und her, fuchtelte mit den Armen wie ein verrückter Dirigent, zeigte ihr, was er sich vorstellte, indem er sich hinhockte, um ihr die beste Stelle für eine Amphore vor Augen zu führen, oder sich reckte und streckte und so tat, als sei er ein Baum, damit sie die Wirkung vom Haus aus begutachten konnte. Sie redeten über die Kosten. »Werden Sie nicht größenwahnsinnig, ich bin nicht der Sultan von Brunei.« – »Also keine Terrasse aus Marmor? Keine im Springbrunnen herumtollenden Goldnymphen?« Er fragte sie auch, wie viel Zeit sie für die Gartenpflege aufbringen würde. »Seien Sie ehrlich«, sagte er. Ob sie faul sei? Wie sie eigentlich ihre Freizeit verbringe?
»Ich hoffe, meine Fragen machen Ihnen nichts aus. Meine Mutter vergleicht mich gelegentlich mit der spanischen Inquisition.«
»Hah! Im Vergleich zu *meiner* Mutter ist die spanische Inquisition ein Sonntagsspaziergang.«

Als sie merkte, dass sie schon wieder so viel von seiner Zeit in Anspruch genommen hatte, fragte sie ihn verlegen, ob er etwas essen wolle, sie könne ein paar zusammengewürfelte Reste aus dem Kühlschrank anbieten. Aber vielleicht warte ja zu Hause ein ordentliches Mittagessen, ein knuspriger Braten auf ihn.
»Nein, nein.«
»Dann bedienen Sie sich.« Sie stellte kleine Schüsseln auf die Arbeitsplatte in der Küche. »Das ist hier jetzt wie beim Picknick. Nehmen Sie sich einfach, worauf Sie Lust haben.«

»Sie verwöhnen mich. Das ist ja wie ein mitternächtliches Festgelage – ich liebe es, von allem zu naschen.«
»Ich auch.«
»Und ich tausendmal mehr.«
Bella sah ihn an. »Das hab ich als Kind auch immer gesagt.«
Will behauptete, verglichen mit dem Inhalt seines Kühlschranks sei das hier ein wahres Festessen.
Kaltes Hühnchen in Basilikumsauce, selbstgemachter Krautsalat, heißes Chiabattabrot, reifer Brie. Sie zuckte mit den Achseln.
»Sind doch nur Reste. Essen Sie denn sonst nichts Ordentliches?«
»Doch, *natürlich*. Warum glauben Frauen nur immer, dass Männer nicht kochen? Ich kann zum Beispiel ein sehr gutes Brathähnchen zubereiten. Und eine Art Eintopf.« Er schien nachzudenken. »Koteletts!«, stieß er triumphierend hervor. »Und Nudeln mit Sauce.«
»Selbst gemacht oder aus dem Glas?«
Er verzog das Gesicht. »Ah! *Und* ein Wok-Gericht, das es wirklich in sich hat.«
»Alle Männer sagen, dass sie das können. Haben Sie nicht diesen Bericht im Fernsehen gesehen? Anscheinend gibt es einen Zusammenhang zwischen dem Y-Chromosom und dem Kochen auf großer Flamme – das scheint der Grund dafür zu sein, dass Männer so gerne grillen.«

Wieder draußen, zog Will sie in die hinterste Ecke des Gartens. Er stand hinter ihr und deutete über ihre Schulter hinweg in Richtung Haus. Sie konnte seinen warmen Atem in ihrem Haar fühlen. Einen Moment lang war ihr, als höre sie ihn schlucken, als höre sie Luft in seine Lunge strömen, höre den Doppelschlag seines Herzens.

»Da. Sehen Sie? Was ich vorhin für die Terrasse vorgeschlagen habe. Mit breiten Stufen.« Sie rückte etwas von ihm ab und fuhr sich mit den Fingern durchs Haar.
»Gut. Und was ist mit diesem schrecklichen Rasen?«
Will stampfte ein paar Mal prüfend auf den Boden auf.
»Sehen Sie zu, dass Sie ihn loswerden. Er ist in einem miserablen Zustand. Wir können ihn rekultivieren, wenn Sie wollen, aber ich würde mir diese Mühe nicht machen. Diesen Platz sollte man besser nutzen. Stellen Sie es sich einmal vor …« Mit der Hand beschrieb er einen weiten Bogen, wie ein Magier, der seine Zuschauer verzaubert.
»Kein Mähen. Kein Abstechen. Mehr Platz für interessante Pflanzen …«
»Würde es nicht zu ungemütlich aussehen? Wie ein Parkplatz?«
»Solange Sie nicht auf einer Teerdecke bestehen … Ich dachte eher an Kies, so dass wir direkt in die Erde darunter Ziergräser, Kräuter oder was auch immer pflanzen können. Oder große, graue Kieselsteine, mit Wasser …«
»Wie an einem Strand? Das wär wunderbar. Früher bin ich immer mit meinem Vater zum Strand gegangen. Auch heute noch gehe ich ans Meer, wenn es mir schlecht geht.«
»Ich auch. Oh, schauen Sie sich das hier an … « Er entfernte sich mit schnellen Schritten und verschwand zwischen zwei verwilderten Büschen.
Bella starrte auf den Boden und stellte sich ihren Privatstrand vor: eine kurvige Bucht, Wasser, das gegen die Steine klatscht, deren Farben durch die Feuchtigkeit lebendig werden, die Brandung schäumend zu ihren Füßen.

Sie verlässt die Beerdigungsfeier, sobald es die Gebote der Höflichkeit erlauben. Eigentlich sogar eher. Sie huscht schweigend durch den Raum, um sich von Patricks unmittelbarer Familie zu verabschieden: von Joseph, der sie so fest umarmt, dass sie kaum Luft bekommt. »Wir bleiben in Verbindung, ja? Komm vorbei und besuch uns.« Rose küsst ihre Wange. »Du warst uns ein großer Trost.« Sophie, die plötzlich wie ein Kind aussieht mit ihren großen schattigen Augen. »Darf ich dich irgendwann besuchen, Bel?« Alan drückt sie nur stumm an sich. Er kann nicht sprechen.
Sie fährt an die Küste. Patrick war einige Male mit ihr dort, wenn sie seinen Eltern einen Besuch abstatteten. Nun will sie die Seeluft in ihren Lungen spüren, das Salz in ihrer Nase brennen und den Wind ihre Oberhaut abstreifen lassen, um aus solcher Behandlung zwar roh, dafür aber gereinigt und erneuert hervorzugehen.
Sie biegt in die Straße ein, die zum Meer führt, und ist wie immer überrascht von der plötzlichen Leere, die sich nach einer letzten scharfen Kurve am Ende des Weges auftut. Sie stellt sich vor, einfach weiterzufahren, sich hoch über dem Kiesstrand in den weiten Himmel hineinzukatapultieren, für einen kurzen, wunderbaren Moment aufzusteigen wie eine metallene Möwe und dann in die Wellen zu stürzen, tief hinabzusinken, um schließlich auf dem Meeresboden liegen zu bleiben. Fische würden an ihrem Körper knabbern, sich tanzend zwischen ihren Knochen hindurchschlängeln. Die See würde das leise Klappern der Krebse dämpfen, die über ihre Rippen krabbelten, während ihr Haar wie Meeresalgen im Wasser hin- und herwöge. Seepocken siedelten sich auf ihr an, breiteten sich wie eine Stadt auf ihr aus, und sie würde Teil einer anderen Welt, in der niemand ihre salzigen Tränen sähe.

Sie fährt jetzt langsamer und konzentriert sich, als sie nach links in die Sackgasse abbiegt, an dem Durchfahrt-verboten-Schild vorbeifährt und parkt. Sie holt ihren alten, zerknitterten Regenmantel hervor, der stets im Kofferraum liegt. Der Strand knirscht unter ihren Füßen, ihre schwarzen Wildlederpumps versinken im Kies. Sie schlüpft aus den Schuhen und geht ein paar Schritte. Verdammt, die Steine sind hart. Sie wünscht, sie hätte sich andere Schuhe eingepackt. Allerdings ist das nicht unbedingt etwas, woran man denkt, wenn man auf eine Beerdigung geht. Nach dem Motto: »Hab ich alles? Taschentücher? Den schwarzen Hut? Schuhe für den Strand?«
Der Wind weht ihr das Haar ins Gesicht, wo es sich in ihren Mundwinkeln verfängt. Im Windschatten eines Wellenbrechers sucht sie Schutz und kauert sich nieder. Wie verwittert er ist. Unter ihrer Hand fühlt sich das Holz glatt an, von Wasser und Sand weich geschliffen. Sie lehnt ihren Kopf dagegen und blickt an ihm entlang. Zwischen den einzelnen Balken stecken viele kleine Kiesel, die vielleicht von einem Kind oder auch vom Meer in die Ritzen gepresst worden sind; sie weiß es nicht. Sie wackelt mit ihren Zehen, die in den hauchdünnen, schwarzen Perlonstrümpfen so ganz und gar nicht zum Kiesstrand passen.
»Verdammt, verdammt, verdammt«, murmelt sie. »Scheißkerl, Scheißkerl, Scheißkerl.« Wie konnte er mir das antun? Das ist mal wieder typisch Patrick, ja das ist es wirklich. Er ist so verdammt egoistisch. Immer macht er, was er will. Allein, dass er loszieht und auf solch lächerliche Art und Weise und zu so einem ungünstigen Zeitpunkt umkommt. Ihre Tirade tröstet sie ein wenig, ja, sie genießt sie geradezu. Lieber ärgert sie sich maßlos über ihn und zetert über seine ärgerlichen Angewohnheiten,

als dass sie ihre Gedanken zur Ruhe kommen lässt. Denn in der Stille lauert die Dunkelheit: geduldig zusammengerollt wartet sie auf den Moment, an dem Bella sie hereinlässt. Wenn Bella nur lang genug durchhält, wird die Finsternis des Wartens vielleicht überdrüssig werden und womöglich verschwinden. Aber in ihrem Herzen weiß sie, dass das Dunkle ewig auf sie wartet. Es gleitet um ihre Knöchel, rollt sich zusammen, schlängelt wieder weiter und passt den Augenblick ab, in dem Bellas Wachsamkeit kurz erlahmt. Und dann würde es sie völlig umschlingen, an ihr hinaufgleiten, schwer und kalt wie Stein, und sie in den Schacht der Düsternis hinabziehen. Niemals wäre sie in der Lage, aus eigener Kraft dort herauszukommen. Nein. Sie hatte einen Blick über den Rand des Abgrunds riskiert und der hatte genügt, um die Klauen der Angst in ihrer Magengrube zu spüren. Sie würde es nicht tun. Sie konnte nicht.
»Verfluchter Patrick.« Sie stößt den Kies mit ihren Füßen fort.

»... ist das okay?« Will stand dicht neben ihr und schaute sie an. Er schien eine Antwort zu erwarten.
»Mmh?«
»Hallo, schön, dass Sie wieder da sind. Ich wollte wissen, ob es Ihnen recht ist, wenn ich diese Büsche entferne? Die nehmen so viel Platz weg.«
»Würde man sich dann dort nicht zu beobachtet vorkommen?«
»Vertrauen Sie mir. Ihnen bleibt schon noch genügend Abgeschiedenheit. Wir könnten eine Pergola an dieser Ecke errichten mit wildem Wein und ein wenig Klematis.

Oh, ich weiß ...« Er rannte zum Ende des Gartens und Bella konnte gar nicht anders, als ihm zu folgen. »Wie wär's beispielsweise hier: ein geheimer, versteckter Sitzplatz mit einem grünen Dach aus Weidenkätzchen. Alles groß genug, damit Sie und Wer-auch-immer hier sitzen können ...«
»Ja.« Sie entzog sich seinem Blick. »Das fänd ich schön. Aber ohne den Wer-auch-immer. Ein einzelner Platz wäre nett.« Sie ging auf das Haus zu und tat so, als hörte sie nicht, wie er ihr hinterher rief: »Sind Sie sich da sicher?«

»Oh, haben Sie Geburtstag? Wie alt sind Sie geworden?« Will wies mit einem Nicken auf die prunkvolle Lampe von Bellas Eltern, die zur Hälfte aus dem Geschenkpapier ragte. »Macht es Ihnen etwas aus, dass ich frage?«
»Ja, es macht mir etwas aus, und nein, ich habe nicht Geburtstag. Das ist das Einweihungsgeschenk meiner Eltern. Ich hab's noch nicht geschafft es umzutauschen. Scheußlich, nicht wahr?«
Er zuckte mit den Achseln. »So scheußlich nun auch wieder nicht. Nur eben ein wenig gutshofmäßig. Passt nicht ganz zu Ihnen, würd ich sagen.«
»Ach? Sind Sie da Experte?«
»Klar, ich beschäftige ein ganzes Team von Detektiven rund um die Uhr. Die senden mir stündlich Faxe mit den neuesten Informationen über Sie zu.«
»Und was berichten die?«
»Das ist geheim. Außerdem haben sie mir noch nicht gemeldet, welche Lampenschirme Sie bevorzugen.«
Sie schüttelte den Kopf und unterdrückte ein Lächeln. »Das erinnert mich daran, dass ich meine Eltern anrufen muss. Der allwöchentliche Pflichtanruf.«
»Aha. So nahe stehen Sie sich dann doch?«

»Machen Sie sich einen Tee.« Bella deutete auf den Kessel. »Er ist in der blauen Dose mit dem Deckel, der nicht nur kindersicher ist, sondern auch erwachsenensicher. Ansonsten finden Sie den Kaffee im Schrank rechts.«

»Komm schon, Dads«, flehte Bella in der Hoffnung, ihr Vater würde ans Telefon gehen.
»Oh. Hallo. Ich bin's.«
»Bella-Liebling! Wie schön!« Die Stimme ihrer Mutter hatte einen leicht panischen Unterton. Vor ihrem geistigen Auge sah Bella Alessandra mit ihrem Seidentuch herumspielen und verzweifelt nach Gerald Ausschau halten.
»Nun, wie … geht's?«
Willst du ewig Single bleiben?
»Mit dem Haus alles in Ordnung?«
Du hast uns immer noch nicht eingeladen.
»Wir haben deine Karte erhalten. Ich freue mich, dass dir die Lampe gefällt. Ich war mir nicht sicher, weißt du, ob sie nicht etwas zu … Na ja.«
Dir kann man es nie recht machen.
»Sie ist sehr elegant.« Los, mach schon. Geh und hol Dad.
»Ich habe wieder angefangen zu malen.« Mist. Das hatte sie doch nicht erzählen wollen. Jetzt würde ihre Mutter wieder nachsichtig lachen: unsere Bella macht wieder einmal einen auf Künstlerin. Wie amüsant.
»Das ist wundervoll, Liebling. Das freut mich sehr. Ich fand es immer sehr schade, dass du es zwischendurch aufgegeben hast. Du solltest dein Talent nutzen.«
Es ist eine Schande, dass du nie bei einer Sache bleiben kannst.
Meine Güte, sie ließ wirklich keine Gelegenheit für eine spitze Bemerkung aus.
»Wie geht's Dad?«

»Ich hol ihn ans Telefon.« Erleichterung an beiden Enden der Leitung. »Gerald! Bella ist am Apparat.«
Will kam herein und formte mit den Händen ein »T«. Eine Frage.
»Ja, bitte.« Sie nickte.
»Ja, bitte, was?« Jetzt war ihr Vater am Telefon.
»Hey, Dads. Wie geht's? Ich lass mich nur gerade vom Personal verwöhnen.«
»Schön, so gehört es sich. Ist das Viv? Grüß sie von uns.«
»Nein. Ich habe deinen Rat befolgt … «
»Es geschehen also doch noch Wunder«, lachte Gerald.
»Ach, Quatsch. Ich hab jemanden hier, der den Garten in Ordnung bringt.«
»Gut. Versteht er etwas davon?«
»Bleib dran, ich frag ihn. Will?«, rief sie in die Küche. »Mein Vater möchte wissen, ob Sie etwas von ihrem Handwerk verstehen.«
Wills Kopf erschien im Türrahmen. »Sagen Sie ihm, ich hätte meine Kenntnisse im Alter von elf Jahren mit Hilfe eines Sets »Garten-Gestaltung-nach-Zahlen« erworben.«
»Hast du das gehört, Dads?«
»Er scheint in Ordnung zu sein. Ist er alleinstehend?«
»Oh, *Daddy!* Das weiß ich doch nicht. Du bist ja schlimmer als Viv.«
»Also, ist er es?«
»Woher soll ich das wissen? Möglicherweise nicht. Was geht's mich an?«
Wills Kopf erschien abermals in der Tür, diesmal jedoch in Kniehöhe.
»Kekse?«, sagte er. »Ich brauche Kekse, wenn ich kreativ sein soll.«

»Ich habe an ein Wandgemälde an der hinteren Mauer gedacht.« Bella deutete in den hintersten Winkel des Gartens.

Will meinte, das sei selbstverständlich möglich, allerdings nicht ganz billig. Auch reichten seine künstlerischen Fähigkeiten dafür nicht aus, und er müsse jemand anderen damit beauftragen. Bella erklärte ihm, sie habe vor, es selbst zu malen.

»Ihr *Gesicht.*« Sie lachte. »Es ist wie ein offenes Buch. Ich kann Sie förmlich denken sehen: ›O nein, eine Kundin, die glaubt, sie könnte malen. Sie wird den ganzen Garten mit einem fürchterlichen Bild toskanischer Olivenbäume ruinieren.‹«

»Nicht weit gefehlt. Allerdings dachte ich, Sie bevorzugen ein gotisches, überwuchertes Etwas. Ein wildromantisches Phantasiegebilde.«

»Touché. Sie kommen der Sache wirklich nahe.« Sie beschrieb, was sie geplant hatte: einen halb geborstenen Torbogen, der vielleicht von einer echten Kletterrose umrankt würde und durch den man andeutungsweise einen verwunschenen, sonnendurchfluteten Garten sah sowie einen sich dahinschlängelnden Pfad, der sich im Dunkeln verliert. Er erwiderte, er wolle ja nicht unhöflich sein, aber das höre sich nach einem ziemlich ehrgeizigen Projekt an.

»Wenn es zu schrecklich wird, kann ich's immer noch übermalen.«

»Oder die Rose drüberwachsen lassen.«

»Sind Sie immer so unhöflich zu Ihren Kunden?«

»Nur zu denen mit niedrigem Budget. Wenn Sie noch ein paar Scheinchen darauf legen, kann ich wirklich ganz aalglatt sein: ›Ein Wandgemälde! Welch eine geniale Idee! Und Sie werden es selbst malen? Wie reizend! Das wird dem Ganzen Ihre *persönliche* Note verleihen.‹«

»Das passt gar nicht zu Ihnen. Da sind mir Ihre Frechheiten lieber.«

»Ähm – Ihr Klo unten scheint von einer wahren Flut von Kisten heimgesucht worden zu sein, was? Wo kommen die denn alle her?«, fragte Will.
»Ich musste ein wenig Platz in meinem Studio machen. Die Treppe schaffen Sie wohl noch, oder?«
Er erklärte, dass viele Kunden es nicht mochten, wenn der Gärtner das Bad in der oberen Etage benutzte. Manche ließen ihn noch nicht einmal ins Haus. Er hatte auch schon im Garten hinter die Büsche gepinkelt, weil seine Auftraggeber ihm nur allzu deutlich zu verstehen gegeben hatten, dass sie es nicht wünschten, dass er auch nur einen Fuß über ihre Türschwelle setzte. Auch konnte er nie damit rechnen, zum Tee eingeladen zu werden, weshalb er immer seine Thermoskanne mitbrachte.
Bella war entrüstet. Machte ihn so etwas nicht wütend?
Er zuckte mit den Achseln.
»Manche Menschen sind so. Es bringt nichts, sich über jedes bisschen aufzuregen, das einen ärgert. Das hält nur auf.«
»Aber ich schimpfe gern über Dinge, die mich ärgern. Das ist beinahe mein liebster Zeitvertreib.«
»Ach, ja? Und was ist Ihr liebster?«
Bei diesen Worten hatte er schon wieder diesen Blick. Diesen seltsamen, abwägenden Blick, als wolle er sie einschätzen, als versuche er, ihre Gedanken zu lesen.
»Streiten.«
»Außerdem«, sagte er, »hab ich mich gerächt. Ich habe einfach noch ein paar Riesen auf die Rechnung draufgeschlagen. Für das Geld hätten sie glatt ein separates Handwerkerklo bauen lassen können.«

»Das Bad ist oben rechts um die Ecke.« Bella deutete die Treppen hinauf. »Oh, warten Sie.« Sie folgte ihm nach oben. »Ich glaube, da ist keine Seife mehr.«

Er sah ihr dabei zu, wie sie die Kisten durchstöberte.

»Irgendwo hier hab ich noch eine. Einen Augenblick, warten Sie.« Sie bemerkte seinen Gesichtsausdruck. »Amüsieren Sie sich darüber, dass ich in meinem eigenen Haus nichts wieder finde?«

»Ja, das tue ich. Warum regeln Sie das mit den Kisten nicht in einer Großaktion und packen alles aus, so dass Sie Ihre Sachen wieder finden?«

»Wegen des SCHIMMELS!«

»Ah, jetzt weiß ich, warum Sie mich auf Ihre piekfeine Toilette lassen. Sie möchten, dass ich ein ernstes Wörtchen mit dem Schwager meines Schwagers rede, stimmt's?«

Bella öffnete die Tür zu ihrem Studio, um die nächste Kiste zu durchsuchen. Sie wusste genau, dass sich irgendwo noch ein Stück Seife versteckte.

»Aber das ist ja großartig!« Will stand im Türrahmen und schaute auf das nahezu vollendete Gemälde an der Wand mit dem Riss. »Nun komme ich mir aber wirklich wie ein Volltrottel vor. Warum haben Sie mir nicht gesagt, dass Sie Profi sind?«

»Bin ich ja gar nicht wirklich. Wie Sie wissen, bin ich nur ein sogenannter *Creative Director*, was ein aufgeblasenes Wort für Designerin ist. Ich male nur für mich selbst. Leben könnte ich nicht davon.«

Der Riss war in ein Gemälde integriert, das eine alte Wand mit abblätterndem Putz und einem halb geöffneten Fenster zeigte. Auf dem Fensterbrett stand ein kleiner Topf aus Steingut. Ein Teil der Wand war hell, als würde Licht durch das gemalte Fenster hereinfallen.

Der Bereich unterhalb des Fensterbretts lag in tiefem Schatten.
»Ich wette, Sie könnten sich mit solchen Wandgemälden ihren Lebensunterhalt verdienen.« Er zeigte zum Fenster. »Ich dachte, der Topf sei echt. Und dieser Baum, den man durch das Fenster sehen kann: Das ist eine Kirsche, die im Winter blüht, nicht wahr? Vielleicht eine *Prunus x subhirtella Autumnalis*.«
»Angeber. Ich hab keine Ahnung. Das ist dieser was-weiß-ich aus des Nachbars Garten. Er stand in voller Blüte, als ich hier einzog.«
»Wissen Sie, dass es verdammt gut ist? Wollen wir wetten, dass ich Ihnen ein paar Aufträge besorgen könnte? Natürlich nur, wenn Sie möchten.«
»Sie meinen, ich könnte eine richtige Künstlerin werden?« Bella klatschte in die Hände. »Oh, davon habe ich schon immer geträumt! Wie häufig habe ich in meiner bescheidenen Dachkammer geackert, bis die Pinsel förmlich dampften. Wie oft habe ich auf meine Cremetörtchen verzichtet, um mir Farbe kaufen zu können. Jetzt endlich ist mein Talent erkannt worden!«
»Sind Sie immer so?«
»Verzeihen Sie, mein Herr, ich verstehe nicht.«
»Jetzt machen Sie es schon wieder.« Will schüttelte den Kopf. »Ich werde Ihnen etwas sagen …«
»Soll ich mein Notizbuch holen?«
»Können Sie mal eine Sekunde die Luft anhalten? Wenn Sie immer nur Witze machen über Dinge, die für Sie wirklich von Bedeutung sind, tun Sie sich unrecht.«
»Warum meinen Sie, Malen sei für mich von Bedeutung?«
Er antwortete nicht. Er lehnte sich an den Türrahmen und sah sie einfach nur an. Sie spürte, wie ihr das Blut in

die Wangen schoss, als hätte er sie versehentlich nackt gesehen.
»Und wenn es so wäre?« Sie verschränkte die Arme und biss sich auf die Lippe. »Von irgendetwas muss ich schließlich leben.«
»Natürlich. Aber wenn Sie ihre Arbeit nicht ernst nehmen, können Sie Ihre Eier darauf verwetten, dass andere das auch nicht tun werden.«
»… Ihre Eier darauf verwetten? Ach du meine Güte. Wo um Himmels willen haben Sie denn das her? Ich hab keine Eier. Ich bin ein weibliches Wesen, falls Sie es noch nicht bemerkt haben.«
Will ging ins Bad und schloss die Tür hinter sich.
»Ihre metaphorischen Eier«, rief er von der anderen Seite. »Die Sie sicherlich haben.« Sie konnte ihn pinkeln hören, was ihr sehr intim schien. Bella ging die Treppe hinunter. »Und, ja, ich hab's bemerkt«, hörte sie seine Stimme von oben.

Einige Telefongespräche, Faxe und viele Tassen Tee später hatten sie schließlich die Gartengestaltung abgeschlossen und sich auf ein annehmbares Budget verständigt. Manche der Arbeiten, wie die Veranda und die Pergola, sollten von Wills Subunternehmer Douglas ausgeführt werden. Will erklärte, die Kosten für Bella ließen sich verringern, wenn sie beim Roden und Pflanzen helfen würde; außerdem würde dann das Projekt schneller Gestalt annehmen. »Momentan bin ich hauptsächlich mit Aufträgen der Stadt beschäftigt, so dass wir das meiste an den Wochenenden erledigen könnten, wenn Ihnen das recht ist«, sagte er. »Auf diese Weise könnten Sie mithelfen und auch noch im letzten Moment Ihre Meinung völlig ändern und uns erklären, Sie hätten da an etwas ganz anderes gedacht, hätten jetzt lieber etwas im Stile von Versailles und ob wir nicht im übrigen den Garten bitte ein wenig nach links verschieben könnten. Sind Sie sicher, dass Sie zufrieden sind?«, fragte Will. »Bei den Details können Sie jederzeit so viel verändern, wie Sie wollen, aber die Grundstruktur muss von Anfang an stimmen, sonst wird das nie etwas.«

»Gut«, sagte Bella, »dann folgt nun die Glaubensfrage: Hängen Sie derselben Überzeugung an wie der Schwager Ihres Schwagers, wonach Arbeit ein interessantes Konzept ist, welches jedoch besser diskutiert als tatsächlich getan werden muss, oder können Sie tatsächlich bald anfangen?«

Er konnte. Er wollte. Er säße sozusagen in den Startlöchern, sagte er. Es liege ganz an ihr.

11.

Also, wie ist er nun?« Viv lehnte sich auf ihrem Stuhl in der Tapas-Bar zurück.

»Oh, das ist hier ja ein edles Tröpfchen.« Bella drehte die Weinflasche, um das Etikett in Augenschein zu nehmen.

»Wer?«

»Dein Garten-Mensch. Ist er ein hartgesottener Naturbursche? Raue Schale, aber insgeheim weicher sensibler Kern?«

»Nein, nicht direkt. Ich denke, Will und sensibel sind zwei Wörter, die nicht unbedingt im selben Satz auftauchen würden.«

»Du scheinst jedenfalls eine Menge Zeit mit ihm zu verbringen. Ich vermisse dich. Und Nick sehnt sich nach deinem Krabbendings.«

»Schön, dass ihr mich wegen meiner liebenswerten Eigenschaften schätzt und nicht nur wegen der geschickten Verwendung von frischem Ingwer.«

»Also, wann triffst du dich wieder mit ihm?«

»›Treffen‹ tue ich mich überhaupt nicht mit ihm. Er kommt Samstag früh, um mit der *Arbeit* zu beginnen.«

»Ich wette, du stehst zeitig auf, um dir Make-up aufzulegen. Ist er zum Anbeißen? Von 1 bis 10.«

»Bist du noch ganz bei Trost? Du bist ja völlig besessen! Dich sollte das doch gar nicht mehr interessieren.«

»Darf ich nicht an deinem Vergnügen teilhaben? Hast du kein Mitleid mit uns trostlosen Paaren, die wir in einem

Alltagstrott gefangen sind, in dem der Chinese und ein Video am Freitagabend den Höhepunkt der Woche bilden? Außerdem muss dir der Gedanke doch auch schon durch den Kopf gegangen sein.«

»Wieso denn das? Bin ich hier diejenige, die besessen ist? Ich habe dir doch gesagt, dass ich nicht die nötige Energie für eine Beziehung habe. Dieses ewige Ausgehen und Etwas-Unternehmen. Dieses Schön-freundlich-Sein. Es ist mir auch einfach zu kompliziert. Da verstricken sich zwei Leben ineinander, und hinterher musst du versuchen, das Chaos zu entwirren. Schau mich nicht so an.«

»Wie guck ich denn? Es gibt nicht immer ein Hinterher, Baby.«

»Bei mir schon. Die Beziehung ist nur die kurze Zeit vor dem Danach.«

Viv seufzte. »Also: Ist er nun zum Vernaschen oder nicht?«

»Er gehört nicht zu der Sorte, die man sich in seinen wilden Träumen ausmalt. Nicht schön, aber ziemlich attraktiv. Knuddelig. Er hat schöne Augen. Er sieht irgendwie stabil aus, wie ein Baum, an den man sich anlehnen kann. Und er hat diese kleine Narbe – hier.« Sie berührte ihre Augenbraue.

»Aha, aber *angesehen* hast du ihn natürlich überhaupt nicht …«

Bella rümpfte die Nase. »Sein Haar ist ein wenig eigenartig, wuschlig; da steht immer etwas ab.«

»Donnerwetter. Wildes Haar. Wie schrecklich.« Viv riss die Augen auf und starrte auf Bellas wirre Locken.

»Sehr komisch. Nur dass du es weißt: bei mir oben nisten vierzehn Asylsuchende – soll ich sie etwa auf die Straße hinauskämmen?« Bella kippte den Rest ihres Weins hinunter. »Jedenfalls ist er gewiss kein eleganter Mr. Rochester. Nur ein ganz normaler Typ.«

»Bekomme ich auch noch einen Schluck Wein ab? Mach ihn doch nicht so schlecht, Baby. Vergiss nicht, dass Mr. Rochester seine wahnsinnige Frau auf dem Dachboden eingesperrt hielt. Es spricht einiges für normale Typen.«

Als Bella eingezogen war, waren ihr die Wochenenden unendlich lang vorgekommen. Sie hatte sich in Einkaufsläden und bei Viv herumgetrieben, war zu Hause von einem Zimmer ins andere gewandert, hatte ziemlich wahllos dies und das verrückt und bei gelegentlichen Aufgaben – Samtkissennähen oder Gardinensäumen – das Gefühl gehabt, es handele sich um riesige Projekte, für die sie ihre letzten Energiereserven anzapfen musste. Mittlerweile war es jedoch die Woche, die sich in die Länge zog, während die Wochenenden – wie Weihnachten für sie als Kind – in unerreichbarer Ferne zu liegen schienen. Die Tage im Büro zogen sich dahin, waren eine einzige Aneinanderreihung von Besprechungen im Wechsel mit Arbeitsphasen am Computer, auf den sie mit glasigen Augen starrte, nettem Geplauder und kurzen Pausen, während derer sie sich in dem Café um die Ecke ihre Cappuccinos genehmigte – *du meinst wohl* Cappuccini, *Bella-Liebling.* Immer öfter überkam sie der Drang zu zeichnen. Ihr Notizblock füllte sich mit kleinen Skizzen, die ihre Kollegen in verschiedenen Körperhaltungen zeigten; ihr Stift sauste nur so über das Papier und fing ein, wie sie standen, saßen, sich zurücklehnten, streckten und arbeiteten.

Am Donnerstag arbeitete sie sich durch hunderte von Diapositiven, bekam vom Benutzen der Lupe rote Augen und durch das gebeugte Stehen vor der Lichtmaschine Rückenschmerzen. Fast stündlich ging sie in die Teeküche des Büros, trödelte dort herum, wischte die Schranktüren und Arbeitsflächen ab, spülte die Kaffeekanne aus, kippte Milch weg, die sauer geworden war. Kurzum, sie tat alles, um die Zeit totzuschlagen.

Viv rief an.
»Alles in Ordnung? Du hörst dich furchtbar an.«
»Diese Woche kommt mir einfach unheimlich lang vor. Mir fällt es schwer, Begeisterung für einen Joghurt mit Bucks Fizz-Geschmack zu heucheln.«
»Du machst Witze?«
»Nein, ich bin einfach nicht in der richtigen Laune, weißt du?« Bella wünschte, sie hätte Anthony gebeten, ihr auf seinem Schokoladenbotengang ein paar Crunchies zu besorgen.
»Ich meine doch den Joghurt mit Bucks Fizz-Geschmack. Ist das ein Witz, oder gibt es so etwas wirklich?«

Viv lud Bella zu einer Party am Samstag ein.
»Nicks Cousin Julian ist gerade von Rio herübergedüst, und wir wollen ihm zeigen, dass auch wir ein spannendes Leben führen …«
»Aber das tut ihr doch gar nicht.«
»Das wissen wir, und das weißt du. Aber er weiß es nicht. Nick meint, er kann Julians herablassendes Lächeln über unser etabliertes, monogames und langweiliges Leben nicht ausstehen. Also sag, dass du kommst. Du hast doch ohnehin nichts vor, oder?«
»Wie nett. Mal sehn: ein Maskenball, eine Filmpremiere oder ein romantisches Wochenende in Hull.«
»Das heißt, du hast Zeit?«
»Erstaunlicherweise, ja.«
Bella bot ihr an, etwas früher zu kommen, um zu helfen.

»Und soll ich irgendetwas mitbringen?«
»Alles, nur keinen Joghurt mit Bucks Fizz-Geschmack.«

Samstag. Endlich.
»Keine Croissants?« Bella lugte durch den Türspalt, als Will kam.
»Ich wusste, dass ich Sie anfänglich nicht so hätte verwöhnen sollen.«
»Na ja. Jetzt sind Sie schon hier. Kommen Sie trotzdem herein.«
Sie gab ihm einen Teller. Und ein Croissant. Musste sich große Mühe geben, ein breites Grinsen zu unterdrücken. Ärgerte sich über sich selbst, weil sie sich freute, ihn zu sehen. Ein überraschendes Gefühl. Ging geschäftig in die Küche, sprach über die Schulter mit ihm und vermied Blickkontakt. *Sei nicht so eifrig.*
»Ich war schon früh unterwegs und habe sie geholt. Konnte sowieso nicht schlafen, also hab ich mir gedacht, dass ich auch ebenso gut aufstehen kann.«
»Ach, ja? Wie kam's?«
»Ach, wissen Sie …« Sie drehte den Wasserhahn auf und widmete sich intensiv dem Schrubben des Spülbeckens. Der Boden zwischen der Haustür und der Terrassentür war mit einer Plastikplane und Staublaken bedeckt, da alles – die Backsteine, das Geröll, der Kies und die Pflanzen – durch das Haus getragen werden musste.
Sie machten sich an die Arbeit, lichteten das Gestrüpp und verpflanzten die schönen Pflanzen in geschützte Ecken.
»Übertreiben Sie es nicht«, sagte er. »Sie ruinieren sich sonst Ihren Rücken, wenn Sie diese Art der Arbeit nicht gewöhnt sind.«
»Sie halten mich also für ein schwächliches Weibchen?«
»Warum sind Sie so defensiv? Das hat doch nichts damit

zu tun, ob Sie männlich oder weiblich sind. Es kommt darauf an, was Sie gewöhnt sind. Sie können nicht die ganze Woche am Schreibtisch sitzen und sich dann sofort in schwere körperliche Arbeit stürzen.« Er lehnte seine Mistgabel gegen die Hauswand. »Außerdem ist jetzt sowieso eine Pause angesagt.«
»Das wird wunderschön.« Mit einer ausladenden Geste bezog er alles mit ein, als sehe er es bereits fertig vor sich. »Doch zunächst wird es viel furchtbarer als zuvor, seien Sie also gewarnt.«
Douglas kam gegen Mittag, um den Rasen abzutragen und die Grundlage für den Hof zu schaffen. Er war ein stiller Mann, der Bella lediglich einen Gruß zunickte.
»Er ist sehr schüchtern«, flüsterte Will Bella zu. »Hat Angst vor gut aussehenden Frauen.« Will markierte die Stelle, an der die Laube errichtet werden sollte.
»Und hier kommt Ihre kleine Höhle hin, sehen Sie? Hier wird Sie selbst aus der Nähe niemand sehen können, wenn die Pflanzen erst einmal in der Erde sind.«
»Großartig«, sagte sie.

Bella hatte den Eindruck, schon seit geraumer Zeit in die Tiefen ihres Kleiderschranks zu starren. Vielleicht würde sich ja irgendein exquisites, teures Crêpe-de-Chine-Kleid auf einen ihrer Kleiderbügel verirren, wenn sie nur lang genug ausharrte. Sie brauchte wirklich dringend etwas Neues zum Anziehen. Sie hatte nur drei Möglichkeiten: eine schwarze Seidenhose mit einem braunen Wickeloberteil oder einer cremefarbenen Seidenbluse; ein roter, kurzer Rock mit einem verführerischen schwarzen Oberteil, das von ihrem hervorstehenden Bauch ablenkte, und ein lilafarbenes Kleid, das sie zu eng anliegend und unter den Armen zu wenig atmungsaktiv fand.

Ihr Blick fiel auf den kirschroten Zweiteiler, den ihr Alessandra geschenkt hatte. Herrliches Material. Sie nahm den Rock und die Bluse heraus und hielt sie sich an. Es waren herrliche Kleider, eigentlich viel zu schön für sie. Bella fühlte sich nicht elegant genug, um ihnen gerecht zu werden. Außerdem war das für die Party wahrscheinlich viel zu schick. Nein. Ihr blieben die drei Möglichkeiten: die Hose war die bequemste Lösung, aber sie hatte Lust, ihren Beinen den alljährlichen Ausflug zu genehmigen. Also das Lilafarbene. Wenigstens trug sie damit zur Abwechslung einmal kein Schwarz. Was soll's, dachte sie, ich muss eben einfach etwas mehr Deodorant benutzen und meinen Bauch einziehen. Für einen Flirt war das Kleid ideal. Es gab ihr das Gefühl, herausfordernder und abenteuerlicher sein zu können.

Sie dachte eindeutig zu oft an Sex. Wahrscheinlich, weil sie enthaltsam lebte. In ihrer Nachttischschublade lag noch ein unangebrochenes Päckchen Kondome. »Du solltest immer vorbereitet sein«, hatte Viv gesagt. »Und tu auch ein paar in deine Handtasche.« Als würde die Lust Bella einfach so im Gemüseladen packen und sie veranlassen, sich dem nächstbesten Verkäufer, der womöglich gerade nichtsahnend dabei war, den Blumenkohl ordentlich zu stapeln, in die Arme zu werfen. Viv war offensichtlich der Meinung, Bella würde von Anfällen von Spontaneität befallen. Dabei machte sie sich selbst dann eine Liste, wenn sie nur kurz für eine Flasche Milch und ein frisches Brot aus dem Haus ging. Mittlerweile bedauerte Bella, dass sie so verschwenderisch gewesen war und eine 12er Packung gekauft hatte. So wie es aussah, konnte sie sich glücklich schätzen, wenn sie die Packung vor dem Verfallsdatum aufgebraucht hatte; großer Gott, so wie es aussah, reichte ihr die Packung wahrscheinlich bis an ihr Lebensende.

»Ich geh dann jetzt«, rief Will die Treppe hinauf.

»Okay. Augenblick, ich komme …« Sie stürmte die Treppe hinunter.

»Oh, ich glaube, da kommt eine ganze Büffelherde angedonnert. Haben Sie …« Er unterbrach sich.

»Was? Was ist los?«

»Nichts. Entschuldigen Sie. Ich hab Sie nur noch nie in Galakleidung gesehen. Hab Sie ohne Dreck im Gesicht nicht erkannt.«

»Ähm, kann ich … so gehen? Ist es nicht zu … ?«

»Zu was?«

»Na ja, zu eng anliegend. Sehen Sie …«, sie wandte sich zur Seite, »mein Bauch steht vor.«

»Oh, mein Gott! Sie haben recht! Die Leute werden hinter Ihrem Rücken in Scharen darüber tuscheln. Vielleicht sollten Sie lieber ein kleines Zelt mieten und das anziehen.«

»Das ist nicht komisch. Beantworten Sie doch die einfache Frage: Sehe ich darin fett aus oder nicht?«

»Nein. Und jetzt hab ich eine Frage: Glauben Sie wirklich, dass die Leute auf ihren Bauch achten werden, wenn Sie dieses Kleid tragen?«

»War das, nein, ich sehe nicht fett aus, oder nein, Sie beantworten mir die Frage nicht?«

»Unglaublich.« Will schüttelte den Kopf. »Ob das irgendein verrücktes hysterisches Virus ist, das nur Frauen befällt? Warum hält sich jede Frau auf dieser Welt für zu fett?«

»Also war das ein Ja?«

»Völlig unbegreiflich. Viel Spaß, Moby Dick.« Er wandte sich zum Gehen. »Ich werd mich bei den Massen im Supermarkt vergnügen.«

Merkwürdig. Sie hatte gedacht, sie hätte noch einige Flaschen Wein im Haus. Aber offensichtlich hatten die Mäuse sie getrunken. Jetzt musste sie auf dem Weg zur Party erst noch in den Supermarkt.
Der Laden war erstaunlich voll. Wer nur ging an einem Samstagabend einkaufen, fragte sie sich. Vielleicht waren es alles unternehmungslustige Singles, die nach Abenteuer suchten. In den Zeitschriften las man ja immer wieder, dass der Supermarkt der ideale Ort war, um Leute kennen zu lernen. So konnte man immerhin auf den ersten Blick erkennen, ob man denselben Geschmack hatte. Gemeinsame Interessen oder ähnliche politische, ethische und moralische Ansichten schienen irrelevant zu sein. Was wirklich zählte, war, ob er Tütensuppen, Chicken Nuggets oder tiefgefrorene Hamburger kaufte. Daraufhin schaute sie sich den Inhalt der Einkaufswagen der anderen Leute etwas genauer an; sie suchte nach jemandem, der frische Pasta, anständigen Wein und viel Schokolade im Wagen hatte, der gut küssen und sie zum Lachen bringen konnte. Das war doch nicht zu viel verlangt, oder?
Über den Lautsprecher ertönte eine Ansage: »An unserer Fischtheke finden Sie geräucherte Schellfischfilets, heute im Sonderangebot ...«
Bella schaute auf. Vielleicht würde sie ein indisches Kedgeree mit Fisch kochen. Plötzlich meinte sie, am anderen Ende des Ganges Will, der ganz versunken in seine Einkaufsliste zu sein schien, gesehen zu haben. Haha. Sie würde ihn fragen, ob er zwischen den Dosen mit Bohnen etwa nach Liebe suchte. Sie könnte sich an ihn heranschleichen und ihn in den Hintern kneifen. Nein. Sie könnte etwas Anzügliches sagen. Nein. Sie könnte sich ausnahmsweise wie eine normale Person verhalten und

ihm freundlich ›Hallo‹ sagen. Ja. Das klang gut, das wollte sie tun.

Als sie sich ihm näherte, entfernte er sich gerade von seinem Wagen und verschwand um die Ecke. Sie fragte sich, was er wohl einkaufte, und vermutete tiefgefrorene Lasagne, Bier und irgendetwas Außergewöhnliches – vielleicht eine Walnusstorte. Sie warf einen Blick in seinen Wagen. Äpfel, Bananen, tiefgefrorene Lasagne – ha, Treffer! Dosen. Nichts Aufregendes. Zwei große plastikverpackte Pakete, auf denen stand: Ultra-Trocken auch für Neugeborene. Unisex. Weich und anschmiegsam. Und eine große, blaue Plastikflasche: Johnsons Babyöl.

Sie schrak zurück, als sei sie gebissen worden. Trat den Rücktritt an, stieß gegen einen schmächtigen Jugendlichen mit einer Fliege, der die Regale aufräumte.

»Entschuldigen Sie«, sagte sie. »Entschuldigung.« Sie drehte sich um, klammerte sich an ihren Einkaufskorb, rempelte eine Frau damit an. »Entschuldigung. Entschuldigung.« Sie hastete zum Wein, zur Kasse, zum Ausgang.

12.

Oha«, sagte Viv, als sie die Tür öffnete. »Das kleine, sexy Lilafarbene. Hast du es auf jemand Besonderen abgesehen, oder ist das als Lockmittel für den nächstbesten Mann gedacht, der vorbeikommt?«

»Das Kleid ist entweder Teil eines gewieften Plans, die Regierung zu stürzen und die Gesellschaft in ihrer jetzigen Form völlig auf den Kopf zu stellen, oder der verzweifelte Versuch, irgendeinen eher einfältigen, kurzsichtigen Mann mit Hormonüberschuss dazu zu ermuntern, mich anzuquatschen. Du kannst es dir aussuchen. Also du glaubst nicht, dass ich darin einen zu dicken Bauch habe?«

»Wie ich sehe, hat es am Aktienmarkt keinen unerwarteten Boom in Selbstvertrauen gegeben.« Viv winkte sie herein.

Bella zog eine Augenbraue hoch. »Und du willst eine Gastgeberin sein?«, fragte sie. »Da bin ich nun schon 45 Sekunden hier, und du hast mir noch nicht einmal eine Salzstange angeboten. Hast du irgendetwas Anständiges zu trinken, oder sollen wir die Flasche öffnen, die ich mitgebracht habe?«

Viv verteilte die Knoblauchkräuterbutter auf dem angeschnittenen Baguette, während Bella Pistazien und Oliven in kleine Schälchen tat.

»Bekommst du auch wirklich genug zu essen?«, fragte Viv, als Bella die nächste Pistazie mit den Zähnen auf-

knackte. »Ist alles okay, Baby? Du siehst ein wenig mitgenommen aus.«
»Alles in Ordnung. Schenk mir doch noch mal nach, ja?«
»Immer langsam. Du hast noch den ganzen Abend, um sämtliche Flaschen zu leeren. Was ist los?«
»Nichts. Alles. Es klingt bescheuert.«
»Was klingt bescheuert?« Nick kam in die Küche gesegelt. »Aha, was seh ich da: Pistazien.« Er nahm sich eine Hand voll aus dem Schälchen.
»Ich habe Will gerade im Supermarkt mit einem Wagen voller Windeln gesehen.«
»Das Schwein!«, sagte Nick kopfschüttelnd. »Was ist? Ich dachte, das sollte ich sagen? Ich dachte, ich sag's, bevor ihr es sagt. Wer ist dieser Will überhaupt?«
»Bellas Garten-Mensch. Ich hab's doch gewusst, dass er dir gefällt. Na ja, dann ist er deiner offensichtlich nicht wert.«
»Ich komme mir so blöd vor. Vom ersten Augenblick an schien zwischen uns etwas zu sein … «
Nick warf ihr mit hochgezogenen Brauen einen bedeutungsvollen Blick zu.
»Geh weg«, sagten Bella und Viv gleichzeitig.
»Dieses unausgesprochene Gefühl, dass wir uns mögen. Ich wette, er flirtet mit allen seinen Kunden, um sie weich zu klopfen. Wahrscheinlich wendet er sich gerade seiner Frau zu, brabbelt mit dem Baby und lacht über mich und meine bescheuerten Kisten und mein bescheuertes Wandgemälde. Und ich hasse ihn jetzt, aber nicht annähernd so sehr, wie ich mich hasse. Ich wünschte, ich hätte ihn nie kennen gelernt. Eigentlich ist das alles meine Schuld, weil ich mir erlaubt habe, ihn zu mögen, und das war dumm, richtig dumm, total blöd. Und ich kann ihn noch nicht einmal fortschicken, weil er schon ange-

fangen hat und die Erde überall herumliegt, und wenn er den Garten nicht in Ordnung bringt, dann bleibt ein einziger Wühlhaufen zurück, dabei sieht's im Haus schon wie in einer Lagerhalle aus. Mehr Wein, bitte.«

»Oh, Baby, das tut mir so leid. Wir werden schon jemand Netten für dich finden, nicht wahr, Nick?«

»Ich? Was siehst du mich so an? Du sagst doch immer, meine Freunde seien zu nichts zu gebrauchen.«

Bella griff sich noch ein paar Pistazien. »Vergesst es. Es ist hoffnungslos. Mir ist es auch egal. Ich werde für den Rest meines Lebens enthaltsam leben und mich der Kunst widmen.«

»So wie diese Nonne im Fernsehen, die immer die alten Meister vorstellt?«

»Genau. Aber mit einem besseren Zahnarzt.«

»Klar, das ist dann dein Los.« Viv nahm ihr die Schale mit den Nüssen aus der Hand und stellte sie ins Wohnzimmer. »Wenn ich sie euch überlasse, muss ich sie gleich in einen Eierbecher umfüllen.«

Nick lockerte seine Krawatte, krempelte sich die Ärmel hoch und machte Lockerungsübungen mit den Fingern, als bereite er sich auf einen kleinen Chopin-Auftritt am großen Flügel vor.

»Wenn sich jemand«, er nickte Bella zu, »bereit erklären würde, die Tomaten für den Salat zu schneiden, würde ich mich … « Er machte eine bedeutungsvolle Pause: »… an die Zubereitung der Soße machen.«

»Oh, Liebster«, zog ihn Viv mit leicht geöffneten Lippen und weit aufgerissenen Augen auf. »Dürfen wir wirklich hier bleiben und zuschauen?«

Er wusch sich die Hände und hielt sie dann wie ein Chirurg am Ellbogen angewinkelt nach oben.

»Ihr dürft«, sagte er. »Das Handtuch, bitte.«

Die Zubereitung der französischen Vinaigrette – Nicks einziger Beitrag zu den kulinarischen Genüssen des Hauses – war ein packendes Bühnenstück in fünf Akten mit Nick in der Hauptrolle, begleitet von einem Mörser und Stößel, einigen dicken Knoblauchzehen, zwei Sorten Senf, ein wenig von dem sündhaft teuren Olivenöl, das von einem bestimmten Ölbauern in der Toskana stammte, sowie einigen anderen seltenen Zutaten, die Nick nicht preisgab, um »das Geheimnisvolle daran« zu bewahren.

Bella wusch die Tomaten und schnitt sie in Stücke, während Nick den ersten Akt aufführte: die edle Verbindung des Knoblauchs mit dem Meersalz.

»Es ist eine Freude und eine Lehre, dir zuzuschauen, Nick«, sagte Bella. »Hast du schon daran gedacht, Meisterklassen zu geben?«

»Mach du dich nur lustig«, sagte Nick. »Aber ich habe es noch nie erlebt, dass du auch nur ein einziges Blättchen übrig gelassen hast, wenn ich Salat serviert habe.«

»Wie wahr, oh, großer Meister, aber du verschwendest deine Künste vor einem zu kleinen Publikum. Warum wartest du nicht, bis die Gäste kommen, dann könnten wir deinen Auftritt begutachten und Noten geben.« Sie hob erst die eine, dann die andere Hand, als hielte sie Kärtchen hoch. »Technisches Können: 5,6. Künstlerische Gestaltung: 5,9.«

Es klingelte. Da Nick immer noch im dritten Akt war – Knoblauch wird mit Senf vermischt –, und Viv »ellbogentief in dem verdammten Lollo Rosso« steckte, öffnete Bella die Tür.

Es waren Sara und Adam, ein Ehepaar, das Bella bereits kannte, sowie Nicks Cousin Julian, der losgeschickt worden war, um Papierservietten zu holen, und soeben erst

zurückkehrte, weil er sein Glück in drei Läden versucht hatte. Bella bot ihnen etwas zu trinken an und bemühte sich, Julian nicht zu häufig anzuschauen.
Allmählich füllte sich die Wohnung mit Gästen. Bella wurde in eine Diskussion verwickelt, die zwei Ehepaare über Kinderkrippen führten. Als sie ihre Meinung äußerte, wandten sich ihr plötzlich alle vier wie auf Kommando zu und starrten sie an. Schließlich sprach eine Frau das aus, was die anderen dachten: »Wenn Sie erst einmal eigene Kinder haben, werden Sie anders darüber denken.« Was konnte sie dem schon entgegnen? Sie kam sich vor wie ein sechsjähriges Kind, das wieder einmal für irgendeine Ungezogenheit oder Dummheit gerügt wird, das sich den überlegenen Blick ihrer Mutter einfängt – *Wenn du erst einmal erwachsen bist … Wenn du erst einmal älter bist … Dann kannst du tun, was du willst.* Pah! Auf den Tag konnte man doch ewig warten. Sie fühlte sich versucht, die Ehepaare in Verlegenheit zu bringen, indem sie ihnen sagte, sie könnte leider nie Kinder bekommen, weil … weil sie irgendeine furchtbare Krankheit hatte, sie ihre Gebärmutter der Wissenschaft gespendet hatte, ihre Eileiter von einem verrückten Chirurgen zerstört worden waren, ihre Eierstöcke sich weigerten, Eier ohne schriftliche Aufforderung zu produzieren.
Vom anderen Ende des Raumes fing sie Julians Blick auf. Er prostete ihr zu und forderte sie mit einer Kopfbewegung auf, zu ihm zu kommen. Gott, er sah wirklich umwerfend gut aus. Bella befreite sich rasch aus der sinnlosen Diskussion – »Muss ganz kurz … alter Freund … entschuldigen Sie mich« – und versuchte, den Eindruck zu vermeiden, sie würde zu ihm eilen.

Sie hätte in dem Moment aufhören sollen zu trinken, denn sie hatte bereits mehr genossen, als sie gewohnt war. Irgendwann im Laufe des Abends hatte sie das laute Auflachen einer Frau gehört und innerlich bereits missbilligend die Lippen geschürzt, als sie bemerkte, dass das Lachen von ihr kam. Aber es war ihr gleichgültig. Einmal in ihrem Leben wollte sie den Vamp spielen, zum girrenden Weibchen werden, wollte einfach hemmungslos flirten und die offensichtliche Wirkung genießen, die das auf Männer hatte. Sie merkte, wie sie ihre Hand auf Julians Arm legte, ihn bewundernd anschaute und ihn bat, ihr von seinen Reisen zu erzählen. Er erwiderte ihren Blick mit eindeutigem Interesse und begann, fröhlich von sich zu reden.

Es war lange nach ein Uhr morgens, als der letzte Gast in ein Taxi verfrachtet worden war und Viv Bella in ihr Gästezimmer lotste.

»Keine Widerrede. Du bist nicht in der Verfassung, auch nur einen Schritt alleine zu tun«, schalt sie Bella liebevoll. »Julian hat sich bereit erklärt, auf die Ausziehcouch auszuweichen, so dass du hier schlafen kannst. Allerdings glaube ich, nach den Blicken zu urteilen, mit denen er dich den ganzen Abend geradezu verschlungen hat, dass er wirklich nichts dagegen hätte, sich mit dir dieses Bett zu teilen.«

Viv machte das Bett zurecht. Bella zog ohne sonderlichen Erfolg an der einen Seite des Lakens, wurde jedoch von einem Kicheranfall übermannt, als sie versuchte, das Laken mit militärisch strenger Kante einzuschlagen.

»Hörst du jetzt auf!«, sagte Viv und musste selbst ein Lachen unterdrücken. »Du bist doch hier die Vernünftige.«

»Ich könnte ihm diese kleine Ecke abtreten.« Bella sank langsam auf dem halb gemachten Bett nieder. »Ich verspreche, ihn nicht anzurühren. Oder nur ein bisschen. Also meinst du, er findet mich gut?«

»Gut ist kein Ausdruck. Wenn er dir noch näher gekommen wäre, hätte er in deinem Kleid gesteckt. Aber wenn ich du wäre, würde ich mir keine Mühe machen: Er fliegt in ein paar Tagen nach Washington. Außerdem ist er zwar ziemlich gut aussehend, im Grunde jedoch nicht sonderlich interessant, und er hat ein Ego, das so groß ist wie die Butterberge der EU.«

»Nette Schultern«, meinte Bella und schnalzte anerkennend mit der Zunge. Viv seufzte und deckte sie zu. »Gute Nacht«, sagte sie. »Zum Glück können wir uns morgen ausschlafen.«

»Der Zimmerservice soll ihn einfach vorbeischicken«, nuschelte Bella in ihr Kissen. »Ich kümmere mich schon um ihn. Bei mir ist er wirklich gut aufgehoben.«

13.

»Du sagtest, du würdest mir die Stadt zeigen.« Julians Stimme am Telefon klang selbstbewusst. Er rechnete mit ihrer Zustimmung. »Ich bin nur für ein paar Tage hier, und morgen muss ich nach Coventry düsen. Wie wär's denn mit Freitag nach der Arbeit? Ich kann es kaum erwarten, all die geheimen Winkel zu sehen, die ein Tourist nie zu Gesicht bekommt.«
Das glaub ich dir gerne, dachte Bella, während sie unversehens mit einem koketten Lachen zusagte. Warum Zeit mit Andeutungen verschwenden, wenn man auch offen suggestiv sein konnte? Mein Gott, sie war auf Vivs Party wirklich sehr betrunken gewesen. Das war ihr schon seit langem, seit bestimmt zwei Jahren nicht mehr passiert. Das letzte Mal, das sie so viel getrunken hatte, war nach dem Schrecken gewesen, den sie bekommen hatte, als sie dachte, sie sei schwanger.

Sie ist beinahe zwei Wochen überfällig. In einer großen, anonymen Filiale der Drogerie Boots kauft sie sich einen Schwangerschaftstest. Im Bus auf dem Weg nach Hause befühlt sie die kleine Schachtel in ihrer Tasche, als könne sie die Antwort aus ihr herauskitzeln. Wenn frau unter Stress steht, kann ihre Blutung durchaus etwas später eintreten, beruhigt sie sich. Das wird es sein. Zu Hause angekommen, gibt sie sich betont lässig, schaltet erst den elektrischen Wasserkocher an und überfliegt die Zeitung, statt gleich ins Badezimmer zu stürzen. Als ließe sich das Ergebnis durch ihre Unbekümmertheit beeinflussen.

Unbeholfen versucht sie, ihren Strahl in das winzige Reagenzglas zu lenken, doch auch ihre zittrige Hand wird über und über nass. Eigentlich bekommt man die Antwort sofort. Doch während sie darauf wartet, ob der blaue Strich auftaucht oder nicht, scheint eine Ewigkeit zu vergehen. Zeigt er sich auf dem weißen Feld, heißt das so viel wie: Freuet euch, euch wird ein Kindelein geboren, beziehungsweise – wie in ihrem Fall – Oh, Scheiße.

Doch das Feld bleibt weiß. Die Erleichterung, die sie überkommt, lässt sie schwindlig werden, als habe jemand kalter frischer Luft Tor und Tür geöffnet. Allerdings hat Patrick sich bereits darauf versteift, dass sie schwanger ist. Sie hat bemerkt, wie er sich auf die Rolle des stolzen Vaters vorbereitet. Bei Marks & Spencers hat sie ihn ertappt, wie er einen Strampler in den Händen hält, obwohl sie dort lediglich seinem Vater einen Bademantel kaufen wollen. Auch die Aushänge der Immobilienmakler hat er in letzter Zeit häufiger studiert und sich für riesige Häuser interessiert, die sie sich nicht leisten können.

Das kleine leere Feld wirkt auf ihn wie eine Ohrfeige. Er wirkt grau unter seiner braunen Haut; seine Augen sind groß und dunkel vor Enttäuschung und Verlust. Sie hält ihn fest umarmt, drückt ihn an sich, als sei er selbst ein kleines, bedürftiges Baby, küsst ihn wieder und wieder auf sein Haar. Danach gehen sie essen und trinken zwei sagenhaft teure Flaschen Wein, gefolgt von unzähligen Gläsern alten Whiskeys, als sie wieder zu Hause sind. Sie haben jeweils eigene Gründe, sich zu benebeln. Bella ge-

nießt jeden Schluck, spürt, wie die Erleichterung durch ihren Gaumen rinnt und mit einem rauchigen, eichenfassimprägnierten Hauch ihren ganzen Körper durchdringt.
Am nächsten Morgen geht es ihnen beiden schlecht. Patrick kommentiert schwach, dass man so eine Ahnung von der morgendlichen Übelkeit bekäme und das Ganze doch also eine gute Vorbereitung sei. Bella macht schweigend Kaffee und weicht seinem Blick aus. Er erwähnt es nicht wieder.

Der Freitagmorgen war warm und sonnig und wie geschaffen für einen Rock. Als sie sich in der Dusche die Beine rasierte, redete sich Bella ein, sie tue das ja nur, weil sie einen Rock tragen wollte. Auf keinen Fall hatte sie vor, Julian zu erlauben, mit seinen warmen, männlichen Händen über ihre weichen, seidigen Unterschenkel zu streichen, o nein. Auch an ihre Unterwäsche wollte sie keinen besonderen Gedanken verschwenden. Sie durchsuchte ihre Schublade mit der Wäsche und kippte sie dann kurz entschlossen auf ihrem Bett aus. Das cremefarbene Spitzenhöschen mit passendem Bustier sowie ihr sinnlich roter BH nebst gleichfarbigem Höschen waren in der Wäsche. Sie hätte gestern doch noch eine Waschmaschine anstellen sollen. Dafür war es jetzt zu spät, die Sachen würden nie rechtzeitig trocken. Was wäre, wenn Julian noch auf einen Kaffee oder so etwas zu ihr mit nach Hause käme? Sie glaubte nicht, dass er eine Wäscheleine voller nasser Socken und Unterhosen für Willkommenswimpel halten würde.
Sie nahm sich die Stücke einzeln vor, hielt sie mit spitzen Fingern hoch, als durchwühle sie einen Müllhaufen. Drei

ältliche, ehemals weiße, jetzt eher gräuliche Baumwollunterhosen; Unterwäsche für den Valentinstag, auf der in roten Buchstaben die Worte prangten: »Ich gehöre dir.« *Besser nicht.* Sie ließ sie wieder in die Schublade fallen. Blassrosafarbene Dessous, bei denen das Gummi jedoch ziemlich ausgeleiert war. Pfirsichfarbene Liebestöter, die ihr so fest auf die Blase drückten, dass sie alle zwanzig Minuten zur Toilette musste. Ein luftiges spitzenbesetztes Etwas, das so winzig war, dass ›Höschen‹ ein zu großes Wort zu sein schien. Es bestand aus so wenig Material, dass sich ihre Hüfte und ihr Po im Vergleich plötzlich riesig anfühlten. Zudem war der Eindruck, dieses Gebilde hinge am seidenen Faden, alles andere als entspannend. Außerdem war es ein Geschenk von Patrick. Sie warf es wieder in die Schublade zurück.

Sie könnte ja während der Mittagspause kurz zu den Geschäften laufen, sich einen einfachen, weißen Baumwollslip kaufen und sich im Büro umziehen. Das ist doch lächerlich, ermahnte sie sich, wer würde schon ihre Unterhose sehen? Mit Julian würde sie lediglich durch die Stadt bummeln und vielleicht noch eine Kleinigkeit essen gehen – kein Mensch würde ihre Unterwäsche zu sehen bekommen. Allerdings brauchte sie sowieso ein neues Paar Perlonstrümpfe … Und außerdem würde es nicht lange dauern.

Als sie schon an der Haustür war, um zur Arbeit zu eilen, klingelte ihr Telefon. Sie ließ den Anrufbeantworter anspringen, wartete jedoch an der Tür, um zu hören, wer es war. Es war Will.

»Oh, hallo. Schön, dass ich Sie noch antreffe. Sind Sie heute Abend zu Hause?«

»Nein, ausnahmsweise nicht. Müssen Sie hereinkommen?« *Wie geht's Ihrer Frau, wollte sie ihn fragen. Was macht das Baby?*

Er wolle lediglich nach den Büschen sehen, die er umgepflanzt habe, erklärte er. Sie wisse ja sicher noch, dass er morgen nicht arbeiten könne. Allerdings käme er vielleicht kurz vorbei. Und Douglas käme um elf. Ob sie denn heute Abend etwas Schönes mache?

»Mmm. Ja, schon.« Sie wollte wetten, er dachte, sie sei in ihn verknallt. »Ich bin verabredet, um genau zu sein«, fügte sie hinzu.

»Oh.« Er räusperte sich. »Viel Spaß.«

Julian war noch nicht da, als Bella ein wenig atemlos, weil sie etwas zu spät war, das Ostportal des Doms erreichte. So lehnte sie sich gegen einen Pfeiler und genoss die Sonne auf ihrem Gesicht, während sie die Passanten beobachtete. Ihr meergrüner seidiger Rock flatterte ihr im Wind um die Beine. Sie strich sich eine vorwitzige Locke aus dem Gesicht, die sich mit ihrem goldglitzernden Lippenstift angefreundet hatte.

Zwei Jugendliche in Körpern, die sie noch nicht ganz auszufüllen schienen, schlenderten vorbei und versuchten sich in einem anerkennenden Pfeifen, das als schrilles Quietschen hervorkam. Sie stießen sich gegenseitig in die Rippen, um zu zeigen, dass sie dennoch wahnsinnig männlich waren, und lachten. Ein mümmelnder Mann in einem Panamahut und einem Blazer, der schon vor Jahren achselzuckend aufgegeben hatte, elegant auszusehen, marschierte die Straße entlang. Er schien von seinem Gefährten, einem kleinen, schnüffelnden Terrier, der an einen verschlissenen, in der Wäsche ergrauten Badezimmerteppich erinnerte, förmlich ins Schlepptau genommen worden zu sein. Sie hätte ihren Zeichenblock

mitbringen sollen. Dies war ein wunderbarer Ort, um Menschen zu zeichnen. Sie schloss die Augen und versuchte, die Bilder im Kopf festzuhalten.
Ein Schatten schob sich zwischen sie und die Sonne.
»Weißt du eigentlich, dass du heute sogar noch verführerischer aussiehst als in dem wunderbaren Kleid?«, sagte Julian. »Bekomm ich keinen Kuss?«

Er hörte überhaupt nicht mehr auf. Julian war offensichtlich äußerst stolz darauf, dass er eine unglaubliche Kondition hatte, als sei ein Marathon grundsätzlich besser als ein Sprint, auch wenn ersterer unsäglich öde war. Langweiliger Sex war schon schlimm genug, aber wenn man dazu noch ausdauernd war ... Bella spürte, wie sie langsam gefühllos wurde. In Ruhe das Kreuzworträtsel in der Zeitung zu lösen, wäre auf jeden Fall angenehmer gewesen als das hier. Vielleicht konnte sie sich die Zeitung angeln und sich über seine Schulter hinweg damit beschäftigen. Er schien so hingerissen von seiner physischen Meisterleistung, dass er es wahrscheinlich gar nicht merken würde. Allerdings würde sie wahrscheinlich den Bogen ein wenig überspannen, wenn sie ihn bäte, ihr bei den Lösungen zu helfen: »Jaah, jaah, reite mich, großer Tiger. Kennst du ein anderes Wort für ›Illusion‹? Mit elf Buchstaben, und der letzte ist ein ›g‹.« Vielleicht half es, wenn sie ihre Beckenmuskeln ein bisschen fester anspannte. Sie hätte wirklich häufiger diese Beckenübungen machen sollen.
Sie ließ ihren Blick durch das Zimmer schweifen. Die Lampe dort hing nicht am idealen Platz. Ihr Lampenschirm hatte eine etwas merkwürdige Form, und man konnte die Glühbirne sehen, vor allem aus Bellas momentaner Perspektive. Vielleicht konnte sie ja aus Perga-

mentpapier selbst einen Schirm herstellen und ihn dann bemalen. Sie sollte morgen auch ein wenig Einkaufen gehen. Sie brauchte dringend Toilettenpapier. Und Bleichmittel. Etwas Olivenöl. Im Geiste ging sie durch ihre Küchenschränke. Pasta fehlte. Sollte sie Rigatoni oder Tagliatelle nehmen? Oder Muscheln? Sie wollte auch nachsehen, ob sie noch genügend Spülmittel hatte.
Er war immer noch in voller Fahrt.
»Aaah«, versuchte sie, ihn anzufeuern. Was wollte der Mann – eine Goldmedaille? »Das ist gut.« Sie schloss die Augen, schaltete ihren Verstand aus, ließ ihre Gedanken frei und schaute sich von außen zu. Wenn sie alleine war und sich berührte, hatte sie die wildesten Phantasien. Jetzt stellte sie sich vor, Patrick läge warm und lebendig bei ihr, beruhigend und vertraut, liebevoll und voller Nachsicht.

Sein Gesicht schwebt über ihr, lächelt sein typisches Lächeln. Er küsst sie wild und greift dann unter ihren Rock. Als er ihn hochschiebt, spürt sie plötzlich den rauen, erregenden Stoff des längst verschwundenen Bettüberwurfs aus Brokat, der sich an ihren nackten Schenkeln wie eine wellig-geprägte Weltkarte anfühlt. Angesichts so viel plötzlicher Leidenschaft entzieht sie sich ihm verwundert, um ihn anzuschauen und in seinen Augen zu lesen. Noch während er sie berührt, verwandeln sich seine braunen Augen in graue, sein Kinn wird markanter, sein Haar nimmt eine hellere Farbe an, bis es kurz und wuschlig ist und sich wie Moos unter ihren Händen anfühlt. Es ist Wills Gesicht, das sie vor sich hat. Sein zärtliches Gesicht. Sie spürt, wie ihr die Tränen in die Augen treten, und sie schmiegt sich an ihn, ihre Lippen treffen auf die seinen, hungrig, gierig und dankbar versinken sie in ihrem Kuss.

Er legt seine Hände unter sie und zieht sie fest zu sich hin. Sie stöhnt auf, überrascht von seiner und ihrer eigenen Erregung; sie kommt ihm entgegen, bewegt sich immer schneller und heftiger, umklammert seinen Rücken. Er hält sie fest umarmt, umschlingt sie geradezu, als ginge es um sein Leben. Dann spürt sie nur noch die Hitze, seinen Geruch und das Vibrieren, das wie die tiefen Noten eines Basses klopfend und schwingend anklingen, dann höher werden, sich ausbreiten und – sie bäumt sich auf, biegt sich nach hinten, wirft sich ihm wieder entgegen und fühlt ihr Inneres warm und weich wie schmelzende Butter.

Irgendwann beruhigt sich ihr Atem. Sie liegt auf dem Bett, ihre Haut heiß und prickelnd, ihre Beine empfindlich nach der Begegnung mit dem Brokatüberwurf.

»Na, so was«, sagte Julian, »du warst ja plötzlich richtig heiß. Brauchst wohl immer etwas länger, he?« Er gab ihr einen spielerischen Klaps auf den Po.

»Vielleicht.« Sie legte sich zurück, noch glühend unter dem Gefühl der Lust, der Wonne und der Schuld. Als sie sich auf dem zerwühlten Laken umdrehte, war sie entsetzt angesichts seiner missbilligenden Weichheit, wo ihr Körper doch noch den rauen Brokat wahrnahm.

»Und dann sagt der Typ: ›Sie müssen den Platz freimachen, Sir.‹ Ich meine, er war einfach völlig unhilfreich. Unglaublich.«

Das war es wirklich, dachte sie. Ich kann es nicht glauben, dass ich tatsächlich mit jemandem ins Bett gegangen bin, der *unhilfreich* sagt. Wie blöd von mir.

»Wirklich?«, sagte sie laut und versuchte, so viel Interesse wie möglich in ihre Stimme zu legen, auch sich zuliebe:

er ist interessant, sagte sie sich. Er ist wirklich interessant.
»Möchtest du einen Tee oder so?« Sie glitt aus dem Bett.
»Einen Cognac, wenn du welchen hast.« Julian schaute ihr zu, wie sie nach ihrem Bademantel griff. »Klasse Arsch.«

Während sie darauf wartete, dass das Wasser kochte, starrte Bella auf ihre Füße, die sich blass und weich gegen die kalten Steinfliesen abhoben. Ihre Fußnägel konnten eine Pediküre vertragen, und der Nagellack war abgesprungen.
Was um alles in der Welt tat sie da eigentlich? Sie war gerade mit einem nahezu Fremden ins Bett gehüpft und hatte in ihrer Phantasie einen anderen Mann – zwei andere Männer – sie hatte wirklich nicht mehr alle Tassen im Schrank – heraufbeschwören müssen und jetzt machte sie sich Gedanken über ihre Fußnägel. Allerdings war das immer noch besser, als darüber nachzudenken, wie außerordentlich, unglaublich, wahnsinnig bescheuert sie sich benommen hatte. Und es hatte noch nicht einmal funktioniert. Sie fühlte sich ganz elend bei dem Gedanken an Will, und das wurde auch nicht besser, wenn sie sich ins Gedächtnis rief, wie sehr sie die Vorstellung von Will erregt hatte. Im Gegenteil: jetzt fühlte sie sich unehrlich gegenüber Julian und schuldig gegenüber Patrick. Na toll, da hatte sie ja drei für den Preis von zweien bekommen.
Aber was, wenn ihr Sex nie wieder Spaß machte, es sei denn, sie gaukelte sich vor, es sei mit Patrick oder jemand anderem? Wieder überkam sie heiße Verlegenheit. Zur Ablenkung goss sie Julian einen besonders großen Cognac ein und wiegte ihre Hüften aufreizend, als sie ihm das Glas brachte.

»Du warst großartig«, meinte er. »Du bist ja richtig in Fahrt gekommen.«
Sie lächelte und vergrub dann ihr Gesicht in seinem Nacken, damit er ihr nicht in die Augen sehen konnte.

An der Haustür schellte es. Schlaftrunken rollte sie sich auf die Seite. Mit einem Schock wurde sie des anderen Gesichts auf dem Kissen neben ihr gewahr.
»Erwartest du Besuch?«, fragte Julian. »Hoffentlich nicht den Pfarrer.«
Bella lachte und schüttelte den Kopf. Warum nur war sie so nett zu ihm? Sie schaute auf die Uhr. Beinahe halb elf. Ob das Douglas war, der ein wenig früher kam? Ein fürchterlicher Gedanke schoss ihr durch den Kopf: es konnte Will sein. Vielleicht sollte sie es einfach ignorieren.
Wieder klingelte es. Keine Zeit zum Anziehen. Außerdem hatte das ohnehin nichts mit ihm zu tun. Schließlich ging es ihn überhaupt nichts an, mit wem sie schlief. Vielmehr: Sex hatte. Gar nichts ging ihn das an. Sie zog ihren Bademantel enger um sich, verschränkte die Arme und polterte die Treppe hinunter, um die Tür zu öffnen. Setzte ein ablehnendes Gesicht auf.
»Morgen«, sagte Will. »Tut mir leid, wenn ich Sie aus dem Bett geholt habe, aber Sie sollten sowieso auf sein. Es ist ein glorreicher Tag. Kommen Sie doch in den Garten. Ich verspreche, keinen Blick auf ihre stachligen Beine zu werfen.« Er ging an ihr vorbei in die Küche.
»Sie sind nicht stachlig.« Verstohlen rieb sie ihre Beine aneinander. Hmm. »Ich habe sie erst gestern rasiert. Sehen Sie?«
»Ich finde sie so oder so wunderschön.« Wie gelang es ihm nur, den Eindruck zu erwecken, sie habe versucht,

ihn auf ihre Beine aufmerksam zu machen? Er konnte die Dinge ekelhaft umdrehen.

»Bekomm ich eine Tasse Tee, bevor ich mich wieder auf den Weg mache?«

»Wieso fragen Sie mich das? Wozu haben Sie eigentlich zwei Hände?«

»Ich wollte Sie nicht einfach überfallen und mir's gemütlich machen.«

»Warum nicht? Das tun sie doch sonst auch.«

Will wandte sich ihr zu und schaute sie an.

»Sie sind ja heute besonders borstig. Was ist los?«

»Nichts ist los.« Warum ging er nicht einfach. Wieder verschränkte sie die Arme und schaute auf ihre Füße. »Ich bin nur gerade beschäftigt.«

»Im Bademantel?« Will lachte und wurde dann rot. »Oh. Okay. Entschuldigen Sie.« Er setzte den Kessel polternd auf der Arbeitsplatte ab. »Warum haben Sie das nicht gleich gesagt? Ich bin schließlich nur der Gärtner. Sie müssen nicht auf Zehenspitzen um meine Gefühle herumschleichen.«

»Nein, ich ... es ist nicht. Ich ... «

»Kein Grund zur Verlegenheit.« Er schaute sie jetzt ganz offen an. »Sie müssen sich ganz sicher nicht vor der angeheuerten Hilfe rechtfertigen.«

Verdammt. Wie konnte er es nur wagen, sie derart verlegen zu machen?

»Nein, das muss ich allerdings nicht. Sie sind wirklich ganz schön dreist. Da versuchen Sie mir Schuldgefühle einzujagen, dabei haben Sie die ganze Zeit mit mir geflirtet, während Sie doch eine Frau und Babys haben.«

»Wie bitte?« Will schaute sich um. »Meinen Sie mich?«

»Ja, und tun Sie nicht so. Das steht Ihnen nicht. Sie haben es nicht gerade an die große Glocke gehängt, nicht wahr?

Wie merkwürdig, dass dieses völlig unerhebliche Detail Ihrem Gedächtnis entfallen ist, während wir uns stundenlang unterhalten haben. Aber ich habe Sie *gesehen*. Im Supermarkt, mit *tausenden von Windeln*.«

Er seufzte laut und schüttelte den Kopf.

»O ja, warum schläfern Sie mich nicht gleich ein und erlösen mich von meinem Elend? Auf den Gedanken, mich darauf anzusprechen, sind Sie wohl nicht gekommen, oder? Versuchen Sie es doch einfach mal mit dem guten alten Darüber-Reden. Fragen Sie doch einfach: ›Will, warum haben Sie so viele Windeln gekauft?‹ Dann sage ich: ›Bella, schön, dass Sie fragen. Das tue ich, weil ich ein stolzer und hilfreicher Onkel bin.‹ Übrigens hatte ich Ihnen das bereits erzählt. Ich habe meiner Schwester einen Gefallen getan, weil sie mit ihrer fünfjährigen Tochter, einem kleinen Baby und einem Arbeitstier von einem Mann etwas überfordert ist. Okay?«

Bella stand stumm da, ballte ihre Hände zu Fäusten. Ihr Brustkorb schien ihr plötzlich zu eng. Sie hatte das Gefühl, als würde ihr die Luft aus den Lungen gepresst.

»Ich hab irgendwie gedacht … « Ihre Stimme war heiser.

»Warum haben Sie nichts gesagt, wenn es Sie gestört hat?« Will tat einen Schritt auf sie zu.

»Warum um alles in der Welt sollte es mich stören?«, meinte sie wieder hitzig und ging auf Distanz. »Es geht mich überhaupt nichts an, wie viele Babys Sie haben. Meinetwegen könnten Sie einen ganzen Kindergarten haben.«

»Sehr freundlich. Ich merk's mir fürs nächste Mal. Aber zunächst möchte ich nur fürs Protokoll, natürlich, – wer würde sich schon für mich, meine Person oder meinen Ehestand interessieren? – festhalten, dass ich a) kinderlos, b) alleinstehend und c) zu haben bin. Vielen Dank.

Und jetzt muss ich kurz in den Garten, um nach den Büschen zu sehen, und dann sind Sie mich endlich los.«
»Nein, bleiben Sie so lange, wie Sie wollen.« Sie biss sich auf die Lippe. Sie wollte nicht weinen. Auf keinen Fall. Grub sich die Fingernägel tief in den Handballen. *Ist mir egal*, sagte sie sich, *ist mir egal, egal, ganz egal.*
»Sorgen Sie bitte dafür, dass die Büsche morgen gewässert werden, wenn es nicht regnet. Ich komme am Montagmorgen wieder vorbei, bevor Sie zur Arbeit gehen. Punkt acht Uhr. Bitte seien Sie dann auf.«
»Sir! Jawohl, Sir!« Sie stand stramm und salutierte, aber er hatte sich bereits abgewandt, so dass er den Spaß nicht sah.

14.

Hier, als Entschuldigung.« Will drückte ihr eine kleine Plastiktüte in die Hand. »Für Rosen ist es noch ein wenig zu früh.«

Die Tüte war gefüllt mit Rosmarinzweigen aus seinem Garten. Sie zerrieb ein Blatt zwischen den Fingern und beugte den Kopf, um den Duft einzuatmen: ein herrlich voller, dabei scharfer Geruch schlug ihr entgegen, der gleichzeitig sauber, beinahe antiseptisch war.

Eigentlich war es an *ihr*, sich zu entschuldigen, das wusste sie. Es war ganz allein ihre Schuld gewesen. *Sie* hatte voreilige Schlüsse gezogen, und *sie* hatte sich Julian praktisch an den Hals geworfen, um sich abzulenken. Ein weiterer Geniestreich jener Fremden in dir, die dich dazu gebracht hat, in eine Stadt zu ziehen, in der du nur zwei Menschen kennst, ein Haus zu kaufen, dir eine neue Stelle zu suchen, und all das gleichzeitig, dachte Bella. Und die einen alten Traum wieder wachgerufen hat: den des Künstlerdaseins. Warum nur gab man sich bedeutungslosem Sex hin, wenn man sich danach ohnehin nur furchtbar fühlte?

Nachdem Will am Samstagmorgen aus dem Haus gestürmt war, hatte Bella Julian gar nicht schnell genug loswerden können. Sie hatte irgendetwas von lebenswichtiger Arbeit erzählt, sie müsse ins Büro, sie würde zwar wahnsinnig gerne den ganzen Tag im Bett verbringen, es ließe sich jedoch nicht ändern. Sie hatte ihn aus dem Bett gescheucht, ihm den Kaffee in einer kleinen Tasse serviert, damit er ihn schnell austrinken konnte, ihn im Flur noch geküsst, während sie die Türklinke bereits in der Hand hielt, ihm versichert, wie wunderbar es gewesen sei, sie würde sich freuen, ihn beim nächsten Besuch wieder zu sehen, ja, ganz bestimmt, gute Reise, Küsschen, Küsschen, und tschüss.

»Ich hab's nun einmal mit Essen. Tut mir leid, dass der Rosmarin nicht schön eingepackt ist.«
»Das ist aber eine nette Umschreibung für jemanden, der süchtig nach Essen ist. Danke. Ich liebe Rosmarin. Warum entschuldigen *Sie* sich eigentlich?«
Er räusperte sich. »Es tut mir leid, wenn ich am Samstag etwas unfreundlich war.«
Sie erwiderte, es sei kein Problem, es mache nichts.
Ich sollte mich wirklich entschuldigen, dachte Bella. Bei dem Gedanken an die Scham, zugeben zu müssen, dass sie im Unrecht gewesen war, krümmte sie unwillkürlich die Zehen. Als Kind war ihr Kopf wie eine verwelkende Blume auf ihre Brust gesunken. Irgendwie hatte sie sich beinahe jeden Tag entschuldigen müssen: Entschuldigung, Mummy, das wollte ich nicht; entschuldige, ich hab's vergessen; entschuldige, das wusste ich nicht; das war mir nicht klar; ich hatte gedacht, das sei in Ordnung; es tut mir leid, es tut mir leid; es tut mir leid, dass ich so viel Ärger mache, es tut mir leid, dass ich frech bin; entschuldige, dass ich ich bin. Und der Mund ihrer Mutter, der in stillem Triumph zuckte und im Siegestaumel plötzlich ganz freundlich sagen konnte: »Das ist schon in Ordnung, Bella-Liebling. Tu's einfach nicht wieder, ja?«

»Doch«, sagte Will, »es macht wohl etwas. Ich war, na ja … Ich entschuldige mich.«

»Ich mich auch. Ehrlich.«
»Ich mich aber tausendmal mehr.« Er lächelte. »Ehrlich.«
»Sie könnten ja Tee machen, wenn Ihnen das hilft, sich besser zu fühlen.«
Will sagte, er könne jetzt nicht bleiben, er habe nur kurz hereinschauen wollen, um den Rosmarin vorbeizubringen, ob es denn bei Samstag bleibe?
»Oder sind die Wochenenden in Zukunft eher ungünstig?«
»Ist das Ihre Art zu fragen, ob sich der Vorfall von letztem Samstag wiederholen wird? Ich würde sagen, das ist ungefähr so wahrscheinlich, wie den Auftrag zu bekommen, die Kuppel der Albert Hall mit Fresken zu schmücken.«
Er zuckte mit den Achseln. »Also durchaus im Bereich des Möglichen.«
»Und da behaupten Sie, *ich* sei eine Träumerin?« Sie versetzte ihm einen freundschaftlichen Rippenstoß.
»*Sind* Sie auch. Was macht eigentlich das Wandgemälde für den Garten? Haben Sie schon angefangen?«
»Es befindet sich noch in der Planungsphase.«
»Das heißt also nein, wie Sie so schön sagen würden.« Er wandte sich zum Gehen. »Dann sollten Sie allmählich damit anfangen, meinen Sie nicht?«
»Sie sind ja richtig unerbittlich.«
»Ich kenn Sie doch: Sie verträumen sonst noch den Rest der Woche. Dabei sollen Sie sich doch am Wochenende nützlich machen.«
»Ich bin aber nicht dazu geschaffen, nützlich zu sein.«
»Es wird Ihnen gefallen. Eine neue Erfahrung. Vertrauen Sie mir.«

Bella beschloss, die Tatsache zu ignorieren, dass sie zusätzlich zu ihrem Zeichenkurs wieder angefangen hatte, täglich zu zeichnen und abends auch zu malen. Wahrscheinlich handelte es sich lediglich um eine vorübergehende Laune, eine verrückte Masche im Gestrick der Welt, die alsbald korrigiert werden würde. Es fiel ihr leichter, wenn sie sich selbst überlistete und scheinbar absichtslos einen Stift zur Hand nahm und den Block unbequem hielt, als wolle sie sich lediglich eine kurze Notiz machen. Wenn sie dieser Entwicklung zu viel Aufmerksamkeit schenkte, sich den Luxus von dickem Papier, neuen Pinseln und einem eigens hergerichteten Studio gönnte, würde nichts daraus. Ihr kam es wie ein Drahtseilakt über einem tiefen Abgrund vor: Sie durfte nicht innehalten und nach unten schauen, weil ihr sonst aufgehen würde, auf welch ein wahnsinniges und törichtes Unterfangen sie sich da eingelassen hatte.
Als sie mit dem Wandgemälde im Garten begann, durchströmte sie die alte Aufregung, die schwindlig machte und zugleich beunruhigend war. Vor Jahren, als sie an der Kunsthochschule angenommen worden war, hatte sie sich als glückliche Hochstaplerin empfunden: Man erlaubte ihr – nein, wies sie geradezu an –, den ganzen Tag nichts anderes zu tun, als zu zeichnen und zu malen! Ein Freibrief, sich zu amüsieren. Sie erinnerte sich an Alessandras ungläubiges Lächeln, als diese versuchte, den Nachbarn Bellas Marotte zu erklären. »Selbstverständlich hätte die liebe Bella zur Uni gehen können, nach Cambridge oder Oxford, aber sie hat es sich nun einmal in den Kopf gesetzt, Künstlerin zu werden!« Selbst in Bellas eigenen Ohren klang dieser Wunsch absurd, wie ein lächerlicher Kindheitstraum, vergleichbar mit dem Wunsch, Ballett-Tänzerin oder Astronautin zu werden. Sie hatte

sich zusammengenommen. Hatte sich für Grafikdesign entschieden, für etwas Praktisches, wirtschaftlich Sinnvolles. Hatte sich auf ihre Karriere konzentriert.

Am Samstagmorgen trat Will in der Küche einen Schritt zurück, um die Rosmarinzweige, die in einem blauen Krug auf der Fensterbank standen, besser bewundern zu können.

»Der Rosmarin hat sich gut gehalten. Sind Sie nicht froh, dass ich Ihnen nicht einen langweiligen Strauß Rosen mitgebracht habe?«

»Wahnsinnig froh. Jeden Morgen wache ich auf und denke: ›Gott sei Dank, dass Will mir keine Rosen geschenkt hat‹. Setzen Sie doch bitte den Kessel auf, ja? Ich bin voller Farbe.«

»Das sind Sie allerdings.« Er streckte die Hand aus und berührte ihren Nasenflügel. »Sie haben einen grauen Farbspritzer genau … da. Oder ist das Lidschatten, den Sie immer noch nicht richtig auftragen können?«

»Wow, meine Wünsche scheinen Ihnen Befehl zu sein.« Will betrachtete die ersten Umrisse des gemalten Torbogens auf der Gartenmauer. »Wahrscheinlich möchten Sie weitermalen, oder soll ich Ihnen zeigen, wie man pflanzt und so?«

»Bekomm ich dann sofort einen Henderson-patentierten grünen Daumen? Bin ich dann auch eine richtige Gärtnerin?«

»O nein, mein Täubchen, dafür braucht man viele Jahre. Schauen Sie sich diese Hände an.« Er hielt ihr seine Handflächen hin. »Das ist richtig eingefleischt. Das geht nie wieder weg.«

Bella streckte ihre Hand aus und wollte mit dem Finger

über seine Handlinien fahren. Sie fragte sich, wie sich seine Haut wohl anfühlte und wie es zu der Narbe am Handballen unter dem Daumen gekommen war. Ihre Blicke trafen sich.

»Unsinn«, sagte sie und zog ihre Hand zurück, lenkte sie stattdessen zu ihrem Gesicht, um dort eine Haarsträhne zurückzustreichen. »Die müssen nur einmal ordentlich geschrubbt werden, mehr nicht. Gut, weihen Sie mich in die Geheimnisse der Erde ein. Ich kann sowieso nicht malen, wenn mir jemand dabei zuschaut.«

»Ach ja? Wieso nicht?«

»Sie sind wirklich sehr neugierig, nicht wahr?«

»Ja. Also: Warum können Sie das nicht?«

Sie musste kurz überlegen, da sie eigentlich noch nie darüber nachgedacht hatte.

»Ich glaube, es ist ein wenig so, als hätte man beim Baden oder Aufs-Klo-Gehen Begleitung. Irgendwie … ich weiß nicht …«

»Zu persönlich?«

»Mmm-mm.« Sie nickte. »Klingt das sehr verrückt?«

Will lachte schnaubend.

»Und wie, Sie arme Irre. Nein, nein. Überhaupt nicht. Ergibt Sinn. Aber was ist, wenn das Bild vollendet ist? Dann bekommen es doch die anderen sowieso zu sehen, oder? Ist es dann immer noch zu persönlich?«

»Jaaaa. Aber es hat nicht mehr so viel mit einem zu tun. Es ist dann wie ein Ex-Mann oder so. Man hatte zwar mal eine Beziehung, aber er kann einen nicht mehr wie früher öffentlich in Verlegenheit bringen.«

Er zeigte ihr, wie man Pflanzen richtig in die Erde setzt, indem er es ihr mit einem Zitronenstrauch vormachte. Dem Andrücken der Erde, dem ganzen Vorgang galt seine uneingeschränkte Aufmerksamkeit. Er gab ihr den nächsten Topf.

»Hier. Jetzt sind Sie dran. Ungefähr an dieser Stelle, damit sie genügend Platz hat.«

»Sie lieben das hier, nicht wahr?«, fragte sie und schaute zu ihm hinüber. Seine Ohren röteten sich leicht, als er nickte.

»Von jeher. Schon als Kind. Ich hab immer Sonnenblumenkerne oder Radieschen ausgesät, was auch immer ich in die Finger bekam. Meine Mutter gab mir meine eigene kleine Parzelle im Garten, als ich acht war. Und Hugh, mein Stiefvater, von dem ich Ihnen erzählt habe – jetzt muss ich ihn wohl meinen Ex-Stiefvater nennen, na ja –, der jedenfalls half mir, die Parzelle mit einer kleinen Steinmauer abzugrenzen und es so zu meinem Königreich zu machen.«

»Ihre Eltern hören sich nett an. Sie vermissen Ihren Stiefvater sicher. Mein Vater ist auch ein passionierter Gärtner.« Bella erhob sich von der Erde, auf der sie gekniet hatte, und streckte sich. »Sie würden sich sicher gut verstehen.« Sie sagte das, ohne nachzudenken, hatte schon das Bild von ihrem Vater und Will vor Augen, die sich gemeinsam über Pflanzen beugten, redeten und sich wohl fühlten. Jetzt schwang sie die Arme, um den Gedanken zu verscheuchen.

»Sind Sie steif? Es tut mir leid, wenn ich Sie hier zu sehr beanspruche«, sagte er. »Und ihre Mutter? Arbeitet sie auch gerne im Garten?«

»Ha!« Der Gedanke war in seiner Absurdität schon wieder witzig. »Sie würde vielleicht hier und da ein wenig an irgendwelchen Blumen herumschnippen. Aber der Rest wäre ihr zu dreckig. Sie könnte sich ja die Hände ruinieren.« Bella hielt ihre eigenen Hände hoch und rieb sie sanft gegeneinander, als würde sie ihre Schönheit in der Sonne bewundern. »O nein! Hilfe, eine nationale Katastrophe! Ruf den Notdienst, Bella-Liebling, mir ist ein Nagel abgebrochen.«

Will lachte.

»So schlimm kann sie aber nicht sein. Immerhin hat sie Sie zur Welt gebracht.«

»Ich bin ein Findling. Hatte ich das noch nicht erwähnt?«

Im Laufe des nächsten Monats stellte sich ein gewisser Rhythmus ein. Sie arbeiteten am Wochenende, wobei sie viel zu häufig innehielten, um sich zu unterhalten oder den Fortschritt des anderen zu begutachten und hier und da den ursprünglichen Plan leicht abzuändern. Während sie ihren Spaten ansetzte, konnte sie das selbstbewusste Schnippen seiner Gartenschere hören, das sie beruhigend und tröstlich fand, oder sein leises Summen, wenn er eine Kletterpflanze hochband oder einen hervorstehenden Ast abschnitt.

Sie vollendete das Wandgemälde. Durch den gemalten Bogen erhaschte man einen Blick auf einen dahinterliegenden Garten. Davor sah man einen moosbedeckten Waldboden, der in eine sonnendurchflutete Lichtung überging – verlockend und unerreichbar zugleich.

»Hier kommen die duftenden Pflanzen hin«, sagte Will, als er den Lavendel neben den Schmetterlingsstrauch und den edlen Lorbeer pflanzte. »In die Nähe Ihrer überrankten Sitzecke.« Bella sog die Luft ein, als könne sie die Pflanzen bereits riechen, als hingen ihre Düfte bereits schwer in der Luft. Sie roch frisch gewaschene Baumwolle, einen Hauch von Seife, jedoch nicht zu viel, eine Andeutung frischen Schweißes, warme Haut und einen kaum wahrnehmbaren Duft von etwas Zitronigem. Schön. Nicht zu viel Aftershave.

Schweigend beugte er sich vor, um zwei Tassen aus dem Schrank zu nehmen. Sie gingen sich in der kleinen Küche aus dem Weg, führten einen schweigenden Tanz auf, wichen einander aus, waren vorausschauend, berührten sich nicht. Der Raum zwischen ihnen vibrierte. Die Luft schien vor Spannung so zu schwirren, dass Bella Gänsehaut bekam und sich ihr Körper leicht und schwebend anfühlte. Sie überlegte, was er wohl täte, wenn sie seinen Rücken berühren würde, wie er so an der Spüle stand und sich die Hände wusch. Sie stellte sich die Wärme unter ihrer Hand, unter ihren Fingern vor. Sie schluckte. Konnte ihm nicht ins Gesicht schauen. Durchforstete unüberhörbar die Besteckschublade auf der Suche nach einem bestimmten Teelöffel. Sie fühlte ein flaues Gefühl im Magen, ein leichte Übelkeit. Das sind deine niedrigen Blutzuckerwerte, sagte sie sich, mehr nicht. Sie wünschte, er würde weggehen, einfach verschwinden und nie wiederkommen. Sie wünschte, er würde bleiben – für immer. Sie wollte, dass er sie fest umarmt hielt, ihr über den Kopf streichelte und ihr Sicherheit gab. Sie knallte die Schublade zu.

»Na, macht's Spaß?«

»In diesem verdammten, blöden Haus finde ich, verdammter Mist noch mal, nie irgendwas.«

Will warf den Kopf zurück und lachte.

»Ich freue mich, dass Sie das lustig finden. Wenn Sie all Ihre Kunden so behandeln, überrascht es mich, dass Sie überhaupt Aufträge haben.«

Er kicherte in die Tiefen seiner Teetasse hinein, seine Augen leuchteten ihr über den Rand entgegen.

Das Projekt dauerte unweigerlich länger, als er ursprünglich gedacht hatte. »Daran sind natürlich Sie schuld«, sagte er. »Man kann sich zu gut mit Ihnen unterhalten.« Doch schließlich war es vollbracht.

»Ja, dann … « Will stand unschlüssig auf der Treppe herum. »Dann geh ich wohl jetzt.«

Sie bedankte sich noch einmal für seine Arbeit. Der Garten sei umwerfend geworden, sagte sie. Sie würde versuchen, ihn richtig zu pflegen.

»Das möchte ich Ihnen auch geraten haben. Sonst komme ich vorbei und beschmiere ihr Wandgemälde. Und … ach ja, das hätte ich beinah vergessen.« Er wandte sich ihr wieder zu.

Ihr Herz begann zu rasen.

»Dürfte ich irgendwann demnächst noch einmal vorbeikommen und Fotos machen? Für meine Präsentiermappe?«

Er winkte ihr noch einmal vom Ende der Straße zu, und dann war er verschwunden.

15.

Bella blieb noch eine Weile an der Haustür stehen, bevor sie sich umdrehte und in die Küche ging, um Teewasser aufzusetzen. Sie wischte die Oberflächen ab, öffnete erst den einen Schrank und dann den anderen, als suche sie etwas. Schließlich driftete sie ins Wohnzimmer und schüttelte die Sofakissen auf. Es war gut, dass er sie nicht zum Abschied geküsst oder sonst etwas Dusseliges getan hatte, sagte sie sich, während sie die Kissen heftiger als nötig aufschüttelte und dann mit Kerben versah. Denn irgendwann wäre er sowieso gegangen, und dann hätte sie sich unendlich viel schlechter gefühlt. Ja, alles in allem war es wirklich ein großes Glück, dass er sie nicht geküsst hatte. Sie griff nach dem Telefon, um Viv anzurufen und sie zu fragen, ob sie vorbeikommen und den Garten bewundern wolle, bevor Bella die Chance hätte, ihn zu ruinieren.

»Wow, das sieht ja toll aus, jetzt, wo alles fertig ist! Lass mich raus.« Viv rüttelte an der Verandatür. »Hat dein Wunderkind Will das alles alleine vollbracht?«
Bella schloss die Verandatür auf. »Ja. Und ich hab geholfen. Ich hab sogar Narben davongetragen.« Sie schob die Ärmel hoch, um die längst verblassten Kratzer der Dornengewächse vorzuführen. »Na ja, jedenfalls waren da Narben.«
»Also los, erzähl.«
»Was soll ich erzählen?«

»Nachdem du herausgefunden hast, dass er alleinstehend ist, hat er da … ?«

»Ernste Absichten erklärt? Nein. Ich glaube, ich hab kein Händchen mehr dafür. Außerdem ist es zu spät, um ihn beeindrucken zu wollen. Er kennt mich zu gut.«

»Jaaa, und?« Viv zog die Augenbrauen bedeutungsvoll hoch.

»Was, und?«

»Ach, komm schon. Du hältst ihn doch trotzdem für einen potenziell phantastischen Liebhaber, nicht wahr? Ich weiß, dass du das denkst.«

»Um Gottes willen, ich hab dir doch schon gesagt, dass er nicht umwerfend aussieht oder so … «

»Hat er ein orangefarbenes Toupet? Nikotinverfärbte Zähne?«

»Ich geb ja zu, dass ich sein Gesicht ganz nett finde. Es ist ein Gesicht, das einem das Gefühl gibt, man kenne es schon seit Ewigkeiten. Gemütlich, wie ein altes Sofa. Und er hat eine kleine Narbe genau hier … «

»Ich weiß, ich weiß, das hast du mir bereits erzählt; er sieht dadurch verletzlich aus. Aber lassen wir das mal beiseite.«

»Ich möchte eigentlich immerzu die Hand ausstrecken und sie berühren.«

»Du bist, verdammt noch mal, völlig vernarrt in ihn. Gib's zu.«

»Quatsch.«

»Bist du doch. Du siehst richtig verklärt und strahlend aus. Du bist verlii-hibt!«

»Bin ich nicht. Du weißt, dass ich immun gegen so etwas bin. Und bitte lass die Wörter, die mit dem ›L‹-Wort zu tun haben, bis zum Spätprogramm weg, sonst muss ich dich anzeigen.«

»Hallo.« Es war Will.
»Ich bin's«, sagte er.
»Stimmt«, sagte sie. »Woher wissen Sie's?«
»Jetzt ärgern Sie mich nicht gleich wieder. Sie fragen sich sicher, welchen Grund ich haben könnte, jetzt anzurufen, wo ich doch erst vor ein paar Stunden Ihr Haus verlassen habe und das Gartenprojekt abgeschlossen ist, nicht wahr?«
»Sie rufen an, um mir zu sagen, ich solle alle halbe Stunde nach den Pfingstrosen sehen und die herabhängenden Schösslinge der Klematis hochbinden. Das sagten Sie bereits.«
»Hab ich? Gut. Und vergessen Sie nicht die frisch gepflanzten Büsche. Gießen Sie sie ordentlich.«
Es entstand eine kleine Pause.
»Im Übrigen habe ich vielleicht einen Auftrag für ein Kreuzer-Wandgemälde.« Er erzählte ihr von einem Stadtprojekt, an dem er gerade fieberhaft arbeitete, um möglichst bald zwei Entwürfe für das Areal direkt hinter den Büros des Bürgermeisters präsentieren zu können. Es sei ein Leckerbissen von einem Auftrag, sehr ehrenvoll, durch den sich viele neue Kunden gewinnen ließen. Ob sie Interesse hätte, ein paar Ideen für ein Wandgemälde im Hintergrund zu entwickeln. Nur als Testballon, aber vielleicht lohne es sich.
»Die Sache ist die, dass wir uns treffen müssten, um die Beschreibung durchzugehen. Ich könnte vorbeikommen, oder wir könnten ausgehen. Dann müsste ich nicht immer Ihre Vorräte aufessen. Würde es Ihnen morgen passen? Abends?«
Für Bella bedeutete das eine einmalige Chance, und doch war sie unwillkürlich enttäuscht. Ein großer Auftrag – was konnte es Besseres geben?

Du hast nur Angst, sagte sie sich. Angst davor, etwas Neues auszuprobieren.

War es denn die Möglichkeit? Da war ja *noch* ein Pickel! Mitten auf ihrem Kinn prangte er. Er saß so perfekt zentriert, als habe sie ihn selbst auf den Millimeter genau in der Mitte aufgemalt. Während der Pubertät und der Jahre danach war sie, in Anbetracht der allgemeinen Pickelexplosion um sie herum, relativ ungeschoren davongekommen, hatte gewissermaßen eine makellose Zeit verbracht. In ihrer Naivität war sie – irrtümlicherweise, wie sich jetzt herausstellte – davon ausgegangen, sie sei »einfach nicht der Typ für Pickel«. Ihren Freundinnen, die teilweise geradezu von der Beulenpest gezeichnet zu sein schienen, hatte sie – natürlich mit dem nötigen Mitgefühl – den schwachen Trost gegeben: »Das ist nur, weil ich so trockene Haut habe. Dafür wird sie sehr viel schneller altern.« Im Stillen hatte sie jedoch gedacht, dass sie ja immer noch Tag und Nacht in Feuchtigkeitsmilch baden könnte, sollte dies im Laufe jenes in ferner Zukunft liegenden Alterungsprozesses je nötig werden.
Aber offensichtlich hielt Gott nichts von dem Spruch ›Gesegnet seien die Selbstzufriedenen‹, denn jetzt bezahlte sie für ihre Selbstgefälligkeit. Vielleicht bereitete es IHM diebisches Vergnügen, ihr zuzuschauen, wie sie in ihrer pickellosen Identität heimisch wurde, um sie dann mit Pickeln zu übersäen, kaum dass sie sich ihrer sicher wähnte – in einem Alter, in dem sich jede andere Person nicht um Pickel, sondern vielmehr um Falten sorgte. Sie zog ihr Spiegelbild auf: Warum bist du so nervös, du Idiotin? Das wird keine romantische Verabredung. Es ist doch nur Will. Er hat dich schon mit Pickeln gesehen. Er kennt dich mit stoppeligen Beinen, mit wirrem

Haar und verschmierten Pandaaugen, wenn du zu faul warst, dich abzuschminken.

Der Pickel leuchtete ihr aus dem Spiegel entgegen. Will würde die Augen nicht davon abwenden können: er leuchtete wie ein Signalfeuer. Die Schiffe zur See könnten ihn bestimmt zum Navigieren verwenden. Wills Gedanken würden ständig darum kreisen: »Erwähn bloß nicht den Pickel, erwähn bloß nicht den Pickel«, und er hätte Angst, den Mund aufzumachen, weil ihm ja aus Versehen ein »Also, möchtest du noch einen Pickel« entschlüpfen könnte.

Vielleicht sollte sie versuchen, den Pickel abzudecken. Doch das machte die Sache immer noch offensichtlicher, fand sie. Er sah dann aus wie ein Pickel mit einem Klecks Deckstift darauf, dessen Farbe nie dieselbe war wie die der umliegenden Haut. Außerdem lag der Stift mit dem hoffnungsvollen Namen ›Deck und Weg‹ irgendwo in einem vollgestopften, von der Zeit unberührten Badezimmerschränkchen, mit einer Anhäufung von Relikten, die gleich archäologischer Schichten ihre persönliche Geschichte offenbarte: lilafarbener Lidschatten, schrecklich rosafarbenes Rouge, verschiedene nutzlose Produkte zur Bändigung ihres Haars, Zahnseide in der Originalverpackung, die mit dem guten Vorsatz gekauft worden war, sich brav jeden Tag damit die Zähne zu reinigen, Bräunungsgel, das nach einem einzigen Versuch in Vergessenheit geraten war, weil sie danach ausgesehen hatte, als habe sie in Orangensaft gebadet.

Wenn sie das schwarze, ziemlich tief ausgeschnittene Oberteil trug, würde Will den Pickel vielleicht nicht bemerken. Sozusagen ein Ablenkungsmanöver. Gütiger Himmel, das wird ein Arbeitsessen, kein Verführungsabend, reiß dich zusammen, befahl sie sich. Ihre Finger strichen über ihren eleganten anthrazitfarbenen Anzug: nein, zu steif. Sie wandte sich wieder dem schwarzen Oberteil zu und überlegte, ob sie es nicht mit einem einfachen Rock kombinieren konnte, der suggerierte, dass sie durchaus in der Lage war, gesetzt und professionell zu sein. Sie begutachtete sich in ihrem alten Spiegel: das Oberteil schmiegte sich an sie wie eine besoffene Freundin. Sie sollte wohl besser einen Blazer überziehen. Sie kippte den Spiegel, damit sie sich auch unten inspizieren konnte. Vielleicht würde sie eines Tages auf eine Einkaufssause gehen und sich endlich einen langen Spiegel kaufen. Vielleicht aber auch nicht. Sie fand, ihr eigenes Spiegelbild lasse sich am besten in kleinen Dosen ertragen.

An der Tür schellte es.

»Wow, haben Sie sich eigens für mich so schick gemacht?« Er lächelte sie an.

»Das ist mein offizieller Aufzug. Den trage ich, um potenzielle Kunden zu beeindrucken. Nicht, dass Sie das für nötig hielten, als die Rollen noch vertauscht waren, aber na ja. Im Übrigen soll es von dem ekelhaften Pickel auf meinem Kinn ablenken. Keine Sorge, es ist nichts Ansteckendes.«

Jetzt halt die Klappe, befahl sie sich. Das hört sich so an, als hättest du vor, dich an ihn zu schmiegen. Wechsle das Thema und versuch, normal zu sein.

Nach den Aperitifs gingen sie zum Essen über; der anschließende Kaffee zog das Essen in die Länge. Ein weiterer folgte. So wurde es spät.

Er sagte, er werde sie nach Hause begleiten. In ihre Unterhaltung vertieft schlenderten sie ohne Eile durch die

Straßen. Die High Street gingen sie im Zickzack hinunter, zeigten sich gegenseitig ihre bevorzugten Horrorobjekte in den Schaufensterauslagen und suchten nach dem unüberbietbar grässlichsten Geschenk, das sie unter keinen Umständen in ihrer Wohnung haben wollen würden.

»Ja, dann.« Vor ihrer Haustür hielt sie inne. »Könnten Sie noch einen Kaffee vertragen, oder können Sie dann nicht schlafen?« Was sollte denn das nun wieder? Jetzt würde er glauben, sie wolle ihn verführen, dabei wollte sie nur nett sein.

»Es ist schon spät.« Er lächelte. »Ich sollte besser nach Hause gehen.«

Sie wandte sich ab und steckte den Schlüssel ins Schloss.

»Aber wenn Sie darauf bestehen. Nur für einen Augenblick.«

Als Bella von der Toilette kam, schaute sich Will, die Kaffeetasse in der Hand, gerade die Pinnwand in der Küche an.

»Süß aussehender Junge.« Mit dem Kopf deutete er auf das Bild von Patricks Neffen, das den Umzug von London an die Pinnwand geheftet überlebt hatte. »Ich wollte Sie schon immer mal fragen, wer das ist.«

»Ja, nicht wahr? Das ist Lawrence beim Krippenspiel seiner Schule. Patricks Neffe«, fügte sie hinzu. »Mein früherer Freund.« Sie zeigte auf ein anderes Foto, auf dem ein völlig durchnässter Patrick an einem schottischen See stand, mit klitschnassem Haar, das an seinem Kopf klebte. »Da. Das ist Patrick. Allerdings ist das Bild nicht gerade vorteilhaft. Das war im Urlaub in Schottland, einem jener Urlaube, in denen es ununterbrochen regnet, tagein,

tagaus, wissen Sie, in einem fort. Wir waren nur noch nass. Regen, Regen, nichts als Regen. Immerzu.« Sie musste endlich aufhören, von Patrick zu reden. Sie plapperte ja nur noch. Hältst du jetzt endlich die Klappe, Frau?
»Oh. Ach so.«
Sie bemerkte, wie sein Blick auf das Bild in der unteren Ecke der Pinnwand fiel, das sie und Patrick mit Rentiergeweihen im Bett zeigte.
»Das sieht wirklich furchtbar nach Sind-wir-nicht-lustig aus.« Sie zog eine Grimasse. »Ich müsste es einmal abnehmen.« Bella wandte sich ab und durchstöberte den Schrank nach ein wenig Schokolade.

»Ich muss Ihnen etwas beichten«, sagte Will.
»Ich wusste es. Sie waren früher einmal eine Frau. Sie sind ein international operierender Drogenhändler. Sie sind auf Bewährung. Oder ganz schlimm: Sie sind eigentlich Reporter?«
»Die Entwürfe für dieses Projekt. Ich habe die Sache vielleicht ein wenig dringender gemacht, als sie ist.«
»Bis wann brauchen Sie sie denn?«
»Erst in sechs Wochen. Ich kam zu Hause an und merkte, dass ich nun keinen Grund mehr hatte, dich wiederzusehen. Und das hat mich fertig gemacht.«
In ihrem Bauch verkrampfte sich etwas. Sie konnte das nicht; sie konnte diese Art von Gespräch nicht führen; sie musste ihn zum Schweigen bringen; sie hatte gedacht, sie sei bereit dafür, aber sie war es nicht. Sie drehte sich zum Spülbecken, füllte ein Glas mit Wasser und hielt sich an dem kalten Metall des Wasserhahns fest.
»Meinst du, du könntest mich anschauen, Bella? Ich versuche, mit dir zu reden.«
»Ist ja gut, ist ja gut. Ich hatte Durst. Man soll täglich etwa

acht Gläser trinken, hab ich irgendwo gelesen. Ist gut für die Haut.«
»Danke für die Information. Der Zeitpunkt ist wirklich gut gewählt. Jetzt hab ich angefangen, und ich weiß nicht, wie … Ich habe noch nie, na ja, du weißt schon, eine Kundin wirklich *gemocht*. Es ist wahrscheinlich unprofessionell und unethisch, und vielleicht werde ich verdammt und nie wieder auch nur in die Nähe einer hübschen Frau gelassen, aber zwischen uns war immer … etwas Besonderes, oder? Ach, ich bin nicht besonders gut darin, nicht wahr?«
Bella verschränkte die Arme und meinte achselzuckend: »Gut worin?« Hinter Wills linkem Arm konnte sie einen Teil von dem Foto mit Patrick sehen; einen halben Patrick: einen braunen Gummistiefel, ein behostes Bein, einen wasserdichten Ärmel, einen Mundwinkel und ein dunkles Auge.
»Ach, Scheiße. Gut gemacht, Will.« Er stellte seinen Kaffeebecher klirrend auf die Arbeitsfläche. »Ich komm mir wie ein Vollidiot vor. Also glaubst du nicht, dass da zwischen uns etwas ist?«
»Was sollte da sein?«
»Und all die Stunden, die wir miteinander geredet haben, bedeuten dir wirklich einen Scheiß?«
»Natürlich fand ich unsere Unterhaltungen schön.«
»Bei dir klingt das, als hätten sie im Rahmen einer Diskussionsrunde stattgefunden.«
Sie zuckte mit den Achseln.
»Und all die Male, die wir uns angeschaut haben, haben auch nichts zu bedeuten?«
Er ging auf sie zu.
Sie weigerte sich, ihn anzuschauen. Konnte es nicht. Sie öffnete den Mund, um etwas zu erwidern.

Er stand nah, ganz nah bei ihr. Sie spürte seine Wärme, roch seinen Duft, seinen typischen Will-Duft, den sie im Garten hunderte von Malen eingeatmet hatte, wenn er sich zu ihr hinüberlehnte, um ihr zu zeigen, wie man eine Pflanze richtig trimmt, oder wenn er sich in der Küche an ihr vorbeidrückte, um zur Spüle zu gelangen. Sie presste ihren Rücken gegen das Abtropfbecken und klammerte sich an den runden Rand der Arbeitsfläche. Ihre Knie zitterten. Sie würde bestimmt gleich ohnmächtig. Wenn er doch nur nicht so nah stände.

»Ach, Bella, …«, sagte er mit leiser Stimme. Plötzlich hielt er ihre Arme umfasst, doch sie wandte den Kopf ab, als habe sie eine Ohrfeige erhalten. In ihrem kurzärmeligen Oberteil kam sie sich auf einmal nackt vor, war sich seiner Finger auf ihrer bloßen Haut äußerst bewusst.

»Sieh mich an!«

Seine Hände waren stark. Sie hielten sie fest, verbanden sie mit der Erde. Seine Haut auf der ihren.

»Sieh mir in die Augen und sag: ›Will, du hast dir das eingebildet. Ich bin nicht an dir interessiert. Ich war es auch nie.‹ Komm schon, sag's. Ich werd's dir glauben.«

Endlich hob sie den Kopf, um ihm in die Augen zu schauen. Sie brachte kein Wort hervor. Ihr Mund öffnete sich, aber es kam kein Ton heraus. Ihr Hals fühlte sich wund und eng an, als müsse sie jeden Moment in Tränen ausbrechen. Wieder öffnete sich ihr Mund und formte ein einzelnes, lautloses Wort:

Will.

Und dann lag sie in seinen Armen. Er umarmte sie, hielt sie fest an sich gedrückt, vergrub sein Gesicht in ihrem Haar, ihrem Nacken und sagte immer wieder ihren Namen, der aus ihm hervorquoll, als handele es sich um ein lang gewahrtes, tief in ihm verborgenes Geheimnis. Sie wandte ihm ihr Gesicht zu, und er beugte sich zu ihr, sein Mund fand den ihren, wurde von einer verirrten Locke zum Rückzug gezwungen. Bella strich sie zurück, und sie lachten voller Erleichterung. Dann küsste er sie, sie spürte seinen warmen, lebendigen Mund und fühlte sich berauscht davon, und sie beide schnappten nach Luft, lachten und küssten sich immer wieder. Mit seinen Lippen berührte er ihren Nacken, liebkoste ihn zärtlich, schmeckte ihre Haut und wollte alles von ihr. Sie drückte sich an ihn und hatte den Eindruck, dass er tatsächlich wie ein großer Baum war, fest im Boden verwurzelt, sicher, stark und echt.

16.

Natürlich würde er nicht gleich am nächsten Tag anrufen. Zwar waren sie beide zum Glück alt genug, um keine dummen Spielchen mehr zu spielen, nach dem Motto: sei gemein, dann sind sie dein, so dass sie nicht eine ganze Woche würde warten müssen. Aber gleich am nächsten Tag würde er trotzdem nicht anrufen. *Ruf du ihn doch an, wenn du willst. Mein Gott, du bist schließlich dreiunddreißig.* Nun, gegebenenfalls würde sie das auch tun, doch jetzt noch nicht. Wenn er sie nicht bei der Arbeit anrief, würde sie noch bis, sagen wir, neun Uhr, also gut, acht Uhr dreißig abends warten. Danach konnte sie ihn getrost unter dem stichhaltigen Vorwand anrufen, sie habe noch einige lebenswichtige Fragen zu dem Wandgemälde für den Bürgermeister, da sie die Einzelheiten doch nicht eingehend genug besprochen hätten und Bella außerdem unsicher sei, ob sie die Maße richtig notiert habe, und außerdem müsse sie das Projekt allmählich in Angriff nehmen. Ja, beschloss sie, sie würde Will wegen dieses Projekts auf jeden Fall anrufen.

Sie hatte es sich hoch angerechnet, dass sie nicht gleich mit ihm ins Bett gegangen war, sondern ihn zur Tür hinausgeschoben und gesagt hatte, sie wolle sich Zeit lassen. Sie hatte so getan, als sei sie erwachsen und vernünftig und nicht dummerweise gerade am Anfang ihrer Periode. Meine Mutter wäre zufrieden mit mir gewesen, dachte Bella. *Du kannst mir erzählen, was du willst, Bella-Liebling, aber Männer respektieren einfach keine Frauen, die gleich beim ersten Mal mit ihnen ins Bett hüpfen. Leg deine Karten nicht alle auf einmal auf den Tisch.*

Kaum dass sie das Büro betrat, sah sie, dass sie eine Nachricht hatte, die ihr in Form eines gelben Klebezettels wie eine Signalflagge entgegenflatterte: DA WILL JEMAND ETWAS VON DIR. Sie bemühte sich, nicht zu ihrem Schreibtisch zu rennen. Wahrscheinlich handelte es sich ohnehin nur um einen Kunden. Die Kunden riefen liebend gerne frühmorgens an, um die Leute dabei zu ertappen, wie sie zu spät zur Arbeit kamen, während die Kollegen versuchten, einen zu decken: »Sie ist gerade nicht an ihrem Schreibtisch. Ich glaube, sie ist in einer Besprechung … « Oder es war Viv, die wissen wollte, ob Bella endlich die längste sexlose Zeit in den Annalen der Menschheit überwunden hatte. Bella hatte das Bedürfnis unterdrückt, ihr sämtliche gruseligen Details der Julian-Sage zu erzählen, aber Viv hatte den Mund verzogen und ihr einen Blick zugeworfen, der besagte: ich weiß, dass da etwas vor sich geht, das du mir nicht verrätst.
WILL HAT ANGERUFEN. BITTET UM SOFORTIGEN RÜCKRUF.

»Hi«, sagte sie, noch mit der Tasche über der Schulter und ohne sich die Zeit zu nehmen, sich hinzusetzen. »Ich bin's. Was ist los?«
»Hallo, du. Nichts. Ich bin nur ein armer Tropf, der nicht genug von dir bekommen kann. Wann sehen wir uns wieder? Wie wär's mit jetzt? Einen Tag könnten sie doch auch ohne dich auskommen, oder?«
»Einen Augenblick, Mr. Henderson. Bleiben Sie kurz dran, während ich mal eben in Ms. Kreuzers Terminka-

lender schaue.« Sie gab ein gewichtiges Schnalzen von sich. »Sieht nicht gut aus, Mr. H., vor allem da gerade die Saison der langweiligen Kunden ausgebrochen ist. Ah, aber da wäre vielleicht eine *kleine* Lücke heute Abend.«

»Ich glaube nicht, dass ich in eine kleine Lücke passe. Ich bin nicht mehr der kleine, süße Knirps, der ich einmal war, weißt du. Ich bin ein menschengroßer Brocken des hundertprozentigen, ausufernden männlichen Typus.«

Er erzählte, er sei nachmittags damit beschäftigt, die Gartenarbeiten auf dem Gelände eines ultraschicken Fitnessklubs außerhalb der Stadt zu beaufsichtigen, sei aber bestimmt kurz nach sieben wieder in der Stadt. Sie verabredeten sich in dem Gärtchen hinter der Kathedrale.

Nach der Arbeit blieb ihr noch über eine Stunde bis zu ihrem Treffen, und so betrat sie die Kathedrale und lehnte sich gegen eine der massiven Säulen, um die Touristen zu zeichnen. Der Gedanke, ob es wohl jemand blasphemisch finde, in einer Kirche zu zeichnen, ging ihr kurz durch den Kopf. Sie hatte noch nie jemanden dort zeichnen sehen, obwohl es eindeutig weniger aufdringlich war als das Fotografieren, das keinen zu stören schien. Wie merkwürdig es sein musste, inmitten einer eindrucksvollen Düsterheit beten zu wollen, die von weißem Blitzlicht durchzogen und von grellen Stimmen zerrissen wurde: »Mann, boh-ey, der is ja riesig! Und tierisch alt is er auch!« Vielleicht war das Zeichnen ihre Art zu beten: die vollkommene Versunkenheit, die Verehrung von Form und Linie, Licht und Schatten und die bereitwillige Unterordnung des Ichs – das war doch wohl eine Art der Anbetung, oder? Und wenn dem so war, konnten sie nicht ein bisschen Licht machen? Sie hatte nicht genug zum ›Beten‹.

Draußen im Kreuzgang zeichnete sie mit schnellen

Strichen ein Paar, das auf das Schnitzwerk zeigte, und ein Kleinkind, das über die Grasfläche im Lichthof schwankte. Als Bella von ihrem Zeichenblock aufsah, fiel ihr Blick auf eine Frau, die sich gegen die Steinbrüstung gelehnt hatte und das Kind beobachtete, die Arme wie eine ägyptische Mumie über Kreuz, so dass die Hände auf ihren Schultern ruhten. *Bitte, beweg dich nicht*, sandte ihr Bella als stille Botschaft, *bitte beweg dich nicht*. Die Eile verlieh ihren Strichen Kühnheit und Zuversicht; sie fing den Winkel der überkreuzten Arme ein und die Form, die Hände und Hals zusammen ergaben; sie hielt die besondere – beinahe trotzige – Art der Frau fest, das Kinn zu recken. Ihr Stift gab die Symmetrie des Rundbogens wieder, der die Frau einrahmte und wie ein Echo ihrer Armhaltung wirkte.

Hätte sie doch nur ihre Farben dabei. In der tiefstehenden Abendsonne schien jede Einzelheit stärker hervorzutreten: die einzelne Haarsträhne, die der Frau ins Gesicht fiel; der Schatten, den ihre Arme warfen; die Stofffalten, die im Schulterbereich weich herabfielen; die Tuchfühlung ihrer Ellbogen mit dem flachen Stein. Als hätte sie Bellas Gedanken gehört, schaute die Frau plötzlich auf und blickte direkt in Bellas Richtung, ohne den Kopf zu bewegen. In ihren Augen, von locker hochgestecktem Haar überschattet, konnte Bella nur schwer lesen. Die Art, wie sie den Kopf hielt, hatte etwas Melancholisches, als versuche sie, einer kaum wahrnehmbaren Melodie zu lauschen. Bellas Stift raste förmlich über das Papier. Sie musste das später unbedingt, ganz unbedingt malen. Sie schloss die Augen und saugte den Anblick in sich auf, das Licht, den Schatten, bis sie fühlte, wie sich das Bild mit tausenden von Farbpunkten tief in ihre Haut einprägte, wie eine Tätowierung.

»Du hast etwas ausgelassen.« Wills Kinn lag plötzlich auf ihrer Schulter. »Ich mag ja ein völliger Ignorant sein, was Kunst angeht, aber das scheint mir verdammt gut. Warum bist du nicht in dem Gärtchen, wo du sein solltest?«
Sie schaute auf die Uhr.
»Ich bin doch nur fünf Minuten zu spät. Tut mir leid. Ich war völlig versunken.«
»Zum Glück habe ich dich auf dem Weg in das Gärtchen hier entdeckt. Deinen Haarmopp erkenn ich auf Meilen Entfernung.«

»Was *macht* man eigentlich so bei Verabredungen? Wir sollten vielleicht ins Kino gehen oder so.« Will strich sich übers Kinn.
»Du bist ja nicht gerade ein Gigolo. Was machst du denn normalerweise? Selbst du musst gelegentlich das ein oder andere weibliche Wesen gefunden haben, das sich deiner erbarmt hat.« Sie spürte, wie er ihr seine Hand auf den Rücken legte.
»Du bist also aus Mitleid hier? Gut. Wenn ich verspreche, richtig schön bemitleidenswert zu sein, verführst du mich dann?«
»Nein. Ich mache mit bei einer Initiative, die versucht, unsere Stadt von herumstreunenden Gartenarchitekten freizuhalten, die über die High Street galoppieren und die Petunien köpfen.« Bella zog ihn zu einem Zeitungskiosk. »Lass uns doch die Zeitung kaufen und sehen, was es heute Abend gibt.«
»Aber dann können wir uns nicht unterhalten.« Will folgte ihr. »Ich wünschte, wir könnten alles tun, am besten gleichzeitig.«
»Wir könnten ja während des Films miteinander flüstern. Liebst du nicht auch die Leute, die so etwas tun? Die

einen laufenden Kommentar abgeben, obwohl die Person neben ihnen den Film auch gerade sieht? ›Das ist jetzt die beste Szene. Gleich stürzt er völlig unvermittelt hervor.‹«

Sie spazierten zum öffentlichen Park innerhalb der Stadtmauern und schlugen die Zeitung auf dem Gras auf. Will fuhr mit dem Finger die Spalten hinab.

»Ein blöder Thriller? Ein blödes Gerichtsdrama? Oder einen blöden Kinderfilm, mit sprechenden Tieren? Viel Auswahl gibt es nicht. Was hast du denn noch nicht gesehen?«

Bella lehnte sich zu ihm herüber, um nachzuschauen.

»Du riechst gut«, sagte er.

»Danke.« Sie konzentrierte sich auf die Zeitung. »Gibt's irgendetwas im Marlowe? ›Leo Sayer – nur heute.‹ Gibt's den noch? Für ein Theater scheinen die nicht oft neue Stücke im Spielplan zu haben, nicht wahr?« Sie bemerkte, wie er sie unverwandt ansah.

Ihr Blick wich ihm aus und schweifte wieder über die Zeitung.

»Will. Was machst du?«

»Was? Das?«

»Du machst mich nervös.«

»Meinst du, wir sind schon zu alt, um uns im Park zu küssen?« Er rutschte näher an sie heran.

»Wir? Ich nicht. Und du darfst mitmachen, wenn du willst.«

Lippe auf Lippe, seine Zunge, die nach der ihren sucht. Ihr Innerstes schien sich aufzulösen. Will stützte sie mit einer Hand und zog sie näher. Sie hielten einen Moment inne, um sich am Anblick des anderen zu erfreuen, bevor sie sich wieder näherten, die erste Berührung auskosteten, die Vorfreude in die Länge zogen.

Wie viele Küsse noch, fragte sie sich. Wie viele würde es zwischen dem Jetzt und dem Danach geben? Du machst es dir nur schwerer. Sag nicht, ich hätte dich nicht gewarnt. Bella schloss die Augen und ignorierte die kleine Stimme.

»Eigentlich wollen wir doch gar nicht ins Kino gehen, oder?« Will rieb seine Nase zärtlich an ihrer Wange. »Wahrscheinlich möchtest du mich unbedingt zu dir nach Hause einladen, hast aber Angst, dass ich allen Respekt vor dir verliere; deshalb wollte ich dir versichern, dass ich dich … sowieso nie respektiert habe.«

»Schön, dass du mich zumindest in dieser Hinsicht beruhigen kannst.« Sie stand auf und streckte ihm die Hand entgegen. »Komm schon. Wir gehen zu dir. Jetzt möchte ich *deinen* Garten sehen.«

Will hatte darauf bestanden, dass sie einen Augenblick im Flur wartete, damit er im Eilverfahren ein wenig Ordnung schaffen konnte.

»Zwei Minuten! Gib mir zwei Minuten!« Besteck wurde mit lautem Geklapper ins Spülbecken geworfen, Wasser ins Becken eingelassen.

»Ich komme, ob du nun bereit bist oder nicht. Ich steh hier nicht herum, während du versuchst, den Abwasch eines Jahres in zwei Minuten zu erledigen.«

»Nur meine Frühstückssachen. Nur weil ich ein Mann bin, heißt das noch lange nicht, dass ich in einem Dreckstall lebe.«

»Natürlich nicht.« Sie beugte sich vor, um etwas vom Fußboden aufzuheben. »Oh, welch ein ungewöhnlicher Miniaturteppich!«

Er schnappte sich die Socke in ihrer Hand und verstaute sie in seiner Hosentasche.

»Oh, Will …« Bella lachte hell auf vor Freude.
»Ich hab mir gedacht, dass es dir gefallen würde.« Sie fand, er habe noch nie so erfreut ausgesehen.
Für einen Stadtgarten war er ziemlich groß, und Will meinte, er dürfe ihn ihr eigentlich gar nicht zeigen und sie müsse eine Vertraulichkeitserklärung unterschreiben, weil sein Garten gegen sämtliche aktuellen Theorien über Stadtgärten verstoße. Es hieß, Stadtgärten sollten ziemlich formell gestaltet sein, um mit der architektonischen Umgebung in Einklang zu stehen; auch würde er seinen Kunden niemals einen solchen Garten empfehlen, da er ohne die richtige Pflege sehr leicht chaotisch aussehen könne. In Wills Garten hatte man den Eindruck, in die freie Natur zu treten. Es gab dort einen Teich, der umsäumt war von Teichbinsen, Iris und Meerbeerengewächsen, die sich mit ihren an umgestülpte Regenschirme erinnernden Blättern zu einem fremdartigen Wald gruppierten; dieser Teil ging unmerklich in eine Moorlandschaft über mit üppigen, saftigen Grünpflanzen und hohen Schlüsselblumen, die so ordentlich und gerade standen wie Klosterschülerinnen.
Ein kleiner Esstisch und zwei einfache Bänke standen in einer Laube, über die sich weiße und lilafarbene Klematis sowie die giftgrünen Blätter einer Glyzinie rankten.
»Jetzt, da es warm ist, könnte ich ein paar Laternen herausbringen, damit wir hier auch nach Einbruch der Dunkelheit sitzen können.«

Sie flog von einem Ende zum anderen, genoss jedes einzelne Wunder der Natur wie ein Schmetterling, der sich an süßem Nektar labt: die wie poliertes Mahagoni glänzende Rinde eines Kirschbaums, die Wannen, in denen weiße Glockenblumen und silberblättrige Grünpflanzen sprossen, die winzigen Farngewächse, die er auch in ihrem Garten gepflanzt hatte und die hier in den Fugen einer Steinmauer wuchsen.

»Darf ich?« Ihre Augen leuchteten vor Erwartung.
»Klar. Du schaust ja schon die ganze Zeit begehrlich da hin.«
Bella rannte zum hinteren Teil des Gartens.
Ihr Leben lang hatte sie sich so eins gewünscht. Sie hatte davon geträumt. Keiner ihrer Freunde hatte je eins gehabt, als sie noch Kinder waren. Als sie jetzt darunter stand, merkte sie, wie groß es war: richtig für Erwachsene zugeschnitten. Rasch erklomm sie die Leiter.
Das Baumhaus war in den Ästen einer mächtigen Eiche erbaut worden. Es hatte ein richtiges Giebeldach und ein verglastes Fenster. Innen waren ein Stuhl, ein Tisch und eine kleine Holztruhe aufgestellt. Wie schön wäre es, hier zu wohnen, dachte sie. Völlig abgeschieden von all dem Ärger und Unsinn; hier würde man sich sicher und frei genug fühlen, um seinen Tagträumen nachzuhängen, von nichts anderem umgeben als von Vogelgezwitscher und dem Rauschen des Windes.
Sie lehnte sich aus dem Fenster und winkte Will zu, der unter dem Baumhaus stand.
»Rapunzel, Rapunzel, lass dein Haar herunter!«
»Zu kurz.« Sie zeigte ihm eine Locke.
»Dann wäre es wohl besser, wenn du wieder herunterkommst, oder?«
»Du bist aber kein sehr mutiger Prinz.«
»Nein. Komm runter. Ich brauch einen Kuss.«
»Benutzt du es oft?«, fragte sie ihn.
»Nein. Ich dachte, ich könnte darin arbeiten, aber es ist nicht hell genug und beinahe zu ruhig. Wenn man länger

als eine Stunde dort oben ist, kommt einem alles ziemlich unwirklich vor. Mir gefällt die Unordnung in meinem Arbeitszimmer besser.«

Nach dem Abendessen zog Will sie auf seinen Schoß.

»Ist es noch zu früh, um dich ins Bett zu verschleppen?«, fragte er, indem er sie küsste.

»Oh, du brauchst dich wirklich nicht immer in Andeutungen zu verlieren, Will. Ich werde das Gefühl nicht los, dass du mir an die Wäsche willst.«

»Also: ist es zu früh? Nicht, dass ich nicht jeden Tag in den vergangenen zwei Monaten oder so daran gedacht hätte.«

»Warum? Wir haben doch keine Eile, oder? Oder verpasst du sonst noch dein Flugzeug?«

»Ich wüsste gern, warum ich mir in deiner Nähe wie ein Schuljunge vorkomme. In der Schule hieß es bei den harten Jungs immer: ›Na, biste zum Zug gekommen?‹, und dabei stießen sie sich gegenseitig an und zwinkerten sich zu. Aber die meisten von uns hatten von Nichts eine Ahnung.«

»Bei uns gab es das, was wir Feindberührung nannten und verschiedenen Kategorien zuordneten. Vielleicht ist das ein typisches Mädchenphänomen.«

»In welchem Stadium befinden wir uns?«

»Eigentlich sind wir erst bei Feindberührung des zweiten Grades: Zungenküsse.«

»Hmm. Klingt gut. Was gab es sonst für Grade? Erzähl mal.«

»Also gut:

Feindberührung ersten Grades, die nur für Babys ist: einfache Küsse (nur auf den Mund, ohne Zunge).

Zweiter Grad: französische Küsse (mit Zunge).

Dritter Grad: Berührungen oberhalb der Gürtellinie (durch den Stoff).
Vierter Grad: Berührungen unterhalb der Gürtellinie (durch den Stoff) oder oberhalb der Gürtellinie (unter dem Stoff).
Fünfter Grad: das wahnsinnig erwachsen scheinende Berühren der Genitalien (mit Hose).
Sechster Grad: da kommt es zum Vögeln.«
»Wir sollten schon längst bei Feindberührung vierten Grades gelandet sein.«
»Nein, sollten wir nicht. Außerdem bin ich noch nicht fertig: Feindberührung siebten Grades: …«
»Ist das etwas ganz Verrücktes für Schulmädchen, wie Sex auf dem Lehrerpult?«
»Nein. Das ist Oralsex. Damals kam uns das unglaublich verwegen und schockierend vor. Im Übrigen sind wir gerade erst zum zweiten Mal verabredet, also …«
»Aber ich bin siebenunddreißig. Kann ich da die verschiedenen Stufen nicht etwas schneller durchlaufen? Für irgendetwas sollte mein Alter doch gut sein. Außerdem habe ich deinen Garten gestaltet, und wir haben lange, zivilisierte Gespräche geführt, so dass wir eigentlich schon beim fünften Grad angelangt sein sollten. Wir hinken gefährlich weit hinterher.« Er legte seine Arme um ihre Taille.
»Dritter Grad, das ist mein letztes Angebot. Und wehe, du versuchst dich unter meine Weste zu stehlen.«
Sie küssten sich, und Bella streichelte seinen Rücken, als wolle sie ihn durch ihre Fingerspitzen ganz erfassen. Für einen Augenblick ließ er seine Hände an ihrem Rippenbogen ruhen, direkt unterhalb des weichen Hügels ihrer Brüste. Ihr lief das Wasser im Mund zusammen. Vorsichtig nahm sie seine Unterlippe mit den Zähnen und saugte

an ihr, bevor sie ihn mit offenem Mund küsste. Sein Daumen strich über ihren linken Busen, umkreiste den Nippel. Ihre Hände erforschten neugierig und streichelnd den Körper des anderen, vermieden, wie um sich zu necken, die erogenen Zonen und schafften dadurch neue. Von wegen langsam angehen, dachte sie.

»Du musst aber trotzdem noch warten.«

»Warum? Hast du deiner Mutter versprochen, dich nie mit Handwerkern im Heu zu wälzen?«

»Genau. Und außerdem ist mir gerade eingefallen, dass ich nicht mein schönstes Höschen trage.«

»Das macht nichts. Du kannst es ruhig ausziehen. Ich habe die Erfahrung gemacht, dass es den Sex ungemein vereinfacht.« Er zog sie an sich und hielt sie fest umarmt. Dann zog er sich zurück.

»Du solltest besser gehen, solange ich dich noch davonlasse. Ich werde noch zu erregt.« Er zog seine Jeans zurecht.

»Ich denke, dieses Problem ließe sich recht leicht handhaben.«

Er lachte und zog sie wieder an sich, um sie noch einmal zu küssen.

»Lass uns nicht schon wieder anfangen.«

Mit einem lauten Schmatz gaben seine Lippen die ihren frei, als seien sie zusammengewachsen. »Sag mal, mein Herz ...«

»Mein Herz ...«

»Da war ein Komma vor dem ›mein Herz‹, mein Herz.«

»Ich weiß, mein Herz.«

»Danke. Und schlaf gut.«

Sie stand schon an der Haustür.

»Warte einen Augenblick«, sagte er. »Ich hol nur meine Jacke. Ich begleite dich nach Hause. Dann können wir diesen Gutenachtkuss noch mindestens eine Stunde in die Länge ziehen.«

»Mach schon und geh, damit ich Viv anrufen und sie mit Geschichten über dich langweilen kann.«

»O Gott. Du bist wie diese Touristen, die das Ende ihrer Ferien kaum abwarten können, weil sie unbedingt wissen wollen, wie die Fotos geworden sind.«

Bella gab ihm einen Kuss auf die Nase. »Verschwinde.«

»Schlaf gut, Süße.«

»Du auch.«

»Das ist deine letzte Chance. Bist du sicher, dass du mir nicht deine grässliche Unterhose zeigen willst?«

»Sie ist NICHT grässlich, nur dass du es weißt. Nur ein wenig ...«

»Ich weiß. Ein ausgeleierter, grauer Slip, dem das Gummi fehlt. Aber das sind meine Lieblingsunterhosen.«

»Schön«, sagte sie und schob ihn zur Tür hinaus, »dann trage ich sie das nächste Mal.«

»Schwarze Spitzenunterwäsche wäre aber auch in Ordnung«, rief er ihr durch den Briefschlitz hinterher. »Oder Seidenhöschen.«

Sie beugte sich hinunter, um ihm durch die Öffnung noch einen Kuss zuzuwerfen.

»Nun geh schon! Du kannst doch nicht einfach durch Briefkastenschlitze über Frauenunterwäsche tönen. Sonst hast du gleich die wachsame Nachbarschaftshilfe am Hals.«

17.

Ich könnte dich stundenlang einfach so weiterstreicheln. Tagelang.« Wills Finger lag in der Kuhle oberhalb ihres Schlüsselbeins. »Andererseits …«

»Mmmm-mm?« reagierte sie verträumt.

»… möchte ich dich bis zur Besinnungslosigkeit lieben. Also, runter mit dem Höschen.«

»Also wirklich, ein hoffnungsloser Romantiker ist nichts gegen dich.«

Bella nahm sich seinen obersten Hemdknopf vor. In einem Durcheinander von Armen und Händen wetteiferten sie, wer wen zuerst aufgeknöpft hatte. Doch immer wieder unterbrachen sie sich zum Küssen und Flüstern.

»Hör auf, mich zu küssen. Ich muss mich konzentrieren«, murmelte sie. »Du hast zu viele Knöpfe.«

»Das ist alles Teil meines gewieften Plans, dich schneller auszuziehen als du mich.«

»Ha! Ich gewinne, ich gewinne.«

Sie zog ihm das Hemd aus. Er hatte den letzten Knopf ihres Oberteils geöffnet und streifte es ihr von den Schultern. Auf dem Seidenunterhemd und dem Spitzenbustier zeichnete er Ansätze ihrer Brust nach. Er hielt ihr die Arme über den Kopf, und das Hemdchen glitt seidig herab.

»Hey, mach mal ein bisschen langsamer.«

»Entschuldige. Bin ich zu schnell?«

»Nein, aber … das sind neue Dessous, die musst du erst einmal bewundern, verdammt.«
»Du bist losgegangen und hast dir neue Unterwäsche gekauft? Nur für mich?«
Sie versuchte, einen Rückzieher zu machen: sie habe sowieso etwas Neues gebraucht und im Übrigen zum Wäschewaschen gar keine Zeit gehabt.
»Ah ja, ah ja. Ich glaube dir. Wirklich. Ganz ehrlich. Also hast du die ganze Zeit über vorgehabt, mich zu verführen? Merken Sie es sich, meine Damen und Herren Geschworenen.«
Er neigte sich vor, um die nackte Haut oberhalb der Spitzenwäsche zu küssen, während seine Hände zu ihrem Rücken glitten, um den BH aufzuhaken. Seine Stimme war ein tiefes, kehliges Murmeln. Sie pressten sich aneinander. Sein Oberkörper fühlte sich warm und hart an, lag fest an den weichen Hügeln ihrer Brüste.
»Mein Gott, du machst mich nervös«, sagte er. »Sieh mal meine Hände.«
»Ich bin's auch.«
»Ich aber tausendmal mehr.«
Seine Finger glitten ihr Bein hinauf, erforschten und reizten sie durch die Spitze. Er strich entlang des Randes des Stoffes, schob ihn beiseite und tastete nach ihrer Mitte. Sie holte scharf Luft und schmiegte sich an ihn. Nestelte an seiner Gürtelschnalle, musste sich seinen Küssen entziehen, damit sie sehen konnte, was ihre Finger taten, die so sehr hinter ihren Gedanken hinterherhinkten.
»Warte, warte. Lass mich.« Er tat einen Schritt rückwärts und hüpfte dann über den Boden, wobei er seine Socken auszog und seine Hose abschüttelte.
»Was ist denn das?«, fragte Bella und zeigte auf ihn.
Will schaute auf seine schwarz-weiß gestreiften Boxer-

shorts hinab. »Das ist meine beste Unterwäsche. Ich fand sie eigentlich ziemlich schick.«

»Du siehst aus wie ein Everton-Pfefferminzbonbon. Komm her.«

Mit anzüglich hochgezogenen Augenbrauen näherte er sich ihr.

Sie schüttelte den Kopf.

»Wie platt. Das sollte keine Andeutung sein.« Sie zog ihm die Shorts aus. »Ich wollte sie nur ausziehen. Hey, du hast aber einen strammen Vorsprung.«

»Ist dir schon einmal aufgefallen, dass Liebespaare im Kino nie Kondome benutzen?«

»In Büchern auch nicht. Wüsste nicht, warum.« Bella blickte über Wills Schulter, der an der Bettkante saß. »Vielleicht finden sie, dass es die Handlung zu sehr stört. Man kann schlecht von einer Szene mit Ächzen und Stöhnen und Nahaufnahmen zu einer anderen wechseln, in der er sagt: ›Ähh, Augenblick mal.‹ Da geht ziemlich viel vom dramatischen ... Schub verloren.« Sie rieb ihre Nase an seinem Hals. »Na, amüsierst du dich?«

»Oh, Mist. Falsch herum. Ich seh schon: Mein Ruf als lässiger Casanova ist dabei, flöten zu gehen.«

Bella versuchte, die nächste Packung zu öffnen.

»Entzückend, dass diese Dinger in reißfestem Aluminium verpackt sind. Das meinen die Leute also, wenn sie von sicherem Sex sprechen. Hier, probier du mal, ob du's auf bekommst.«

Will sprang mit dem Beutelchen durch das Zimmer, als würde er mit einer tollen Bestie kämpfen.

»Täterätä! Geschafft! Diese Dinger müssen von Anti-Sex-Lobbyisten entworfen worden sein. Jetzt bin ich völlig erschöpft.«

»O nein. Mir ist aber Sex versprochen worden. Hier, in der Broschüre steht's. Ich kenn meine Rechte.«
Er ließ sich zurück aufs Bett fallen.
»Dann musst du dich an die Arbeit machen. Nimm mich, nimm mich.«

»Es tut mir leid«, sagte er. »Das war furchtbar. Eine verdammte Katastrophe.«
»Ach nein.« Bella kuschelte sich an seine Brust. »Eine Katastrophe wäre, wenn ein Tornado das Haus erfasst hätte und uns mitten auf der Überholspur der Autobahn wieder abgesetzt hätte. Aber das hier ist doch nicht schlimm.«
»Für mich ist es aber schlimm. Das ist mir schon seit Ewigkeiten nicht mehr passiert.«
»Soll das heißen, dass ich daran schuld bin? Danke!«
»Nein, Dummerchen. Ich glaube, ich war einfach nur zu nervös. Ich wollte, nein, ich will dich so sehr. Ich wollte nicht, dass du dich enttäuscht abwendest, weil du glaubst, ich sei mies im Bett.«
»Großer Gott! Mit was für Frauen warst du denn zusammen? Denkst du wirklich, du würdest mir dann nicht mehr gefallen?« Sie bemerkte seinen Gesichtsausdruck. »Nicht, dass du mies im Bett bist. Ich liebe die Art, wie du mich berührst. So haben wir eben einfach eine gute Entschuldigung, viel zu üben.«
»Du bist wirklich lieb, weißt du das?«
»Schh. Das ist ein wohlgehütetes Geheimnis.«
»Nein, im Ernst.« Er zog sie näher an sich heran und streichelte sanft ihre Nase. »Weißt du, was ich das erste Mal gedacht habe, als ich dich sah?«
»Schöön«, schnurrte sie, während er sie gleichmäßig streichelte. »Nein, was denn?«

»Ich fand, du sahst umwerfend aus …«
»Ach, das glaub ich dir nicht.« Sie stupste ihn in die Seite.
»Doch, und wie. Und du schienst mir überwältigend. Beinahe Angst einflößend.«
»Ich? Aber jetzt, da du mich kennst, nicht mehr, oder?«
»Jetzt habe ich noch mehr Angst. Ich glaube, man könnte sehr lange mit dir zusammen sein, ohne dich jemals wirklich richtig zu kennen. Manchmal kommt es mir vor, als schaute ich durch Milchglas: ich sehe deinen Umriss, aber ganz verschwommen und schwer fassbar, so dass ich das Gefühl habe, wenn ich nach dir greifen würde, würdest du dich auflösen und mir zwischen den Fingern zerrinnen. Ich möchte dich richtig kennen lernen. Wissen, was in deinem Kopf vor sich geht.«
»Oh, das möchtest du bestimmt nicht. Da oben ist es schrecklich unordentlich. Voller alter Rezepte, gefährlicher Neurosen und leicht abgenutzter Witze.«

Sie lagen nur von einem Laken bedeckt und bliesen sich gegenseitig kühle Luft auf den Körper.
»Rutsch etwas näher«, sagte Will.
»Bist du sicher? Ich bin so klebrig.« Sie hob und senkte das Laken und fächelte ihnen etwas Luft zu.
»Umso besser. Kleb an mir fest.« Er zog sie an sich. »Bitte, bitte sag mir, dass das besser war als das letzte Mal.«
Sie holte tief Luft und wiegte den Kopf hin und her, wie ein Handwerker, der seine Arbeit begutachtet.
»Also, ganz sicher bin ich mir da nicht. Wir sollten vielleicht …, weißt du, einfach nur, damit wir wissen, dass wir uns auf dem richtigen Weg befinden.«
Liebevoll knabberte er an ihrer Schulter. Flüsternd erzählte er ihr, wie wunderbar sie rieche und schmecke. Er wolle sie einatmen, in sich aufnehmen. Langsam bedeck-

te er ihren Körper von oben bis unten mit Küssen, rieb unterwegs seine Nase an ihrem Bauch, nahm ihre Haut vorsichtig zwischen die Lippen und fuhr mit der Zunge über ihre Kurven.
»Weißt du was? Ich glaube, ich muss dich noch einmal zum Kommen bringen. Du siehst einfach zu schön aus.«
»Unmöglich. Ich kann nicht mehr.« Sie hob den Kopf vom Kissen. »Aber du kannst es gerne versuchen, wenn du unbedingt willst.«
»Ich will es unbedingt.«
Als sein Mund sie fand, beschleunigte sich ihr Atem und wurde dann schwer.

Ein Sonnenstrahl stahl sich durch einen Spalt in der Gardine und breitete sich auf dem Bett aus. Bella lag im Halbschlaf auf dem Bauch. Will beugte sich zu ihr hinunter und hauchte ein wenig Luft auf ihre Wimpern. Verwundert runzelte sie die Stirn, so dass sich zwischen den Brauen eine steile Falte bildete, dann schaute sie ihn blinzelnd aus halbgeschlossenen Augen an. Sie lächelte wie eine Katze, die an der Sahne war.
»Hallo.« Ihre Stimme klang sex- und schlaftrunken.
»Hallo, du.« Will gab ihr einen Gutenmorgenkuss. »Hast du eigentlich eine Genehmigung dafür, dass du so früh am Morgen schon so sexy aussiehst? Soll ich Kaffee machen, oder willst du mich zuerst noch einmal vernaschen?« Er ließ sich auf das Bett zurückfallen. »Ich bin dir hilflos ausgeliefert.«
Wieder zuckten ihre Mundwinkel.
»Mmm. Kaffee.«
»Ich merk schon, dass du um diese Zeit für ein intellektuelles Gespräch nicht gerade zu haben bist. Oder für hemmungslose Leidenschaft. Also gibt's Kaffee.«

Er stand auf und zog ihr die Bettdecke liebevoll über die Schultern.
Kaum war er weg, sauste sie zum Klo und putzte sich die Zähne. Sie schaute in den Spiegel. Ach, toll: ihre Wimperntusche war verschmiert. Sie sprang zurück ins Bett, als Will mit einem Tablett zurückkam und Kaffee, Toast und Aprikosenmarmelade mitbrachte. Er trug Bellas kirschroten Kimono, der ihm nur bis zum Schienbein ging. Das weiche Material umspielte seinen Oberkörper, aus dem V-Ausschnitt kräuselte sich sein Brusthaar.
»Fühl dich ruhig wie zu Hause.« Bella schaute auf den Kimono.
»Diese Ärmel sind wirklich unmöglich. Ich fürchte, ich habe sie in den Kaffee getunkt. Wie kannst du nur damit hantieren?«
»Ich habe Sklaven, die mir jeden Wunsch von den Augen ablesen.«
»Aha. Das ist also der Trick dabei. Brauchst du noch einen?«
»Ja, aber du müsstest gewisse *persönliche* Dienste verrichten.«
»Ja, wenn das so ist … «, sagte er und griff nach ihr.
»Wie zum Beispiel, mir Kaffee einzugießen. Danke.«

Will ging ins Bad, um sich zu rasieren und zu duschen. »Komm doch auch«, meinte er. Bella sank ins Kissen zurück und schloss die Augen. Sie ließ die letzte Nacht noch einmal Revue passieren, durchlebte die schönsten Momente immer wieder: wie Will zu ihr gerutscht war, seine Hände auf ihrer Haut, seine zärtlichen Berührungen, die kleine Narbe an seiner Braue, die sich unter ihrer Fingerspitze ganz anders angefühlt hatte als die umliegende

Haut. Das war etwas ganz anderes als die Katastrophe mit Julian. Was war da nur in sie gefahren, überlegte sie. Warum hatte sie nicht geduldiger sein können? Warum hatte sie nicht warten können, auf … auf … Innerlich schrak sie vor der längst verworfenen Idee *des Richtigen* zurück. *Sei nicht bescheuert*, befahl sie sich. *Sei doch nicht ein so lächerliches, mitleiderregendes, traumtänzerisches Baby. So etwas gibt es nicht.* Wenigstens war es dieses Mal nicht in eine Art Orgie ausgeartet, in der auch Patrick eine Rolle spielte.
Sie bereute den Gedanken, kaum dass er ihr durch den Kopf geschossen war, weil sie wusste, dass sie ihn jetzt nicht wieder verscheuchen konnte. Nun war er also da, war aufgetaucht wie ein Flaschengeist und wartete auf sie.

In Gedanken rief sie ihn. Ihre Stimme hallte in den düsteren Winkeln ihres Kopfes wider.
»Patrick!«, rief sie erst leise, dann lauter: »Patrick?«
Als sie eintritt, sitzt er mit den Beinen über der Armlehne in den Sessel gelümmelt und liest. Er schaut nicht auf, als sie die Tür öffnet, obwohl er sie gehört haben muss.
Im Kamin prasselt ein Feuer, doch seine Flammen spenden keine tröstliche Wärme.
»Na, viel zu tun?«
»Mmm.« Mit dem Rücken zu ihm stellt sie sich vor das Feuer. »Aber ich denke an dich. Oft.«
»Ja, klar.« Sie spürt, dass er sie jetzt anschaut. »Aber sicher doch.«
»Es tut mir leid.« Sie dreht sich um, stellt sich ihm.
Er zuckt mit den Achseln und wendet sich wieder seinem Buch zu.
»Macht nichts. Du kannst dich ja nicht die ganze Zeit mit mir abgeben.«

»Jetzt hör aber auf. Ich bin doch jetzt bei dir. Ich bleibe auch ein Weilchen.«
»Wenn du möchtest«, sagt er, ohne aufzuschauen. »Ganz wie du willst.«

»Ich dachte, du wolltest mich unter der Dusche überraschen.« Will kam in das Schlafzimmer, während er sich noch die Haare trocken rieb.
»Ich bin eben nicht aufgetaucht. Das war die Überraschung.«
»Hey, ist alles in Ordnung? Du siehst ein wenig blass aus.«
»Alles okay. Kein Grund zur Sorge.«
Will schnitt eine Grimasse und fragte, ob sie Pläne für den Rest des Wochenendes hätte. Sie wolle malen, erwiderte sie. Entweder an einer der Skizzen aus ihrem Abendkurs arbeiten oder an der Zeichnung, die sie im Kreuzgang gemacht hatte.
»Gut. Wie wär's, wenn wir uns dann später treffen? Vielleicht heute Abend?« Er knöpfte sich das Hemd zu.
»Mm. Ich hab ziemlich viel zu tun. Vielleicht ein anderes Mal.«
Sie merkte, wie er sie forschend anschaute und versuchte, ihre Gedanken zu lesen.
»Soll ich deine Sekretärin anrufen? Tut mir leid. Komm ich dir zu nah? Ich dachte nur …«
Bella lachte und tätschelte ihm den Kopf.
»Reg dich nicht auf, okay? Wozu die Eile? Wenn wir so weitermachen, dann sind wir nächste Woche verheiratet und die Woche danach geschieden. Ach ja, übrigens: mir ist egal, was dein Anwalt sagt, aber die Hälfte des blauen Tafelservice bekommst du nicht.«

Das Telefon klingelte. Es war Viv.
»Ich wollte dich schon anrufen«, sagte Bella. »Jetzt ist es offiziell: ich habe endlich meine Unschuld verloren. Zum zweiten Mal.« Sie fand, Julian zähle nicht. Der gehöre bestenfalls unter den Teppich gekehrt und vergessen. Das Management übernimmt keine Gewähr für peinliche One-Night-Stands.
»Hey, Nick!«, rief Viv in den Raum. »Rate mal, was passiert ist! Bella hat's endlich mal wieder getrieben.«
»O ja, bitte! Warum schreist du es nicht gleich in die ganze Welt hinaus? Morse es doch bitte allen Schiffen auf See.«
»Nick ist nicht alle Welt. Im Grunde ist er Ehrenmitglied im Kreis der Frauen. War's mit dem Garten-Mann? Oder hattest du noch jemand anderen in petto?«
»Natürlich nicht. Das gäbe ja ein schreckliches Durcheinander. Es war der Garten-Mann.«
»Du magst ihn wirklich sehr, ich merk's schon.«
»Tu ich nicht. Na ja. Ein bisschen. Aber verrat's niemandem.«
»Okay, okay. Aber, Bel?«
»Was? Ja, es war gut. Nein, du bekommst keine szenengetreue Beschreibung, die du dann brühwarm Nick weitererzählen kannst.«
»Bel, vergiss nicht, ihn *wissen* zu lassen, dass du ihn magst, ja?«
»Ich bin sicher, er weiß das.«
»Nein, ganz im Ernst. Männer können in dieser Hinsicht unglaublich schwer von Begriff sein. Du musst es ihm schon vorbuchstabieren.«
»Vielleicht könntest du mir das über Funk soufflieren.«
»Vielleicht sollte ich das tun. Wirst du ihn deinen Eltern vorstellen?«

»Aber sicher doch. Was? Hältst du mich für total verrückt? Er kann sie gerne nach unserer Goldhochzeit kennen lernen, aber nicht eher.«

»Ach, komm schon. Eigentlich sind sie doch süß. Ich wette, er kann deine Mutter um den Finger wickeln.«

»Das werden wir zum Glück nie herausfinden. Ich seh sie schon, wie sie sein wuschliges Haar belächelt: *William, im Bad finden Sie einen sauberen Kamm, falls Sie ihr Haar irgendwie in Ordnung bringen wollen. Wahrscheinlich ist es diese ganze körperliche Arbeit, die Ihrer äußeren Erscheinung so zusetzt.*«

»So schlimm ist sie nun auch wieder nicht. Zu mir war sie immer nett.«

»Der Bonus der Lieblingsschülerin. Das war nur, weil du nicht das Pech hast, als ihre Tochter geboren worden zu sein.«

»Oh, jetzt lass sie in Ruhe. Sie ist auch nur ein Mensch.«

»Nein, ist sie nicht. Sie ist von Überirdischen auf die Erde gebracht worden, um andere Menschen das Gefühl zu vermitteln, sie seien so unfähig und unterlegen, dass sich alle Welt vor Eifer, das Gegenteil zu beweisen, überschlägt.«

»Warum klingst du eigentlich so bedrückt? Du solltest dich doch noch ganz im Nachhall einer herrlichen Liebesnacht befinden.«

»Bin ich ja, bin ich ja. Ich fühl mich nur, weißt du …«

»Wie?«

»Merkwürdig. Als wäre ich un… Ich kann's nicht erklären. Ich muss Schluss machen. Will kommt gerade die Treppe runter.«

18.

Drei Uhr Morgens. Das gelbe Licht der Nachttischlampe beleuchtete ein Gewirr von schlaftrunkenen Armen und Beinen. Bella bewegte sich und nahm alles durch halbgeöffnete Lider wahr: das Licht, das Kissen an ihrer Wange, Wills Gesicht von unten gesehen, seine Bartstoppeln, die schwarz hervorstachen. Sein Haar, das durch das Kissen flach gedrückt wurde. Selbst seine Nasenlöcher sind schön, dachte sie. Sie rückte etwas näher, um ihren Kopf an seinen Hals zu kuscheln.

»Hallo, du«, sagte er und öffnete die Augen ebenfalls nur einen Spalt.

»Hallo, du.«

»Weißt du …« Er gähnte ausgiebig wie eine Katze. »Weißt du, wann ich wusste, dass ich mich in dich verliebt hatte? Du hattest dieses umwerfend sexy Kleid an und kamst die Treppe hinuntergerannt, und du sahst so wunderschön aus, dass ich sprachlos war.«

»Ist ja mal eine Abwechslung.«

»Schnabel halten. Und dann hast du von deinem Bauch angefangen, und plötzlich sahst du so jung und verletzlich aus, als würdest du zum ersten Mal auf ein Erwachsenenfest gehen.« Er schloss die Augen und traf mit seinem Kuss ihre linke Augenbraue, bevor er wieder einschlief.

Sie kuschelte sich näher an ihn heran, so dicht es irgend ging, hielt die Augen fest zugepresst, hielt den Augenblick fest und spürte, wie ihr Tränen in die Augen tragen.

Bitte, nimm mir das nicht, betete sie stumm, wie ein Kind, das seinen Wunsch nicht laut ausspricht aus Angst, er könne dann nicht in Erfüllung gehen. *Ich werde auch für den Rest meines Lebens lieb und freundlich sein, aber bitte lass mich das leben. Bitte.*

Bella wachte zuerst auf und schlüpfte vorsichtig aus dem Bett, um ihn nicht zu wecken. Sie machte Tee und brachte ihn ans Bett. Er lag sehr gerade auf dem Rücken statt wie sonst diagonal über das ganze Bett gestreckt. Er schien völlig bewegungslos, sein Gesicht war ohne jeden Ausdruck. Sie stellte das Tablett ab und trat näher, lehnte sich über ihn.

»Will?«

Keine Antwort. Sie runzelte die Stirn. Plötzlich hatte sie einen trockenen Mund. Ihre Hände wurden klamm; ihr Herzschlag dröhnte ihr im Ohr.

Patricks Vater erhebt sich langsam, als Bella in den Nebenraum geführt wird. Er nimmt ihren Arm.

»Ich komm zu spät, nicht wahr?«

Joseph nickt.

»Er ist gar nicht erst wieder aufgewacht. Sie sagen, er hätte nicht gelitten.«

Sie hört die Worte und denkt: »So etwas hört man normalerweise nur in Krankenhausdramen.« *Er hat nicht gelitten.* Soll das heißen, damit sei alles in Ordnung? Joseph umarmt sie so fest, dass sie kaum Luft bekommt. Patricks Mutter Rose sieht ausgelaugt und wie betäubt aus. Bella beugt sich zu ihr, um sie zu umarmen, und einen Moment lang klammern sie sich aneinander wie Ertrinkende.

Sophie sei auf dem Weg von Newcastle, erzählt ihr Joe. Dagegen hätten sie Alan immer noch nicht erreichen können. Bella merkt, dass seine Eltern ihre Anwesenheit benötigen: sie brauchen Jugend um sich, ein Zeichen von Leben.

»Möchtest du ihn sehen?«

Ein lautlos geschrienes NEIIIN hallt in ihrem Kopf wider, schallt ihr aus allen Ecken entgegen. Sie hat Angst, und dann schämt sie sich. »Was würde Patrick wollen?«, fragt sie sich. »Was würde Patrick in der umgekehrten Situation tun?«

Sie nickt kurz, worauf sie von einer Krankenschwester zu dem Raum gebracht und mit der Bemerkung, sie solle sich ruhig Zeit lassen, alleine gelassen wird. Sie könne bleiben, solange sie wolle.

Sie schaut durch eine kleine Glasscheibe in einer der Türen. Patrick liegt auf einem schmalen Bett, das an eine Trage erinnert, in einem kleinen Raum. Sie atmet tief durch, unterdrückt einen Anfall von Übelkeit und Angst und stößt die Tür auf. Auf einem mit einer weißen Tischdecke gedeckten Seitentisch steht eine Kristallvase mit frischen Blumen: hellgelbe Nelken, breit gefächertes Farnkraut, die orangefarbenen Trompetenblüten der Inkalilie mit ihren braunen Flecken.

Sie blickt auf Patrick herab. Sein Mund steht offen, so dass sie das matte Silber seiner alten Füllungen hervorschimmern sieht sowie den leicht abgesplitterten Vorderzahn, weswegen er schon lange zum Zahnarzt hatte gehen wollen. Er hätte wirklich schon längst hingehen sollen. Das war wieder typisch Patrick. Absurderweise bringt sie dieser Gedanke zum Weinen, das von heftigem, stoßartigem Schluchzen begleitet ist. Ungeduldig schüttelt sie

den Gefühlsüberschwang ab. Jetzt hat es keinen Sinn mehr, den Zahn behandeln zu lassen.
Sie wünscht, sie hätten seinen Mund geschlossen. Mussten sie das nicht ohnehin? Seine Augen waren ja auch geschlossen. Sie will ihn selbst schließen, aber … aber sie kann das nicht. Was, wenn er wieder aufspränge?
Er sieht blasser aus als sonst, was unter den Umständen wohl kaum verwunderlich ist. Um die Hälfte seines Kopfes hat er einen Verband, der jedoch so sauber aussieht, dass Bella vermutet, er diene lediglich dazu, den Trauernden den Anblick des geliebten Menschen mit zertrümmertem Schädel zu ersparen. Trauernde. Ihr wird klar, dass sie dazugehört, dass sie eine Trauernde ist. Jemand, dem man mitleidige Blicke zuwirft, mit dem man in gedämpftem Ton spricht, in dessen Gegenwart die Leute in Verlegenheit geraten und nicht wissen, was sie sagen sollen. Von dem Verband und zwei kleinen Kratzern abgesehen, sieht Patrick erstaunlich normal aus, als sei er lediglich kurz eingeschlafen und halte eines seiner Nickerchen. Wer weiß, wenn sie ihn anstupst, setzt er sich vielleicht ruckartig auf und behauptet: »Ich habe nicht geschnarcht, ich habe nur tief geatmet«, wie er das sonst auch immer tut. Tat, korrigiert sie sich.
Sie schaut wieder zu den Blumen und berührt eine gekräuselte Nelkenblüte mit den Fingern. Jemand hat sich die Mühe gemacht, die Blumen ordentlich in die Vase zu stellen, die Stiele anzuschneiden, die unteren Blätter zu entfernen; irgendjemand hat die Tischdecke auf den Tisch gelegt, die Bügelfalten mit kühler Hand geglättet. Die Person muss gewusst haben, dass die Trauernden alles sehen, dass es keine Kleinigkeit gibt, die ihnen unwichtig wäre.
Einer seiner Arme liegt auf dem steifen Krankenhaus-

laken. Sie möchte seine Hand berühren, sich vorlehnen und sie beruhigend drücken, ob nun seinetwegen oder ihretwegen, weiß sie nicht. Sie wünscht sich nichts sehnlicher, als die Wärme seiner Haut und den Gegendruck seiner Hand zu spüren. Vielleicht sollte sie ihn berühren? Sich selbst mit seiner Kälte, seiner wächsernen Nachgiebigkeit einen Schock versetzen, so dass sie begreift, dass es stimmt, dass er wahrhaftig tot ist.
Doch sie kann es nicht. Stattdessen tätschelt sie den anderen Arm, den, der sicher unter dem Laken liegt.
Als sie schließlich spricht, ist ihre Stimme ein heiseres Flüstern, das in ihren Ohren klingt, als stamme es von einer anderen Person.
»Es tut mir leid«, sagt sie.

Joseph kommt herein und steht greifbar und tröstlich hinter Bella. Er drückt ihre Schulter.
»Möchtest du noch länger bleiben?«
»Ich weiß es nicht.« Doch sie schüttelt kurz den Kopf.
»Komm.« Er legt den Arm um sie, stützt sie und sich gleichzeitig. »Komm und trink erst einmal eine Tasse Tee. Die Krankenschwester hat uns welchen gemacht. Das wird dir gut tun.«
»Aber ich kann ihn doch nicht einfach hier alleine lassen.«
»Es ist schon okay.« Joseph streicht ihr das Haar aus den Augen und tupft ihr liebevoll und ein wenig unbeholfen die Tränen mit seinem Stofftaschentuch ab. »Er ist jetzt nicht mehr unter uns. Das ist nicht mehr er.«
Er führt sie aus dem Raum. Doch an der Tür dreht sie sich um und wirft ihm einen letzten Blick zu.
»Leb wohl«, flüstert sie.

»Will?«
Keine Reaktion.
Sie kniff ihn in die Nase.
»*Will!*«
Er öffnete ein Auge.
»Buh!«, sagte er.
»Du Idiot.« Sie zwickte ihn. »Du hast mir, verdammt noch mal, einen Riesenschrecken eingejagt.«
»Hey, tut mir leid. Aua. Das tat weh.«
»Sollte es auch. Tu das nie wieder. Du bekommst jetzt keinen Tee.«
»Tee im Bett?« Er hob den Kopf vom Kissen und bettelte herzerweichend. »Oh, Tee, Tee, bitte, bitte.«
Sie goss erst ihm, dann sich selbst eine Tasse ein und verschwand mit ihrem Tee im Bad.

Will hob ihre Post von der Türmatte auf. Als er ihr die Briefe reichte, fiel sein Blick auf eine Postkarte, die obenauf lag. Er hob den Blick und schaute sie an, bevor er wieder auf den Stapel hinuntersah. Sie folgte der Richtung. Auf der Karte stand in großen Buchstaben »Hi Sexy!«. Bella spürte, wie sie leicht errötete. Will wandte sich schnell ab. Die Karte kam aus Washington. Julian. »Schade, dass wir es nicht geschafft haben, uns vor meiner Abreise noch einmal zu treffen – den Preis, den man als Jet-Setter zahlen muss. Die Zeit mit dir war großartig. Bis zu meinem nächsten Besuch!?! Grüße an Nick und Viv, Kuss, J.«
Sie stellte die Karte auf den Kaminsims, neben die, die sie neulich von Patricks Eltern bekommen hatte: »Wir freuen uns, dass du dem Moloch entkommen bist. Dass du ganz allein in London gelebt hast, hat uns doch ein wenig Sorgen gemacht. Melde dich doch bei Gelegen-

heit ... dein Besuch ist uns jederzeit willkommen ...«
Noch immer erhielt sie gelegentlich eine Karte oder einen Brief von ihnen und hier und da auch einen Anruf. Meistens war es Rose, die anrief und in mütterlicher Sorge fragte, wie sie zurechtkomme, als sei sie ein Kind, das sich mit einer allzu schweren Algebraaufgabe abmühte. Wenn Bella anrief und mit Joseph sprach, erzählte er ihr, dass sie sich irgendwie durchschlugen. Es sei ... Seine Pausen überbrückte er mit einem kurzen Aufhusten, genau wie Patrick es getan hatte. Sophie gehe es gut, berichtete er. Alan und seine Frau hätten noch ein Kind bekommen. Rose organisiere eine Spendenaktion für ein Dorf in Bangladesch. Er selbst habe zum Zeitvertreib angefangen zu kegeln. Das Leben gehe weiter.
Bella hatte das Gefühl, sie müsse Patricks Eltern um Erlaubnis für ihr Glücklichsein bitten. Natürlich wusste sie, was sie sagen würden: »Du hast dein eigenes Leben zu leben, Bella. Vergeude es nicht. Er hätte das nicht gewollt, nicht unser Patrick.« Und er hätte das tatsächlich nicht gewollt, das wurde ihr bewusst. Jedenfalls nicht direkt. Was würde sie wohl empfinden, wenn es andersherum gewesen wäre? Du würdest überhaupt nichts empfinden, Dummkopf. Du wärst nämlich tot, sagte sie sich. Dennoch: was wäre gewesen, wenn sie gestorben und Patrick allein zurückgeblieben wäre? Oder – der Gedanke ließ sie schaudern – wenn es Will wäre? Würde sie wollen, dass er ewig trauerte? In gewisser Weise würde sie das tatsächlich, zumindest ein kleiner Teil von ihr. Was war sie doch für ein missgünstiges, kleinliches Ekel. Wie konnte sie sich nur wünschen, dass Will unglücklich war? Nein. Das stimmte nicht. Sie wollte, dass er sich erinnerte, das war alles. Damit sie nicht spurlos verschwände. Sie würde ihn nicht in seinen Schmerz vergraben sehen wollen. Er sollte

diesen nicht hegen, pflegen und wie ein scharfer Hund darüber wachen und niemanden an sich heranlassen. Sie wollte keinen zweiten Tod.

»Darf ich dich etwas fragen?«, sagte Will nach dem Frühstück und fuhr fort, ohne die Antwort abzuwarten: »Gibt's da noch jemanden in deinem Leben?«
»Nein. Du reichst mir vollkommen. Wie kommst du darauf?«
»Nur so ein Gefühl.«
Die Postkarte von Julian, dachte sie. ›Hi Sexy!‹ Er musste sie gelesen haben.
»Äh, siehst du deinen Ex eigentlich noch gelegentlich? Patrick? Du scheinst mir einer dieser zivilisierten Menschen zu sein, denen es gelingt, mit ihren Ex-Freunden eine gute Beziehung zu haben.«
Klappernd suchte Bella im Kühlschrank nach Mineralwasser.
»Hmm?« Ihre Stimme tönte dumpf aus dem Kühlschrank. »Nein, tu ich nicht. Möchtest du etwas Wasser?«
»Nein, danke. Tut mir leid. Ich wollte nicht neugierig sein.«
Bella zuckte die Achseln. »Schon gut. Also … « Sie schlug die Zeitung auf und blätterte herum, bis sie das Kinoprogramm gefunden hatte. »Hast du immer noch Lust, heute Abend einen Film zu sehen? Ich könnte Viv anrufen und fragen, ob sie und Nick Lust haben mitzukommen. Wir müssen ja nicht die ganze Zeit in langweiliger Zweisamkeit versauern.«
»Empfindest du das so?«
»Hmm?«
»Empfindest du unser Zusammensein als langweilig?«
»Nein, natürlich nicht.« Sie schlug die Kühlschranktür

zu. »Aber wir müssen ja nicht zu sehr aneinander kleben, oder?«
»Warum denn nicht? Ich klebe gerne an dir.«
»Oh, *Will.* Ich mach doch nur Spaß. Wo ist nur dein Humor geblieben?«
»Musste ihn zurückgeben. War nur auf Pump.«

Wie Bella vermutet hatte, rief am nächsten Morgen Viv an, um mit ihr über den gemeinsam verbrachten Kinoabend zu plaudern.
»Fürchterlicher Film«, sagte Viv. »Wieso nur meint jeder, sie sei so sexy?«
»Weil sie blond ist und nicht schauspielern kann.«
»Aber Will ... der ist ja wunderbar! Und er kennt dich ziemlich gut, nicht wahr?«
»Wie meinst du das?«
»Ich meine, dass er weiß, wie er dich handhaben muss.«
»Das hört sich so an, als wäre ich eine wild gewordene Tigerin.«
»Na ja, eine leichte, kichernde Beute bist du ja nicht gerade, oder? Du brauchst jemanden, der es mit dir aufnehmen kann. Aber wie er dich *anschaut.* Wann ist die Hochzeit?«
»Ach, hör mir auf. Ich denke nicht an die Zukunft oder sonst etwas Bescheuertes.«
»Warum tust du das?«
»Tu ich was?«
»Du tust so, als hättest du ihn nicht besonders gern. Dabei sieht doch jedes Kind, dass ihr völlig verrückt aufeinander seid.«
»Dann bring mir mal ein Kind vorbei. Du interpretierst zu viel in die Dinge hinein.«
»Mann, Baby, halt dir den bloß warm.«

»Ja, ja. Du bist doch nur auf eine Gelegenheit aus, ein aprikotfarbenes Satinkleid mit Puffärmelchen tragen zu können.«

»Bekomm ich auch Volants?«

»Du bekommst deine Volants, einen tiefen Ausschnitt, den Korb mit Rosenblüten und alle Extras, sollte ich jemals unter die Haube kommen. Im Wettbüro werden die Chancen mit 4000 zu 1 gehandelt. Ich finde, das solltest du wissen, bevor du in den nächsten Stoffladen eilst.«

»Bel? Du weißt doch, wie man glücklich ist, oder?«

»Ist das eine Fangfrage?«

»Nein. Es ist nur … na ja, es ist durchaus *erlaubt*, weißt du.«

19.

Was meinst du: welche ist meine Schokoladenseite?«
Will wandte Bella erst die eine und dann die andere Seite zu.
»Anscheinend ist das ein wohlgehütetes Geheimnis.« Bella balancierte ihren Zeichenblock auf einem Knie.
»Oh, Mist.«
»Dreh dich ein bisschen nach links. Weiter. Noch ein kleines bisschen. So ist's gut.« Sie blickte jetzt auf seinen Hinterkopf.
»Sehr witzig. Zeig mir deine Lorbeeren, Oscar Wilde.« Er stand auf, ging zum Fenster und versank in die Betrachtung seines Gartens. »Die Heckenkirsche müsste allmählich geschnitten werden«, meinte er schließlich und wollte sich ihr zuwenden.
»Halt! Bleib so, genau so. Beweg dich nicht.«
Wie er so am Fenster stand, sein Gesicht halb im Licht, halb im Schatten, sein Körper ihr halb zugewandt, sah er wach und erwartungsvoll aus, als habe er gerade ein ungewohntes Geräusch vernommen oder als sei ihm mit einem Schlag das Außergewöhnliche an etwas Banalem aufgegangen.
»Kann ich einige deiner Bilder mal sehen? Ich weiß, dass du heimlich fleißig gewesen bist.«
»Nicht heimlich. Und nein, du kannst nicht.«
»Sehr wohl heimlich. Und warum nicht? Du müsstest

doch mittlerweile genügend Bilder für eine Ausstellung haben.«

»Ach, du Spinner. Außerdem: pscht. Ich muss mich konzentrieren.« Trotz gesenktem Blick spürte sie, dass er Grimassen schnitt. Patrick hatte das auch immer getan, wenn sie ihn zeichnete. Vielleicht hatte es etwas mit den männlichen Hormonen zu tun: diese Unfähigkeit, still zu sitzen. Sie warf einen Blick auf Wills Haaransatz, auf diese deutliche Linie, von der aus sein Haar in die Höhe schoss, als könne es kaum erwarten zu wachsen, weiterzustreben. Unwillkürlich musste sie lächeln, während sie mit der Konzentration eines Kindes, bei dem die Zunge mitarbeitet, den Enthusiasmus seines Haars in ihre Bleistiftstriche einfließen zu lassen versuchte. Patricks Haar war weich und seidig gewesen und war ihm über die linke Stirn gefallen. Sie erinnerte sich an das Gefühl, es zu zeichnen, an die hin- und herpendelnde Bewegung ihrer Hand, als würde sie weben. Sie erinnerte sich auch noch an die Geste, mit der er es aus dem Gesicht gestrichen hatte, und an seine Unruhe, während sie ihn malte, die ihn aber auch sonst nie verließ, selbst nicht im Schlaf, nie, nie, bis … Sie schluckte.

»Pscht!«, machte sie.

»Was ist?« Will runzelte die Stirn. »Ich hab keinen Ton gesagt.«

In der Pause meinte Will, es sei schon merkwürdig, wie sie ihn beim Malen betrachte.

»Du scheinst mich unheimlich intensiv anzuschauen und dabei doch durch mich hindurch. Ich sehe, wie dein Blick über mich gleitet, mich dabei genau taxiert, und doch ist es, als würdest du mich als Person gar nicht richtig wahrnehmen.«

»Nimm's nicht persönlich. So ist das beim Zeichnen. Du verwandelst dich in einen beliebigen Körper, ein beliebiges Gesicht und bist nicht mehr Will, der Mann, den ich schätze und … und so weiter.«
»Was war das? Den Mann, den ich schätze und so weiter? Da fehlt ja wohl etwas.«
»Bist du bereit für eine zweite Sitzung?«
»Was wolltest du sagen? Du bringst es einfach nicht über die Lippen, nicht wahr? Noch nicht einmal beiläufig.«
»Was? Das Wort mit ›L‹? Natürlich bringe ich es über die Lippen. Sei doch nicht albern.«
»Das Wort mit ›L‹. Genau das meine ich. Liebe ist für dich tatsächlich wie ein Fluch, nicht wahr?«
»Hey, Witz ist mein Ressort.«
»Das ist auch gar nicht witzig. Komm, versuch's mal. Vielleicht gefällt es dir irgendwann sogar. Ich l-l-l-l … Mein Gott, du hast recht, es ist tatsächlich schwer.« Er verschränkte die Arme.
»Du bist manchmal schrecklich irritierend. Wie ein Kind. Unglaublich.« Sie durchsuchte ihr Federmäppchen nach einem Radiergummi. »Den Mann, den ich schätze und liebe. So. Zufrieden?«
Er taumelte rückwärts.
»Hilfe, deine Leidenschaft wirft mich glatt um. Bitte, verschone mich mit so viel Überschwang. Ich weiß nicht, ob ich das ertragen kann.«
Bella spitzte ihren Bleistift über dem Papierkorb an.
»Ja, Liebling. Bitte nimm jetzt wieder deine Stellung ein. Linker Arm ein bisschen herum. Gut. Und könntest du dich noch ein wenig zu mir drehen? Hoho, nicht so viel. So ist's gut. Genau so.«

Ihr Blick flog zwischen Will und dem Papier hin und her, während sie seine Knochen, sein Fleisch, seine Form einfing. Doch den Ausdruck in seinem Gesicht nahm sie nicht wahr.

Will fragte sie, ob sie am Wochenende Zeit hätte.
»Ich hasse es, wenn man mich so etwas fragt.«
»Du hasst es, wenn Leute dich zu irgendetwas einladen? Oh, entschuldige. Es tut mir leid. Wirklich unverzeihlich. Ich werde es nie wieder tun.«
»Ach, hör auf. Wenn man sagt, man habe Zeit, sagen sie: ›Ah, schön. Ich habe Karten für Bernard Manning.‹ Man sollte gleich sagen, worum es geht, damit der andere die Möglichkeit hat, auf elegante Art abzusagen.«
»Hast du nun Zeit oder nicht?«
»Ja. Nein. Ja. Ich muss ein wenig malen. Ich will an dem Bild von dir arbeiten. Worum geht es denn?«
»Ich dachte, du hättest vielleicht Lust, meine Mutter zu treffen.«
»Hab ich eine Wahl?«
»Oh, wie nett. Sie ist großartig. Genau wie ich.«
»Selbstgefällig und wuschelig?«
»Nein. Unkompliziert und von Pflanzen besessen.«
»Dieses Wochenende ist eigentlich ziemlich ungünstig. Ich hab viel zu tun.«
»Was denn?«
»*Will.* Ich steh hier nicht vor Gericht. Ich muss nicht über jede meiner Bewegungen Rechenschaft ablegen. Ich hab eben einfach Dinge zu erledigen. Wäsche waschen und so.«
»O ja: *Wäsche waschen*. Na, selbstverständlich hat das Priorität. Undenkbar, das zu verschieben, nur um meine Familie kennen zu lernen.«

»Tief durchatmen, Bella. Ich bin sicher, dass sie nicht gerade in ihrem Schaukelstuhl über ihre Stickerei gebeugt herumsitzt und sich fragt, wie lange sie es wohl noch ohne mich aushält. Ein anderes Mal wäre wunderbar. Natürlich möchte ich sie kennen lernen. Ich kann mir einen solchen Ausbund an Geduld und Mut, der dich so lange ertragen hat, gar nicht vorstellen. Könntest du jetzt bitte wieder deine Stellung einnehmen?«

Will ging zum Fenster.

»Eine Frage hätte ich noch: Gibt es einen bestimmten Grund dafür, dass du meine Mutter nicht kennen lernen willst?«

»Natürlich nicht. Ich bin beschäftigt. Können wir das Thema jetzt bitte fallen lassen? Ich möchte hier wirklich weitermachen.«

Beim Abendessen holte Will seinen Terminkalender hervor und schnitt das Thema wieder an.

»Wenn du tatsächlich dieses Wochenende einfach nur zu viel zu tun hast, lass uns doch einen anderen Zeitpunkt vereinbaren.«

»Warum müssen wir uns eigentlich dieses ganze Eltern-kennen-lernen-Getue antun? Ich hab's nicht eilig damit, dir meine vorzustellen.«

»Hab ich dich je darum gebeten, ihnen vorgestellt zu werden? Das hat Zeit, bis du es willst. Aber Mum kann es kaum erwarten, dich in Augenschein zu nehmen.«

»Wieso denn das?« Bella hatte ihre Gabel gezückt und hielt sie wie jemand aus dem lynchbereiten, mit Heugabeln ausgerüsteten Mob. »Was hast du ihr von mir erzählt, Bursche?«

»Nichts, nichts. Beruhige dich, du kleine Furie. Ich fürchte, ich habe ihr ein bisschen von dir erzählt. Vielmehr, ein bisschen mehr als ein bisschen. Ich konnte nicht anders. Es wird schmerzlos werden, versprochen.«

»Okay, okay. Lass uns nicht ewig darüber reden. Nächstes Wochenende, okay? Am besten, wir bringen es hinter uns, dann gehst du mir nicht mehr auf die Nerven.«

Bella hatte Patricks Eltern schon eine ganze Weile nicht mehr gesehen. Als sie darüber nachdachte, merkte sie bestürzt, dass sie nicht mehr wusste, wann sie sie zuletzt besucht hatte. Zu Anfang war sie beinahe jedes Wochenende hingefahren.

Sie spürt, dass seine Eltern nach ihrer Gegenwart dürsten, als verströme sie irgendetwas Wesentliches von Patrick, als könnten sie sich besser an ihn erinnern, wenn Bella im Raum ist. Auch für sie sind diese Besuche ein Trost. Ohne ihn scheint die Wohnung kalt und öde, wie eine Bühne ohne Menschen. Sie fürchtet sich davor, alleine zu schlafen. Zwar lässt sie des Nachts das Licht im Flur brennen, aber sie hat trotzdem Angst vor dem Einschlafen. Wenn sie in den frühen Morgenstunden aufwacht, ist in den ersten ein, zwei Sekunden alles wie immer. Im Nebel des Halbschlafs lebt er noch. Doch dann überfällt sie die Erinnerung wie ein körperlicher Schmerz. Sie nimmt ihr den Atem, lässt Bella mit zusammengepressten Lungen und verkrampftem Magen zurück. Sie kneift die Augen zu, drängt die hervorquellenden Tränen zurück. In ihren Gedanken findet sie Zuflucht und Trost. Dort hört sie seine Stimme, klar und deutlich; dort schaut ihr sein Gesicht wach und lebendig entgegen. Und dann kann sie wieder atmen.

In seinem Elternhaus haben die Fotoalben einen festen Platz auf dem Couchtisch eingenommen. Sie haben die Ausgaben von *Home and Gardens* verdrängt, haben dafür gesorgt, dass die ordentlich zusammengelegten Zeitungen *Daily Telegraph* und *Daily Mail* ungelesen in den Zeitungsständer im Flur wandern, wo ihre gleichgültige Normalität ignoriert werden kann.

»Sieh mal«, sagen sie. »Das ist an seinem ersten Schultag. Die graue Mütze rutschte ihm immer wieder über die Augen. Weißt du noch den Tag, als er auszog, um zur Uni zu gehen? Da war er schon groß und schlank, aber plötzlich sah er wieder aus wie ein kleiner Junge.« *Erinnerst du dich*, fragen sie. *Erinnerst du dich?*

Bella sucht Zuflucht in der Küche, kocht, räumt auf und ist dankbar, dass sie sich in das Schnippeln von grünen Bohnen flüchten kann, in die Regelmäßigkeit des Kochens: Man stellt einen Auflauf in den Ofen, und er wird braun; man schlägt eine Sauce, und sie wird cremig.

Rose flattert um sie herum.

»Du machst wieder alles alleine, Bella. Du bist ein Schatz.« Rose nimmt das Sieb, das Bella gerade benutzen will, und stellt es weg. »Ich bin heute gar nicht richtig da. Hast du meine Lesebrille gesehen? Gestern habe ich meinen Füller im Kühlschrank wieder gefunden. Ich frage mich, wo …«

Rose schwebt von Raum zu Raum und hinterlässt eine Spur halbleerer Kaffeetassen, verschiedener Nähprojekte, die vor Stecknadeln nur so strotzen, ihre Brille, ihre Armbanduhr und unvollendete Sätze.

Joseph tätschelt Bella im Vorbeigehen die Schulter. Seine Zuneigung, seine Dankbarkeit sind gerade in ihrer Unausgesprochenheit besonders spürbar.

»Wir hatten immer gehofft …«, fängt er eines Nachts an

und unterbricht sich dann, weil er weiß, dass es besser ungesagt bleibt, dass es nichts zu sagen gibt.
Sophie legt ihre Besuche immer so, dass sie mit Bellas zusammenfallen. Sie nutzt jede Gelegenheit, um Bella in den Pub zu schleifen.
»Sie machen mich noch wahnsinnig, Bel. Mum vergisst alles innerhalb von zehn Sekunden, und Dad ruft mich zweimal am Tag an, um sicherzugehen, dass ich noch atme.«
»Ich weiß«, sagt Bella. »Hab Geduld. Es ist schwer für sie. Es ist wahnsinnig schwer für sie.«

Mit dem Argument, nach einer langen, stressigen Arbeitswoche erschöpft zu sein, konnte Bella Will davon abbringen, schon am Freitagabend zu seiner Mutter zu fahren. Sie versprach, am Samstag mit der Morgendämmerung aufzustehen. Sie werde ihm den Tee ans Bett bringen und nur eine Minute zum Packen brauchen.

Es war nach elf, als sie endlich abfuhren.
Mehrere Kassetten fielen aus Wills überquellendem Handschuhfach, als Bella darin herumstöberte.
»Was ist los, mein Primelchen?«
»Nichts. Ich versuche nur, die Ray-Charles-Kassette zu finden.«
Ob sie schon in den Seitentaschen nachgeschaut habe? Hatte sie. Dort lag nur die leere Hülle.
»Warum hebst du die Kassetten nicht in ihren Hüllen auf? Dann hättest du dieses Problem nicht.«
Ich rede schon genau wie meine Mutter.
»Ich habe kein ›Problem‹, weil es mir egal ist. Ich greife

einfach nach irgendeiner Kassette und höre die, die mir in die Finger kommt. Zufallstreffer.«

»Männer sind einfach nervig.«

»Oh, das ist immer eine gute Antwort: Damit kann man die Hälfte der Menschheit schon einmal abschreiben. Wenn ich die Kassetten in ihren Hüllen aufhebe, ist damit noch lange keine kindgerechte oder friedliche Welt geschaffen, oder?«

»Du vergleichst hier Äpfel mit Birnen. Was hat das miteinander zu tun?«

»Verglichen mit der gesamten Schöpfung regst du dich über ein Staubkörnchen auf. Aber eigentlich geht es gar nicht um Kassettenhüllen, nicht wahr? Ha, ha, ich merke, wie sich bei mir Selbstzufriedenheit breit macht. Warum bist du so nervös?«, fragte er Bella mit einem Seitenblick.

»Sie ist kein Menschenfresser.«

»Ich bin nicht nervös. Sollte es nicht Menschenfresserin heißen?«

»Schrilllllll. Kleinlichkeitsalarm. Versuch doch nicht immer, das Thema zu wechseln. Sie ist okay, und sie wird dich lieben.«

Bella durchwühlte ihre Handtasche nach einem Spiegel. Will prustete vor Lachen.

»Nein, natürlich bist du nicht nervös. Nie und nimmer.«

Er langte unter seinen Sitz, fischte eine Kassette hervor und steckte sie in den Kassettenrecorder.

» … *other arms reach out to me, other eyes smile tenderly* …«, sang Will. Ray Charles.

Sie streckte ihm heimlich die Zunge heraus.

»Das hab ich gesehen.« Er drückte ihr Knie und legte dann seine Hand auf ihren Oberschenkel.

»Also, soll ich sie Mrs. Henderson nennen oder Frances oder Fran, oder wie?« Sie leckte ihren Finger an, fuhr sich über die Augenbrauen und warf ihrem Spiegelbild einen stirnrunzelnden Blick zu.
»Du siehst wunderbar aus. Entspann dich. Jedenfalls nicht Mrs. Henderson, weil sie so nämlich nicht heißt. Fünf Minuspunkte fürs Nichtzuhören, als ich dir die sagenhaft spannenden Einzelheiten unseres Stammbaums erläutert habe. Sie ist Mrs. Bradley wegen meines Stiefvaters, vielmehr Ex-Stiefvaters. Am liebsten ist ihr Fran, aber ehrlich gesagt, glaube ich wär's ihr auch recht, wenn du sie Chatanooga Choo-Choo nennen würdest. Sie ist einen Tick exzentrisch.«
»Wie sehr exzentrisch?«
»Kaum. Merkt man eigentlich gar nicht. Weiß auch nicht, warum ich es erwähnt habe. Doch ich bin froh, dass sie in England lebt, wo Exzentrik zum nationalen Sport gehört.«

Frans Landhaus lag mit drei anderen Häusern ein bisschen zurückversetzt an einer schmalen Straße. Das Haus sah alt aus, fand Bella, als stamme es aus dem siebzehnten Jahrhundert, mit niedrigen Türen und einem tief heruntergezogenen Dach, das bis auf Augenhöhe reichte. Dichte Tuffs saftig aussehender Dachwurz schmiegten sich an die Dachziegel. Der unregelmäßig gelegte Steinweg, der zur Haustür führte, war gesäumt mit Blumenrabatten, auf denen dicht gedrängt duftende Gartennelken, riesiger lachsfarbener Klatschmohn und einige Sprenkel hellblaue Gretel im Busch dicht gedrängt standen. Will beugte sich im Vorbeigehen zu den Gartennelken hinunter, um an ihnen zu schnuppern.
»Hier, riech mal«, meinte er über die Schulter zu ihr.

Auf die blaue Haustür waren etwas dilettantisch einige Efeuranken gemalt worden, sozusagen als Verlängerung des echten Efeus, das die Tür umwucherte. Da Bella und Will auf ihr Klopfen keine Antwort erhielten, gingen sie um das Haus herum nach hinten.

»Hallooo«, rief Will den langen Garten hinunter.

Aus einem mit Schwarzkümmel bepflanzten Beet tauchte eine Gestalt auf.

»Hallooo, ihr.«

Will ging den schmalen Pfad voran, der sich zwischen Lavendelbüschen, federartigem Beifuss und nickendem blauen Rittersporn hindurchschlängelte.

»Hallo, Ma.« Er nahm Fran fest in den Arm.

»Willum«, sagte sie liebevoll und drückte ihn ebenfalls. Sie trug einen überdimensionalen Overall, dessen Taschen vollgestopft waren mit Krimskrams, und dazu Schuhe, die verdächtig nach Männerpantoffeln aussahen. Ihr graues Haar war zu einem lockeren Turm zusammengefasst. Bella meinte einen Kugelschreiber im Haar ausmachen zu können, wusste aber nicht, ob das der Festigung des Gebildes dienen sollte oder ob der Stift dort nicht einfach zwischenzeitlich abgelegt worden war. Will streckte die Hand aus und entfernte ein Zweiglein aus ihrem Haar.

»Du bist also Wills Eroberung.«

Will rollte mit den Augen.

»Ma, bitte versuche, mich nicht völlig bloßzustellen.«

»Oh, Pfirsichbäckchen! Will hat mir zwar schon erzählt, dass du eine Schönheit bist, aber ich hatte gedacht, er sei voreingenommen. Welch wunderschöne Augen. Sag mal, magst du Rosmarin?« Dabei schwenkte sie die Gartenschere beunruhigend hin und her.

Bella war froh über den Themenwechsel.

»Hier, nimm ein paar Zweige. Dieser hier hat die blauesten Blüten, die ich je gesehen habe. Weißt du, welcher das ist, Willum? Ich vergess immer die Namen.« Und zu Bella geneigt meinte sie: »Ich bin sicher, dass er mich für einen hoffnungslosen Fall hält.«

»Unsinn, tu ich überhaupt nicht. Die Pflanzen kennen ihre Namen doch auch nicht. Ich muss die Namen nur kennen, um meine Kunden beeindrucken zu können. Das ist vielleicht ein *Rosmarinus officinalis*, die sind ziemlich blau.«

»Bei mir hat das jedenfalls geklappt«, meinte Bella. »Er hat mich mit seinen *Meconopsis* und *Salix* und *Lavandula*-Dingern eingefangen.«

»Überwiegend *Angustifolia.*« Er sah plötzlich sehr ernst und sehr jung aus. »Das hier«, sagte er und tätschelte einen lilablühenden Busch, als wäre es ein Kind, »ist ein französischer Lavendel. *Lavandula stoechas.* Der gleiche, den wir auch in deinem Garten gepflanzt haben. Und ich dachte, ich hätte dich mit meiner Intelligenz, meinem Humor, meiner Ausstrahlung und meiner umwerfenden Schönheit geködert.«

»Vergiss nicht, deine angeborene Bescheidenheit zu erwähnen.«

»Natürlich.«

Fran lachte und hakte sich bei Bella unter.

»Wie schön zu sehen, dass er jemand Ebenbürtigen gefunden hat. Das Mittagessen ist noch nicht ganz fertig, aber lasst uns doch einen Tee trinken. Ihr könnt es sicher kaum erwarten.« Sie steckte die Gartenschere in eine Hosentasche. Das Ende eines grünen Bindfadens hing aus der anderen Tasche heraus und schleifte hinter ihr her wie ein Mäuseschwanz. Will hob das Ende auf und ging hinter Fran her, als hielte er eine Schleppe in der Hand.

»Ich habe einen Auflauf im Ofen, aber das Fleisch ist ein bisschen zäh, deshalb finde ich, wir sollten es so lange braten lassen, wie es uns möglich ist.« Fran zündete die Gasflamme unter einem großen Kessel an. »Irgendwo habe ich auch noch ein paar *Scones*, falls ihr etwas gegen den gröbsten Hunger braucht. Schau doch mal im Brotkrug nach. Sie sind von heute. Oder von gestern. Jedenfalls sehr lecker.«

Bella steckte den Arm tief in den Tonkrug hinein.

»Ich hab das Gefühl, ich bin beim Losziehen.«

»Das große Los wird es aber in dieser Küche nicht geben.« Will räumte einen Stapel Zeitungen vom Tisch und deckte verschiedene ungleiche Tassen und Untertassen. »Die *Scones* sind doch nicht etwa selbst gemacht, Ma, oder?«

»Nein, keine Angst, mein unhöflicher Junge. Ich wusste doch, dass ich mehr auf deine Manieren hätte achten sollen, als du noch klein warst.« Frans Stimme ertönte aus den Tiefen der Speisekammer. »Meine *Scones* sind berüchtigt, Bella: Sie sind flach wie Steinplatten und doppelt so hart. Hughie hätte sich einmal beinahe einen Zahn daran ausgebissen. Die Hunde lieben sie allerdings. Aber diese hier sind richtig gekaufte, weil du ja ein richtiger Gast bist.«

»Du solltest dich geehrt fühlen«, sagte Will. »Hast du irgendwo auch ein wenig Marmelade, liebe Mutter?«

»Erdbeer und Holunder. Und die sind selbst gemacht.« Fran fing Wills Blick auf. »Ein neuerer Jahrgang, deshalb brauchst du gar nicht so zu gucken. Allerdings könnten sie ein wenig flüssig sein. Irgendwie wollten sie nicht fest werden. Das ist aber nicht schlimm. Esst sie einfach mit einem Löffel, und beisst ab und zu vom *Scone* ab.«

In der Nacht schlief Bella eng an Will gekuschelt in dem schmalen Doppelbett im ›Rosafarbenen Raum‹. Fran hatte gesagt, sie könnten entweder hier zusammenrücken oder das richtige Gästezimmer haben, aber dort müssten sie die Betten zusammenschieben.

»Es ist sehr gemütlich, aber – als Warnung – die Wände sind ziemlich dünn, und ich schlafe direkt nebenan.«

»Gott, Ma, du bringst einen derart in Verlegenheit.«

Fran fuhr munter und unbeeindruckt fort.

»Das tue ich nur, um dich zu ärgern. Ich weiß doch, wie sehr zum Schütteln das ist: ein Elternteil, das auf Sex anspielt. Igitt. Kinder halten ihre Eltern immer für ewige Jungfrauen oder asexuell, wie Amöben. Oder heißt es Amöba?«

Will wand sich sichtlich. Er zog Bella am Ellbogen ins Zimmer.

»Prima, prima. Wir nehmen dieses. Vielen Dank. Komm schon. Sonst stimmt sie noch ihren Zu-meiner-Zeit-habe-ich-einige-ziemlich-interessante-Eskapaden-erlebt-Monolog an, und wir müssen uns anhören, wie der Bankleiter sich Hals über Kopf in sie verliebt hat und sie immer wieder unter irgendwelchen finanziellen Vorwänden anrief, bis er sie schließlich auf einem Stapel ihrer Kontoauszüge zu vernaschen versucht hat.«

»Ich hör gar nicht hin.« Fran hüpfte die Stufen hinunter. »Der Kessel steht auf dem Herd.«

Bella meinte, er sei unhöflich.

»Bin ich gar nicht. Wir lieben einander heiß und innig, und das wissen wir beide. Deshalb dürfen wir so unhöflich sein, wie wir wollen.« Ob es denn in ihrer Familie immer nur *höflich* zugehe?

»Dad und ich necken uns gegenseitig. Das haben wir schon immer getan.«

Will fragte nach ihrer Mutter.
»Ist dir eigentlich klar, dass du sie so gut wie nie erwähnst?«
»Ich könnte nie mit ihr reden, wie du es gerade mit deiner Mutter getan hast. Man kann sie nicht necken. Das würde bestimmt die Erdumlaufbahn verändern. Meistens versuchen wir, zivilisiert miteinander umzugehen. Wie bei einem Waffenstillstand.«
Er hob fragend die Augenbrauen.
»Mmm. Das muss sein. Wenn wir nicht aufpassen, ist bei uns die Hölle los und wir gehen uns gegenseitig an die Gurgel.«
»Ahh, wie süß. Die Freuden der Mutter-Tochter-Beziehung. Ich seh es förmlich vor mir: Madonna und Kind mit seligem Lächeln und einem kleinen Messer, das diskret zwischen den wallenden Kleidern glitzert.«
»Sehr witzig.« Bella ging aus dem Zimmer. »Kommst du mit nach unten, Tee trinken?«

20.

Würdest du das wirklich tun? Ich werde dir auch die beste Freundin sein.«
Bella knubbelte Wills Backen und gab ihm einen nassen Schmatz.
»Das bist du schon.«

Dank ihrer Überredungskunst und auf ihr Versprechen unzähliger sexueller Gefälligkeiten hin, hatte Will ›freiwillig‹ angeboten, wegen des SCHIMMELS mit seines Schwagers Schwager zu sprechen. Der Anruf wurde getätigt, und irgendein Druckmittel kam zum Einsatz. Jedenfalls verlegte Mr. Bowman Bella nun von seinem schwarzen in sein rotes Buch, das richtige Auftragsbuch, in dem die tatsächlich stattzufindenden Arbeiten eingetragen wurden, mit Daten, Zeiten etc. Für den Schimmel bräuchte er vier bis fünf Tage; danach müssten die Wände neu verputzt werden und dann trocknen, bevor sie wieder gestrichen werden könnten.
Das Chaos im Haus wurde noch größer. Im Schlafzimmer stapelten sich sämtliche Kisten, auf der Treppengalerie reihten sich die Bilder aneinander wie Dominosteine, und die Topfpflanzen versammelten sich zu einem Grünentreffen im Bad.
»Du solltest eigentlich nicht im Haus wohnen, während das da vor sich geht. Der Staub kann nicht gut für dich sein«, sagte Will.

»Ich weiß. Viv hat schon gesagt, ich könnte zu ihnen ziehen.«
»Aha. Nun … du könntest auch, äh, bei mir bleiben.«
Obwohl sie häufiger bei ihr als bei ihm waren, hatte Bella bereits einige Male bei Will übernachtet. Er hatte ihr eine zweite Zahnbürste gekauft, die bei ihm zu Hause stand, weil er es lächerlich fand, die ihre immer hin- und herzutragen. Er hatte ihr eine Schublade freigeräumt, in der sie ein großes T-Shirt und eine Unterhose aufhob. Doch eine einzelne Übernachtung – ein Abendessen, gefolgt von Sex, gefolgt von Schlaf – war etwas anderes. Dies hier war geplant und offiziell. Fünf ganze Tage zusammenzuleben, das war … nun ja, häuslich eben, nicht wahr? Es beinhaltete die unter Paaren typischen Unterhaltungen und Rituale, die im Zusammenleben entstehen: wer holt was zum Abendessen; Ich-koche-und-du-wäschst-ab-Vereinbarungen. Sie würde mit den Feinheiten seines Haushalts vertraut werden: wo er seine Ersatzrolle Klopapier aufhob; wie genau das Rüttel-Rüttel-Ruck-Verfahren auszusehen hatte, um die Tür zum Garten zu öffnen, oder wann der Müll abgeholt wurde.
»Das ist sehr nett von dir, aber nicht nötig. Du hast dir deinen Orden schon durch das Gespräch mit Mr. B. verdient.«
»Ich biete es nicht aus Nettigkeit an. Du klingst wie ein höfliches Kind, dem man eine Dankesrede eingetrichtert hat. Ich weiß, dass es ›nicht nötig‹ ist, ich möchte es aber. Was auch immer ES ist. Was ich meine, ist, dass ich es wunderschön fände, wenn du in meinem Haus übernachten würdest. Bei mir.«

Alarmglocken. Was, wenn es ihr gefiele? Wenn sie sich daran gewöhnte, sein Gesicht und die wunderbaren, witzigen Augenbrauen jede Nacht beim Einschlafen neben sich auf dem Kissen zu sehen? Und jeden Morgen wäre sein Gesicht das erste, womit sie den Tag begrüßen würde: ein vertrauter Anblick. Die Atmosphäre im Haus und sein Duft in der Luft würden ihr verraten, ob er zu Hause sei. Wahrscheinlich könnte sie sich leicht an seine Schritte auf der Treppe, seine Stimme, die ihr ein Hallo zuruft, und das Aufleuchten in seinen Augen, wenn er sie sah, gewöhnen. Und dann? Dann wäre der SCHIMMEL beseitigt, die Wände gestrichen, und es gäbe keinen Grund, nicht in ihr Haus zurückzukehren. Der erste Abend, an dem sie wieder nach Hause käme: Die Luft schwanger mit kaltem Farbgeruch, das Klappern beim Ablegen ihrer Schlüssel, der Kühlschrank mit einer einsamen Flasche sauer gewordener Milch. Es wäre wie damals, als sie nach Patrick zum ersten Mal wieder in die Wohnung zurückgegangen war. *Nach* Patrick. Manchmal sah sie ihr Leben so: Vor Patrick / Mit Patrick / Nach Patrick. Alles in hübsche Segmente aufgeteilt wie bei einem Tortendiagramm und ohne Platz für irgendetwas anderes.

Sie schließt die Tür auf und horcht unwillkürlich auf ein: »Hallo, wie war dein Tag, okay?« Die Stille ist wie Wasser, das die Räume bis in die hintersten Ecken ausfüllt. Mit schweren Gliedern bahnt sie sich einen Weg, spürt, wie es sich vor ihr teilt und hinter ihr wieder zusammenfließt. In der Küche ist alles ungewöhnlich still, kühl und ordentlich; alles ist an seinem Platz. Auf der Arbeitsfläche steht kein offenes Marmeladenglas. Auf dem Tisch liegt kein offenes Taschenbuch auf dem Bauch. Automatisch schaut sie auf den Boden. Patrick hat die ärgerliche Angewohnheit, seine schweren Arbeitsschuhe mitten im Raum stehen zu lassen, so dass sie häufig darüber stolpert. *Hatte* die ärgerliche Angewohnheit, korrigiert sie sich. Plötzlich überkommt sie eine Ahnung des Verlusts, des zukünftigen Schmerzes. Sie fühlt sich versucht, seine Schuhe zu holen und sie in den Raum zu stellen, doch verwirft sie die Idee als dumm, wenn nicht gar verrückt.

Im Badezimmer ist es noch schlimmer. Da liegen vier Einwegrasierklingen, die offenbar alle gleichzeitig benutzt wurden. Das absurde Deo in der schwarzen Nur-weil-ich-gut-rieche-bin-ich-noch-lange-kein-Weichling phallisch geformten Spraydose. Mit den Fingern fährt sie über die Borsten von Patricks grüner Zahnbürste, streicht sie hin und her. Patrick behauptete immer, ihre Streifen würden sie schneller machen: »Siehst du? Mit der kann ich meine Zähne in nur 30 Sekunden putzen.« Sie nimmt ihre lilafarbene Bürste aus dem Zahnputzbecher, hält beide so in den Händen, dass sie einander zugewandt sind und lässt sie auf und ab hüpfen, wie Patrick es immer tat, wenn er ihnen Stimmen verlieh. »Sprichst du wieder mit mir?«, sagte er dann, setzte eine besonders tiefe Stimme für die grüne Zahnbürste auf und ließ sie am Waschbeckenrand herumhopsen. Darauf drehte er die lilafarbene hin und her, als schüttele sie den Kopf, bis Bella lachen musste.

Sie stößt mit der lilafarbenen auf die grüne.

»Warum musstest du mir eigentlich wegsterben, hey? Das war wirklich ganz schön blöd von dir.«

»Yeah.« Sie wechselt zu der grünen Zahnbürstenstimme. »Ich hab's eben einfach nicht kommen sehen, ha, ha.« Die beiden Bürsten bleiben ineinander verhakt. »Wollen wir uns einen Kuss geben und uns wieder vertragen?«, fragte Patrick immer und drückte die Borsten aneinander. Mit der Hand wischt Bella sich ihre *blöden* Tränen ab. Ihre Lungen fühlen sich eng und voll an, als seien sie mit einer Ladung Dynamit versehen. »Tief durchatmen«, sagt sie laut. Sie spürt, wie sich dort unten hässliche Schluchzer breit machen, sie aufwühlen und unkontrollierbar in ihr hochzukochen und die zerbrechliche Stille zu zerreißen drohen. Sie reibt sich den Brustkasten; er ist so eng, dass es schmerzt und sie nach Befreiung drängt. Sie beißt sich fest auf die Lippe, so verzweifelt ist ihr Bedürfnis nach einem fassbaren, geringeren Schmerz.

Die Gardinen im Schlafzimmer sind halb vorgezogen. Das gedämpfte Licht ist ihr willkommen. Langsam und automatisch zieht sie sich aus. Als sie die Bettdecke zurückschlägt, um ins Bett zu kriechen, hält sie inne und geht dann zu einer Kommode. Sie durchwühlt eine Schublade und murmelt etwas vor sich hin. Sie fasst in den Wäschekorb, kramt herum, wobei Socken und Handtücher achtlos auf dem Boden landen. Schließlich hält sie Patricks blaues Hemd in den Händen – zerknittert und weich vom vielen Tragen. Sie versenkt ihr Gesicht darin und atmet tief ein.

Sie schlüpft unter die Bettdecke und legt das Hemd in einem Bündel neben ihr Kissen. Ihre Finger spielen mit einem der Perlmuttknöpfe, fahren immer und immer wieder um den Knopf, bis sie in den Schlaf sinkt. Sie wacht erst zwölf Stunden später wieder auf.

Will nahm sie in den Arm und zog sie an sich.

»Was ist los, Zuckerbohne? Bist du wieder in deiner Traumwelt versunken, Träumerchen?«

Sie rang sich ein Lächeln ab und gab ihm einen Kuss. Schüttelte den Kopf. *Ich muss es versuchen. Ich muss.*
»Ich möchte dir nicht zu viel zumuten.«
»O ja, du hast Recht. Vergiss es. Es wäre wirklich zu anstrengend, jede Nacht neben einer wunderschönen, nackten Frau zu liegen und jeden Morgen mit Blick auf die Frau, die man liebt, aufwachen zu müssen. Echt furchtbar.«
»Oh, gibt es da noch jemand anderen?«
»Ach, Klappe. Du übernachtest bei mir. Keine Diskussion. Ich verspreche, alles zu tun, damit du dich ja nicht wohl fühlst. Wenn du möchtest, kannst du jede Sekunde bei mir hassen und danach sagen: ›Ich hab's dir gleich gesagt.‹ Ich weiß doch, wie gerne du Recht hast.«
»Das stimmt nicht. Aber glaubst du wirklich, du könntest mit meinen widerlichen Angewohnheiten umgehen?«
»Ich bin sicher, du bist nur Amateurin in der Liga für eklige Angewohnheiten. Ich dagegen bin einmal für den Südosten angetreten. Was hast du denn im armseligen Repertoire? Popel auf dem Kissen? Fußnägel in der Teekanne? Ungewöhnliche Sexpraktiken mit Zucchini? Was nun?«
»Ihh. Du bist ekelhaft.«
»Beichte deine dunklen Geheimnisse.«
»Ich lasse benutzte Wattebällchen am Waschbecken liegen …«
»Ekel erregend! Widerlich!«
»Lasse den Abwasch bis zum nächsten Tag stehen …«
»Mir wird gleich schlecht!«
»Bleiche meinen Schnurrbart, während ich mir das Frauenprogramm anschaue.«
»Das Frauenprogramm! Unglaublich!« Und mit veränderter Stimme: »Welchen Schnurrbart?«

»Die Reaktion ist wieder typisch. Hier. Siehst du?« Sie zeigte auf ihre Oberlippe.
Er strich mit dem kleinen Finger darüber.
»Ein paar flaumige Härchen. Schön.«
»Nicht nur ein paar. Viele. Und sie sind schwarz. Hast du noch nie die Redewendung gehört: Crémefix ist das Beste für Frauen?«
»Wie bitte?«
»Bleichcreme. Keine Sorge. Ich laufe nicht damit im Haus herum. Allerdings muss ich ...« – Sie spannte die Oberlippe – » ... scho 'leiben, wei mi schonscht alleh runker hällt.«
»Das muss ich sehen.«
»O nein. Auf keinen Fall. Meine Mutter sagt immer: ›Lass dich nie von einem Mann beim Rasieren der Beine oder beim Bleichen deines Schnurrbarts erwischen, bis er nicht seine Unterschrift auf die gestrichelte Linie gesetzt hat.‹«
»Glaubst du wirklich, dass ich mich von so etwas abschrecken lasse? So schnell wirst du mich nicht los.«
Sie zuckte mit den Achseln. »Wenn es nicht das ist, dann ist es etwas anderes.«
»Das glaubst du tatsächlich, nicht wahr?« Er hielt sie an den Oberarmen und drehte sie so, dass sie ihn direkt anschauen musste. »Du hast es wirklich noch nicht begriffen, oder? Ich gehe NIRGENDWOHIN. Ich fürchte, du steckst mit mir fest.«
»Wirklich, Mr. Henderson, das kommt aber etwas plötzlich.« Sie fächelte sich mit der Hand Luft ins Gesicht.
Er ließ ihre Arme los und nahm ihre Hände in die seinen.
»Nein, eigentlich nicht. Ich habe das schon vor unserem ersten Kuss gedacht.«
Er sah ihren Gesichtsausdruck.

»Du machst ein Gesicht, als müsstest du gleich zum Zahnarzt. Du brauchst keine Panik zu haben. Ich dränge dich nicht. Ich sage dir nur, wie es ist. Ich möchte den Rest meines Lebens mit dir verbringen.«

Den Rest meines Lebens. Aber wie lange würde das sein? Natürlich konnten das vierzig, fünfzig Jahre sein. Oder zehn, oder fünf. Oder ein einziges. Vielleicht drei Wochen. Wenn es doch nur eine Garantie gäbe.
»Wart's ab, bis ich fünf Tage bei dir war. Danach bist du geheilt.«

»Haben Sie ein Zimmer für mich?« Bella stand mit ihrer Reisetasche vor Wills Tür.
»Im Stall ist kein Platz mehr, Mädel. Musst schon das Lager mit dem Wirt teilen.«
»Wie schön zu sehen, dass du dich auch weiterhin in Lüsternheit übst. Es ist wichtig, zumindest eine Kunst zu beherrschen.«
»Oh, so ein Gast ist hier immer willkommen.« Will nahm ihr die mitgebrachte Flasche Wein und die Packung Trüffel ab. Auf dem großen Küchentisch lag eine frische, hellkarierte Tischdecke. Darauf stand eine Tonvase mit duftenden weißen Rosen und verschiedenem Grün aus Wills Garten. Bella roch an einer der Blüten und seufzte genießerisch. Will öffnete einen Küchenschrank und deutete hinein. Schwarzer Johannisbeertee, ihre Lieblingssorte.
»Und, und … « Er führte sie durch das Haus: Die Recyclingmülleimer, an denen sich Bella immer eine Laufmasche geholt hatte, waren endlich vom Flur in einen unglaublich ordentlichen Schrank unter der Treppe geräumt worden; am Bett standen in einer blauen Glasvase noch mehr Blumen; im Schrank hingen lauter leere

Bügel; ein frisches Handtuch mit dazugehörigem Päckchen Hotelseife lag für sie bereit; auf dem Kissen begrüßte sie ein Schokoladentäfelchen.
»Du solltest mich nicht zu sehr verwöhnen. Ich könnte mich daran gewöhnen.«
»Das ist der Sinn der Sache.«

Er beobachtete sie beim Auspacken, reichte ihr Bügel, leerte noch eine Schublade für sie, quetschte seine Kleidung zusammen, um Platz für die ihre zu schaffen.
»Ich bin nicht dabei, hier einzuziehen. Es ist doch nur für fünf Tage. Übertreib's nicht.«
»Ja, Schatz. Hast du ein Nachthemd, das du unter das Kissen legen möchtest?«
»Besitze keins. Ich hätte beinahe mein unwiderstehliches T-Shirt, auf dem eine Bierflasche und die Aufschrift ›Ich denke, also trinke ich‹ abgebildet ist, mitgebracht.«
»Ich wusste doch, dass du zu feingeistig für mich bist.«
»Tja, kann keiner behaupten, ich gehörte zu dem Tross der schicken Nachthemdanbeter. Das ist ein Werbestück aus der Zeit, als ich in dieser Werbeagentur gearbeitet habe. Und besonders stilvoll sieht es mit meinen peruanischen Sockenhausschuhen aus.«
»Und die hast du auch zu Hause gelassen? Wo ich doch absolut wild auf peruanische Sockenhausschuhe bin? Seidenstrümpfe lassen mich total kalt.«
»Oh, das ist aber schade«, sagte Bella und ließ ein hauchdünnes Seidenteil zurück in die Reisetasche fallen.
Will sprang auf und fuhr mit dem Kopf in die Tasche, wie ein Jagdhund in einen Fuchsbau.

»Es ist schon merkwürdig«, sagte Bella, als sie nach dem Abendessen zusammen auf dem Sofa lagen.

»Was ist merkwürdig?«
»Das hier. Das Zusammensein mit dir. Fühlt sich einfach normal an. Als wären wir ein echtes Paar. Wie wär's mit einem Streit?«
»Wozu denn, um Gottes willen?«
»Damit ich mich entspannen kann. Ich fühle mich so *nett*, wenn ich mit dir zusammen bin, wie ein ganz normaler Mensch. Geradezu liebenswert. Es ist richtig beunruhigend.«
»Du bist eben liebenswert, du Ulknudel.« Er schnaubte ihr einen Kuss auf den Nacken. »Und im Übrigen sind wir ein richtiges Paar.«
»Ja, Schatz.«
»Na also. Du hast doch schon einmal als Paar gelebt. Du weißt doch noch, wie das geht, oder?«
Sie nickte. *Ja, aber*, dachte sie, *aber … das hier ist anders.*

»Also: warum bist du nicht verheiratet, Mr. Perfect?«
»Ich hätte beinahe geheiratet. Du hast Glück gehabt.«
»Ah ja? Ich wette, du bist einfach als beschädigte Ware wieder ins Regal zurückgestellt worden.« Bella strich über seine Narbe oberhalb der Augenbraue. »Wie nahe bist du der Ehe denn gekommen? Bist du am Altar stehen gelassen worden?«
»Nein. Sie hieß Carolyn. Erinnerst du dich? Ich hab dir schon mal von ihr erzählt.«
»Hmm. Ja. Die *dünne* Blonde.«
»Ich liebe deine Kurven. Red keinen Quatsch.« Er legte seine Hand auf ihren Bauch.
»Jedenfalls waren wir jahrelang zusammen: Will und Carolyn, Carolyn und Will, wie Fish 'n' Chips oder …«
»Rock 'n' Roll … «
»Klappe. Aber kennst du das? Wenn alles jahrein, jahraus

immer gleich ist, so dass du es nie hinterfragst? So wie die Marmelade meiner Mutter, die nie fest wird. Sie ist nicht unbedingt gut, aber ich bin daran gewöhnt. Es ist Mums Marmelade. Na ja, Caro und ich …«

»Caro. Ihh, furchtbar.«

»Pschht. Willst du nun die Geschichte hören oder nicht?«

Will fuhr fort zu erzählen, dass sie sich eigentlich ganz gut verstanden, sich auch nicht zankten, aber sich auch nicht richtig unterhielten. Ihre Unterhaltungen hätten sich beschränkt auf einen Informationsaustausch über ihre Arbeit und Klatsch aus ihrem Bekanntenkreis. Sie seien häufig ausgegangen, gemeinsam und getrennt, hätten nach außen ein ausgefülltes Sozialleben gehabt, seien aber selten nur zu zweit zu Hause geblieben, hätten sich lieber mit anderen Leuten, Ereignissen und Geschäftigkeit umgeben. Trotzdem seien sie unweigerlich auf die Ehe zugesteuert, als befänden sie sich auf einem festgefahrenen Kurs, von dem sie nur eine Katastrophe abbringen konnte. Sie redeten sogar schon über die Einzelheiten. Und dann sei Carolyn eine dreimonatige Stelle in New York angeboten worden.

»Und? Hat sie die angenommen?«

»Ja. Und ich habe sie dazu ermuntert. Ich war der selbstloseste Verlobte, den man sich vorstellen kann: ›Du musst das annehmen, Caro. Das ist eine einmalige Chance. Es ist doch nur für drei Monate.‹ Ich habe lange nicht gemerkt, dass ich mir etwas vormachte. Ich glaube, ich war erleichtert, als sie sich dafür entschied.«

»Komm näher.« Bella versuchte, ihn zu bewegen, damit sie sich besser an ihn kuscheln konnte. »Und dann?«

»Dann ging sie nach New York und traf innerhalb von einem Monat einen anderen Mann.«

»Du machst Witze! Das ist ja schrecklich.«

»Nein, eigentlich nicht. Ich glaube, keiner von uns wusste, wie wir voneinander loskommen konnten. Wir brauchten …« Er lachte. » … den dritten Mann.«
Er zog Bella näher an sich und streichelte ihr Haar.
»Nachdem sie etwa zwei Wochen weg war, hing ich eines Sonntags lethargisch zu Hause herum. Ich lief auf diese langsame, sonntägliche Weise durchs Haus, als hätte ich keine Energie. Ich weiß noch ganz genau, wie ich dachte: ›Ich fühle mich wahrscheinlich so betäubt, weil ich Caro vermisse.‹ Und in dem Moment fiel es mir wie Schuppen von den Augen, und ich sah die Dinge so klar, als habe jemand Licht angeschaltet und die Welt richtig gerückt. Ich dachte: ›Nein. Du spielst die Rolle eines Mannes, der seine Freundin vermisst, weil du der Wahrheit nicht ins Auge sehen willst.‹«
Bella rieb sich über die Arme. Plötzlich war ihr kalt.
»Und die war?«
»Die Wahrheit war, dass ich sie *nicht* vermisste, was viel, viel schwieriger für mich war. Denn daraufhin schaute ich mir unsere Beziehung etwas genauer an und merkte, dass ich mich nicht erinnern konnte, wann einer von uns zuletzt wirklich am anderen interessiert gewesen war. Oder seit wann ich sie nicht mehr liebte.« Wills Hand lag noch auf ihrem Kopf. »Ich fühlte mich ganz schlecht. Ich hatte Angst und schämte mich. Als dann ihr Brief kam, in dem sie mir mitteilte, dass sie einen anderen Mann kennen gelernt hatte, mein Gott, was war ich da erleichtert! Ich war noch mal davongekommen, und ich hatte noch nicht einmal etwas tun müssen. Und dann ging es mir dreckig, da ich das Gefühl hatte, ich hätte geschummelt, weil ich die Beziehung nicht auf erwachsene Art, zivilisiert und nach dem Motto: wir müssen etwas besprechen, gelöst hatte. Ich kam mir wie ein Schwindler vor.«

Bella nickte langsam. Ihr Mund war trocken, als sei er mit Pelz ausgelegt. Ihre Zunge kam ihr plötzlich fremd vor; sie fuhr damit über jeden einzelnen Zahn, als wolle sie prüfen, ob sie wirklich existiere. Sie massierte sich den steifen Nacken und drehte sich dann so, dass sie ihn ansehen konnte.

»War aber nicht deine Schuld.« Bella räusperte sich. »Das Leben ist so.«

»Konfuzius sagt: ›So ist das Leben.‹ Danke für deine weisen Worte.« Sie boxte ihn in die Seite.

»Uff.« Er nahm ihre Hand. »Und *jetzt* kann ich überhaupt nicht mehr glauben, dass ich sie jemals habe heiraten wollen. Ich kann's nicht erklären, aber das hier ist *ganz* anders. Als ob man dir dein ganzes Leben lang, was weiß ich, beispielsweise Kaugummi mit Erdbeergeschmack gegeben und dir eingeredet hat: ›Das sind Erdbeeren, das sind Erdbeeren.‹ Und eines Tages, als du es gar nicht erwartest, tut dir jemand eine wunderschöne, leuchtend rote Frucht in den Mund, wie du sie noch nie gesehen, gerochen oder geschmeckt hast. Oder auch nur *kanntest*. Und plötzlich geht dir auf: ›Oh, mein Gott, *das* ist also eine Erdbeere.‹«

Der Druck seiner Lippen auf ihrer Braue, seine Hand auf ihrem Haar. Sie legte ihm ihre Hand unter den Kopf und zog ihn näher. Seine Finger an ihrem Hals. Sein fester Mund auf dem ihren. Das Kratzen seiner Wangen und seines Kinns, das sich lebendig gegen ihre Haut anfühlte.

»Aua, piksig.« Sie rieb ihre Fingerspitzen über seine Wange und tat so, als würde sie sich die Nägel feilen.

»Soll ich mich rasieren gehen?« Er erhob sich bereits.

»Ach nein.« Sie küsste ihn, die Hand schützend vor ihr

Kinn gehalten. »Warum hat noch niemand einen Kinnschützer erfunden?«

Bella ließ ihre Hand auf Wills Kopf auf und ab federn. »Ich liebe dein Haar. Es war das Erste, was ich an dir bemerkte. Nach der Dichterlesung hatte ich dich im Geiste prompt Wuschel getauft.«
Er wandte ihr das Gesicht zu.
»Du hast mir ja noch gar nicht erzählt, dass du nach diesem ersten Mal an mich gedacht hast.«
»Was bedeutet dieses absurde Gesicht, das du da ziehst?«
»Ich freue mich nur, dass du mich bemerkt hast.« Er legte seinen Kopf auf ihren Oberkörper und schloss die Augen. »Du bist das perfekte Kissen. Erzähl mir etwas Schönes. Was hast du sonst noch gedacht?«
»Also: ich fand, du sahst lustig aus, und dass du unheimlich leuchtende Augen hast. Was noch? Deine Augenbrauen. Deine Augenbrauen sind mir eindeutig aufgefallen. Sehr sexy. Und du hattest irgendwie einen amüsierten Gesichtsausdruck.«
»Mir hat mal jemand gesagt, ich sähe selbstzufrieden aus.«
»Nein.« Sie dachte an diese Begegnung zurück. »Nicht selbstzufrieden. Du hast ein merkwürdiges halbes Lächeln, das aussieht, als fändest du die Welt einen witzigen und zugleich faszinierenden Ort.«
»Das finde ich auch.«
»Ich weiß. Deshalb liebe ich dich auch.«
»Du hast gerade das ›L‹-Wort gebraucht.«
»Es ist mir so rausgerutscht. Dafür kann ich nichts.«
Als sie sich küssten, legte sie ihre Hand auf seine Brust und fühlte sein Herz schlagen.

»Bum-bum.« Sie klopfte im Takt dazu. »Bum-bum.«
So legte auch er seine Hand knapp unterhalb der linken Brust auf ihren Brustkorb und klopfte den Rhythmus ihres Herzens.
»Bum-bum«, sagten sie gemeinsam und schlugen wie eins. »Bum-bum.«

21.

Wie lange warst du eigentlich mit Patrick zusammen?«, fragte Will am Abend darauf, nachdem sie bei ihm gegessen hatten. Er schaute auf seinen Teller und verfolgte hartnäckig die letzte Tortellini mit seiner Gabel.

»Fünf Jahre, drei Monate und elf Tage, wenn du's genau wissen willst.« Bella fing an, den Tisch abzuräumen.

»Das nennt man Genauigkeit. Darf ich fragen, warum du dich getrennt hast? Ist das okay? Fandest du ihn eines Tages einfach zu langweilig, oder was?«

»Wie kommst du darauf? Es hätte ja auch andersherum sein können.«

Will zog sie von der Spüle weg zurück zu sich an den Tisch.

»Ah-ah, unmöglich.« Er nahm ihre Hand und knabberte sachte daran. »Irritierend, ja. Verwirrend, auf jeden Fall. Aber langweilig? Niemals.«

»Danke für das zweischneidige Kompliment.«

»Du sprichst nie von ihm.«

»Ich dachte immer, das tut man nicht.« Sie entzog ihm ihre Hand, nahm die Tischmatten und schlug sie gegeneinander. Ein paar Krümel lösten sich und fielen auf den Tisch. »Wo hebst du die auf?«

»Irgendwo. Und die Antwort auf meine Frage lautet …? Ihnen bleiben nur noch wenige Sekunden.« Will hob die Glasflasche mit Stöpsel auf, in dem das Olivenöl war. »Sie könnten diese Delux-Kristallflasche gewinnen.«

»Du hast dich geirrt. Er war derjenige, der eines Tages einfach genug von mir hatte.« Bella legte die Matten in eine Schublade, ging zur Spüle und schaute in den Garten hinaus. »Er hat sich einen genialen Fluchtweg ausgesucht. Er starb. Typisch Mann, hey? Völlig unvorhersehbar. Kaum glaubt man, man weiß, woran man ist, rennt er einfach in seinen Tod. Na ja, dafür hab ich jetzt weniger zu bügeln.« Will ging zu ihr und stellte sich hinter sie. Er nahm sie in seine Arme und hielt sie fest. Sie blieb steif. »O Gott, es tut mir Leid. Es tut mir furchtbar Leid. Ich hätte dich nicht damit geneckt. Wie dumm von mir«, flüsterte er ihr ins Haar. »Warum um alles in der Welt hast du mir das nicht eher erzählt? Kannst du nicht darüber sprechen? Natürlich nicht. Was für eine dumme Frage.«
»Nein, ist schon okay.«

Sie erzählte ihm die nackten Fakten. In einem Absatz, wie in einem Kurzartikel. Vor ihrem geistigen Auge sah sie ihn zeitungsfrisch gedruckt:

Tödlicher Unfall entfacht Streit um Sicherheit im Baugewerbe.

Der Tod eines Gutachters hat erneut zu Auseinandersetzungen über Sicherheitsvorkehrungen im Baugewerbe geführt. Patrick Hughes, 34, starb Dienstagnacht, nachdem er schwere Kopfverletzungen und innere Blutungen davongetragen hatte, als auf einem Baugrundstück in Vauxhall, Süd-London, ein Teil eines Schornsteinkastens über ihm zusammenbrach. Der schnell herbeigerufene Krankenwagen brachte ihn ins St.-Thomas-Krankenhaus, doch die Ärzte konnten ihn nicht wiederbeleben, so dass er starb, ohne das Bewusstsein wieder erlangt zu haben. Der Unfall geschah, als Mr. Hughes gerade eine angrenzende Wand auf ihre Stabilität hin prüfen wollte. Das

Amt für Gesundheit und Sicherheit hat eine Untersuchung angeordnet.
War das Patrick? Diese ordentlichen, kleinen, schwarzen Buchstaben auf billigem Papier? Als der Artikel in der Zeitung erschienen war, hatte sie den Drang verspürt, jede einzelne Ausgabe davon aufzukaufen. Am nächsten Tag würden die Leute damit ihre Fußböden bedecken, ihre nassen Schuhe ausstopfen, die Katzenklos auslegen; am nächsten Tag würden die Zeitungen weggeworfen, als Schnee von gestern vergessen werden.
»Bella?« Will drehte sie sanft zu sich um.
»Alles okay. Wirklich.« Sie lächelte mechanisch.
»Wirklich?« Seine Stimme vibrierte tief und liebevoll. Sie spürte sein Wärme, beständig und verlässlich, als er sich bewegte, um ihr ins Gesicht schauen zu können. Sie wollte sich an ihn lehnen. Wie schön wäre es, wenn sie einfach loslassen und sich ihm ganz öffnen, wenn sie sich von ihm halten und trösten lassen könnte.
Eine klitzekleine, kaum wahrnehmbare Bewegung ging durch ihren Körper, und Will zog sie noch näher an sich heran. Für einen Augenblick, einen winzigen Augenblick spürte er, wie sie nachgab. Er hielt sie so sanft, als wäre sie ein verängstigtes Kind und strich ihr übers Haar. Doch dann versteifte sie sich, richtete sich auf und schüttelte den Kopf ein paar Mal kurz und abrupt. In gleichgültiger Zuneigung tätschelte sie seinen Arm.
»Komm schon, Will. Du bist weder mein Therapeut noch mein Sozialarbeiter. Deine mitleidige Sorgenstimme brauchst du bei mir nicht aufzusetzen.« Sie wandte sich von seinem Gesicht ab, das aussah, als habe sie ihm eine Ohrfeige versetzt. Sie löste sich aus seiner Umarmung, griff sich einen Lappen und machte sich daran, den Tisch zu säubern und die Krümel in die hohle Hand zu wischen.

»Es tut mir leid. Es ist nicht … nicht so, wie es aussieht«, sagte sie zu den Krümeln. »Ich kann nicht anders. Aber mir geht's okay. Wirklich.«
Sie spürte den kurzen Druck seiner Hand auf ihrem Oberarm und hörte dann, wie er sich dem Spülbecken zuwandte und das Schweigen mit dem beruhigenden Geklapper des Geschirrs füllte.

Ob sie das Telefon benutzen dürfe, fragte sie Will. Sie wolle ihren Anrufbeantworter abhören.
»Aber natürlich. Du brauchst nicht zu fragen.«
Viv hatte angerufen: »Ach ja, jetzt fällt mir wieder ein, dass du ja mit Mr. Wonderful ein fünftägiges Liebesfest feierst. Wir leiden an Klatschentzug und an akutem Mangel deines Zitronenhühnchens. Vergiss mich nicht über deinen neugefundenen Seelenverwandten.« Der zweite Anruf war von ihrem Vater. Sie hatte auf seinen vorigen noch nicht geantwortet. Entschuldigend fragte sie Will, ob sie womöglich noch einmal sein Telefon benutzen dürfe, sie müsse ihren Vater anrufen.
»Du bist so höflich.« Er schüttelte amüsiert den Kopf. »Ich sag doch: Fühl dich ganz wie zu Hause.«

»Hallo, Dads. Ich bin's.« Sie bedeckte die Muschel mit der Hand und flüsterte Will zu: »Es dauert bestimmt nicht lang.«
Will machte ihr ein ›T‹-Zeichen.
»Telefonier so lang du willst. Hetz dich nicht.«
Sie nickte und sandte ihm einen lautlosen Kuss hinüber.
»Nein, ich benutze nur gerade das Telefon eines anderen.«
Wills Stimme erscholl absichtlich laut aus der Küche: »Jaha, Leute, das bin ich. Ein anderer. Nicht ›mein

Freund‹, nicht ›mein Partner‹, noch nicht einmal schlicht ›Will‹, nein, nur ›ein anderer‹. She loves me yeah, yeah, yeah …«

Gut, meinte sie, ihr gehe es gut; mit dem Haus sei alles in Ordnung, der Schimmel werde gerade behandelt, nicht gerade in diesem Moment, aber an diesem und am folgenden Tag. Bald könne sie ihre Kisten auspacken und wie ein erwachsener Mensch leben. Die Arbeit sei auch in Ordnung, ein wenig langweilig vielleicht, aber nötig, um die Hypothek abzuzahlen und Bella mit Croissants zu versorgen. Mit dem Malen gehe es erstaunlicherweise auch gut, sie sei wesentlich weniger verrostet, als sie angenommen habe. Nein, er solle nicht herumspinnen, so gut sei's wirklich längst nicht. Ja, natürlich könne er sich die Bilder irgendwann einmal anschauen.

»Und wieso darf ich sie dann nicht sehen?«, rief Will herüber.

»Sei nicht so neugierig«, rief sie zurück. »Kümmer dich lieber um den Tee.«

»Ach. Das ist Will«, sagte sie in den Hörer. »Na ja, er ist … sozusagen … hmm … ja, ich denke, das ist er.« Sie konnte es ruhig zugeben. Sie würde das Thema sowieso nicht ewig vermeiden können.

»Ziemlich lange. Er hat den Garten gemacht, der übrigens«, sagte sie, als Will gerade mit zwei Tassen Tee ins Zimmer kam, »unbedingt Pflege braucht. Er hinkt mit seinen Aufgaben ziemlich hinterher.«

Will näherte sich ihr, legte seine Arme um sie und flüsterte ihr ins Ohr: »Das ist, weil ich immerzu abgelenkt werde.«

Sie schüttelte ihn ab und machte eine ihn verscheuchende Handbewegung, um ihn loszuwerden.

»Ja, ja, das ist er.«

Will rückte noch ein wenig näher.
»Was ist er? Was ist er?«, fragte er. »Wunderbar? Sympathisch? Der unwiderstehlichste Mann der Welt?«
»Ist *hier*«, zischte sie ihm zu. Will zog die Nase kraus.
»Also wirklich, Dads, bitte keine voreiligen Schlüsse. Das steht nicht zur Debatte.«
»Was steht nicht zur Debatte? Was steht nicht zur Debatte?«, fragte Will, während er ihren Hals liebkoste. Bella legte die Hand auf die Muschel.
»Lass mich in Ruhe, nervtötender Mann, du. Ich will hier eine ordentliche Unterhaltung mit meinem verehrten Vater führen.«
Will fuhr ihr mit seiner Zunge nass durchs Ohr. Sie packte seinen Ärmel und hob seinen Arm zum Ohr, um es abzuwischen. »Du bist widerlich«, formten ihre Lippen lautlos. Er zuckte mit den Achseln: »Ich weiß.«
Sie senkte die Stimme und wandte ihm den Rücken zu.
»Lustig, verspielt, ja, hmm-mm, sehr intelligent, aufmerksam, direkt. Auch sensibel. Ganz okay, wenn einem das gefällt.«
Will reckte den Hals, um in ihr Blickfeld zu gelangen, und strahlte sie an. Sie schubste ihn weg.
Sie lachte. »Nein, nein, kein Waschlappen.«
Schweigen. Langes Schweigen. Bella runzelte die Stirn.
»Das wird etwas schwierig. Er ist sehr beschäftigt.«
»Nein, bin ich nicht«, sagte Will.
Bella sprach noch leiser, so dass Will sich heranschleichen musste, um sie zu verstehen. Sie hielt ihn auf Armlänge.
»Ist sie wohl. Du weißt doch, wie sie ist.«
»Sie wird ihn vergraulen, und dann kann sie mir auf die verständnisvolle, aber nicht gerade überraschte Tour kommen.«
»Mm. Das sagst du immer. Vielleicht. Ich lass es mir

durch den Kopf gehen. Keine Versprechung. Yeah. Tschüss, Dads, tschüss.«
Will schaute sie mit verschränkten Armen an.
»Sie wollen mich kennen lernen, nicht wahr? Du kannst mich nicht ewig vor ihnen verstecken, weißt du.«
»Es ist andersherum, Dummerjan. Ich bewahre dich vor ihnen. Vor ihr. Meinetwegen können wir hinfahren, wenn du unbedingt willst, aber mir darfst du dann nicht die Schuld geben, wenn es zur Katastrophe kommt.« Sie stapfte nach oben. »Darf ich mir ein Bad einlassen?«, rief sie über die Schulter zurück.
»Zum x-ten Mal: Du brauchst nicht zu fragen. Darf ich dazustoßen und dich mit meinem Quietschentchen belästigen?«
»Hmm? So habe ich es noch nie nennen hören.«

»Ich hatte letzte Nacht so wilde Phantasien über dich, du kannst es dir nicht vorstellen.« Will stellte ein Glas kühlen Roséweins kurz auf Bellas Bauch ab, als sie in der Badewanne lag. Der kalte Kreis hinterließ einen Schauer auf ihrer Haut.
»Erzähl mal«, sagte sie.
»Ich soll dir meine Phantasien erzählen? Bist du sicher? Sie waren ziemlich wild.«
Sie nickte.

»Es ist ein sehr, sehr heißer Tag, und ich wandere schon seit Stunden durch die Landschaft. Schließlich komme ich an eine Wiese mit hohem Gras, das sich im Wind wiegt. In der Ferne, am anderen Ende der Wiese, kann ich einen Farbklecks ausmachen: eine orangefarbene Decke, auf der jemand in einem weißen Kleid liegt. Vorsichtig bahne ich mir einen Weg durch das Gras und bleibe

ein paar Meter vor der Gestalt stehen. Trotz meines überwältigenden Dursts nehme ich plötzlich nichts mehr wahr außer dir. Dein Haar gibt nur einen verführerischen Ausschnitt deines Gesichts frei, deine Augenlider zucken leicht im Traum. Eine warme Brise erfasst dein Kleid und bauscht es auf. Für einen Augenblick erhasche ich einen Blick auf die weiße Baumwolle oben an deinen Schenkeln, dann senkt sich das Kleid wieder.
Ich möchte dich nicht erschrecken, aber mir ist wirklich furchtbar heiß, und ich sehe, dass neben dir eine Kühltasche steht. Vielleicht hast du ein wenig Wasser für mich. Ich stimme ein leises Lied an, mit dem ich dich sanft wecken möchte: › … and when she passes, each one she passes goes. Aaah …‹ Du schlägst die Augen auf, lässt dich von mir beruhigen und gibst mir kühles Wasser, nachdem du mir bedeutet hast, mich neben dir niederzulassen. Ein wenig benommen von der Sonne strecken wir uns auf der Decke aus. Mit der Hand streichst du mir über die Hüfte hinauf und gleitest über meinen Brustkasten. Du meinst, mir müsse doch sehr heiß sein, und fängst an, mir das Hemd aufzuknöpfen. Du gießt dir ein wenig Wasser in die hohle Hand und verreibst es auf meiner Brust, kalt auf heiß.
›Mir ist auch heiß‹, sagst du. ›Du musst mich ebenfalls abkühlen.‹ Ich knie neben dir nieder und benetze dein Kleid mit dem Wasser aus der Flasche. Der nasse Stoff klebt an dir, betont deine üppigen Kurven, liegt an wie eine zweite Haut. ›Blase mir ein wenig Luft über die Haut‹, sagst du und schaust nach unten. Ich beuge mich über deine Füße, hauche kühlen Atem zwischen deine Zehen, auf deinen Spann, um deine Knöchel. Dein Seufzen vermischt sich mit der leicht wispernden Brise und dem wogenden Gras.

Als ich an deinem Knie angelangt bin, erschauderst du, und deine Beine entspannen sich ganz leicht. ›Mehr‹, sage ich, während dir mein Atem über die Schenkel streicht. ›Öffne dich für mich.‹ Du spreizt die Schenkel zu einem V, lockst mich näher. Ich blase sanft weiter und sauge deinen Duft beim Einatmen tief ein. Berauschend. Ich kann nicht widerstehen. Meine Zunge spielt über deinen inneren Schenkel, züngelt immer höher. Ich drücke meine Lippen gegen dich. Deine Haut an meiner Wange und meinem Kinn fühlt sich wie Seide an.

Im weißen Zelt deines Kleides schiebe ich meinen Kopf immer höher. Ich bin dir jetzt ganz nahe. Ich sehe dein Höschen, das benetzt an dir klebt. Ich möchte es dir abstreifen, mit meinen Zähnen daran zerren, … aber erst muss ich dich noch ein wenig hinhalten. Ich setze meinen Atem jetzt gezielt ein, und deine Seufzer werden länger, verwandeln sich in ein Stöhnen. Endlich wölbst du dich mir entgegen, drückst dich gegen meinen Mund, und ich …

Bella?«

Sie kletterte aus der Badewanne, achtete nicht auf das Wasser, das über den Rand schwappte, setzte sich rittlings auf ihn und küsste ihn hart und fordernd. Er umarmte sie und zog sie näher.

»Tut mir leid, dass ich dich ganz nass mache.« Bella zerrte an seinem Gürtel.

Er fuhr mit seiner Hand zwischen ihre Beine.

»Das tust du allerdings«, sagte er und breitete sie vor sich auf dem Boden aus.

Sie redeten bis in die frühen Morgenstunden. Will fragte, ob sie etwas dagegen hätte, wenn die Nachttischlampe an bliebe.

»Ich möchte dein Gesicht sehen.«

Seine Finger streichelten ihren Arm.

»Es ist merkwürdig«, sagte Will. »Manchmal habe ich das Gefühl, du bist gar nicht wirklich anwesend. Am liebsten möchte ich dann sagen, dass ich dich vermisse, aber das scheint mir unsinnig, weil ich ja sehe, dass du im selben Raum bist wie ich. Übrigens, ahh, es tut mir leid, wenn ich dich vorhin irritiert habe. Wegen Patrick. Ich wünschte, du hättest mir eher davon erzählt.«

»Ich bin sicher, du fändest es gar nicht witzig, wenn ich meine Ex-Freunde pausenlos ins Spiel brächte.«

»Von pausenlos ist ja nicht die Rede. Aber eine Geschichte haben wir doch alle.«

»Also wirklich, Will. Wie fändest du's, wenn ich anfinge, Vergleiche zu ziehen? ›Oh, *Patrick* hat das auch immer so gemacht; an *Patrick* hat dieses Rasierwasser aber ganz anders gerochen; *Patrick* gefiel es, im Bett dort berührt zu werden …‹«

»Danke, Bella. Warum tust du das? Du weißt genau, dass ich das so nicht gemeint habe. Du bist einfach, ich weiß es nicht, so unwirsch.«

»Ich soll unwirsch sein? Na ja, dann ist ja alles klar. Bin froh, dass wir des Rätsels Lösung gefunden haben.«

»Und jetzt setzt du deine Eisköniginstimme auf. Wenn ich einmal wage, dich irgendetwas zu fragen, bekomme ich sofort das Gefühl, ich würde dich verhören. Als hättest du einen heiligen Eid geleistet, niemals irgendetwas über deine Gefühle zu verraten. Dabei halte ich mich eigentlich für jemanden, dem man Dinge erzählen kann.«

»Es gibt nichts zu erzählen.«

Er seufzte.
»Darf ich nur fragen … ich meine, du vermisst ihn doch sicher, oder?«
Vor ihrem geistigen Auge sieht sie, wie Patrick sie schweigend aus dem Halbschatten und mit ausdruckslosem Gesicht ansieht.
»Es ist nicht … du kannst das nicht verstehen. Es tut mir leid.«
»Vielleicht doch. Ich habe schließlich meinen Stiefvater verloren. Ich bin kein unbelecktes Blatt. Lass es mich doch versuchen. Woher willst du es wissen, wenn du nicht mit mir redest.«
»Will. Bitte nicht.« Sie schließt die Augen und sagt lautlos zu Patrick: »Patrick. Bitte nicht.«
»Entschuldige, Bella, entschuldige. Ich möchte dir wahrhaftig nicht weh tun. Ich bin egoistisch, ich weiß, aber ich hätte es so gerne, dass du mich liebst … genauso sehr liebst, wie du ihn offensichtlich geliebt hast.«
Sie schüttelte kaum wahrnehmbar den Kopf, ihre Augenlider flatterten, und dann war sie still. Sie spürte einen sanften Kuss auf ihrer Stirn und seinen lautlosen Seufzer.
Er beugte sich vor, um das Licht auszumachen. In der Dunkelheit hörte sie ihn flüstern: »Ich wünschte, ich könnte dich richtig kennen lernen.«

22.

Nach acht Tagen statt der versprochenen fünf war der Schimmel beseitigt, die Wände neu verputzt sowie frisch gestrichen, und Bella hatte keine Entschuldigung mehr, die Rückkehr in ihr Haus hinauszuzögern. Sie packte ihre Sachen in ihre Reisetasche, nahm ihr Kleid und ihre Oberteile von den Bügeln in Wills Schrank, holte ihre Unterwäsche aus der Schublade hervor. Sie wusste jetzt, dass sie nicht bei ihm hätte wohnen sollen, dass es ihr unweigerlich schlecht gehen würde.

Will sah ihr zu, wie sie ihre Sachen aus dem Bad zusammensuchte und ihre Toilettentasche mit einer endgültigen Handbewegung schloss.

»Ach komm schon, Zuckerbohne. Es ist, als würden wir uns scheiden lassen oder so etwas in der Art. Du musst doch nicht jedes einzelne Teil wieder mitnehmen. Lass doch einen Teil hier. Schau …« Er rückte sein Deodorant und seinen Rasierschaum zur Seite. »Ich mach dir noch etwas mehr Platz.«

Sie legte ihm die Hand auf den Arm.

»Danke, Will. Aber das ist nicht notwendig, ehrlich. Zu Hause brauche ich meine Sachen um mich.«

»Ich, na ja, ich dachte, vielleicht …«

Sie reckte sich und brachte ihn mit einem Kuss zum Schweigen.

»Komm dieses Wochenende und bleib bei mir. Dann kann ich dich zur Abwechslung einmal verwöhnen. Ich

möchte dich auch weitermalen. Und du könntest mir beim Auspacken der furchtbaren Kisten helfen.«
Er schloss sie in die Arme.
»Wenn du mich wirklich verwöhnen willst, dann koch doch noch mal dieses Entengericht. Mit der Sauce.«
»Du erdrückst mich. Ja, du bekommst dein Entengericht. Aber dafür musst du eine extra Kiste auspacken.«
»Abgemacht. Aber vergiss nicht dein Versprechen.«
»Werd ich nicht. Welches Versprechen?«
»Ich wusste es. Die Galerien. Du hast versprochen, deine Bilder zu zeigen.«
»Das werde ich auch. Irgendwann. Ich hab Zeit. Drängle nicht so.«
»Es hat keine Zeit. Das Leben ist zu kurz.« Er sah sie leicht zusammenzucken. »Es tut mir leid, aber du musst das tun, sonst … sehe ich mich gezwungen, deine Zehen zu lecken, bis du um Gnade flehst.«

»Und?«, fragte Will und ließ seine Augenbrauen wie verrückt auf und ab hüpfen, als er sie am Freitagabend von der Arbeit abholte.
»Was?«
»Bist du zu irgendwelchen Galerien gegangen?«
Sie machte es kurz. Ja, das sei sie, also könne er jetzt aufhören, sie zu nerven. Sie hatte versucht, einige Termine zu machen, aber bei zwei Galerien hatte man ihr gesagt, sie solle einfach auf gut Glück vorbeikommen. Die dritte meinte, sie nähmen momentan keine neuen Künstler auf. Im ersten Geschäft hatte die Managerin Bellas Bilder für zweifellos »gut gemalt, sehr gut ausgeführt, aber leicht beunruhigend« befunden. Sie zögen jedoch Stillleben, Landschaften und konventionellere Innenszenen vor. Im zweiten stellte sich heraus, dass die entscheidungsbefug-

te Person die ganze Woche nicht da war. Bella hatte sich gefragt, warum man ihr das nicht gleich am Telefon gesagt und ihr so den Weg erspart hatte. Die Leute hatten gemeint, sie könne gerne einige Bilder bei ihnen lassen, damit sie sich der Chef nach seiner Rückkehr ansehen könne, aber sie hatte das abgelehnt und gesagt, sie werde ein anderes Mal vorbeikommen.

»Bist du zu dieser Mackie-Galerie oder wie auch immer sie heißt gegangen?«

»MacIntyre Arts. Nein, bin ich nicht. Wozu?«

Will zuckte mit den Achseln.

»Du hast doch nichts zu verlieren. Sei nicht so pessimistisch. Sie müssen doch irgendjemandes Sachen aufhängen, also warum nicht deine? Wir könnten jetzt sofort vorbeigehen, um es uns anzuschauen.« Er blieb stehen und versperrte dabei den schmalen Bürgersteig.

»Nein, das können wir nicht. Warum bleibst du stehen? Kannst du nicht gleichzeitig gehen und reden? Sind deine Batterien damit überfordert?«

»Ja, das sind sie. Ich bin stehen geblieben, weil ich dich beim Reden gerne anschaue. Bekomme ich eigentlich irgendwann einige deiner Bilder zu sehen?«

»Nein.«

»Nur ein einziges? Nur ein klitzekleines?«

»Großer Gott, was bist du hartnäckig. Na gut, aber wehe du gibst irgendeinen blöden Kommentar ab.«

»Die sind aber doch umwerfend.« Er hielt ein Bild ins Licht, um es besser sehen zu können.

»Was soll denn das ›aber‹? Du brauchst dich gar nicht so überrascht anzuhören.«

»Du bist unmöglich. Mich überrascht doch nicht, dass sie so gut sind, Miss Paranoia. Ich kann einfach nicht glauben, dass irgendjemand etwas so Schönes und … Eindringliches schaffen kann, um es dann unter Verschluss zu halten. Was für wunderschöne Farben. Ich bin sehr froh, dass ich keine Ruhe gegeben habe, bis du zu diesen Galerien gegangen bist. Du spinnst.«

»Danke für deine Unterstützung.«

»Du wirst noch zu dieser Topgalerie gehen müssen, das weißt du, nicht wahr? Denn wenn du es nicht tust und in einer der durchschnittlichen Allerweltsgalerien ausstellst, wirst du immer das Gefühl haben, dich mit weniger zufrieden gegeben zu haben, nicht das angestrebt zu haben, was du wirklich wolltest, und nie versucht zu haben, ob du es nicht doch bekommst.«

»Mir ist das eigentlich ziemlich egal. Jeder Ort wäre wunderbar.«

Er schnaubte.

»Ja, Schatz. Ich glaub's dir aufs Wort. Aber jetzt sieh mal das hier an …«

»Du, ich kenn's. Ich hab's gemalt.«

Er ignorierte sie.

»Es ist beinahe unheimlich – im positiven Sinne. Es strahlt Schweigen aus, vielleicht wegen des Lichts und diesem Schatten hier. Die Frau sieht so traurig aus, dass ich das Gefühl bekomme, ich sollte flüstern. Nicht direkt traurig. Eigentlich eher tief trauernd.«

Will deutete auf Einzelheiten.

» … und diese Steinplatten, mit den Stellen, die so aussehen, als seien sie abgetreten. Ist das die Kathedrale? Merkwürdig. Einiges erinnert an die Kathedrale, aber insgesamt scheint es ein anderer Ort zu sein. Wie in einem Traum.«

»Der Kandidat hat hundert Punkte. Das nennt man eine Fusion. Eine Synthese von Wirklichkeit und Phantasie.

Bis zu einem gewissen Punkt sind alle Bilder das Resultat einer solchen Fusion, weil man die Welt nie ganz so wahrnimmt, wie sie wirklich ist.«
»Heißt das, du kannst die Bilder in deinem Kopf malerisch umsetzen?«
Sie nickte.

Montag. Mittagspause. Sie stand lange am Schaufenster und schaute sich um. Gute Sachen, sehr gute: ein großartiges Ölporträt einer leicht verärgert aussehenden Frau, das irgendwie schnörkelig ausgeführt war; zwei kleine Akte in Pastellfarben; vier zusammengehörige Holzschnitzarbeiten einer Landschaft, die wunderbar stilisiert und äußerst gekonnt gemacht waren. Sie versuchte, über das Schaufenster hinaus in den Laden zu spähen.
»Wollen Sie hereinkommen?« Ein Herr mittleren Alters, in Tweed gekleidet, war gerade dabei, in die Galerie zu treten, und hielt ihr die Tür auf.
»Nein, ich wollte nur …«
Warum eigentlich nicht? Wo sie nun schon einmal hier war. Sie konnte sich ja kurz einmal umschauen.
Sie schlenderte von Bild zu Bild und durchlebte ein Auf und Ab der Gefühle, die zwischen Begeisterung – ›das ist ja großartig‹ – zu tiefer Mutlosigkeit – ›hier habe ich keine Chance‹ – schwankten. Sie musste unbedingt mit Will noch einmal herkommen. »Oh, schau dir das mal an, und guck mal hier und da«, wollte sie immerzu sagen. Eine winzige glasierte Tonskulptur fiel ihr ins Auge, die wie ein Juwel glänzte. Selbst die Bilder, die nicht ihrem Geschmack entsprachen, waren zumindest gut gemacht. Hier würde man ihre Bilder nie ausstellen. Sie konnte auf keinen Fall fragen. Sie würden wahrscheinlich lachen und peinlich dreinschauen; sie würden ihr erklären:

»Aber Sie sind doch *nur* Bella. Sie haben da etwas missverstanden: Wir stellen nur *richtige* Künstler aus.«

Der in Tweed gekleidete Herr stand an einem Schreibtisch und sprach mit seinem Assistenten.
»Also.« Er wandte sich ihr zu, während er seine Post sichtete. »Wollten Sie mich sprechen?« Er deutete mit dem Kopf auf ihre Mappe, das in braunes Packpapier eingeschlagene Paket.
»Dann lassen Sie uns einmal sehen.« Er hielt ihr die Hände entgegen.

Schweigend nickte Mr. MacIntyre, während er ihre Bilder durchschaute. Mein Gott, dachte sie, ihm fallen noch nicht einmal ein paar höfliche Worte dazu ein. Diese Situation war grauenhaft, schlimmer als in der Schule, wenn man neben dem Lehrer stehen musste, während dieser das Referat korrigierte. Würde sie auch nur ein einziges rotes Häkchen bekommen? Oder ein ›muss sich mehr bemühen‹? Sie konzentrierte sich auf ihre Zehen, krümmte und streckte sie in ihren Schuhen. Lange beugte sich Mr. MacIntyre über die fünf Bilder von der Kathedrale, die sie mitgebracht hatte. Ob sie noch andere in der Art habe, wollte er wissen. Ja, einige. Über ein Dutzend, dachte sie, und einige Arbeiten in Wasserfarbe. Ob sie weitere Bilder in Arbeit habe? Derzeit könne sie gar nicht aufhören zu malen, erwiderte sie.
Er blätterte in seinem Kalender.
»Wir sind für die nächsten zehn Monate ziemlich ausgebucht.«
Er war also dabei, ihr auf die sanfte Art einen Laufpass zu geben. Gut. Jetzt konnte sie ihre Mappe zuklappen und gehen.

»Halt, halt, halt«, sagte er, als sie die Gemälde wieder in das Packpapier einwickeln wollte. Er fuhr mit dem Finger über die Daten. »Es ist zeitlich wirklich eng, aber wir haben tatsächlich in drei Monaten eine gemischte Ausstellung mit drei Künstlern. Eigentlich sollten es vier sein, aber einer hat abgesagt, weil er einen Nervenzusammenbruch vorzog. Sie könnten seinen Platz einnehmen.« Er lachte. »Die Ausstellung heißt ›Visionen‹, worunter wir das verstehen, wozu wir Lust haben. Aber das hier …«, er klopfte auf die Mappe. »Das hier sind wirklich Visionen.«
»Überlegen Sie es sich. Ich kann verstehen, wenn Sie lieber warten, bis Sie eine eigene Ausstellung bekommen. In dem Fall würden wir über das nächste Jahr sprechen, wahrscheinlich Anfang Herbst. Und natürlich bräuchten wir dann einiges mehr. Ich würde gerne vorbeikommen und mir die restlichen Bilder ansehen. Wo haben Sie Ihr Studio? Rufen Sie uns doch morgen an, spätestens am Donnerstag, damit wir das Einrahmen und so weiter besprechen können.«
Wollte er damit sagen, er mochte sie? Hatte er das gesagt? Hatte er ihr gerade einen Platz in einer gemischten Ausstellung angeboten, oder bildete sie sich das ein? Ob sie wohl nachfragen konnte? Er würde sie doch für verrückt halten.
Er lächelte, und das Lachen verlieh seinem ernsten Gesicht plötzlich etwas Leuchtendes und Jugendliches.
»Die Bilder sind übrigens superb. Ehrlich.« Er nickte bekräftigend. »Wir reden morgen.«

Bella hatte endlich eine Unterredung mit Seline, mit anderen Worten, endlich eine Unterhaltung unter vier Augen bei geschlossener Bürotür. Bella hatte eine Ent-

scheidung so lange wie irgend möglich hinausgezögert, bis Seline sie schließlich konkret fragte, ob sie an einer Geschäftsbeteiligung interessiert sei oder nicht?
»Ich finde es außerordentlich nett, dass Sie mich fragen …«
»Aber Sie haben sich dagegen entschieden? Das tut mir leid, auch wenn es nicht ganz überraschend kommt. Darf ich fragen, warum?«
Bella erzählte ihr von der Ausstellung und ihrem Wunsch, mehr Zeit fürs Malen zu haben. Vielleicht hätte Seline Lust, ihr Gast zu sein? Gerne, meinte ihre Chefin.
»Jedenfalls glaube ich nicht, dass ich hier noch mehr einbringen könnte. Eigentlich …«, hörte sie sich sagen, »… habe ich mich schon gefragt, ob ich nicht auch halbtags arbeiten könnte. Drei Tage die Woche vielleicht? So bliebe mir mehr Zeit zum Malen. Anthony könnte mehr Verantwortung übernehmen, wenn ich nicht da bin. Er hat die nötige Erfahrung. Ich könnte aber auch ganz kündigen, wenn Ihnen das lieber wäre?«
»Unterstehen Sie sich!« Seline klopfte mit dem Stift gegen ihre Zähne. »Wir nehmen alle Zeit, die Sie uns erübrigen können. Ich denke, das könnte funktionieren, solange wir Sie nicht ganz verlieren.«
Nachdem sie die Worte nun ausgesprochen hatte, merkte Bella, dass sie schon seit Monaten mit dem Gedanken gespielt hatte. Doch jetzt lag ihr Wunsch offen auf dem Tisch, versteckte sich nicht mehr im trauten, sicheren Gedankenfeld. Sie willigte ein, zunächst noch ganztags zu arbeiten, um Anthony in die kleine, aber feine Kunst der höheren Diplomatie einzuweihen, die beim Umgang mit schwierigen Kunden erforderlich war.
Bella schloss Selines Bürotür hinter sich. Habe ich das wirklich gesagt? Ihre Knie schienen ein wenig weich, aber

ihr Körper fühlte sich schwereloser, klarer und sprudelnder an, als fließe Limonade durch ihre Venen. Waren das ihre Nerven, die ihr signalisierten: Oh-Scheiße-was-hast-du-nur-getan, oder verspürte sie so etwas wie erregte Spannung? Sie machte sich in der Büroküche zu schaffen, flatterte hierhin und dorthin, wischte die Oberflächen ab, füllte die Kaffeemaschine, suchte wieder Boden unter den Füßen zu bekommen. Während sie dem ständigen Tropf-Tropf des Kaffees lauschte, erblickte sie plötzlich ihr verzerrtes Spiegelbild in der glänzenden Oberfläche des Kessels: eine neue, unbekannte Bella schaute ihr entgegen.

23.

Wills Schwester Helen wollte ihn am folgenden Sonntag mit ihren zwei Kindern besuchen. Ob Bella Lust habe, dazuzustoßen und weitere Mitglieder des Henderson-Clans kennen zu lernen?

»Das könnte etwas schwierig werden. Ich hab viel zu tun.«

»Kann ich dir irgendwie dabei helfen?«

»Nein, ich hab eben Verschiedenes vor.«

»Aha, Verschiedenes. Das hört sich ja unerhört dringend an.« Will blies die Backen auf. »Müssen wir wirklich jedes Mal, wenn ich dir meine Familie vorstellen möchte, dieselbe Unterhaltung führen?«

»Ich muss an einem Bild arbeiten, Will. Und das ist deine Schuld. Du hast mich schließlich zu der Galerie geschickt.«

»Ich soll dich *geschickt* haben? Also ist es meine Schuld, dass du drohst, ausgefüllt und erfolgreich zu werden? Mann, was bin ich für ein Schwein. Ich weiß wirklich nicht, wie du es mit mir aushältst.« Er zog sie an sich. »Zuckerbohne. Die Malerei kommt natürlich zuerst. Ich meinte, wenn du nichts anderes, Besonderes vorhast.«

»Vielleicht könnte ich ja gegen Nachmittag kurz vorbeischauen und Hallo sagen.«

»Au ja, tu das. Wirf mir ein paar Krumen hin, der gute alte Will wird sie schon dankbar aufpicken.«

»Ich brauch überhaupt nicht zu kommen.« Sie wollte sich abwenden.

»Doch, das musst du wohl. Hast du deine Arbeitsplatzbeschreibung nicht gelesen? Pflichten als Wills Partnerin: Erstens, mich bedingungslos zu lieben. Zweitens, pausenlos mit mir zu schlafen. Drittens, meine Familie kennen zu lernen. Und wart's erst ab, bis wir bei Nummer 54 angelangt sind. Da musst du dann meine langweiligen Cousins aus Uxbridge kennen lernen. Weißt du, mir ist es wirklich ein Anliegen, dass sich die beiden Menschen, die ich am meisten liebe auf der Welt, endlich kennen lernen. Kannst du das nicht verstehen?«

»Okay, okay, reg dich ab. Ich hab doch gesagt, ich komme.«

»Und die Menge tobte!« Will sprang durch das Zimmer.

»Wann wirst du endlich erwachsen?«

»Nie; um das zu lernen, bin ich zu alt.«

Helen schob ihr Baby auf die Hüfte, um Bellas Hand schütteln zu können.

»Entschuldige das süße Balg. Ich weiß kaum noch, wann ich zuletzt beide Hände frei hatte. Ich scheine die Kinder immerzu entweder zu tragen, festzuhalten oder dem sicheren Tod zu entreißen.«

Bella sah das Baby an. Es schaute zurück.

»Das ist Leo, nicht wahr?«, fragte sie.

»Ja. Und das Energiebündel dort, das versucht, Mount William zu erklimmen, ist Abigail. Abby, komm und sag Hallo.«

Abigail schaute sich um, entdeckte eine Unbekannte und verbarg ihr Gesicht in Wills Hose.

»Nimm's nicht persönlich. Sie macht gerade ihre schüchterne Phase durch.«

»Ist schon in Ordnung, ich warte schon seit Ewigkeiten darauf, dass ich die meine endlich hinter mir lasse.«

Abigail legte sich bäuchlings auf den Boden zwischen Papier und Wachsmalstifte. Bella nahm Leos Fuß und drückte ihn sanft.

»Hallo, Leo.« Sie blies die Backen auf und ließ die Luft schnaubend heraus. Seine Pausbacken wurden von einem Lächeln emporgeschoben.

»Hier, kannst du ihn mal kurz halten? Mein Gott, was ist er mittlerweile schwer geworden. Ich hol nur kurz die Tassen.«

Er war schwerer, als man bei so einem kleinen Menschen gedacht hätte. Wie konnte so etwas Winziges wie diese Händchen als richtige Hände durchgehen? Mit Miniaturfingernägeln, perfekten Kopien der echten Nägel, als habe sich ein Kunstschmiedelehrling erst an einem Modell versucht, bevor er sich an die richtige Größe heranwagte. Leo packte ihren ausgestreckten Finger mit erstaunlicher Kraft.

»Er kann ganz schön zupacken«, sagte Will. Er hielt seine Hand mit einem abgeknickten Finger hoch. »Siehst du? Letzte Woche hab ich einen verloren.«

Das Baby verzog das Gesicht. Bella wiegte sich sanft hin und her, machte kleine Schritte, während sie ihn schaukelte. Sie neigte ihm ihr Gesicht zu und sang ihm mit tiefer, ruhiger Stimme leise etwas vor.

»Schlaf, Kindlein, schlaf, la-la-la-la-la-la. Ich weiß die Worte nur nicht mehr, la-la-la-la-la-la-la-la, schlaf, Kindlein, schlaf …« Leos Wangen glätteten sich, ein schläfriges Lächeln machte sich breit. Bella schaute auf, und ihr Blick traf Wills. Keiner sagte einen Ton.

Helen kam mit den Tassen zurück ins Zimmer gewirbelt.

»Wirf ihn einfach wieder rüber, wenn er dir zu schwer wird. Oh, er mag dich. Normalerweise wäre er schon längst in Geschrei ausgebrochen, nicht wahr Dickbäckchen?« Sanft gab sie der Nase ihres Kindes einen Stups. Helen goss ihnen Tee ein.

»Und, hast du auch vor, dich diesem ganzen Unsinn auszusetzen? Kannst du die Freuden der Mutterschaft kaum noch erwarten, oder genießt du sinnvollerweise dein friedliches Dasein, solange du kannst? Mutter zu sein, ist großartig, wenn du nichts dagegen hast, vollgepinkelt zu werden und so müde zu sein, dass du dich kaum noch an deinen eigenen Namen erinnern kannst.«

»Ich glaube, ich wäre eine schreckliche Mutter.«

»Nein, das wärst du nicht!«, sagte Will. Helen kicherte und sah mit hoch gezogener Augenbraue Bella an. »Da scheint aber jemand genauestens Bescheid zu wissen.«

Will senkte die Stimme. »Na ja, es ist eben Quatsch. Du wärst eine wunderbare Mutter. Wie kommst du nur darauf?«

»Ich würde meine Kinder bestimmt verkorksen, und sie würden mich dafür hassen. Sie bräuchten dann jahrzehntelang Therapie und würden mir die Rechnung schicken. Oder ich wäre zu ängstlich und beschützend. Sie sehen so zerbrechlich aus. Das würde mich krank machen. Ich würde die Nächte durchwachen, um sicherzugehen, dass sie noch atmen.«

»Glaub mir, nach einigen schlaflosen Nächten könntest du sogar im Supermarkt einschlafen. Außerdem sind Babys zäher, als sie aussehen. Aber du hast Recht, man macht sich Sorgen. Mum sagt, sie sorgt sich immer noch um uns, und guck mal, wie alt er ist.« Helen nickte in Richtung Will. »Wie steht's mit deiner Familie? Mischen die sich auch in alles ein, oder seid ihr eher die typisch englische Familie, die sich ganz zivilisiert zweimal im Jahr trifft?«

»Dad macht gerne hier und da viel Aufhebens. Meine

Mutter mischt sich zwar gerne ein, aber nicht so weit, dass ich nicht das Gefühl bekomme, ihr sei es im Grunde egal, was ich tue. Es ist ein ziemlich komplizierter Drahtseilakt, den sie da aufführt – erfordert jahrelange Übung. Sie wünschte, ich würde einen Mann finden und mich irgendwo niederlassen, damit ihr endlich die Peinlichkeit erspart bliebe, eine alte *Jungfer* als Tochter zu haben.«

Leo brach in Tränen aus, und Helen nahm ihn Bella ab und hielt ihn fest umarmt.

»Ach, komm«, sagte Will.

»Es stimmt. Und dass ihre Tochter von einem Lkw zu Brei gefahren werden könnte, macht ihr nur deshalb Sorgen, weil es hieße, die mitleidigen Blicke der Nachbarn ertragen zu müssen.«

»Das ist ja furchtbar, was du da sagst.« Wills Stimme war leise.

Helen sagte gar nichts.

»Ich kann nicht glauben, dass du das gesagt hast.« Will schien schockiert.

Bella zuckte mit den Achseln. Sie hatte es als amüsante Übertreibung gedacht, aber laut ausgesprochen klang es plötzlich nicht mehr witzig, nein, ganz und gar nicht witzig.

»Du hörst dich unheimlich wütend an«, sagte Will.

»Ich bin nicht zur Therapie hierher gekommen, Will. Sei nicht so oberlehrerhaft.«

Helen füllte ihre Tassen nach.

»Es geht mich ja nichts an«, sagte sie, »aber ich wäre auch ganz schön wütend, wenn ich glaubte, ich wäre meiner Mutter gleichgültig. Und du wärst es auch, Will. Natürlich wärst du wütend. Aber wir können ja unsere Mutter mit dir teilen, Bella. Sie hält dich nämlich für das Größte

seit Erfindung der Eieruhr. Hat stundenlang über dich geredet, nachdem du mit Will bei ihr warst. Ich musste mir überlegen, ob ich eifersüchtig sein sollte.«
Bella dachte darüber nach, wie ihr Satz geklungen hatte. War sie wirklich so wütend? Sie wusste es nicht mehr. Ihre Mutter – ein Wort, das viel zu gemütlich und beschürzt für Alessandra klang – war immer schon so gewesen, so dass sich Bella wohl oder übel daran hatte gewöhnen müssen. *Normal* war das, was man kannte. Und das konnte man erst in Frage stellen, wenn man etwas anderes erfuhr.

Sie ist bei ihrer Freundin Sara zum Abendessen. Es gibt Eierbrote auf weichem, noppigem Weißbrot ohne Kruste. Danach bekommen sie noch ein Küchlein mit bunten Schokostreuseln und ein Glas Orangenlimonade. Während sie ihre Kuchen essen, fallen unter leichtem Klappern, wie buntes Hagelgetrommel, immer wieder Schokostreusel auf die Teller. Lachend angelt Sara mit angelecktem Finger nach Bellas heruntergefallenen Streusel. Bella beugt sich vor, um an Saras Teller zu gelangen. Indem sie sich vorstreckt, stößt sie ihr Glas Orangenlimonade um. Sara quietscht auf, als sich die Flüssigkeit über den Tisch ergießt und auf den Boden tropft.
Bella hält den Atem an. Gleich wird Saras Mutter sie tollpatschig nennen und sie ausschimpfen. Gleich wird sie Bella vom Stuhl schubsen und aus der Küche verbannen. Sie wird in den Garten flüchten müssen und sich hinter dem Busch mit den lilafarbenen Blüten verstecken, den die Schmetterlinge immer umtanzen.
Saras Mutter wischt den Tisch mit einem gestreiften Lappen ab.

»Ojemine«, sagt sie. »Das haben wir gleich.« Sie gießt Bella ein neues Glas Orangenlimonade ein.
Bella schaut sie an, abwartend und ohne zu atmen. Jetzt gleich.
»Schmeckt dir der Kuchen?«, fragt Saras Mutter.
Vorsichtig nickt Bella und nimmt einen Streusel nach dem anderen, um sie einzeln zu essen.

»Ich habe einmal unseren Vater besucht. Unseren richtigen Vater. Weißt du noch, Will?«, sagte Helen.
Er nickte.
»Ich war schon jahrelang stinkwütend auf ihn, und ich meine wirklich viele Jahre. Nachdem er unsere Mutter verlassen hatte, hat er so gut wie nichts unternommen, um uns zu sehen, während wir heranwuchsen. Wir hatten zwar Hugh, und das war auch wunderbar, aber ich wollte, dass sich auch mein richtiger Vater für mich interessierte. Ich bin nach Yorkshire gefahren, als ich ungefähr achtzehn war. Mum gab mir das Geld für die Fahrt. Ich kann mir nicht vorstellen, dass ihr der Gedanke besonders gefallen hat, aber sie hat nie versucht, mich davon abzubringen. Ich musste ihn unbedingt sehen, und das wusste sie.«
»Und wie war er?«, fragte Bella.
»Er war … eigentlich ein wenig bemitleidenswert. Unfähig, nicht richtig erwachsen. Es war eine unglaubliche Enttäuschung. Er umarmte mich auf irgendwie ungelenk halbherzige Art und plötzlich, na ja, tat er mir einfach leid. Er schien es gar nicht wert zu sein, dass ich so viel Energie darauf verwandte, ihm böse zu sein. Ich merkte plötzlich, dass ihm etwas entgangen war, dadurch, dass er uns nie

kennen gelernt hatte. Und die Jahre waren unwiederbringlich verloren. Danach hatte ich nicht mehr das Bedürfnis, ihm zu grollen. Ich schicke ihm ab und zu eine Karte, aber für mich ist er eher wie ein entfernter Onkel. Ich vermisse Hugh wesentlich mehr.«

Leo war eingeschlafen. Sein kleines Gesicht war völlig ruhig und entspannt. Helen legte ihn vorsichtig zwischen zwei Kissen aufs Sofa und setzte sich neben ihn.

»Hast du jemals versucht, mit deiner Mutter darüber zu reden, was für ein Mensch sie ist?«, fragte sie.

»Wozu? Sie wird sich nicht auf wundersame Weise ändern, nur weil ich sie darum bitte.«

»Nein, wahrscheinlich nicht. Das meinte ich auch nicht. Aber es ändert vielleicht etwas für dich. Wenn du mit ihr reden würdest, würdest du vielleicht begreifen, warum sie so ist. Was hättest du schon zu verlieren?«

Abigail ging zu ihrer Mutter und flüsterte ihr etwas ins Ohr.

»Du brauchst nicht zu flüstern, Liebes. Was ist denn?«

Sie flüsterte ihr wieder etwas zu.

»Frag sie ruhig. Ich bin sicher, dass sie es gerne macht.«

Abigail schwieg, zupfte jedoch beharrlich an Helens Ärmel.

»Bella, würdest du dir Abigails Zeichnung anschauen? Ich glaube, sie braucht einen neuen Fan.«

Bella und Abby lagen auf dem Boden und malten, während Helen Leo fütterte und Will abwusch.

»Und was sollen wir jetzt malen?«, fragte Bella.

»Mich, mich. Mal mich.«

Eine stilisierte Abby nahm allmählich auf dem Blatt

Konturen an: wuschliges, Will-ähnliches, braunes Haar, leuchtend rote Hosen, blaues T-Shirt.
»Sollen wir deinen kleinen Bruder dazumalen?«
Abby nagte an der Unterlippe und dachte nach.
»Nein«, sagte sie.
Bella lachte.
»Okay.«

Als sie sich verabschiedeten, gab Abby Bella ein Bild, das sie von Bella gemacht hatte, mit riesigen Augen und einem rot lachenden Mund.
»Vielen Dank. Das werde ich in meinem Studio aufhängen. Du musst ganz bald zum Tee zu mir kommen, und dann malen wir weiter zusammen.«

»Sieh mal, sie hat dich ziemlich genau getroffen«, sagte Will und deutete auf das Bild, auf dem Bellas Haar mit einer einzigen wirren Linie dargestellt war, wie ein aufgerubbelter Pullover.
»Ach, du.« Sie drückte seinen Arm. »Ich bin froh, dass ich mitgekommen bin. Danke.«
»Ich wusste, dass es dir gefallen würde. Musst du jetzt losrennen, um ›Verschiedenes‹ zu erledigen, oder gewährst du mir die Ehre, dich auch noch ein wenig für mich zu haben?«
Sie warf einen Blick auf ihre Uhr.
»Hmm. Ich müsste eigentlich nach Hause.«
»Hat das nicht Zeit?« Er dirigierte sie in Richtung Treppe. »Ich muss dir etwas zeigen … oben.«
»Das glaub ich dir gern. Okay, aber nur unter der Bedingung, dass ich bei dir *Jane Eyre* sehen kann. Der Film fängt in vierzig Minuten an.«
»Ach, du.« Er zog sie die Treppe hinauf. »Mir reichen *vier*

Minuten. Immerhin brauchen wir uns jetzt, da wir uns schon so lange kennen, nicht mehr mit so etwas wie Vorspiel aufzuhalten, nicht wahr?« Er begann, ihr Kleid aufzuknöpfen.
»Ja, Schatz. Ich leg mich einfach auf den Rücken, und du nimmst dir deinen Spaß.«
Ihr Kleid fiel auf den Boden.
»Vierzig Minuten, hmm? Also, zu guter Letzt bekommt sie ihn. So, jetzt weißt du, was passiert, und brauchst ihn nicht zu sehen.« Er lotste sie zum Bad. »Komm lieber mit mir unter die Dusche.«

Sie stand mit Will unter der Dusche und beobachtete, wie das Wasser über seinen Körper rann. Mit schaumigen Händen seifte sie seine Beine, seinen Rücken, seinen runden Po ein. Er umarmte sie mit einem Arm, drückte ihr das kühle Stück Seife auf das Dekolleté, glitt mit seinen Händen über ihre Haut, umfasste ihren Bauch, befühlte ihren Bauchnabel. Er drehte sie um, zog sie an sich, führte den Arm nach vorne und streichelte sie suchend, tastend, hinterließ eine prickelnde Spur auf ihrer Haut. Sie lehnte sich an ihn, ließ ihren Kopf an seiner Schulter ruhen, so dass ihr nasses Haar auf seiner Brust lag. Sie fasste hinter sich, um ihn zu berühren. Sie spürte seinen plötzlich heißen Atem an ihrem Nacken. Seine Hand glitt weiter hinunter. Ergriff ihre Hand und führte sie zwischen ihre Schenkel.
»Mach mal kurz ohne mich weiter. Ich bin gleich wieder da.« Will sprang aus der Dusche. Aus dem Schlafzimmer drang das Geräusch von Schubladen, die auf- und zugeknallt wurden, zu ihr und dann sein Rufen:
»Wo sind die verdammten Dingsbums?«
»Unter'm Kissen!«

Er rannte zurück ins Badezimmer.
»Na, geht's dir gut? Darf ich irgendwie mitmachen?«
»Komm endlich her, du Verrückter.« Sie schmiegte sich eng an ihn, als er wieder unter der Dusche stand.
»Also«, sagte er, »wo waren wir stehen geblieben?«

Sie lagen in einem Durcheinander von Handtüchern, Kissen und Bettdecke auf seinem Bett.
»Dickbacke?«, meinte Will zu ihr.
»Hmm?« Sie wandte sich zu ihm. Legte ihre Hand an seine Wange.
»Ich …« Er küsste sie auf die Nase. »… liebe …« Noch ein Kuss. »… dich …« Kuss » … riesiglich.« Kuss.
»Riesiglich?« Sie rutschte näher an ihn heran und vergrub ihr Gesicht in seinem Brustkasten.
»Ja. Riesig riesiglich. Ich weiß, dass dies alles ziemlich – na ja, das ist es doch wirklich, oder? – schnell und intensiv kommt, nicht nur unser Liebesleben, das eindeutig intensiv, aber hoffentlich nicht zu schnell ist, jedenfalls, die Sache ist die, dass …«
»Du redest um den heißen Brei herum, Will.«
»Stimmt, ich rede um den heißen Brei herum. Ich möchte dir etwas sagen, aber ich will dich nicht in Panik versetzen.«
»*Don't panic, Mr. Mainwaring, don't panic!*« Bella sang den Refrain zu *Dad's Army*.
»Hör auf«, sagte er und schüttelte sanft ihren Arm. »Tu das nicht.«
»Oha! Muss ich jetzt ernst bleiben?« Sie biss sich auf die Innenseite ihrer Wangen. »Siehst du? Völlig ernst.«
Will nickte.
»Ich möchte dich nicht in die Flucht schlagen. Du weißt, was ich für dich empfinde.«

Er nahm ihre Hand, blickte auf ihre Finger in seiner Hand hinab, strich mit dem Daumen über ihre Knöchel und Fingernägel, als sähe er sie zum ersten Mal, schaute dann auf und ihr gerade in die Augen.
»Ich möchte dich heiraten.«

Für den Bruchteil eines Augenblicks spürte sie, wie es sie warm durchflutete. Ihr Gesicht leuchtete. Für einen Moment glänzten ihre Augen, und freudige Tränen sammelten sich in ihren Augenwinkeln.
Ja, ja. Lieb mich, heirate mich. Ja.
Dann strich ihr eine kalte Brise über den Nacken. Sie erschauderte. Ihre Haut wurde klamm und bleich, ihr Mund trocken. Sie schloss kurz die Augen. Und da war Patrick, mit dem Rücken zu ihr. Doch sie traute sich nicht, auf ihn zuzugehen. Was würde sie in seinen Augen sehen? Sie ballte ihre Hände zu Fäusten und grub ihre Fingernägel in den Handballen.

»Äh, heißt dein Schweigen, dass du noch etwas Zeit brauchst? Oder dass du einfach nur überwältigt bist? Oder bedeutet es ja, aber du willst dich noch ein wenig bitten lassen?«
»Das würde ich nie tun.«
»Ich hatte irgendwie angenommen, dir gehe es ähnlich. Ach, Scheiße, ich wusste, ich hätte es nicht überstürzen sollen. Ich bin so ein Idiot. Vergiss, was ich gesagt habe.«
»Wie könnte ich? Es ist wunderbar. Wirklich. Ich fühle mich geehrt. Ich bin mir nur noch nicht sicher. Es tut mir leid.«
Warum kamen ihr die Worte, die sie am liebsten gesagt hätte, einfach nicht über die Lippen? *Ja, ja. Lieb mich, heirate mich. Ja.*

Er rang sich ein Lächeln ab.
»Wirst du es dir zumindest überlegen? Irgendwann, wie du so schön sagen würdest?«
»Irgendwann.« Sie lächelte und gab ihm einen Kuss auf die Wange. »Danke.«
»Bitte sei doch nicht so höflich! Komm, umarm mich mal. Als Trostpreis.«

Am Montag traf sie sich mit Viv zur Mittagspause. Sie setzten sich in den Park und aßen ihre belegten Brötchen.
»Oh-oh, du hast wieder diesen merkwürdig maskenhaften Gesichtsausdruck.« Viv kniff die Augen zusammen. »Was ist los? Du hast dich doch nicht etwa mit Will gestritten, oder?«
»Nein, nein.« Bella schüttelte den Kopf. »Im Gegenteil. Er hat mir einen Antrag gemacht.«
»Einen Antrag? Wie? Einen Heiratsantrag?«
»Nee. Einen Antrag, in meinem Garten nach Öl bohren zu dürfen. Natürlich einen Heiratsantrag. Ist das so abwegig?«
»Nein, gar nicht. Aber das ist ja wunderbar!« Viv gab Bella eine dicke Umarmung. »Das freut mich wahnsinnig, das kannst du dir denken. Oh, eine Hochzeit! Ich werd bestimmt weinen müssen.« Sie nahm einen Bissen von ihrem Brötchen und kaute langsam. »Aber warte mal, solltest du nicht ein wenig glücklicher aussehen? Du hast doch Ja gesagt, oder, Baby?«
»Nicht direkt.«
Viv hielt mitten im Kauen inne.
»Ich glaub's einfach nicht.«
»Na ja, es kommt alles ein wenig plötzlich. Ich hätte gedacht, ihr wärt eher vernünftig eingestellt, nach dem Motto: bloß nichts überstürzen, lass dir Zeit, es ist eine weit-

reichende Entscheidung, und so. Mein Gott, schaut doch nur euch beide an, ihr seid mittlerweile seit, was, vier Jahren, fünf Jahren zusammen? Und bei euch scheinen auch noch keine Servietten mit einem Viv&Nick-Monogramm und kleinen silbernen Glocken in Sicht zu sein.«
Viv errötete.
»Es tut mir leid«, sagte Bella. »Das war absolut daneben.«
Viv wollte Nick nur aus dem Grund nicht heiraten, weil die Hochzeit auf jeden Fall von einem ihrer Eltern boykottiert werden würde; etwa achtzehn Jahre nach einer hässlichen Scheidung weigerten sie sich noch immer, länger als fünf Minuten in demselben Raum zu sein.
Viv zuckte mit den Achseln.
»Das ist jetzt auch egal. Sag mir lieber, warum du ihn hast abblitzen lassen.«
»Weiß ich nicht, Frau Lehrerin.« Bella zupfte an ihrem Salatblatt und versetzte einem ihrer Schuhe mit dem anderen einen Tritt.
»Bel? Hat es …? Hat es, na ja, etwas mit Patrick zu tun? Oh, *Baby!* Das tut mir leid.« Die Augen fest zugepresst, schüttelte Bella wild den Kopf.
»Ich weiß es nicht, ich weiß es nicht. Ich kann einfach nicht, ich kann nicht …«

»Bella, darf ich dich um einen Gefallen bitten?«, rief Will ihr aus der Küche zu.
»Klar doch. Warum so ernst?« Sie kam die Treppe heruntergerannt. »Du willst dir doch nicht meine gesamten Ersparnisse leihen, oder?«
»Nein. Brich jetzt nicht gleich in Kriegsgeheul aus, aber wäre es eventuell möglich, … könntest du bitte diese Fotos an der Pinnwand von Patrick anderswo aufhängen, vielleicht in deinem Studio?«

»Also wirklich, Will. Du wirst doch nicht auf einen Toten eifersüchtig sein, oder? Ich hatte keine Ahnung, dass du so unsicher bist.«

»Danke. Nein. Ich bin nicht eifersüchtig. Nicht direkt. Aber jedes Mal, wenn ich in die Küche komme, muss ich mir dieses Foto von dir mit einem anderen im Bett ansehen.«

»Will, wir haben Rentiergeweihe auf. Das ist nicht gerade ein Bild zuckender, ineinanderverschlungener Körper.«

»Du willst nicht verstehen, worum es mir geht. Ehrlich gesagt, hätte ich gedacht, du wärst sensibel genug, um sie umzuhängen, bevor ich darum bitten muss.«

»Ich finde, du bist derjenige, der hier unsensibel ist.«

»Also, es tut mir leid, wenn ich das bin, aber ich finde meine Bitte nicht unangemessen. Ich sag ja nicht, dass du sie wegwerfen sollst, … könntest du sie nicht einfach irgendwo aufheben, wo sie mir nicht ins Auge stechen?«

»Ich könnte sie in einer kleinen Zeremonie auf dem Scheiterhaufen verbrennen, wenn du willst.«

»Warum reagierst du so heftig? Ich finde nicht, dass ich besonders viel verlange. Aber da wir nun einmal praktisch zusammenleben, dachte ich … «

»Wir leben nicht zusammen.«

»Ach nein? Oh, Verzeihung. Dann muss hier ein Missverständnis vorliegen. Und wie nennst du das, dass wir jede Nacht zusammen verbringen und jedes Wochenende und dass ich meine Hemden in deinem Schrank hängen habe? Ist das etwa nicht meine Jacke in deinem Flur? Und mein geschrotetes Korn in deinem Vorratsschrank? Mein Rasierapparat im Bad? Oder sind das Patricks Sachen?«

»Du brauchst nicht zu schreien. Jetzt bist du nur noch beleidigend.«

»Es tut mir leid. Das wollte ich nicht.«

Sie zuckte mit den Achseln. »Kein Problem. Ich wollte sie sowieso abnehmen.«

»Nein, lass sie hängen. Es ist schon okay.«

Sie schüttelte den Kopf. Vorsichtig zog sie die Stecknadeln heraus und nahm die Fotos mit nach oben. In ihrem Studio schwankte sie zwischen der Schreibtischschublade und dem Kaminsims. Sie schaute auf die Fotos in ihrer Hand, auf das eine von ihnen beiden und das andere, das Patrick während dieses Urlaubs in Schottland zeigte, bis auf die Knochen durchnässt. Wie merkwürdig es war, ein Foto von jemandem zu haben, der nicht mehr existierte. Es kam ihr irgendwie wie eine Lüge vor, eine Illusion, als sei er ein Schauspieler in einem Film, nur war der Film nun zu Ende, und im Kino waren die Lichter angegangen. Vielleicht sollte sie zurückgehen, dachte sie, und sich an seinem Grab richtig von ihm verabschieden. Doch sie verwarf die Idee sofort als überdramatisch und peinlich selbstbezogen. Außerdem kam man ihm dort sowieso nicht nah; sie fühlte sich ihm näher, wenn sie ein chinesisches Gericht zum Mitnehmen bestellte. Trotzdem spürte sie, wie Schuldgefühl in ihr hochkroch, als sie sich erinnerte, wie lange es her war, dass sie zuletzt sein Grab besucht hatte. Sie war dort gewesen, kurz nachdem der Stein aufgestellt worden war.

Jetzt, wo sie da ist, kommt sie sich ein wenig dumm vor. Sie kennt diese Szene aus Filmen und Serien, deshalb weiß sie, was zu tun ist. Bella steht vor dem Grab und schaut hinab, während sie versucht, sich von allen möglichen gemischten und irrelevanten Gedanken freizumachen, die ihr ungefragt durch den Kopf schießen.

Die Grabstelle wird von einer Betonbordüre umfasst, das Grab selbst ist mit kleinen Steinchen aufgeschüttet. Die Art von Steinchen, die man auch in Auffahrten findet, denkt sie. Patrick pflegte immer zu sagen, man könne einer Auffahrt anhören, wie reich ihr Besitzer ist, wenn man sie hinauffahre. Dies ist jetzt der Moment, in dem sie irgendetwas Ernstes und Wichtiges sagen soll, ruft sie sich in Erinnerung. Eigentlich wollte sie sagen, dass ihr Leben nie wieder dasselbe sein wird, dass sie sich jedoch weiterplagen wird, geleitet von der Erinnerung an ihn wie ein Leuchtfeuer. Doch das kann sie wohl kaum einer bescheuerten Auffahrt erzählen. Und warum sollte sie es überhaupt laut sagen? Er kann sie nicht hören, nicht wahr? Er hat ja noch nicht einmal richtig zugehört, als er noch lebte.

Und außerdem trifft es das ohnehin nicht. Ganz und gar nicht. Sie ist sich noch nicht einmal sicher, ob es für ihre Gefühle überhaupt Worte gibt.

Der Grabstein ist oben rund, wie ein Kirchenfenster, und darauf sitzt ein Engel, der glücklicherweise nicht allzu kitschig ist. Patrick hätte ihn für »annehmbar« befunden, eines seiner Lieblingsworte, die er benutzte in Sätzen wie: »Dieser Wein ist wirklich durchaus annehmbar.« Oder, um sie zu ärgern: »Heute Abend siehst du aber ganz und gar annehmbar aus.«

Sie konzentriert sich auf die Inschrift:

Hier ruht
Patrick Dermot Hughes

Gütiger Himmel. Das mit dem Dermot hat sie völlig vergessen. Er hasste den Namen, wäre wirklich sauer darüber. »Du wirst es nicht glauben«, würde er sagen, »sie

haben tatsächlich für diese verdammten sechs Buchstaben extra bezahlt!«
Unter seinem Namen sind sein Geburtsdatum und sein Todestag in den Stein gemeißelt. Die allzu kurze Zeitspanne zwischen beiden ist deutlicher als jedes ›Plötzlich aus unserer Mitte gerissen‹ oder ›Jung von uns gegangen‹. Darunter steht:

Innig geliebt und schmerzlich vermisst
Wir denken ewig deiner
R.I.P.

Requiescat in pace. Ruhe in Frieden. R.I.P. Und doch, dem Klang nach, ein hartes Wort: RIP, wie ein Reißen. Gar nicht friedlich. Aber das entspricht ja dem, was der Tod allen Betroffenen antut. Er reißt dein Leben in Stücke, bis nur noch Fetzen übrig bleiben. Er reißt dich selbst auf, so dass man das Gefühl hat, die Haut sei blutig gepeitscht, die Muskeln und das Gewebe verletzt, dein Inneres weich und bloßgelegt. Er reißt dir die Kleider vom Leib, bis du völlig entblößt daliegst, wie ein aufgespießter Schmetterling, deine Verletzlichkeit zur Schau gestellt, der kleinsten Brise erbarmungslos ausgesetzt. R.I.P. Wofür können die Buchstaben noch stehen? Richtig intensive Pein? Renitenter idiotischer Patrick? Reinster infernaler Plödsinn? Die tote Person bekommt den besseren Part, sie muss einfach nur daliegen. Die anderen hingegen, die Hinterbliebenen, müssen die Suppe auslöffeln.

Unbeholfen neigt sie sich vor, um ihren kleinen Strauß rosafarbener Röschen abzulegen. Sie fühlt sich wie eine Schauspielerin, als befinde sich hinter ihr eine Kamera, die eine Nahaufnahme der Blumen macht. Bestimmt würden sie eine einzelne Blüte festhalten, denkt Bella, würden eine einzelne perfekte Träne auf dem Rand eines Blütenblatts arrangieren. Danach käme ein Schnitt, gefolgt von einer Nahaufnahme ihres traurigen Gesichts. Patrick fände das alles unbeschreiblich unerträglich. »Verschwende dein Geld nicht für Blumen, Bell. Geh lieber in den Pub und trink einen auf mich.«

Wieder schaute sie auf die Fotos in ihrer Hand und stellte sie dann auf den Kaminsims.

24.

Ich weiß, dass ich das bereuen werde.« Bella legte den Hörer auf und runzelte streng die Stirn.

Will gab ihr einen Kuss und legte ihr die Hand in den Nacken.

»Hör auf, dir so viel Sorgen zu machen. Jeder schämt sich für seine Eltern. Dafür sind Eltern da. Schließlich müssen sie ja für irgendetwas im Leben gut sein, nicht wahr? Du hast doch auch meine Mutter getroffen und es überlebt, oder? Und sie ist wirklich ziemlich merkwürdig.«

»Auf deine Verantwortung. Vergiss bloß nicht, dass es deine Idee war.«

»Du wünschst dir geradezu, dass es furchtbar wird, nicht wahr? Damit du Recht behalten kannst. Ach, komm. So schlimm wird's schon nicht.«

So schlimm wird's schon nicht. So schlimm wird's schon nicht. Er machte Witze. Bella rief sich in Erinnerung, wie sie mit Patrick zum ersten Mal zu ihren Eltern gefahren war.

»Sehr schick. Hattest du heute eine Besprechung?«, sagt Bella und inspiziert Patricks Anzug, sein tadellos gebügeltes Hemd und die Seidenkrawatte. »Du hast noch Zeit, dich umzuziehen, wenn du willst.«

»Das habe ich gerade.« Patrick schnippt eine unsichtbare Fluse vom Ärmel.

»Wofür bloß? Du willst doch nicht um meine Hand anhalten oder so. Du musst sie nicht beeindrucken.«
Er beißt die Zähne aufeinander.
»Ehrlich gesagt, schienst du so nervös bei dem Gedanken, dass ich sie treffe, dass ich dachte, ich sollte mir besonders viel Mühe geben. Ich wollte dich nicht enttäuschen.«
Das ist wirklich lieb von ihm, sagt sie sich immer wieder. Aber was würde ihre Mutter aus seinem Anzug machen? *Ich will doch hoffen, Bella hat Sie nicht dazu genötigt, sich unseretwegen so schick anzuziehen*? Oder: *Ich dachte, Sie würden in Overalls hier ankommen, Patrick. Bella meint, Sie sind irgendwie im Baugewerbe beschäftigt.* Vielleicht ist es besser, wenn sie sich ein wenig informeller anzieht, als Ausgleich sozusagen. Sie trägt einen schicken grauen Zweiteiler und schwarze Pumps. Ihr Haar wird mit einer schweren, verzierten Silberspange aus dem Gesicht gehalten, zu der sie passende, das Licht reflektierende Ohrringe trägt. Sie nimmt die Ohrringe ab, zieht statt des Anzugjacketts eine schwere, braune Wolljacke an und schlüpft aus den schwarzen Pumps in ein Paar alte burgunderfarbene Treter.

Alessandra begutachtet Patricks Aufzug.
»Fast finde ich, wir sollten uns für das Abendessen umziehen, Patrick. Mit Ihrem eleganten Anzug stellen Sie uns völlig in den Schatten.« Sie befühlt das Material des Revers mit Zeigefinger und Daumen, als wäre sie eine professionelle Schneiderin und lächelt. »Willst du dir keinen Rock anziehen, Bella? Du willst doch deine Eskorte nicht enttäuschen.«
»Eskorte!«, murmelt Bella zu sich. »Als hätte ich ihn gemietet!«

»Normalerweise laufe ich eher leger herum«, wendet Patrick ein. »Aber heute hatte ich eine Besprechung …«
»Ja, ja, als Mann muss man an sein Fortkommen denken, nicht wahr? Gehört zum Geschäftsleben.«
»Er ist nicht Teil des Geschäftslebens. Er ist Gutachter. Und er braucht sich nicht um sein Fortkommen zu kümmern, weil er bereits Firmenteilhaber ist.«
Patrick wirft ihr einen finsteren Blick zu und wendet sich einem eingerahmten Stich zu, um ihn zu bewundern.

Die Fahrt stand ganz im Zeichen der Erläuterungen, die Bella zu den verschiedenen Eigenheiten des Hauses und ihrer Eltern zum Besten gab.
»Und im unteren Klo kann man von Leuten, die sich in der Nähe der Hintertür befinden, gehört werden. Vielleicht singst oder summst du ein wenig, aber eher unauffällig, als würdest du das immer tun.«
»Alles klar. Regel Nummer 312B: unteres Klo – summen. Hab ich notiert. Ist die Mondscheinsonate okay oder hängt an der Tür eine Liste mit den bevorzugten Melodien?«
»O Gott, beinahe hätte ich es vergessen. Ganz wichtig: Vergiss nicht, etwas Nettes über das Essen meiner Mutter zu sagen. Das sollte dir aber eigentlich nicht schwer fallen, denn sie ist eine ausgezeichnete Köchin.«
»Weißt du was? Das ist das erste Kompliment an deine Mutter, das ich von dir gehört habe.«
Bella zuckte mit den Achseln.
»Hast du dir das etwa aufgeschrieben? Hast du nichts Besseres zu tun?«
»So merkwürdig das klingen mag, aber ich denke tatsächlich recht häufig über dich nach.«

»Okay. Aber sei konkret. Im Hinblick auf ihre Kochkünste. Sag nicht einfach: ›Das war wunderbar‹, sonst denkt sie, ich hätte dich instruiert. Und stell ihr Fragen. Gib ihr 'ne Chance, ein wenig anzugeben.«
»Ich hätte doch im Anzug kommen sollen. Dann hätte ich mir rund um die Manschette einen Spickzettel anfertigen können.«

»Wie soll ich deine Mutter eigentlich nennen?« Will riss ein Röllchen Fruchtbonbons auf, um an seine Lieblingssorte zu kommen.
»Wehe, du nimmst dir all die roten! Du darfst sie ›O Du Unfehlbare‹ nennen, da es heute ziemlich informell zugehen soll.«
»Gut. Hab ich schon einmal erwähnt, dass ich am liebsten mit ›Großartiger Sexgott‹ angeredet werde? Eigentlich dürfen mich nur enge Freunde so nennen, aber da sie beinahe zur Familie gehören ...«
Bella sah ihn prüfend an. *Beinahe zur Familie gehören.* Er strich ihr mit dem Handrücken über die Wange.
»Soll ich sie nun mit dem Vornamen anreden oder nicht?«
»Dad kannst du Gerald nennen. ›Mr. Kreuzer‹ fände er bloß verwirrend, und wie ein Gerry sieht er nicht aus: Er trägt so eine halbmondförmige Brille, um seine Kreuzworträtsel zu lösen, und sieht ein wenig orientierungslos aus, als sei er gerade auf diesem Planeten abgesetzt worden und frage sich nun, was er hier eigentlich wolle. Gerry klingt mehr nach einem dynamischen, espressosüchtigen Marketingmenschen im gestreiften Hemd.«
Will schaute sie an.
»Ich habe noch nie jemanden getroffen, der so viel in Details hineinliest. Wirklich erstaunlich. Wie ist das mit

Will? Was sagt dir dieser Name, im Vergleich zu, sagen wir, William?«

»Also, William ist eher ein Name für einen Finanzberater, oder für den Jungen aus der Grundschule, der zu groß geratene handgestrickte Pullover trägt. Verlässlich, beständig. Vielleicht ein wenig zu sehr der Mamasohn. Die Art von Junge, dem immer eine leichte Schnodderspur aus einem seiner Nasenlöcher rinnt. Nicht gerade sexy. Bill klingt zu kurz, um als richtiger Name zu gelten, und geradezu verdächtig kameradschaftlich, wie ein Onkel, der viel lächelt, dem du aber nicht gerne auf den Schoß krabbeln würdest.«

»Aber Will ist doch genauso lang wie Bill. Geh nicht zu streng mit mir um …«

Bella legte den Kopf schief und dachte nach.

»Ja, aber er hört sich nicht so abgeschnitten an. Selbstbewusst, aber auf entspannte Art. Mit einem Will fühlt man sich sicher. Zuverlässig, ohne langweilig zu sein. Der Name ist spannend genug, um sexy zu wirken.«

»Sexy, genau. Den nehme ich. Aber zurück zu deinen lieben Eltern. Gerry also nicht. Wie wär's mit Alter oder Paps?«

Sie gab ihm einen Klaps auf den Schenkel.

»Es wäre vielleicht keine schlechte Idee, Mum erst einmal Mrs. Kreuzer zu nennen. Ich weiß, es klingt verrückt, aber das gibt ihr die Möglichkeit, einen Moment lang Mrs. Großzügig zu spielen, wenn sie freundlich darauf besteht, sie doch bitte Alessandra zu nennen. Auf gar keinen Fall darfst du sie jedoch Sandra rufen, weil sie diesen Namen abscheulich findet und mit einer Blümchentapete assoziiert. Womöglich wirft sie Perro dann deine Eingeweide zum Fraß vor, bevor du auch nur deinen Mantel ausgezogen hast.«

»Wer ist Perro? Ein feuerspeiender Drache? Eine verrückte, auf dem Speicher eingeschlossene Tante?«

»Dads goldener Retriever, der allerdings meines Wissens nie etwas anderes außer Schokoladenkeksen apportiert hat. Perro ist das spanische Wort für Hund, wie du sicher weißt. Das ist Dads Vorstellung von einem Witz.«

Sie fuhren durch ein weißes, aus Gitterstäben bestehendes Tor; die Reifen knirschten auf dem Kies und kündigten sie an. Perro kam um die Ecke des Hauses angezockelt, um sie zu begrüßen. Bella ging in die Hocke und umarmte ihn.

»Hallo, Perro.« Sie spielte mit seinen Ohren. »Mein guter Alter.«

Will warf ihr einen Blick zu und winselte wie ein Hund, der um Aufmerksamkeit buhlt.

»Ach, du«, sagte sie.

Er hockte sich hin, um seine Frisur im Seitenspiegel zu überprüfen, und versuchte, sein abstehendes Haar mit der Hand glatt zu streichen. Es stellte sich wieder auf.

»Komm schon, Wuschel. Auf in die Höhle des Löwen.«

Alessandra lächelte und streckte die Hand aus.

»Sie sind sicher William. Kommen Sie doch herein. Wir haben noch so gut wie *gar* nichts von ihnen gehört.«

Will fiel in ihr Lachen über ihren Witz ein.

Bella neigte sich vor, um die beiden Wangenküsse mit Alessandra auszutauschen.

»Er heißt Will«, sagte Bella. »Nicht William.«

»Wie auch immer.« Will machte eine wegwerfende Bewegung.

»Vielleicht möchten Sie ja einen Sherry?« Alessandra

führte ihn am Ellbogen ins Wohnzimmer. »Bellas *voriger* Freund trank *sehr* gerne ein Glas Sherry, nicht wahr?«

Das Zusammenleben mit Bella treibt bestimmt jeden Mann zum Alkohol. Aus ihrem Mund klang es so, als sei Patrick ein Alkoholiker gewesen. Wer hätte schon etwas gegen ein Glas Fino einzuwenden? Oder gegen eine Flasche? Selbst ein Quäker würde sich Whiskey in seinen Kakao kippen, um ein Wochenende mit ihrer Mutter zu überstehen.

»Na ja, einen kleinen …«, hub Will an.

»Natürlich trinken wir selten so früh am Tag Alkohol, aber wir sind auch ziemlich unerfahren, wenn es um die weltmännischen Gewohnheiten der Stadt geht. Vielleicht möchten Sie lieber einen Kaffee?«

»Gerne, was immer Sie haben. Natürlich einen Kaffee.«

Gerald kam aus dem Garten herein, schüttelte Will die Hand und tätschelte ihm den Arm.

»Sie sind also Will. Schön, schön. Wir freuen uns sehr, Sie hier zu haben.«

Ein verheißungsvolles Klirren erklang aus dem Schrank, in dem sich Gerald zu schaffen machte. »Trinken Sie einen Scotch mit mir? Oder hätten Sie lieber einen Gin und Tonic? Einen Bourbon?«

»Gut, dann einen kleinen Scotch. Danke.«

»Das ist ein wunderschöner Raum, Mrs. Kreuzer.« Will ging zu der Eckvitrine. »Stammt das aus dem achtzehnten Jahrhundert?«

»Ja. Ich hoffe, Bella hat sie nicht angewiesen, so formell zu sein, William …«

»*Will*«, sagte Bella.

»Gerald und ich sind ganz unkompliziert, nicht wahr, Liebling?«

»Hmm?«, machte Gerald.

»Bitte nennen Sie mich doch ...« Sie holte Luft, als würde sie gleich eine Arie anstimmen, »... Ale*ss*andra.«

Zu Bellas Überraschung wurden sie in das Gästeschlafzimmer geführt, statt in getrennten Zimmern untergebracht zu werden.
»Ich gehe einmal davon aus, Sie möchten *zusammen* schlafen, oder?«, sagte Alessandra mit einem kleinen, nachsichtigen Lachen, das so klang, als deute sie eine Perversion an.
»Das ist durchaus üblich für Paare in den Dreißigern.«
»Da magst du Recht haben, Bella-Liebling.« Alessandra zog die Vorhänge zu und verschob die Vase mit Männertreu ein wenig. »Ich bin eben schrecklich unmodern.« Sie rückte die Gästehandtücher beim Waschbecken gerade und meinte: »Handtücher. Seife. ja. Warte, bis du Kinder hast, und sie dir jedes Mal, wenn du etwas sagst, über den Mund fahren.«
Bella begann, ihre Reisetasche auszupacken.
»Ich fahre dir nicht über den Mund«, sagte sie zu ihrer Toilettentasche gewandt. »Ich stelle lediglich fest, dass es abnormal wäre, wenn wir in unserem Alter in getrennten Zimmern schliefen.«
»Gut, dann ist ja alles in Ordnung, nicht wahr?« Alessandra hielt in der Tür inne. »Ihr seid ja nicht in getrennten Zimmern.« Sie lächelte Will an. »Wenn ihr mehr Handtücher braucht, sagt einfach Bescheid.« Die Tür schloss sich hinter ihr.
»Um Gottes willen! *Da magst du Recht haben, Bella-Liebling.* Und *mehr* Handtücher!« Bella haute mit der Hand auf den beachtlichen Stapel auf dem Stuhl. »Wofür nur? Was glaubt sie eigentlich, was wir hier tun? Kinder zur Welt bringen? Uns mit Ahornsirup einschmieren? Was?«

»Ach, reg dich ab.« Will nahm sie in den Arm. »Aber die Idee mit dem Ahornsirup …«

»Jetzt weiß ich, woher Bella ihre kulinarische Finesse hat«, sagte Will beim Abendessen und grinste, als sei ihm gerade eine Schüssel Manna in den Schoß gefallen. »Das ist exzellent.«
Bella formte lautlos ein ›Arschkriecher‹ mit den Lippen.

Als sie wieder in ihrem Zimmer waren, setzte sich Will aufs Bett und fragte Bella, was los sei.
»Jetzt weiß ich, woher Bella ihre kulinarische Finesse hat«, äffte sie ihn nach. »Kulinarische Finesse? Wo sind die guten alten Kochkünste geblieben, Mr. Verfechter-der-einfachen-Sprache?«
»Warum versuchst du, mich fertig zu machen? Ich bin nicht deine Mutter.«
»Sehr witzig. Tu ich außerdem gar nicht.«
»Allerdings. Ich dachte, du wolltest, dass ich ihr Essen lobe. So stand es in dem Buch, ›Bellas Eltern: ein Führer für Besucher‹.«
Sie sah, wie sich seine Mundwinkel verzogen, wie er darauf wartete, dass sie mit ihm lachte.
»Da stand aber nichts von einem süßen, lieben, arschkriecherischen Schleimer.«
»Oh, wie nett. Ich lieb dich auch.«
»Ich fände es angemessen, wenn du mich ein wenig unterstützen würdest, während wir hier sind.«
»Angemessen? Was? Und dass ich freundlich zu deiner Mutter bin, heißt, ich unterstütze dich *nicht?* Das gehört sich so, wenn man zu Gast ist. Das nennt man Miteinander-Auskommen. Du solltest es mal versuchen.«

»Pscht! Nicht so laut. Und du meinst also, ich verstehe mich nicht mit anderen?«

»Na ja, du könntest ja einmal eine revolutionäre neue Taktik anwenden und deiner Mutter freundlich begegnen. Umbringen würde es dich nicht.«

Bella fummelte an dem klemmenden Fensterhaken, bis es ihr gelang, das Fenster zu öffnen.

»Ich wusste es, dass du nicht hinter ihre Fassade würdest blicken können.«

Er ging zu ihr und legte ihr die Hand auf die Schulter. Aber sie schüttelte sie ab.

»Man sieht, dass sie sehr unbeholfen in deiner Gegenwart ist. Überhaupt nicht entspannt. Ich habe keine Ahnung, warum. Aber du machst es noch schlimmer, siehst du das nicht? Wenn du dabei bist, sieht sie nervös aus, beinahe, als glaube sie, du würdest sie jeden Augenblick schlagen.«

»*Sie* nervös, wenn *ich* dabei bin? Hah!«

Will nickte ernst.

»Ja, so sieht es aus. Als wäre eure Situation irgendwie völlig … verfahren. Warum machst du nicht den ersten Schritt, wie Helen vorgeschlagen hat?«

»Warum sollte ich? Sie ist die Mutter. Das ist ihr Job.«

»Wie bitte? Was? ›Frau Lehrerin, Frau Lehrerin, sie hat mich aber zuerst geschubst!‹ Mit der Einstellung kommst du nicht weit.«

»Ich versuche es ja.« Bella verschränkte die Arme und hielt sich fest. »Du hast ja keine Ahnung. Du weißt überhaupt nichts.«

»Na ja, wie soll ich auch?« Seine Stimme klang scharf. »Du erzählst mir ja nichts. Wenn etwas schwierig oder schmerzlich ist, redest du nicht darüber. Du wendest dich ab oder wechselst das Thema und machst einen Witz dar-

aus. Das ist deine Lösung der Probleme. Nur ist damit eigentlich gar nichts wirklich *gelöst*, nicht wahr?«
Bella wollte etwas erwidern, protestieren, zurückfeuern, aber sie konnte nicht schlucken. Sie konzentrierte sich darauf, die Muskeln in ihrer Luftröhre zu bewegen, so dass sie wieder Luft bekam.
»Nein«, fuhr Will fort. »Aber was weiß ich schon? Ich bin doch nur ein Außenstehender. Und deshalb geht es mich wohl einfach gar nichts an.« Wenn sie dem Fenster den Rücken zugedreht hätte, hätte sie gesehen, dass er plötzlich kleiner aussah, irgendwie besiegt.
»Das denke ich auch«, sagte sie und starrte geradeaus. »Es ist nichts, worüber du dir den Kopf zerbrechen musst.«
Sie hörte, wie er tief ausatmete, als würde sein ganzer Körper seufzen, gefolgt von dem leisen Klicken, als die Tür hinter ihm zufiel. Sie blieb ganz still stehen, sah sich selbst in ihren Bildern, wie sie am Fensterbrett lehnte und in Träumereien versunken in den Garten schaute.

Durch die Holzlatten der Banklehne kann sie zu dem Mandelbaum hinüberspähen. Sie liegt, auf den Boden gepresst, im hohen Gras. Von den anderen dort drüben sieht sie nur Streifen; ordentlich abgeteilte Segmente, die vertraut und gleichzeitig fremd erscheinen: Daddys Sonntagsjacke, grün und kratzig wie vertrocknetes Moos; Mrs. Mellors' ›erdbeerblondes‹ Haar, das mit Erdbeeren nichts gemein hat (»Ich hab es nicht gefärbt, nur ein wenig aufgehellt, um meine natürlichen Strähnchen zu betonen«). Eine Reihe von Klangfetzen weht zu ihr herüber, ein Wechsel von Tönen und Tonhöhen, mal stei-

gend, mal fallend, wie die Temperaturkurve, die sie in der Schule angelegt hat. Plötzlich treten aus der Geräuschkulisse einzelne Wörter hervor, klar und deutlich im Sonnenlicht.
»... fällt ihr schwer, mit anderen zusammenzukommen. ...«, sagt ihre Mutter, »... wirklich sehr ...«
» ... mehr Mühe geben?«, sagt Mrs. Mellors.
Dann fällt Daddys tiefe, weiche Stimme ein, unbeschreiblich anziehend. Plötzlich ertönt ein lautes »Pschht!«, und Schweigen breitet sich aus. Sie drückt ihr Gesicht fest ins grasduftende Grün, aber es ist zu spät.
»Bella!« Die Stimme ihrer Mutter erschallt genau moduliert und klar. »Wir haben dich dort gar nicht gesehen, Liebling. Lieg nicht auf dem feuchten Gras herum. Komm und sag Mrs. Mellors Hallo.« Bella steht auf, reibt ihre grasbefleckten Knie fest mit dem Handballen ab und streicht sich das Haar hinter die Ohren.
»Es gibt *panettone*«, fügt ihre Mutter hinzu und bürstet schnell ein paar Grashalme von Bella Kleid ab. »Für brave kleine Mädchen, die sich schön zu uns setzen.«

25.

Gegen Sonntagmittag war Alessandra so weit, dass sie Wills Arm tätschelte und über jeden seiner Kommentare lachte. Gerald machte eine Tour durch den Garten mit ihm und erklärte ihn für »einen frischen Wind und robust genug, um es mit Bella aufnehmen zu können«. Bei diesen Worten lachte er, weshalb Bella sicher war, dass er gescherzt hatte. Nach dem Mittagessen fand Will Bella im Wohnzimmer mit einem Buch in der Hand in einem Sessel zusammengerollt. Ob sie sich zu ihnen gesellen wolle, fragte er. Es gebe frischen Kaffee.

»Nein, danke.«

»Hätte Madame noch gerne eine Tasse an den Sessel gebracht, bevor sich das Personal für den Abend zurückzieht?« Er lächelte und beugte sich zu ihr hinunter, um ihr ins Gesicht sehen zu können.

»Ich brauche nichts, danke.«

»Was ist los?«

»Nichts. Ich lese.«

»Alles klar. Du liest. Natürlich. Wir fahren meilenweit durchs Land, damit du mich deinen Eltern vorstellen kannst, und dann verbringst du die ganze Zeit damit, wie eine rotzfreche Pubertierende in der Ecke zu sitzen und zu schmollen. Machst du das immer, dass du Leute besuchst und sie dann ignorierst?«

Bella starrte schweigend weiter auf ihr Buch.

»Ich finde das äußerst unhöflich. Sowohl mir als auch deinen Eltern gegenüber. Ich bin nur deinetwegen hier, aber du lässt mich praktisch völlig alleine.«

»Du scheinst ohne mich ganz gut zurechtzukommen.«

»Ich versuche, genügend Freundlichkeit für zwei auszustrahlen, sozusagen für dich mit.«

»Mach dir meinetwegen keine Mühe. Sie sind daran gewöhnt. Ich bin angeblich ›schwierig‹. Meine Mutter hat das bestimmt schon erwähnt.«

»Komm schon. Kannst du mich nicht wenigstens einmal anschauen?«

Bella schaute von dem Buch auf. Ihre Augen waren wie Glas.

»Ich hasse es, wenn du das machst.«

Sie zog eine Augenbraue hoch und schwieg.

»Willst du mich nicht fragen, was?«

»Ich möchte wetten, du sagst es mir auch so.«

»Mein Gott, was kannst du einen wütend machen.« Er vergrub die Hände tief in den Hosentaschen. »Ich hasse es, wenn du mich so ausschließt. Und ganz eisig wirst. Ich weiß dann überhaupt nicht, wie ich zu dir vordringen soll.«

»Dann solltest du wohl besser deine Zeit nicht damit verschwenden.«

»Was ist hier los? Worum geht es hier?« Will näherte sich ihr und legte eine Hand auf ihr Haar.

»Lass das. Du ruinierst meine Frisur.« Sie schüttelte seine Hand ab.

»Sag einfach Bescheid, wenn du vorhast, dich wieder menschlich zu geben, ja?«

Bella gab Alessandra einen einzelnen Kuss auf die Wange, bevor sie schnell einen Schritt zurücktrat und ihre Mutter so mitten im Ritual stehen ließ. Alessandra hing ein wenig in der Luft, bevor sie sich fing, zupfte dann an ihrer seidenen Strickjacke und verschränkte die Arme. Bella gab Gerald einen Kuss und eine Umarmung und ging dann in die Hocke, um Perro ausgiebig zu knuddeln. Sie hörte, wie Will ihrer Mutter einen Kuss gab, hörte deren Lachen und wie Gerald Will freundschaftlich auf die Schulter klopfte. Sie gab Perro einen weiteren Kuss auf den Kopf und tätschelte ihn liebevoll.

»Sie müssen uns unbedingt wieder einmal besuchen, lieber Will. Warten Sie nicht damit, bis Bella Sie wieder einlädt: bis dahin sind wir schon längst alt und verschrumpelt!« Alessandra lachte.

Will setzte sich mit einer Dose selbst gemachter Plätzchen auf den Beifahrersitz. Zwischen seinen Füßen stand ein Glas in Cognac eingelegter Kirschen.

»Bist du sicher, dass du nun auch wirklich genug Abschiedsgeschenke hast, *lieber* Will?« Bella wendete den Wagen, winkte kurz und hupte pflichtschuldig.

»Ich fand das sehr nett von ihr. Sie hat lediglich versucht, mir das Gefühl zu geben, willkommen zu sein.«

»Willkommen zu sein? Sie hat praktisch angeboten, dich zu adoptieren. Ich bin überrascht, dass sie mich nicht einfach gegen dich eingetauscht hat, alt gegen neu, sozusagen: ›Ab jetzt brauchen Sie ihr altes, ungeliebtes Kind nicht mehr wegzuwerfen. Tauschen Sie es einfach gegen ein einfacheres, liebenswürdigeres.‹«

»Ich habe dir schon tausendmal gesagt, du sollst nicht so übertreiben.«

»Etwas Besseres fällt dir nicht ein? Vielleicht solltest du mal ein wenig spontan sein und in ein paar neue Witze investieren.«

»Du bist aber wirklich *sehr* wütend.«

»Wie du sehr wohl weißt, bringt man eine völlig ruhige

Person am besten zur Weißglut, indem man behauptet, sie sei wütend. Du bist manchmal so … so ekelhaft selbstzufrieden.«

»Ich fürchte, ich habe keine Ahnung, wovon du sprichst und warum du dich so aufregst.«

»Ach nein? Keine Ahnung, ja? Du hast gerade ein ganzes Wochenende damit zugebracht, mit meinen Eltern, und besonders mit meiner Mutter, einen hübschen Fanklub in eigener Sache zu gründen, und du willst keine Ahnung haben, warum ich mich so aufrege?«

»Nein, eigentlich nicht. Na ja, ich könnte es vielleicht erraten.«

»Und was würdest du raten, Mr. Selbtzufrieden.«

»Jetzt mach aber mal einen Punkt, Bella. Du gehst zu weit.«

»Bella. Oh, du kennst also doch meinen Namen, hm? Aber nur, wenn du verärgert bist, nicht wahr? Sonst heißt es immer ›Zuckerbohne‹ oder ›Rübchen‹ oder sonst ein gemüsiger Name.«

Will blieb einen Augenblick stumm.

»Das meine ich doch nur liebevoll, das weißt du doch. Warum hast du nicht gesagt, dass es dich nervt? Ich dachte, es gefällt dir.«

Das tut es doch auch. Sie hatte das Gefühl, sich in einem tiefen Loch zu befinden, aus dem sie keine Möglichkeit sah herauszuklettern. Was blieb ihr anderes übrig, als weiterzubuddeln?

Sie gab ein Schnauben von sich. Will ignorierte es.

»Ich glaube, du bist sauer, weil ich ganz gut mit deiner Mutter ausgekommen bin und das die tragende Säule deiner Lebensphilosophie zum Wanken gebracht hat, dass sie nämlich die böse Hexe hinter den sieben Bergen ist und du das arme, gute Schneewittchen.«

Bella hob eine Augenbraue.
»Oha, der berüchtigte Kreuzer-Blick. Jetzt hab ich aber Angst. Ich glaube, du hast lieber Recht, als dass du glücklich bist, oder?«
»Natürlich eine höchst plausible Theorie.«
»Okay. Dann erklär du mir, warum du dich so aufregst.«
»Ich rege mich nicht auf, ich hätte lediglich guten Grund, wütend darüber zu sein, dass du *Alessandra* so umschwärmt hast.« Bellas Stimme vibrierte vor Pathos. »So dass ich wie die Böse, das ungezogene, abnormale Schulmädchen dastand.«
»Du hast dich ja auch wie eine widerliche Göre benommen, also was erwartest du?«
»Diese Unterhaltung ist doch völlig sinnlos.«
Will legte ihr die Hand aufs Bein.
»Ach, komm schon.« Er schüttelte liebevoll ihr Bein. »Lass uns doch nicht streiten, ja?«
Bella streckte den Arm aus, um die Gangschaltung zu betätigen und schubste seine Hand fort.
»Entschuldigung. Könntest du vielleicht … Danke.«
Er zog seine Hand zurück und schnalzte einen kurzen Rhythmus vor sich hin, bevor er sich schließlich abwandte und aus dem Fenster schaute.
Die restliche Fahrt verlief in nahezu völligem Schweigen.

Will zog eine Kassette hervor.
»Ist es okay, wenn ich ein wenig Musik auflege?«
»Mmm-mm.«
»Das heißt dann wohl ja, wie du immer sagen würdest.«
Ohne große Begeisterung summte er die Melodie mit.
»Hab morgen viel zu tun«, sagte er.
»Hmm?«

»Tja, allerdings. Viel zu tun. Wirklich ganz, ganz viel zu tun.«
»Ah ja.«
Will schaute wieder aus dem Fenster.

Bella hielt den Wagen vor Wills Haus an und ließ den Motor laufen, während Will seine Tasche aus dem Kofferraum holte.
»Also dann«, sagte sie.
»Bella? Könntest du bitte den Motor abstellen und kurz mit hereinkommen?«
»Ich bin wirklich sehr müde.«
»Sind wir das nicht alle? Nur kurz. Ich möchte mit dir reden.«
»Wozu? Nicht, wenn du mir Vorhaltungen machen willst. Du hast schon wieder deine belehrende Stimme aufgesetzt.«
»Nun sei mal vernünftig.« Will atmete langsam aus. »Okay.« Er stieg wieder ins Auto und knallte die Tür zu. Bella saß im Fahrersitz und starrte stur nach vorne, wie ein Fahrgast im Bus. Sie spürte, wie sein Blick auf ihr ruhte.
»Hallo?« Will versuchte, ihr seinen Kopf immer wieder ins Gesichtsfeld zu schieben, um Blickkontakt herzustellen. »Hallo? Bekomme ich noch irgendwann eine Antwort oder was? Es kommt mir so vor, als wärst du gar nicht *da*. Du bist wieder in die Kreuzer-Traumwelt eingetaucht, nicht wahr?«
Wut stieg in ihr auf, brodelte in ihrem Körper hoch wie heiße Milch, die mit einem ätzenden Zischen und unter milchigem Gestank überzukochen drohte. Wie konnte er nur? Wie konnte er es wagen? Sie wollte es herauslassen, ihn anschreien, beschimpfen, ihn so fest schlagen, wie sie

nur konnte. Sie krallte die Fingernägel in die Handballen und spürte, wie sich ihre Wut fest wie eine Sprungfeder zusammenrollte und sie mit heißen Spiralen umwickelte; Bella begrüßte sie, legte sie sich um, als ginge es ums Überleben.

»Tu's einfach nicht.« Abwehrend hob sie die Hand vor das Gesicht, als sei er kurz davor, sie zu schlagen.

»Hast du überhaupt eine Ahnung, wie kalt du wirkst, wenn du das tust? Wie soll dir überhaupt irgendjemand jemals nahe kommen, wenn du andere Menschen immer ausgrenzt?«

»Ich glaube nicht, dass man anderen nahe *kommen* soll. Entweder man ist es oder eben nicht.«

»Alles klar. Und ich war es nie, ja?«

Bella zuckte mit den Achseln und verschränkte die Arme.

»Okay. Kein Grund, es auf dem Markt ausschreien zu lassen. Ich glaube, selbst der begriffsstutzige kleine Will hat es jetzt endlich kapiert.« Er tastete nach dem Türgriff. »Ich liebe dich wahnsinnig, das weißt du. Aber ich kann nicht …«

Sie sah, wie er zu schlucken versuchte.

»Wie auch immer.« Er öffnete und schloss die Fäuste. »Warum hast du mir nicht einfach gesagt, du liebst mich nicht? Ist das so schwer? ›Will, ich liebe dich nicht, bitte lass mich in Ruhe.‹ Bitteschön. Ich komme mir vor, wie … ich weiß nicht. Gott. Ich …« Er fuhr sich mit den Fingern durchs Haar und verstummte einen Moment. »Es ist Patrick, nicht wahr? Du liebst ihn immer noch. Verfluchte Scheiße, wie soll man sich denn gegen einen toten Typen behaupten, der auf einem verflucht riesigen Podest steht?«

Bella verharrte regungslos, als er die Wagentür öffnete. Ein Schwall kalter Luft strömte herein und umhüllte sie. Sie hatte das Gefühl, als würde ihr die Luft übergestülpt, wie eisiges Flüssigglas, das sie von der Außenwelt trennte.

»Ich liebe dich doch auch«, sagte sie leise.

»Schön. Das hättest du auch mal vorher sagen können. Oder hast du einen Vertraulichkeitseid geschworen?«

Seine Lippen streiften leicht über ihr Haar.

»Pass auf dich auf«, sagte er, ohne sich umzudrehen.

Die Tür wurde fest zugeworfen. Und dann war da nichts, außer dem Sausen in ihren Ohren und dem Geräusch seiner Fußtritte, die allmählich verhallten.

26.

Bella nahm eine hauchdünne, mit winzigen Kleeblättern und einem Goldrand verzierte Porzellantasse mitsamt der dazu passenden Untertasse aus dem Schrank. Sie goss Milch in ein Milchkännchen aus Porzellan, das ebenfalls zum Service gehörte. Was sie jetzt brauchte, war eine Tasse richtigen, guten englischen Tees, mehr wegen des komplexen Rituals, das damit einherging, als wegen des Geschmacks. Richtigen Tee, English Breakfast, nämlich. Sie wärmte die handbemalte Teekanne vor und verlor sich im Strudel der Farben: zitronenfarben, himmelfarben und seegrasfarben. Eineinhalb Löffel Tee warf sie mit dem glatten Holzlöffel, den Patrick ihr einmal zu Weihnachten geschenkt hatte und der aus einem Stück Kirschholz geschnitzt war, in die Kanne; dann legte sie noch ein wenig nach, damit der Tee auch wirklich gut schmeckte.

Wenn die Zubereitung einer Tasse Tee doch nur komplizierter wäre und ihre volle Konzentration erforderte, dachte sie. Vielleicht steckte das hinter den japanischen Teezeremonien: das Streben nach Ordnung, nach einem geregelten Ablauf im Chaos des Lebens. Gerne würde sie sich ganz der vollendeten Ausführung der umständlichen Zeremonie hingeben, solange es half, jene anderen Gedanken zu verdrängen, die sich in der Teedose verbargen und nur darauf warteten, dass Bella den Deckel, der klemmte, aufbekam; die sahnig weiß aus dem Milchkännchen flossen und den klaren Tee in ihrer Tasse trübten; die ihr heiß auf der Oberlippe entgegenschlugen, als sie den Kopf vorbeugte, um den ersten Schluck zu nehmen. Sie hielt die Tasse umfasst und konzentrierte sich auf das leichte Brennen ihrer Finger an dem feinen Porzellan, während sie den Fußboden betrachtete. Der Teppich passte mit seinen herrlichen Farben wirklich sehr schön in den Raum, dachte sie. Allerdings war er ein wenig rutschig auf dem Holzfußboden. Vielleicht sollte sie so eine Rutschunterlage besorgen. Ihr fiel plötzlich ein, dass sie den Teppich auch einfach entsorgen und stattdessen einen auf den Boden *aufmalen* konnte. Unwillkürlich sah sie ihr Haus bar jeder Ausstattung vor sich, dafür mit in Öl gemalten Möbeln und Lampen, die insgesamt an ein Bühnenbild erinnerten. Die Kissen hätten nie Falten, der Teppich müsste nie zurechtgerückt werden, es gäbe keinen Verschleiß, nichts zum Zerbrechen und keine Veränderung.

Selbstverständlich war es ihr NICHT möglich, den Gedanken an eine gewisse Person oder ein gewisses Ereignis einfach auszublenden, nur weil es ihr gerade so beliebte. Allein das NICHT-daran-Denken beschwor sein Gesicht, klar und deutlich, vor ihrem Auge herauf. Sie konnte seinen Namen noch nicht einmal denken, geschweige denn aussprechen, ohne das Gefühl zu haben, dass die Resonanz, die er in ihrem Kopf erzeugte, sie wie ein Zauberspruch in den Bann schlug. Sein Geruch schien in der Luft zu hängen, überfiel sie, wenn sie ahnungslos ins Schlafzimmer spazierte. Ihr war, als könne sie seine Fußspuren auf dem Boden sehen, seine Fingerabdrücke auf den Möbeln und anderen Gegenständen, als habe sie einen Röntgenblick. Sie musste ihren Kopf mit irgendetwas anderem füllen, egal womit. Sie musste ihn verdrängen. Sämtliche Gedanken an ihn fortspülen, als wären sie wenig mehr als hartnäckige Sandkörner, die sich zwischen ihren Zehen festgesetzt hatten. Schon bald würde er aus ihrem Kopf verschwinden, bis von seinem Gesicht nicht mehr bliebe, als ein unscharfes Bild, der flüchtige Eindruck eines fernen Traums.

Zum Glück konnte sie sich auf das Malen konzentrieren. Das Datum der Vernissage strahlte ihr rot von ihrem Kalender entgegen; sie zwang sich, es im Blick zu behalten, es als Signalboje auf dem dunklen Meer aufzufassen. Wenn sie des Abends von der Arbeit nach Hause kam, ließ sie ihre Tasche auf den Boden fallen, warf die Schlüssel auf den Tisch und schälte sich aus ihrer Jacke wie eine Schlange, die es kaum erwarten kann, ihre Haut abzustreifen. Sie aß im Stehen in der Küche, schob benutzte Kaffeetassen und alte Zeitungen zur Seite, um sich ihre Pasta – ohne frische Zwiebeln, ohne Knoblauch, ohne selbst gemachte Sauce – über einen Teller gebeugt mechanisch in den Mund zu stopfen, als schaufle sie Brennmaterial in einen alten Ofen, vom Kochen gelangweilt, vom Essen gelangweilt, von sich selbst gelangweilt. Dann kletterte sie die Stufen zu ihrem Studio hinauf und vergrub sich in ihren Bildern, verlor sich in Licht und Schatten, füllte ihren Kopf mit dem Geruch von Farben und Terpentin, tauchte ihre Pinsel in die Farbe, tuschte sie auf die Leinwand und malte sich einfach sämtliche Gedanken aus dem Kopf.
Wie ein Roboter ging sie unter die Dusche, um sich zu waschen. Kam sich wie ein Hamster in seinem Laufrad vor, in dem er ins Nirgendwo rennt und immer dasselbe sieht. Waschen, anziehen, Zähne putzen, arbeiten. Essen,

ausziehen, waschen, Zähne putzen. Wieder und wieder. Jahrein, jahraus. Und eine Beziehung verlief im Grunde nach demselben Schema. Man traf sich, verabredete sich, redete, küsste sich, fickte und stritt miteinander. Wieder und wieder. Welch eine Zeitverschwendung. Wenigstens hinterließ man beim Malen, wenn der Pinsel erst einmal die Leinwand, das Holz oder das Papier berührt hatte, ein unauslöschliches Mal, das bestehen blieb, ohne dass sie es immer wieder neu auftragen musste. Selbst wenn sie es übermalen sollte, wusste sie, dass der ursprüngliche Pinselstrich darunter noch existierte, verborgen, aber dennoch real war.

Bella begann, pünktlich um neun Uhr morgens bei der Arbeit zu erscheinen, statt wie die anderen gegen zehn hereingeschneit zu kommen. Die Arbeit war ein langweiliger, aber sicherer Hafen, und sie war dankbar für die Routine und das übliche Bürogeschnatter. Sie vermied Gesellschaft und behauptete, sie müsse für ihre Ausstellung arbeiten, wenn die anderen in den Pub gingen. Sogar Viv mied sie. Eines Freitags blieb sie sogar länger im Büro, um den Kühlschrank einmal auszumisten, eine Aufgabe, die so lange nicht erledigt worden war, dass Anthony ihr riet, dabei einen Schutzanzug zu tragen und zuvor das Gebäude zu räumen. Seline war damit einverstanden, den Versuch zu wagen und Anthony als Bellas Stellvertreter heranzuziehen, solange es Bella gelang, ihm ein wenig mehr Verantwortungsbewusstsein beizubringen und ihm einzuschärfen, den Kunden nicht sofort den Ring in seiner durchstochenen Brustwarze zu zeigen. Bella konzentrierte sich darauf, ihn »für seine Rolle als Star vorzubereiten«, wie er das nannte.
»Andere Jungs wollen Astronauten oder Fußballer wer-

den«, sagte er. »Aber ich habe immer davon geträumt, ein Größenwahnsinniger zu werden.«
»Alles zu seiner Zeit«, erwiderte sie. »Lass sie das machthungrige Funkeln in deinen Augen erst sehen, wenn es bereits zu spät ist.«

Mit einem etwas zu festen Ruck schloss Bella die Tür zu Selines Büro hinter sich, nachdem sie wieder einmal eine dieser Besprechungen durchgemacht hatte, in der von dem unwesentlichen Thema zukünftiger Projekte und Bellas Rolle als freiberuflicher Mitarbeiterin abgelenkt worden war, nur um sich der äußerst elementaren und grundsätzlichen Frage von Selines Hausrenovierung zuzuwenden und sich auf zweitausend Farbkärtchen zu konzentrieren, auf denen auf winzigen Quadraten kaum zu unterscheidende Farbschattierungen der früher als beige bezeichneten Farbe angeboten wurden, die heute jedoch anscheinend unter ›Cappuccino‹, ›Sahara‹ oder ›Altgold‹ geführt wurde.
Auf ihrem Telefon klebten zwei gelbe Merkzettelchen: »Dein Vater hat angerufen. Ob du auch an den Geburtstag deiner Mutter denkst. Du sollst zurückrufen.« Noch so ein Pflichtbesuch, wie schön. Sie blätterte in ihrem Kalender. Der Geburtstag fiel auf einen Freitag, so dass sie sich einen Tag frei nehmen musste. Die andere Nachricht stammte von Viv, die sich hatte verabschieden wollen, bevor sie zu einer dreiwöchigen Dienstreise nach Birmingham, dem Hauptsitz ihrer Firma, aufbrach. Mittlerweile war es jedoch zu spät, sie zurückzurufen; sie war bestimmt schon weg. Viv hatte überraschend wenig Verständnis gezeigt, als Bella ihr von Will erzählt hatte. »Schön blöd von dir, daß du ihn vergrault hast, Bel. Der Mann ist ein Schatz.«

Auf dem Fußboden ihres Studios hatte sie eine Reihe von Zeichnungen ausgebreitet und war gerade dabei, sich ans Malen zu begeben, als das Telefon klingelte. Frans Stimme erklang auf dem Anrufbeantworter. Bella stand auf dem obersten Treppenabsatz und verspürte den Wunsch, hinunterzulaufen und das Telefon abzunehmen. Fran hinterließ eine lange Nachricht: Sie riefe an, um sich nach Bella zu erkundigen und ihr zu sagen, dass sie nach wie vor sehr willkommen bei ihr sei, auch ohne Will. Bella schlich die Treppe hinunter, als könnte Fran ihre Anwesenheit bemerken, und legte die Hand auf den Hörer.

»Ich weiß, dass ich eine neugierige Alte sein kann, aber ich verspreche, mich nicht einzumischen. Ich würde mich einfach riesig freuen, dich zu sehen. Ich mag dich sehr und hasse es, wenn man sich aus den Augen verliert. Dafür ist das Leben viel zu kurz. Außerdem habe ich einen Grund …«

Sie hatte doch gerade gesagt, sie wolle sich nicht einmischen. Sie würde ihr doch jetzt keinen Vortrag über Will halten?

»… Ich würde so gerne noch einmal von dem Flan kosten, den du gemacht hast. Diesen umgedrehten …«

Die Tarte Tatin?

»Ich habe sogar letzte Nacht davon geträumt. Das hat man davon, wenn man jenseits der Menopause liegt. Keine wilden Phantasien mehr über muskulöse Prachttypen, die einen in den Sonnenuntergang führen.«

Bella dachte daran, wie sie in Frans Küche gestanden und den Teig ausgerollt hatte, während Will die Äpfel schälte und ein Stück in Zucker dippte, bevor er es ihr in den Mund schob. Sie erinnerte sich an seine Vorfreude, als sie die Form umgedreht hatte und die Torte zum Vorschein gekommen war: warm, braun und nach Karamell duftend. Und an sein Gesicht, als er aufsah und ihr über den Tisch hinweg zulächelte.

»Vermutlich steckst du bis über beide Ohren in den Vorbereitungen zu deiner Ausstellung. Will hat mir davon erzählt. Er klang unglaublich stolz auf dich ...«

Sollte sie den Hörer abnehmen?

»Na ja, tut mir leid, dass ich so lange schwatze, hoffentlich habe ich nicht dein ganzes Band aufgebraucht. Ruf mich ruhig an, wann immer du Lust hast zu kommen. Warte nicht darauf, dass du gefragt wirst. Mein Haus steht dir immer offen.«

Und dann war sie weg.

Donald MacIntyre von der Galerie rief an und fragte, wie sie vorankomme und ob sie ihnen einen kurzen Lebenslauf von sich geben könne. Sie saß zusammengekauert auf der Treppe und lauschte seiner Stimme.

»... Sie müssten die Bilder spätestens dann vorbeibringen, damit wir sie noch rahmen können ... oder wäre es Ihnen lieber, wenn wir sie abholen? Das können wir gerne machen.«

»Ich glaube, ... es gäbe ... ich glaube, ich habe da ein kleines Problem.«

»So?« Seine Stimme klang kühl.

»Ähm, ja. Ich bin nicht sicher, ob sie ... na ja, ich bin vielleicht doch noch nicht ganz bereit für eine Ausstellung. Ich glaube, Sie sollten nicht auf mich zählen.«

»Nein.« Er sagte es mit Entschiedenheit. »Das hört sich ganz nach einem klassischen Fall von Lampenfieber an. Ich komme einfach vorbei und schaue mir an, was Sie getan haben.«

»Lieber nicht.«

»Ich fürchte, das muss sein. Wie wär's mit heute Abend? Gegen acht?«

Donald MacIntyre war größer, als sie ihn in Erinnerung hatte, aber ebenso präsent wie beim ersten Treffen. Sein eleganter Anzug brachte ihr plötzlich ihren eigenen Aufzug zu Bewusstsein: ihr nachlässig mit einer Spange zurückgehaltenes Haar, ihre verblassten Leggings und herabgerutschten Socken. Sie sah, wie sein Blick durch den Raum schweifte und die halb geleerten Kaffeetassen auf jeder freien Oberfläche sowie die längst getrocknete Wäsche auf den Heizkörpern bemerkte.

»Die Bilder sind oben.« Bella führte ihn in ihr Studio. Sie war sicher, dass er sie fürchterlich finden würde, und wappnete sich gegen seinen enttäuschten Blick, sein Achselzucken und seine Suche nach möglichst taktvollen Worten. Am besten, sie brachte es möglichst schnell hinter sich.

»Ich hab ein paar in Wasserfarben.« Sie deutete in die entsprechende Richtung. »Auch einige Stiftzeichnungen. Die restlichen sind in Öl gemalt, wie die vorigen auch.«

Ohne auf sein feines Tuch zu achten, hockte er sich zwischen die öligen Lappen und halb ausgedrückten Tuben Farbe.

»Vorsicht! Die sind noch nicht ganz trocken.«

Bei einem großen Bild, das sie nach der ersten Zeichnung von Will angefertigt hatte, hielt er inne.

»Dieses kommt ins Fenster.« Er nickte.

»Nein!« Sie räusperte sich entschuldigend. »Ich meine, das ist nicht zu verkaufen.«

Er lachte trocken und schüttelte den Kopf.

»Darüber können wir später streiten. Übrigens, was sollte der Unsinn, Sie seien noch nicht fertig?«

Bella zuckte mit den Achseln.
»Wir haben gar nicht so viel Platz, wie Sie Bilder haben. Allerdings …«
Jetzt kommt's, dachte sie. Gleich sagt er mir, dass er sie furchtbar findet.
»Diese finde ich besser, als einige der Bilder, die Sie uns bereits gebracht haben. Wir sollten deshalb ein paar austauschen, bevor wir sie rahmen lassen, ja?« Er erhob sich etwas mühsam. »Ich werde alt.« Er schnalzte missbilligend mit der Zunge und schaute sie dann an. »Sonst noch Fragen?«
»Nein. Doch. Sie finden sie also … okay?«
Darauf brach er in lautes, schallendes, röhrendes Gelächter aus. Bella kicherte nervös, weil sie nicht wusste, was es zu lachen gab, und überrascht war, dass ein solch ruhiger, eleganter Mann solche Laute von sich geben konnte.
»Verzeihung«, sagte er schließlich. »Es tut mir leid. Glauben Sie wirklich, ich würde sie ausstellen, wenn ich sie nicht für ›okay‹ hielte? Warum sollte ich? Ich bin doch kein Wohlfahrtsverein für arbeitslose Künstler. Okay? Nein, sie sind nicht okay. Sie sind verdammt gut. Ehrlich. Jetzt wissen Sie's.« Er schüttelte den Kopf und musste wieder lachen. »Ich liebe meinen Job«, sagte er. »Wenn ich nur nicht immer mit diesen Künstlern zu tun hätte.«

27.

Du bringst sicher Will wieder mit, nicht wahr?«, fragte Gerald, als Bella ihn endlich wegen Alessandras Geburtstag zurückrief.
»Hmm. Vielleicht auch nicht.«
»Oh? Wie geht's denn mit ihm?«
»Wunderbar, er ist nicht mehr da, wenn du's genau wissen willst.«
Nein, sie wolle jetzt nicht darüber sprechen, und er solle es Alessandra bitte nicht sagen, weil sie sich nicht stark genug fühle für den stoischen »Meine-Tochter-ist-mein-Kreuz«-Blick.
Alessandras Geschenk – eine antike Servierplatte mit rosafarbenen Rosenblüten und Goldverzierungen am Rand – hatte sie bereits gekauft, doch sie brauchte noch einmal so lange, bis sie das haargenau dazu passende Geschenkpapier ausfindig gemacht hatte. Ihren Freunden schenkte sie normalerweise selbst gemachte Karten, aber ihrer Mutter gab sie seit langem nur noch gekaufte Glückwunschkarten, weil es einfacher war und ihr den ganzen unehrlichen »Wie reizend, wie nett, etwas Selbstgemachtes zu bekommen«-Unsinn ersparte. Außerdem war sie ohnehin sehr beschäftigt, da sie versuchte, jeden Abend ein wenig zu malen und ihre Kontakte aufzufrischen, um auf freiberuflicher Ebene Aufträge einzuwerben. Den Geburtstag selbst, den Freitag, hatte sie sich frei genommen, so dass sie am Donnerstagabend den Wagen

packte – ihre Kleidung, das Geschenk und eine Azalee als Extrageschenk, einen neuen Krimi (Nebengeburtstagsgeschenk für ihren Vater) sowie einen guten Bordeaux – und losfuhr.

Sie war wieder in ihrem alten Zimmer untergebracht, stahl sich zuvor aber leise in das eigentliche Gästezimmer, wo sie mit Will bei ihrem letzten Besuch übernachtet hatte. Hier hatten sie diesen dummen Streit gehabt, wobei Will ihr eine Nachhilfestunde in Glücklicher Familie hatte geben wollen: ekelhaft, was für ein selbstzufriedener Gockel er doch manchmal war. Sie verzog verächtlich den Mund, entschlossen, Wut zu empfinden. In jener Nacht hatte sie ihm den Rücken gekehrt und so getan, als schliefe sie, als er ihre Schulter berührt, seinen Arm über sie gelegt und ihren Namen geflüstert hatte. Wenn sie ihn doch nur nicht so schrecklich vermisste und nicht immer diesen fürchterlichen Schmerz in der Magengrube verspürte. Sie hob ihre Reisetasche wieder auf, marschierte in ihr eigenes Zimmer und schloss energisch hinter sich die Tür. Es war besser so.

Noch in dem überdimensionalen T-Shirt, das sie im Bett getragen hatte, schlüpfte Bella schnell in ihre Jeans und dicke Socken, um in die Küche zu eilen. Sie ließ Perro aus seinem Lieblingsschlafplatz, dem Wirtschaftsraum, und hockte sich hin, um ihre Arme um seinen Nacken zu schlingen. Sie erinnerte sich an Wills scherzhaftes Winseln, als er gesehen hatte, wie sie den Hund mit Liebe überschüttete. Abgesehen von dem Tappen von Perros Pfoten auf dem Küchenboden lag das Haus schlafend und ruhig da. Es strahlte die Stille vor dem Erwachen aus, als halte es die Luft an in Erwartung des Schlurfens der Pan-

toffeln auf der Treppe, des Klirrens der Tassen, des leisen Brodelns des Wasserkochers und des Klapperns der Milchflaschen, wenn man den Kühlschrank öffnete.
Die Küche war wie immer makellos, erfüllt von der Kühle peinlich ordentlicher Räume. Bella war froh, dass sie die dicken Socken anhatte. Selbst durch sie hindurch konnte sie die kalte Härte des gekachelten Bodens spüren. Sie nahm die schönsten Tassen und Untertassen aus der Küchenvitrine, füllte ein Milchkännchen und durchstöberte die Schubladen nach dem besten Teesieb. Wo war ein Tablett? Und ein Deckchen? Sie fand saubere Leinenservietten und legte eine auf das Tablett, stellte die Tassen darauf und stibitzte eine einzelne Blüte und etwas Grün von dem Blumenstrauß, der im Flur stand, um sie in einer Vase zu den Tassen zu stellen.
Sie hörte leise Schritte auf der Treppe. Gerald trat in die Küche.
»Guten Morgen, Dad. Zurück ins Bett mit dir. Geh schon. Ich bring euch euren Tee.«
Er entdeckte das Tablett.
»Wie schön, es nicht selbst machen zu müssen. Hast du alles gefunden, was du brauchst?« Auf der Schwelle blieb er noch einmal stehen. »Ach, wusstest du, dass deine Mutter mittlerweile morgens nur noch Earl Grey trinkt? Ich mag den anderen lieber, aber mach dir keine extra Mühe.«
»Nein, nein. Kein Problem. Ich such nur nach einer zweiten Teekanne.«

Sie hielt das Tablett mit der einen Hand fest und balancierte es auf einem hochgezogenen Knie, während sie mit der anderen an die Schlafzimmertür ihrer Eltern klopfte.

»Wünschen Madam Ihren Geburtstagstee im Bett einzunehmen?« Bella beugte sich zu ihrer Mutter, um ihr einen Kuss auf die Wange zu geben. »Herzlichen Glückwunsch zum Geburtstag. Dein Geschenk ist noch im Wagen. Ich gehe es gleich holen. Dein Haar sieht gut aus.« Selbst so früh am Morgen war es schon ordentlich hochgesteckt.

»Danke, Bella-Liebling. Wie schön. Hübsche Anemone. Sie sieht genauso aus, wie die, die in dem Blumenstrauß im Flur sind. Ist das Earl Grey?« Alessandra inspizierte das Tablett.

»Ja. Dad hat mich vorgewarnt. Soll ich dir eingießen?«

»Besser, wenn er noch etwas zieht. Oh, hast du keine Tablettdeckchen gefunden? Sie liegen in der Schublade.«

»Nein, hab ich nicht.« Bella drehte sich um und lenkte sich ab, indem sie den Tee einschenkte: Ganz vorsichtig legte sie das Sieb auf die Tassen, vergaß nicht, die Milch korrekterweise zuletzt hinzuzufügen, und trug die Tassen ans Bett, die Stirn in Falten gelegt wie ein Kind, das sich Mühe gibt, alles richtig zu machen.

»Wunderbar«, sagte Alessandra. »Könnte ich vielleicht noch einen Tropfen Milch haben?« Bella folgte ihrer Anweisung und wandte sich dann zum Gehen.

»Dieses Mal ohne Will?«

»Ja.«

»Oh. Ist alles in Ordnung?«

»Ja, danke. Warum sollte auch nicht alles in Ordnung sein?«

»Entschuldige. Ich wollte nicht … Grüß ihn schön von uns, ja?«

»Hmm-mm.«

Sie verbrachten den Vormittag in der Stadt, wo Alessandra nach einem Tuch suchte, mit dem sie die wunderschöne Bernsteinbrosche, die ihr Gerald geschenkt hatte, am besten zur Geltung bringen konnte.
»Er hat gesagt, sie erinnere ihn an die Farbtupfer in meinen Augen. Dein Vater ist wirklich ein hoffnungsloser Romantiker.« Sie lächelte nachsichtig.

Sie trafen Gerald zum Mittagessen, wo er den neuen Schal bewundern durfte.
»Und lass mich dir doch etwas Schönes zum Anziehen kaufen, Bella-Liebling«, sagte Alessandra. »Diese Hose trägst du doch bestimmt schon seit Ewigkeiten.«
»Sie ist bequem. Ich habe zu Hause wirklich elegante Kleidung für die Arbeit, weißt du.«
Ihre Mutter nickte.
»Ja, natürlich. Ich hab ja keine Ahnung, was heutzutage modern ist.« Sie zupfte am Ärmel ihrer silbergrauen Crêpe-de-Chine-Bluse. »Ich halte mich einfach an klassische Modelle.«

Bella hatte darauf bestanden, das Geburtstagsessen zu kochen. Als Vorspeise servierte sie gekochte Wachteleier in einem Nest aus gemischtem Salat: Rucola, ein paar Blätter lilaroter Radicchio, gedünstete Zuckerbohnen, gegrillte, in feine Streifen geschnittene gelbe und rote Paprika, mit einer warmen Sesamsalatsauce.
Alessandra war nur »kurz hereingekommen, um etwas zu holen«, als Bella kochte.
»Mmm. Wunderbare Farben. Dein Vater isst keine Paprika, weißt du.«

»Hast du das Rezept aus dem Kochbuch, das ich dir zu Weihnachten geschenkt habe?«, fragte Alessandra beim Abendessen mit seitlich geneigtem Kopf, während sie das Ganze begutachtete.
»Nein. Ich habe es, ehrlich gesagt, einfach erfunden. Wie ist es?«
»Köstlich!«, sagte Bellas Vater. »Die Paprika schmecken so zubereitet wunderbar.«
»Sehr gut. Aber der Rucola muss teuer gewesen sein«, meinte Alessandra.

Zum Hauptgericht gab es pochierten Lachs mit einer Kressesauce, *Pommes Anna* mit Schichten glasierter hauchfeiner Zwiebelringe und etwas Sahne, um sie feucht zu halten, sowie schöne grüne Bohnen und in Butter geschwenkte Möhrchen. Nichts Ausgefallenes, nichts Riskantes, nichts, das Gefahr liefe, einen Kommentar wie Ach-wie-interessant-*so*-koche-ich-das-ja-nie hervorzurufen.
»Es ist so viel da, dass sogar noch etwas für morgen übrig bleibt«, sagte Bella.
»Ach, aber ich habe doch schon ganz viel für morgen.«
»Du hast mein Geschenk noch nicht geöffnet. Es liegt im Flur. Ich hole es.« Bella stand vom Tisch auf.
»Bitte mach dir keine Umstände, Bella-Liebling. Ich öffne es später.«
»Bitte öffne es jetzt.«
Bella räumte die Teller ab und legte das Geschenk vor Alessandra.
»Das ist ja wirklich wunderschön eingepackt. Was für schönes Papier.«
»Ich hoffe, es gefällt dir.« Bella rückte das Salz-und-Pfeffer-Töpfchen zurecht und fegte ein paar Krümel von

der Tischdecke in ihre Hand. »Ich fürchte, ich kann es nicht umtauschen.«
»Natürlich wirst du es nicht umtauschen müssen.« Alessandra machte vorsichtig den Tesafilm ab. »Also, nein.« Die Servierplatte lag vor ihr in einem Nest rosafarbenen Seidenpapiers und mit Rosen verziertem Geschenkpapier. »Das ist wirklich sehr bestechend, Bella. Danke.«
»Wir müssen einen Ehrenplatz dafür finden«, sagte Gerald. »Wie wär's, wenn wir die langweilige grüne Platte woandershin und diese in die Mitte der großen Anrichte stellen?«
»Aber Gerald-Liebling, die gehörte Mama. Vielleicht finden wir einen Platz auf der Kommode im Flur.«
Bella ging in die Küche, um den Nachtisch zu holen.
»Ich hoffe, ihr benutzt sie gelegentlich«, rief sie zurück, während sie nach dem silbernen Kuchenheber suchte.
»Nun ja, natürlich haben wir nicht mehr so viele Gäste wie früher, Bella. Nicht so, wie damals, als ich in deinem Alter war. Und für uns beide ist sie ein wenig groß.«

Bella erschien mit ihrem eisgekühlten Zitronenmoussekuchen, den ein Himbeerpüreerand rahmte. Die makellos glatte Oberfläche verzierte ein großes ›A‹ in geschwungener Schokoladenschrift.
»Ta-tah«, sagte Bella schwach, eine Scheinfanfare.
»Das sieht wirklich köstlich aus, aber ich glaube nicht, dass ich jetzt auch nur noch einen Happen zu mir nehmen könnte. Nehmt ihr euch doch ein Stück.«
»Die Nachspeise ist sehr leicht«, sagte Bella. »Besteht hauptsächlich aus Luft.«
Alessandra lächelte, machte eine elegant abwehrende Geste und tupfte sich entschlossen die Lippen mit ihrer Serviette ab.

»Und jetzt werde ich uns einen Kaffee machen«, sagte sie und erhob sich.

Bella schaute auf den Moussekuchen hinab. Auf einem der Beinchen des As schien sich ein Tropfen Wasser zu befinden. Und ein zweiter. Tränen fielen auf den Kuchen, wie sie mit dem Kuchenheber in der Hand davor stand.

»Ach, Bella, Süße, nicht«, sagte ihr Vater. »Es ist doch nicht so schlimm. Sie kann nichts dafür.«

Bella schluchzte jetzt; ihr Atem kam stoßweise aus ihrem schmerzenden Brustkorb.

»Nie … nie …« Bei den Worten schlug Bella mit der flachen Seite des Kuchenhebers auf den Kuchen und rang nach Luft. »Nie .. sagt … sie … irgendetwas … Nettes.«

»Sch, schh.« Er legte den Arm um ihre steifen Schultern. »Das war ein köstliches Essen, das du uns da gezaubert hast. Natürlich hat es ihr geschmeckt.«

»Sie … *hasst* … mich.«

Alessandra kam mit dem Tablett und dem Kaffee hereingeweht.

»Oh, störe ich bei irgendetwas? Was ist denn mit dem herrlich aussehenden Kuchen passiert? Ich wollte mir gerade ein Stück nehmen.«

Gerald brachte sie mit einem Blick zum Schweigen.

»Also, ich weiß wirklich nicht, warum sie weint. Ich hab viel mehr Grund. Schließlich bin ich diejenige, die ein Jahr älter wird.«

»Ali! Das reicht jetzt.«

Achselzuckend seufzte sie auf.

»So ein Theater …«

Bella fuhr herum und schrie sie an:

»Ja, allerdings: ein *beschissenes* Theater. Dir ist doch nichts je gut genug! Ganz egal, was ich tue, es ist immer das Falsche, weil ich es bin.«

Bella schaute auf den Kuchenheber in ihrer Hand, den sie fest umklammert hielt; er fühlte sich fest und stabil an: ein ermutigendes Gefühl. Kalt glänzendes Metall. Sie schien ihn nicht loslassen zu können.
»Was willst du eigentlich von mir? Kannst du mir sagen, was ich tun soll, um dir überhaupt je etwas *recht* zu machen? Du magst mich doch gar nicht, geschweige denn, dass du mich liebst. Warum hast du mich überhaupt bekommen? *Warum?* Du wolltest mich doch sowieso nie haben, oder? *Oder?*«, schrie Bella ihrer Mutter ins Gesicht.
Alessandra sah sie aus riesigen, schreckgeweiteten Augen an; sie zuckte immer wieder zusammen, als die Worte sie trafen.
Bella hob den Kuchenheber hoch in die Luft und ließ ihn mit ganzer Kraft auf den Kuchen niederschmettern. Zitronenmousse flog über den Tisch, und das blutig aussehende Himbeerpüree spritzte auf die schöne weiße Tischdecke.

Gerald legte seine Hände auf die ihren, drückte sie nach unten und öffnete ihre verkrampften Finger.
»Nein«, sagte Bella, indem sie sich die Nase mit dem Handrücken abwischte und plötzlich auflachte. Plötzlich war alles ganz klar. »Du hast mich nie gewollt. So einfach ist das.« Sie schaute auf den zertrümmerten Kuchen, den silbernen Kuchenheber und das weiße Tischtuch mit roten Flecken, die von Gewalt zeugten.

Sie war zu ausgelaugt, um sofort nach Hause zu fahren. Sie wollte gleich morgens losfahren, sowie es hell geworden war. Doch jetzt sehnte sie sich nur noch nach einem langen heißen Bad und Schlaf. Ihre Rippen schmerzten vom Weinen, aber Tränen hatte sie keine mehr. Sie war gefasst. Das Unsagbare war ausgesprochen, und es war eine Erleichterung.

Gerald kam zu ihr, als sie sich gerade für ein Bad fertig machte.

»Deine Mutter will mit dir sprechen. Sie will sich erklären. Sprich doch einfach mit ihr. Bitte.«

»Es tut mir leid, Dad, aber ich habe wirklich genug gehabt. Ich bin nicht in der Stimmung, um mir ihre Verteidigung des Status quo anzuhören.«

»Ich weiß, dass es schwer ist. Aber sie gibt sich wirklich Mühe. Sie kann tatsächlich nichts dazu.«

»*Dad*. Bitte belass es dabei, ja?«

»Okay.« Seine Schultern fielen nach vorne, und er sah müde aus. »Aber vielleicht morgen, ja?«

»Vielleicht.« Sie lächelte und umarmte ihn. »Die Schweinerei tut mir leid.«

Er wedelte ihre Entschuldigung wie eine Fliege davon. »Vergiss es. Aber von wegen: hauptsächlich Luft!« Er tätschelte ihr die Wange.

Die Beine fest umschlungen, sitzt sie auf dem Boden des großen Schranks unter der Treppe. Wenn sie sich auf Zehenspitzen stellt und ordentlich reckt, kommt sie gerade an den Lichtschalter heran, so dass sie sich gelegentlich mit Fernando, ihrem Stofffrosch, etwas Papier und ihren besten Filzstiften in den Schrank verkriecht. Sie malt Prinzessinnen – sich selbst natürlich als Hauptprinzessin, während ihre Freundinnen ihr als Nebenprinzessinnen

dienen. Alle tragen lange Kleider und gelbe Kronen, die mit detailgetreuem und übergroßem Schmuck versehen sind.
Bisher ist ihr Geheimversteck nicht entdeckt worden. Dafür gibt es zwei Gründe. Zum einen ist sie stets darauf bedacht, nie zu lange dort zu bleiben, obwohl sich ihre Mutter allmählich damit abgefunden hat, dass sie gelegentlich vom Erdboden verschwindet. Zum anderen schützen sie das im Schrank abgestellte Bügeleisen sowie Daddys Wintermantel und Angelzeug vor jedem flüchtigen Blick. Doch an diesem Tag sitzt sie ohne Papier und Filzstifte im Schrank. Sie hat keine Zeit gehabt, sie zu holen.
Morgens noch war sie im Garten gewesen und hatte das Unkraut, das ihr Vater ihr gezeigt hatte, gezupft und dann unter dem großen grünen Dach des Fruchtzeltes Himbeeren gepflückt. Mummy braucht die Früchte für einen besonderen Nachtisch. Bella nascht beim Pflücken und zählt dabei: eins, zwei, drei Himbeeren kommen in das Schüsselchen, und die vierte landet in ihrem Mund. Als die Schüssel voll ist, bringt sie sie ins Haus und streift dabei mit den Händen verträumt über die Wände. Mummy bedankt sich für ihre Hilfe und meint, hoffentlich habe Bella nicht zu viele Früchte genascht und sich dadurch den Appetit für das Mittagessen verdorben. Mummy eilt ins Esszimmer davon.
»Bella!«
Als sie ihren Namen hört, erstarrt sie, die Hand über der Schüssel Himbeeren. Dann beginnt sie, leise zur anderen Tür, in Richtung Flur, Haustür und Sicherheit zu schleichen. Alessandra brüllt Gerald herbei, er solle sich einmal anschauen, was das unmögliche Kind jetzt wieder angestellt hat.

»Die ganze Tapete mit Himbeerfingern verschmiert. Bella! Komm her!« Sie hat beinahe die Haustür erreicht, als sie am Arm gepackt und herumgerissen wird.
»Das hast du mit Absicht getan, um mich in Rage zu bringen, nicht wahr? Nicht wahr?« Das Gesicht ihrer Mutter ist nur wenige Zentimeter von dem ihren entfernt; Bella kann den süßen Duft des Gesichtspuders und Jasminöls, das ihre Mutter benutzt, riechen. Mummys Augen sind weit aufgerissen, hell und mit Feuer gesprenkelt, wie die eines Tigers.
»Hab ich nicht«, flüstert sie. »Hab ich nicht.«
»Hast du wohl. Lüg mich nicht an.« Die in rascher Folge verteilten Schläge brennen auf ihren Schenkeln. »Jetzt geh in dein Zimmer und komm mir für den Rest des Tages nicht unter die Augen.«

Sie beißt sich auf die Lippen und kämpft mit den Tränen. *Der* will sie ihre Tränen nicht zeigen, auf gar keinen Fall.

Sie ist schon auf der Treppe, auf dem Weg in ihr Zimmer, als sie Stimmen aus der Küche hört und wieder zurückschleicht und lautlos in den Schrank schlüpft. Aus ihrer Ecke hinter Daddys weichem Mantel lauscht sie angestrengt auf die Worte ihrer Eltern, deren Bedeutung sie jedoch nicht ganz versteht.
»… genug«, sagt ihr Vater. »… hat es nicht so gemeint.«
»… ihre Partei.«
»… was heißt hier Partei … «
»… gebe mir so große Mühe.«
»… dir zu helfen … sie zu bestrafen, bringt es auch nicht …«
»Hör auf, Gerald. Bitte.«
Leichte Schritte, die nach oben rennen. Das Geräusch

des Schlüssels, der in der Badezimmertür umgedreht wird.

Sie öffnet die Schranktür einen Spalt. Sie kann ein Stück des Flurs und einen Ausschnitt der Küchentür sehen, die offen steht. Auf Zehenspitzen durchquert sie den Flur, um in die Küche spähen zu können. Mit dem Rücken zu ihr steht ihr Vater am Spülbecken und schaut aus dem Fenster. Er wäscht ab. Die grün-weiße Porzellantasse in seinen Händen sieht winzig aus, als sei sie Puppengeschirr. Sie scheint sehr dreckig zu sein, weil er sie dreht und dreht und immer wieder mit der Bürste durchfährt. Auch scheint ihr Vater einen guten Witz im Kopf zu haben, denn seine Schultern beben, wie sie das gelegentlich tun, wenn er lacht. Sie würde gerne mitlachen, aber irgendetwas kommt ihr merkwürdig und beängstigend vor, so dass sie sich leise wieder zurückzieht, an den Himbeerwänden vorbei, durch die Verandatür in den Garten und durch eine Lücke im Zaun auf die dahinterliegende Wiese entkommt, wo sie im hohen, hohen Gras verschwindet.

Als ihr Vater am nächsten Morgen mit einer Tasse Tee an ihrer Tür klopfte, war sie bereits auf und davon.

28.

Das Lämpchen ihres Anrufbeantworters blinkte in raschem Stakkato und erinnerte sie an all die unbeantworteten Anrufe, die sich angesammelt hatten. Die meisten stammten von ihrem Vater, der – Vergeblichkeit in der Stimme – eine Nachricht nach der anderen hinterließ. Bella rief einerseits aus Angst, ihre Mutter könne abheben, nicht zurück, sah darüber hinaus aber auch keinen Sinn in einem Gespräch. Er würde doch nur wieder die Rolle des UN-Diplomaten spielen und sie mit dem Versprechen, dieses Mal würde alles anders, zu einem Besuch verleiten, während er sich für Alessandra entschuldigte, sie aber gleichzeitig rechtfertigte und verteidigte.

Anthony hatte ihr gerade einen Schaumstoffball an den Kopf geworfen, als ihr Telefon klingelte. Sie schleuderte ihn zurück und traf seine Kaffeetasse.

»Ant, ich bin NICHT zu Späßen aufgelegt.« Sie ignorierte seine Grimasse.

Es war Gerald.

»Hi, Dad«, sagte sie ohne große Freude in der Stimme.

»Wie geht's dir?« Großartiger Schachzug, sie im Büro aufzuspüren, wirklich.

Der Ball landete mitten auf ihrem Schreibtisch. Sie nahm ihn und warf ihn zum Kopierer, während sie ein lautloses »Verpiss dich!« in Anthonys Richtung schickte.

»Bitte sag, dass du einen anderen Grund für deinen Anruf hast, als den, den ich vermute.«
Es folgte eine Reihe von hmms und ahas.
»Wenn es ihr so leid tut und sie sich erklären will, darf ich fragen, warum sie es dann nicht schafft, selbst zum Telefon zu greifen?«
Sie spürte, dass Anthony lange Ohren machen wollte und warf ihm einen der berüchtigten Kreuzer-Blicke mit hochgezogener Augenbraue zu, die jeden Mann auf fünfzig Meter Entfernung zu Eis erstarren ließen. Er schaltete das Radio an und sorgte auf diese Weise für einen diskreten Geräuschpegel, der ihn ablenkte.
»Natürlich hätte ich ihr zugehört«, sagte sie und senkte die Stimme. »Sie hat mich verurteilt, ohne mir auch nur eine Chance zu geben. Wie üblich, möchte ich fast sagen. Wovor soll sie denn Angst haben? Das ist doch lächerlich.
Ich hab keine blasse Ahnung. Warum sollte ich? Ich habe ihn nicht mehr gesehen. Ihr seid es doch, die ihn so verflucht wunderbar finden, ruft ihr ihn doch an. Dann könnt ihr alle zusammen ›Glückliche Familie‹ spielen. Nein, was *wäre* das süß! Warum macht ihr nicht ein Gruppenfoto von euch am Kamin und verschickt es als nächste Weihnachtskarte?
Wie bin ich denn? Weißt du, ich sehe eigentlich gar keinen Sinn in diesem Gespräch, Dad. Ich würde mich sehr freuen, dich zu sehen, wenn du irgendwann mal – alleine – herkommen möchtest, aber nicht, um über diesen Eigentlich-liebt-sie-dich-aber-sie-kann-es-nicht-zeigen-Märchen*scheiß* zu reden. Und ich muss jetzt auch gehen. Hab eine Besprechung. Ja, jetzt gleich. Tschüss. Ja. Tschüss.«

Eine Tasse frisch gebrühten Kaffees und zwei Riegel KitKat tauchten vor ihr auf.
»Danke, Ant.«
»Kein Problem. Tut mir leid wegen des Balls, Frau Lehrerin.«
»Das gibt eine Runde Nachsitzen.«

Wenn sie jetzt von der Arbeit kam, ließ sie sich vor dem Fernseher ins Sofa plumpsen. Die flackernden Bilder glitten an ihr vorüber, ohne dass sie ihnen folgte: Fernsehquiz, bei denen die Zuschauer und Akteure anscheinend alle auf Ecstasy waren, Seifenopern, deren Handlung oder Charaktere sie nicht kannte, sogar Sportübertragungen, bei denen ihr die Spielregeln fremd und der Ausgang des Spiels im Übrigen gleichgültig waren. Gelegentlich überwand sie sich und ging in ihr Studio, öffnete die Tür zu den Stapeln fertiger Bilder, präparierter Leinwände und alter Zeichenhefte. Der Pinsel in ihrer Hand fühlte sich sperrig an, so ungelenk wie ein kleiner Spaten. Bilder flossen zäh durch ihren Kopf, als müssten sie geschmolzenes Blei durchdringen, lösten sich jedoch zu einer undurchdringlichen Suppe auf, sowie sie die Ideen festzuhalten suchte. Wieder im Wohnzimmer, starrte sie auf den Pinsel, den sie noch in der Hand hielt, als sei er etwas ganz und gar Fremdes, ein Ding, dessen Zweckbestimmung ihr völlig rätselhaft war.

Die Post fiel mit einem dumpfen Aufprall auf die Fußmatte. Wahrscheinlich wieder nur Rechnungen und Werbung, dachte sie. Doch da erspähte sie eine Postkarte, die zuoberst auf dem Stapel lag. Bella hob sie zusammen mit den anderen Umschlägen auf.
Die Postkarte kam von Viv, die sich immer noch in Bir-

mingham im Hauptbüro ihres Arbeitgebers befand: »Hi, du altes Ekel. Ich hoffe, dir geht es leidlich und du brütest nicht allzu sehr über der Sache mit Will. Tut mir leid, dass ich so wenig mitfühlend war, aber ich fand, ihr habt so gut zueinander gepasst. Wahrscheinlich hab ich jetzt alles nur schlimmer gemacht. 'tschuldigung, und nochmals 'tschuldigung. Wenn du Ablenkung brauchst, geh doch Nick besuchen (er kann sie bestimmt gut gebrauchen, mal davon abgesehen, dass er dein scharfes Krabbengericht liebt). Bin nächste Woche wieder da.«
Ein Kostenvoranschlag für das Reparieren der drei Gewichtsschnüre der Schiebefenster. Die Kreditkartenabrechnung – die wollte sie erst später öffnen. Ein Werbeblatt für ein neues spanisches Restaurant und für einen Schönheitssalon und dessen »Einmaliges Angebot: Fünfzig Prozent Weniger Für Wimpern- Und Augenbrauenfärbung!« Hieß das, dass sie zwei Augen für den Preis von einem färbten? Und warum schrieben sie jedes Wort groß? Sollte das bedeuten, dass sie einem Etwas Wichtiges Zu Sagen Hatten? Das hatte ihr gerade noch gefehlt, dachte sie und warf einen stirnrunzelnden Blick in den Spiegel auf ihre dunklen, geraden Brauen.
Oha, hallo, diese elegante Schrift hatte sie ja schon lange nicht mehr gesehen: ein Brief von ihrer Mutter (hier wären Großbuchstaben wirklich angebracht). Sie hatte wirklich eine wunderschöne Schrift, lang und geschwungen, wie die kunstvollen Buchstaben auf einer Hochzeitstorte; der Inhalt sprühte jedoch zweifellos vor Gift; ein rasiermesserscharfer Dolch in einer reich geschmückten Scheide.
Das war doch wohl nicht etwa ein von Alessandra eigenhändig geschriebener Entschuldigungsbrief? Das käme ja einem Wunder gleich – man müsste es glatt dem Vatikan

mitteilen. Nein, wahrscheinlicher war, dass sie sich rechtfertigte und Bella indirekt anklagte. Das konnte ja heiter werden.
Sie frischte ihren Kaffee mit heißem Wasser auf und öffnete den Brief.

Liebe Bella,
Ich bin überrascht, dass sie das ›Liebe‹ nicht in Anführungszeichen gesetzt hat.
ich bin es nicht gewohnt, über meine Gefühle zu schreiben oder auch nur zu reden, so dass du dir vielleicht vorstellen kannst, wie schwer mir dieser Brief fällt.
So? Schwer fällt er dir? Arme Alessandra, wird von der bösen Bella in die Enge getrieben.
Ich glaube, wir sind uns in vielerlei Hinsicht sehr ähnlich.
Ähnlich? Ha! So ein Quatsch. Wir sind völlig verschieden.
Ich weiß, dass wir beide dazu neigen, uns von denen, die wir am meisten lieben, abzukapseln, wenn wir verletzt sind oder uns verletzlich fühlen.
Ich doch nicht. Ich bin sehr offen.
Wills Gesicht tauchte vor ihrem geistigen Auge auf. Sie hörte ihn sagen: »Ich wünschte, ich könnte dich wirklich kennen lernen.« Und sie sah sich selbst: ihr abgewandtes Gesicht, ihre zusammengepressten, fest verschlossenen Lippen, ihre schnellen Abgänge, die unangenehmen Gesprächen ein Ende setzten.
Ich bedaure es, …
Konnte sie nicht einfach »es tut mir leid« sagen? Musste sie immer so förmlich sein?
… dass du von mir enttäuscht bist und findest, ich hätte dir nicht die Liebe und Wärme gegeben, die du dir gewünscht hast.
Ein Anwalt hätte das nicht besser formulieren können. Konnte sie nicht einmal ein wenig Verantwortung für ihre Kälte tragen?

Ein wenig … Schuld? Wills Stimme hallte in ihrem Kopf wider: »… sie ist die böse Stiefmutter und du das liebe Schneewittchen.«

Ich glaube nicht, dass ich so eine schlechte Mutter gewesen bin.

Ha! Das glaube ich dir aufs Wort.

Ich wünschte, ich wäre eine bessere gewesen. Wahrscheinlich denken das alle Mütter. Wir haben unser Bestes getan, um dich mit Essen und Kleidung, mit einem sicheren, beständigen Zuhause zu versorgen. Wir haben deine Freunde immer willkommen geheißen, dich darin bestärkt, deine Fähigkeiten weiterzuentwickeln und dir sehr viele Freiheiten gelassen.

Hmm. Aber nur aus lauter Gleichgültigkeit.

Ich kann nur sagen, dass ich mein Bestes gegeben habe – als die, die ich bin. Ich würde dich nie vorsätzlich verletzen. Ich hätte wahrscheinlich eine ›bessere‹ Mutter sein können …

Aha, wie interessant, dass sie das in Anführungszeichen setzt. Offensichtlich ein ganz und gar fremdes Konzept.

… und ich werde mein Möglichstes tun. Ich möchte mich nicht rechtfertigen und glaube auch nicht, dass ich das sollte …

Aber du wirst es trotzdem tun.

… unter ganz anderen Umständen aufgewachsen. Wir hatten sehr wenig Geld, wie das bei Immigranten häufig der Fall ist, so dass ich vielleicht mehr Wert darauf gelegt habe, dich versorgt zu wissen, als dir die Aufmerksamkeit zu geben, die du einklagst. Auch kamen später einige andere Probleme hinzu, die mich sehr mitgenommen haben. Vielleicht werde ich dir eines Tages davon erzählen.

Ach, ein Fortsetzungsroman also? Wie geschickt. Und was für

Probleme sollen das gewesen sein? Der Verlust eines Lippenstifts, als du zwanzig warst? Das Misslingen der Sauce hollandaise vor fünfzehn Jahren? Willst dich nicht genau festlegen, weil du weißt, wie lächerlich es klingen muss?
Du irrst dich, wenn du glaubst, ich würde dich nicht lieben. Du irrst dich sehr. Es tut mir Leid, wenn ich dir das nicht in dem Maße zeige, wie du es dir wünschst – oder wie auch ich es mir wünsche.
Warum konntest du nicht einfach schreiben, dass du mich doch liebst? Doch liebst? Nein: ich liebe dich. Ist es wirklich so schwer, das zu sagen oder zu schreiben? Ihr fiel ein Gespräch mit Will ein: »Du bringst es nicht über deine Lippen, nicht wahr?« Und ihre Antwort: »Was? Das besagte Wort mit ›L‹?« Doch schaffte es wohl nur ihre Mutter, ihre Worte so sorgfältig zu wählen, dass das ›L‹-Wort nur in einem Verneinungssatz auftauchte.
Eine leise Stimme in ihr fragte: »Und, hast du ihr jemals gesagt, dass du sie liebst?«
Ich hoffe, wir können beide versuchen, uns gegenseitig bessere Freundinnen zu sein. In großer Liebe, Mum.

Bella beäugte die Unterschrift. Sie sah, dass ihre Mutter den Brief beinahe mit Alessandra unterschrieben hätte. Der äußere Strich des A war sorgfältig in das Mitteltal eines M umgewandelt worden.
Oh, bitte nicht. Mum. Wie überzeugend. Warum hast du nicht gleich einen Kokosnusskuchen mitgeschickt? Das wäre doch ein eindeutiger Beleg dafür, dass du eine gute ›Mum‹ bist.

Sie faltete den Brief wieder zusammen und steckte ihn zurück in den Umschlag. Der war jedoch nicht leer. Sie schüttelte ihn aus, und zwei Fotos fielen auf den Tisch. Bella hatte sie, oder solche in der Art, noch nie gesehen.

Auf den meisten Familienfotos waren entweder sie alle in steifer und verspannter Haltung zu sehen, oder eine schick aussehende Alessandra beziehungsweise eine für sich oder mit einer Freundin spielende Bella. Ihr Vater hatte die meisten davon aufgenommen, so dass er so gut wie nie auftauchte. Doch diese Fotos waren anders. Das eine war etwas unscharf: Es zeigte eine hübsche, entspannte Alessandra in einem Sommerkleid und mit offenem Haar, die Bella auf der Hüfte trug und sie vermutlich gerade unter dem Kinn kitzelte; die kleine Bella lachte. Wann war dieses Foto aufgenommen worden? Bella drehte es um. Kein Datum. Sie mochte zwei oder drei Jahre alt gewesen sein.

Das andere Foto war schärfer. Es war ein Strandfoto. Alessandra kniete im Sand, hielt sich das Haar aus dem Gesicht und schaute Bella zu, die gerade ein Fähnchen in eine große Sandburg steckte, die ihr bis zur Schulter ging. Die Burg hatte einen Burggraben und Türme, die mit Muscheln geschmückt waren. Auch hier fand sich kein Datum, aber Bella schien es, als könne sie nicht älter als drei Jahre gewesen sein. Als sie es noch einmal näher betrachtete, erkannte sie den Badeanzug wieder, den sie auf dem Bild trug. Plötzlich erinnerte sie sich wieder, dass er dunkelblau gewesen war, mit einem kleinen weißen Röckchen dazu und einem gestreiften Oberteil mit V-Ausschnitt. Sie hatte ihn bis zu diesem Augenblick völlig vergessen, obwohl sie damals hingerissen gewesen war, als ihre Mutter ihn ihr gekauft hatte. Sie hatte sich so groß gefühlt: ihr erster richtiger Badeanzug. Jetzt musste sie nicht mehr nur in einem Höschen herumlaufen, als wäre sie noch ein Baby.

Vielleicht würde sie ihren Vater anrufen und ihn fragen, ob er wusste, wann und wo das Foto entstanden war. Bella starrte das erste Foto noch einmal intensiv an. Was war daran so außergewöhnlich? Es unterschied sich eigentlich in nichts von tausenden anderer Familienfotos. Sehr schön, aber nichts Besonderes. Sie betrachtete das Gesicht ihrer Mutter genauer. Da, das war's. Obwohl das Bild leicht verschwommen war, konnte sie erkennen, dass Alessandra die kleine Bella ganz versunken und aufmerksam anschaute. Es zeigte eine kleine, in sich abgerundete Welt, in der es nur Alessandra und Bella, Mutter und Kind, gab. Sie schloss die Augen, als könne sie sie heraufbeschwören.

Warme Arme umschließen sie. Der Geruch nach Jasmin, Gesichtspuder und Meer. Aneinander reibende Nasen.

Bella blickte auf die Fotos in ihrer Hand und stellte sie dann auf den Kaminsims.

Leicht benommen wanderte Bella durch den Supermarkt, schritt die Gänge auf und ab, als sei sie ferngesteuert. Wie in Trance sammelte sie Waren vom Regal, nahm von dem aufgestapelten Gemüse, füllte es in Tüten und ließ sie in ihren Einkaufswagen fallen. Was brauchte sie? Warum war sie eigentlich hier? Sie griff sich ein Glas Joghurt, starrte auf das Etikett und nagte an den Lippen, als würde sie nachdenken, das Bild einer kritischen Einkäuferin, die fachmännisch die Zutaten, den Preis, das Gewicht und die Nährwerte prüfte. Künstliche Stärke, las Bella, Zitrussäure; 104 kcal pro 100 g, 208 kcal pro Glas. War das gut? Hieß das, sie sollte es kaufen oder nicht?
Immer noch beherrschte Will ihre Gedanken und Vorstel-

lungen. Sie sah ihn immer wieder vor sich: schlafend, sein unbezähmbares Haar gegen das Kissen gedrückt; beim Spaziergang, wie er immer wieder stehen blieb, wenn er ihre Unterhaltung besonders spannend fand. »Kannst du nicht gleichzeitig gehen und reden«, fragte sie ihn dann. »Nein«, lautete seine übliche Antwort, und er nahm sie am Arm und hielt sie so, dass er ihr ins Gesicht sehen und ihre Reaktion wahrnehmen konnte; unter der Dusche, wo er das Wasser über sein Gesicht rinnen ließ, das dann seine Brust hinablief und den Schaum an seinen Beinen abspülte; selbst hier im Supermarkt, wo er mit dem Einkaufswagen halsbrecherisch rasend die Gänge entlanggeschlittert war und das Quietschen von Reifen nachgemacht hatte, als er um eine Ecke gefegt kam; im Bett, mit friedlichem Gesicht und leuchtenden Augen, die auf ihr ruhten, seinen Finger, um den er eine Locke wickelte – »Siehst du? Wir sind miteinander verschlungen. Jetzt wirst du mich nie mehr los.«

Sie gab sich alle Mühe, diese Gedanken, schwer und konkret wie Wackersteine, beiseite zu schieben. Sodann fielen ihr die Fotos von sich und ihrer Mutter ein. Ungeduldig mit sich selbst lenkte sie ihre Aufmerksamkeit auf das Gefrierfach. Was brauchte sie noch? Sie starrte den Orangensaft an, als sei die Antwort auf der Verpackung zu finden.

An der Kasse gab sie der Frau ihre Karte. »Wollnsewas ausgezahltham?« Sie kam sich wie eine Ausländerin vor, eine Fremde in ihrem eigenen Land. »Wollnse was ausgezahlt haben?« wiederholte die Kassiererin ihre Frage. Bella nickte automatisch und schwieg. »*Wie viel* denn?« Das kam mit Nachdruck, voller Ungeduld. Bellas Blick fiel auf ein Schild an der Kasse: Bei Bezahlung mit folgenden Karten können Sie bis zu £50 in bar abheben.

»Fünfzig«, echote sie. Ohne nachzudenken, packte sie den Einkaufswagen aus, verstaute die Sachen im Kofferraum, die Eier an einem besonders sicheren Platz, als kümmere es sie, ob sie heil nach Hause gelangten oder nicht.

Sie lenkte den Wagen durch das Einbahnsystem des Parkplatzes, fuhr im Schneckentempo und zwang sich, besonders auf ausscherende Autos, Kunden mit sperrigen Einkaufswagen und kleine Kinder zu achten. Sie hatte sein Gesicht deutlich vor Augen, das halbe Lächeln, während er ihr zuhörte. Sie sah, wie seine Augenbrauen eine Horizontale bildeten, wenn er nachdachte. Sie zwinkerte ein paar Mal entschlossen mit den Augen und schluckte. Sie musste nicht an ihn denken. Wollte nicht. An alles andere. Nur nicht an ihn.

Und dann, wie durch einen Nebel, meint sie Patrick vor sich auszumachen, wie er langsam davongeht. Er dreht sich halb um, als könne er sie hinter sich spüren, aber sie kann immer noch nicht erkennen, ob er es wirklich ist. Sie holt scharf Luft und nimmt mit vor Ekel bebenden Nasenflügeln den Geruch von Feuchtigkeit, die dumpfe Aura von Schimmel wahr. Die Haare auf ihrem Nacken stellen sich auf, ihre Arme sind über und über mit Gänsehaut bedeckt. Womöglich dreht er sich um und winkt ihr zu, so dass sie ihm folgen kann. Bestimmt wird er sie rufen, oder? Feuchte Kälte umgibt sie, und Angst überkommt sie, kriecht über ihre Schultern, krabbelt ihr den Rücken herab, rutscht in ihre Knie. Patrick! will sie ihm hinterherbrüllen. Patrick!

Ein plötzlicher Knall. Das Scheppern von Metall. Ein Reifenquietschen, das Übelkeit verursacht. Sie wurde vorwärts und nach links geschleudert und dann von ihrem gut haltenden Sitzgurt wieder zurückgerissen.

»Verflucht, du *blöde* Kuh! Was, verfluchte Scheiße, machst du eigentlich? Du musst mich doch *gesehen* haben!«

Ein Mann auf der anderen Seite der Scheibe brüllte sie an. Er kam so nahe heran, dass sie gut in seinen Mund sehen konnte. So mussten Zahnärzte die Welt wohl wahrnehmen, dachte sie. Eine goldene Krone, auffallend vor dem schwarzen Schlund, blitzte ihr von den Vorderzähnen entgegen.

Sie sah, dass er noch immer schrie. Seine Lippen bewegten sich schnell, sein Mund verzog sich in einem fort; er zeigte auf etwas. Wieder knallte es, als er seine Hand auf die Seite ihres Kotflügels herabschmettern ließ. So lange es ihr gelang, das Steuer festzuhalten, würde alles schon wieder in Ordnung kommen. Ihre Hände fühlten sich taub an. Ein Blick auf das Steuer, um zu sehen, ob es auch noch existierte, ergab, dass ihre Hände es noch immer umklammert hielten; unter dem Steuer zitterten ihre Beine unkontrollierbar.

Ein Polizist sprach auf den brüllenden Mann ein, legte ihm die Hand auf den Arm und führte ihn bestimmt zur Seite. Ein Klopfen an ihrer Fensterscheibe. Ein anderer Polizist zog mit einem Finger kleine Kreise in der Luft und zeigte auf etwas. Wie niedlich. War das ein Spiel?

»Öffnen Sie das Fenster«, sagte er ihr durch das Glas. *Öffnen Sie das Fenster.* Sie bekam geradezu mit, wie sich die Rädchen in ihrem Gehirn langsam wieder zu drehen begannen und allmählich zu greifen schienen. Sie schaute zu, wie ihr Arm sich durch die Luft bewegte, als sei sie

Wasser, wie er sich zur Kurbel streckte und den Griff anpackte.
»Schalten Sie den Motor aus und steigen Sie bitte aus dem Wagen.«
Bella sah zu ihm auf. Sein Gesichtsausdruck veränderte sich, und er langte mit dem Arm an ihr vorbei, um den Zündschlüssel zu drehen. Die Tür wurde geöffnet.
»Sind Sie verletzt, Miss? Warten Sie. Bewegen Sie sich nicht. Bleiben Sie ganz ruhig sitzen.«

Jemand hockte sich neben sie und fing an, ihr Fragen zu stellen. Hatte sie Schmerzen? Wie fühlte sich ihr Nacken an? Konnte sie ihre Beine bewegen? Ihre Füße? Wie hieß sie? Wusste sie, was für ein Wochentag heute war?
»Alles klar, wir holen Sie jetzt erst einmal da raus. Das wird schon alles wieder.«
Sie bekam eine weiche, elastische Halskrause umgelegt und hörte daraufhin ein Klicken, als ihr Sicherheitsgurt geöffnet wurde.
Sie tat ein paar unsichere Schritte, wie ein Neugeborenes, das seine Beine gerade ausprobiert. Der Boden fühlte sich fremd an; ihre Füße waren zentnerschwer, viel zu schwer, um hochgehoben zu werden. Sie zitterte immer noch und schien nicht aufhören zu können. Es war sehr kalt. Irgendetwas Warmes und Schweres wurde ihr um die Schultern gelegt, eine gefütterte Jacke offensichtlich.
Ein Arm hielt sie fest. Sie war nicht alleine.
»… schwerer Schock«, sagte eine Stimme.
Der Polizist sprach ganz langsam mit ihr.
»Sollen wir jemanden benachrichtigen?«
Will. Ich will Will. Jemand drückte ihr einige Tempotaschentücher in die Hand.

Sie konnte Will nicht anrufen. Mummy und Daddy sollten herkommen und sie abholen. Sie würden alles schon wieder in Ordnung bringen. Nein. Nein, das würden sie nicht. Sie würden sie jetzt gar nicht sehen wollen. Sie schüttelte den Kopf. Ein Polizist gab ihr eine kleine Röhre, in die sie blasen musste. Ein grünes Lämpchen leuchtete auf, worauf er befand, alles sei »okay«.

»Wir müssen Ihnen ein paar Fragen stellen«, sagte der Polizist. »Aber zuerst müssen Sie untersucht werden. Alles klar?«

Ja. Sie nickte. Sie hatte verstanden. Es gab einige Fragen zu stellen, und sie sollte untersucht werden.

Doch zuerst sollte sie diese Stufe in den Krankenwagen klettern. War jemand verletzt worden? Während ihr hinaufgeholfen wurde, schaute sie zu ihrem Auto zurück und sah, dass ein kleiner weißer Transporter in ihrem rechten Kotflügel verankert war: Fionas Blumen – das Richtige für jede Gelegenheit. *Das war ihr Wagen. Sie hatte in diesem Wagen gesessen*. Ihr ganzer Körper wurde von einem Zittern erfasst, als fahre ein Erdbeben durch den Boden unter ihren Füßen.

Der Rettungssanitäter fragte sie, ob sie sich lieber hinlegen wolle. Warum sollte sie sich hinlegen? Sie war doch kein bisschen müde. Sie wurde zu einem Stuhl geführt und mit einer Decke zugedeckt.

Im Krankenhaus erfuhr sie schließlich, dass sie mit dem Schrecken davongekommen war.

»Sie sollten sich wirklich von jemandem abholen lassen«, sagte die Krankenschwester. »Haben Sie jemanden, den Sie anrufen können?«

»Es ist schon okay. Wirklich. Danke. Ich rufe mir ein Taxi.«

Die Schwester zeigte zum Münztelefon.
»Die Nummer steht auf der Wand daneben. Wird jemand da sein, wenn Sie nach Hause kommen? Sie sollten nämlich nicht alleine sein, wenn Sie unter Schock stehen.«
»Nein. Ja. Mein … es ist jemand da, wenn ich ankomme.«
Sie nickte und trat den Rückzug an. »Mir geht's gut. Ehrlich. Mir geht's gut.«

29.

Der Stapel Post, der sich innen vor der Haustür wie lose Kacheln ineinander schob, wurde ignoriert. Die klebrigen Gläser und das dreckige Geschirr, die auf den Arbeitsflächen herumstanden, wurden erst gar nicht wahrgenommen. Und vor dem Garten, der in seiner ganzen Herrlichkeit still gedieh, wurden einfach die Vorhänge zugezogen.

Von irgendwoher kam ein merkwürdig klingelndes Geräusch. Bella klopfte sich versuchsweise seitlich an den Kopf, um es zum Verstummen zu bringen. Funktionierte nicht. Da war es wieder. Ein Klingeln. Eindeutig ein Klingeln. Und jetzt lautes Klopfen. Verdammte Nachbarn. Lärmende Leute. Es war wirklich sehr laut hier. Da zog man aus London fort und entsagte anständiger Oliven, und dann war es hier auch nicht leiser. Pschhht, dachte sie. Man sollte sich beschweren. Jawohl. Sie würde ihnen schreiben. Den Leuten. Den Leuten, die für solche Beschwerden zuständig waren. Das würde sie tun. Wieder klingelte es. Sie reckte sich, angelte sich den Wecker und schlug auf den Alarmschalter. Der war bereits abgestellt. Und immer noch klingelte es.
Bella wälzte sich herum und stellte die Beine vorsichtig auf den Boden. Schuhe. Sie brauchte Schuhe. Sie schaute auf ihre Füße. Das waren ja Schuhe. Wie praktisch. Jetzt ertönte wieder das Hämmern. So. Sie würde hingehen

und denen mal ordentlich den Kopf waschen. Sie hievte sich in die Senkrechte. Schlingerte zur Treppe. Lärmendes Volk.
»Pschht!«
Sie stand oben an der Treppe. Vor sich die Stufen, die derart in die Tiefe zu stürzen schienen, dass es sie an den Grand Canyon erinnerte. Sie fragte sich, ob es wohl ein Echo gab.
»Hall-o-o-o!«, rief sie.
»Hallo?«, kam es von unten zurück. Phantastisch! Bei ihr gab's ein Echo.
»Halloo-oo-o-oo-oooo-o-oo«, rief sie wieder.
»Bella? Hallo! Ich bin's.«
Das war aber kein gutes Echo. Sollte es nicht einfach nur die Sachen wiederholen, die man selbst sagte? Die Treppe kam ihr schrecklich steil und die untere Etage unsäglich weit entfernt vor. Mit einer abrupten Bewegung ließ sie sich auf der obersten Stufe nieder und machte sich auf dem Hintern an den Abstieg, Stufe für Stufe.
Als sie beinahe das Ende erreicht hatte, sah sie sich plötzlich Auge in Auge mit einem Paar Augen, das sie durch den Briefkastenschlitz hindurch anschaute.
Bella winkte.
»Bella! Gott sei Dank!« Vivs Augen weiteten sich. »Was *machst* du denn da?«
»Was tust du in meinem Briefkasten?
»Ich bin nicht in deinem Briefkasten, du Idiotin. Ich versuche durchzuschauen, um zu sehen, ob du da bist.«
Bella schaute sich um.
»Aber ich bin doch da.«
»Ja, das sehe ich jetzt auch.«
Bella schien nachzudenken.
»Da war so ein Klingeln.«

»Ja. Das war ich. Ich klingle seit zehn Minuten bei dir Sturm. Baby, es ist wirklich ekelhaft kalt hier draußen.«

»Ich könnte dir einen kleinen Drink spendieren, damit dir wieder warm wird.« Bella zog sich am Treppengeländer hoch. »Ich hab auch einen Trichter.«

»Nein. Das habe ich nicht gemeint. Glaubst du, du könntest mich hereinlassen? Ich bekomme sonst Krämpfe.«

»Dagegen solltest du Salz nehmen. Und dich nicht in die Briefkästen anderer Leute quetschen. Hörst du auf zu klingeln, wenn ich dich hereinlasse?«

»Ich klingle doch gar nicht.«

»Oh. Es hat aufgehört.«

Als Bella die Tür öffnete, fiel Viv beinahe auf die Fußmatte.

»Bin ganz steif geworden«, sagte sie. »Knie schon seit Ewigkeiten vor deiner Tür. Was, verdammt noch mal, ist eigentlich los mit dir? Warum gehst du nicht ans Telefon? Das Band auf deinem Anrufbeantworter ist voll.«

»Willst du immer noch einen Trichter?«

»Nein. Ich will keinen verdammten Trichter. Bel? Du hast doch nicht …« Viv packte sie unvermittelt an den Schultern. »… irgendetwas *genommen*, oder?«

»Doch, danke. Willst du auch etwas?«

»Was? Was?«

»Was?«

»Ja, WAS, du Idiotin. Was hast du genommen?«

»Nein, danke. Ich hab genug.«

Viv schüttelte sie.

»Bella. Im Ernst. Erzähl mir ganz genau, was du gegessen oder getrunken hast.«

Bella dachte einen Augenblick nach.

»Kekse. Marmeladengefüllte Kekse.« Sie streckte drei Finger in die Luft.

»Drei Kekse?«
Bella schüttelte den Kopf.
»Drei Packunnnen.«
»Auf mich wirken sich Kekse nie so aus. Weiter, was noch?«
»Mär …«
»Mehr was? Komm schon.«
»Mär-siies.« Sie kicherte. »Eine große Schachtel. Eine bellagroße Schachtel.«
»Und? Was noch? Tabletten, ja?«
»Nein, nein. Binnochnich krank. Keine Tabletten. Mercís.«
»Ja, die erwähntest du bereits.«
»Mmm.« Sie nickte. »Wein … und e'was Bailey … und scheiß viel Wodka.«

Bella saß auf der Treppe und sah Viv dabei zu, wie sie von einem Raum in den anderen eilte und dabei erregt vor sich hin sprach: Warum sie niemanden angerufen hätte? Nick wäre doch vorbeigekommen, er hätte ihr die Telefonnummer in Birmingham geben können; ob das etwas mit Will zu tun hatte? Was denn nur los war. Unglaublich! Diese Unordnung, dieser Haufen Post. Im Büro hatte man ihr gesagt, sie habe sich krank gemeldet; ob sie eigentlich wisse, dass sie, Viv, vor Sorgen bald verrückt geworden wäre? Wie lange sie denn schon …Wasser, sie müsse jetzt viel Wasser trinken. Wie hatte sie nur so blöd sein können …
Dieses ganze gehetzte Hin und Her war gar nicht gesund. Machte bloß Verstopfungen. Und diese andere Sache, vor der man sich hüten sollte. Stress.
Viv schob sich an ihr vorbei, um nach oben zu laufen. Bella hörte, wie Schubladen und Schranktüren auf- und zu-

gemacht wurden. Mit einer Tasche in der Hand, in die sie Klamotten stopfte, tauchte Viv wieder auf.
»Du kommst ein paar Tage zu uns. Keine Widerrede.« Sie verschwand im Bad und griff sich Bellas Zahnbürste und Handtuch. »Du hast mir wirklich einen Heidenschreck eingejagt. Ich komme zurück, und du bist einfach weg, wie vom Erdboden verschluckt.« Viv umarmte sie. »Du hast wirklich keine Ahnung, nicht wahr?«
»Was?«, sagte Bella.

Sie lag eingekuschelt in Vivs flauschigem Morgenmantel im Gästezimmer. Am Bett stand ein Glas Wasser. Und ein Eimer. Sie konnte Viv und Nicks Stimmen hören, die sich leise vor ihrer Tür unterhielten. Das beruhigende Flüstern von Erwachsenen. Die Tür öffnete sich einen Spalt.
»Bel? Schläfst du schon?«
»Mmm-mm. Viv?«
Viv kam herein und setzte sich ans Bett.
»Was ist, Baby?«
»Entschuldige.«
»Wofür denn? Du brauchst dich doch nicht zu entschuldigen.«
»Dafür, dass ich so eine dumme Kuh bin. Danke, dass du so lieb zu mir bist.«
»Gute Nacht, du Dummerchen. Schlaf gut.«

Bei der Polizei war man sehr höflich zu ihr. Sie war auf der Hauptstraße gewesen, auf die der andere Fahrer aus einer Nebenstraße eingebogen war. Er hatte gedacht, sie wollte anhalten. Er sagte, sie hätte ihn eindeutig vorlassen wollen, das hätte jeder Idiot erkennen können; dann habe sie plötzlich wieder Gas gegeben, so dass er ihr in die Seite gefahren sei. Das wäre jedem anderen auch passiert, sagte er, sie sei wohl nicht ganz dicht. Die Zeugenaussagen widersprachen sich. Einer fand, sie habe tatsächlich beinahe angehalten. Ein anderer sagte aus, der Lieferwagen sei aus der Nebenstraße geradezu herausgeschossen, so dass ein Zusammenstoß unvermeidbar gewesen wäre. Auf jeden Fall hatte sie eindeutig Vorfahrt gehabt.

Viv fuhr sie zum Schrottplatz, wo der Wagen seit dem Unfall stand. Die Versicherung des Lieferwagenfahrers hatte einen Gutachter vorbeigeschickt, um den Schaden zu schätzen. Der Wagen wurde zum Totalschaden erklärt. Sie sollte ihre persönliche Habe herausnehmen, damit man den Wagen verschrotten lassen könne.
»O mein Gott, Bel.« Viv schaute auf das Auto und legte Bella eine Hand auf die Schulter. »Mann, was hast du Glück gehabt.«
Viv machte sich daran, das Handschuhfach auszuräumen, während Bella zum Kofferraum ging, wobei sie vermied, einen Blick auf die vordere Seite des Wagens zu werfen.

Der Gestank war ekelerregend. Es stank nach totem Fleisch, nach Verwesung und Verfall. Ihr Magen rebellierte, und sie wich zurück. Was um Gottes willen war denn das? Dann fiel es ihr blitzartig wieder ein. Der Einkauf. Viv kam auf sie zu, bis der Gestank ihr entgegenschlug. Sie hielt sich die Hände vors Gesicht.
»Was *ist* das?«
»Ich weiß nicht – Hühnchen, Shrimps – alles Mögliche. Mir ist schlecht.«
»Okay, ich mach das.« Viv hielt sich die Nase zu und stürzte vor, griff sich die beiden unappetitlich aussehenden Tüten und stopfte sie in eine andere Tüte, deren

Griffe sie fest verknotete. Sie hielt die Tüte auf Armeslänge und rannte davon, um einen Mülleimer zu finden.

Ihr Atem ging schnell und flach. Ihr war übel, und sie fühlte sich schwach auf den Beinen. Dieser Gestank. Und der Wagen. In diesem Wagen hatte sie gesessen.
Ich muss mir das anschauen. Ich muss.
Der vordere Teil und der rechte Kotflügel waren zusammengequetscht, hatten sich so leicht zusammenknüllen lassen wie ein Stück Papier. Mit den Fingern strich sie über das Metall, fuhr über die scharfen Kanten und Dellen. Beide Scheinwerfer waren zerbrochen, an den Metallrahmen hingen nur noch einige Glasscherben, die sie auf bestürzende Weise an zertretene Brillengläser erinnerten. Der Kotflügel vor dem Fahrersitz war rissig und tief eingebeult, als hätte ein Verrückter wie wild darauf eingeschlagen.

Plötzlich wird ihr Magen von einem Krampf geschüttelt, und Übelkeit steigt in ihr auf. Hastig sucht ihr Arm an dem zerbeulten Metall nach Halt, während sie nach vorne geworfen wird, bis sie sich krümmen muss und den Asphalt voll speit. Sie holt Luft, und wieder würgt es sie, geht ein Schütteln durch ihren ganzen Körper, wieder und wieder.

Eine Hand hält ihr das Haar aus dem Gesicht, kühl gegen ihre erhitzte Stirn. Eine leise Stimme spricht beruhigend auf sie ein. Ein Arm legt sich ihr um die Schulter und hält sie fest. Viv.

Als sie wieder zu Hause bei Viv und Nick sind, klammert sie sich an ihre Teetasse wie eine Überlebende aus einem Schiffswrack.

»Dein Auto zu sehen, hat mir einen unglaublichen Schrecken eingejagt. Mir wurde plötzlich klar … was wäre, wenn?« Viv starrt auf ihren Tee. »Du musst besser auf dich aufpassen. Ich meine, wer würde mich sonst zum Lachen bringen und mir Hühnchen in Zitrone kochen?«

Viv fragt, ob Bella es Will erzählt hat.
»Warum sollte ich? Was kümmert ihn das schon?«
»Mein Gott, was bist du manchmal merkwürdig. Weil er dich wahrscheinlich immer noch liebt, deshalb. Ich habe noch nie jemanden gesehen, der so verliebt war.«
»Ach ja, findest du?« Es klingt wie eine höfliche Frage. Bellas Gesicht ist völlig ausdruckslos.
»Du weißt, dass es stimmt. Und du warst es auch. Euch beide zu beobachten, war schon nervtötend, wenn ihr wie zwei süße Welpen übereinander herfielt. *Argh.*«
Bella setzt zum Sprechen an.
»Und denk gar nicht erst daran, es zu leugnen.« Viv fährt ihr über den Mund. »Ich habe dich noch nie so glücklich gesehen. Es tut mir leid, das sagen zu müssen, aber noch nicht einmal mit Patrick schienst du so glücklich. Das war gar nicht zu vergleichen. Du hattest so eine unglaubliche … Ausstrahlung. Deine Haut hat geleuchtet.«
»Zu viel Rouge.«
»Sei still. So machst du es immer. Reißt Witze über Dinge, die dir wirklich am Herzen liegen. Hör jetzt einmal auf damit.« Viv leert ihre Teetasse. »Weißt du nicht mehr, wie Nick dich aufgezogen hat, weil du gar nicht mehr aufhören konntest, über Will zu reden? Weißt du nicht mehr, wie er sagte: ›Also, was würde Will wohl dazu sagen? Bella, erzähl uns mal, was Wills Lieblingsfarbe ist. Es ist erst Mitternacht. Wir haben noch die ganze Nacht. Erzähl uns etwas mehr davon, wie sehr er dich zum Lachen bringt,

obwohl er auch ernst sein kann. Und erzähl doch noch mal, was so süß an seinen Augenbrauen ist.‹ Wie kannst du das vergessen?«

»Ich weiß. Ich hab es nicht vergessen.«

»Könntest du ihn nicht, na ja, anrufen oder so?«

Bella schüttelt den Kopf.

»Zu spät.«

Er würde mich jetzt nicht mehr wollen. Und ich weiß auch nicht, wie ich es anstellen sollte. Mir fehlen die Worte.

»Wie geht's dir denn, Baby?«

»Großartig. Könnte nicht besser gehen.« Bella schließt die Augen und fängt an zu weinen. »Merkwürdig. Beschissen. Zittrig. Bin froh, in einem Stück zu sein. Umarmst du mich mal?«, sagt sie.

Viv schließt sie fest in die Arme.

»Und untersteh dich, mir je wieder so einen Schrecken einzujagen. Sonst wirst du standrechtlich erschossen.«

Sie lachen, während ihnen Tränen über die Wangen strömen.

30.

Selbstverständlich kannst du das. Ich hab doch gesagt: jederzeit.« Fran hört sich aufrichtig erfreut an.
Bella erzählt ihr von ihrem Unfall.
»Ich fühle mich noch ein wenig unsicher, aber ich weiß, ich muss bald wieder fahren, weil ich es sonst gar nicht mehr packe.«
Die Versicherung bearbeite gerade ihren Fall. Sie würden den Wert ihres Wagens ermitteln und ihr dann einen Scheck schicken. Sie plane, in etwa einer Woche, wenn sie sich wieder ein wenig gefestigter fühle, nach einem Gebrauchtwagen Ausschau zu halten. Fürs Wochenende wolle sie sich jetzt ein Auto mieten.
»Danke, dass du mich nicht, na ja, verstößt.«
Fran lacht.
»Ach, du. Du weißt doch, dass ich dich sehr mag, unabhängig davon, was zwischen dir und Will geschieht oder geschehen ist.«

Der Samstagmorgen ist grau und unfreundlich, mit gelegentlichen halbherzigen Regenschauern. Eine selbst gemachte Tarte Tatin ist auf dem Beifahrersitz festgeschnallt. Wenigstens ist sie eine anspruchslose Mitfahrerin. Kein Gefummel am Radio. Kein »Um genau zu sein, glaube ich, dass du vielleicht dort hinten besser links abgebogen wärst«. Keiner, der sie zum Lachen bringt, wenn sie sich gerade konzentrieren will. Keine Hand, die auf ihrem Schenkel ruht, so dass sie ihn an ihrer Seite fühlt, und zwar immer.

Fran ist im Garten, die Nässe scheint sie nicht zu stören. »Optimal für Gartenarbeiten.«
Sie umarmt Bella.
»Du darfst nicht vergessen, Johannisbeeren mitzunehmen, wenn du fährst. Ich habe eine ganze Gefriertruhe voll davon. Ich weiß, dass du etwas Interessantes damit anstellen wirst. Mehr Johannisbeergelee kann ich wirklich nicht bewältigen, selbst wenn ich jeden Tag Lamm äße. «
Zusammen mit Fran arbeitet Bella im Garten. Mittlerweile weiß sie, was Unkraut ist und was nicht, was sie zurückschneiden sollte und was sie besser stehen lässt. Das Schnippen der Gartenschere erinnert sie an Will, wie auch Frans Angewohnheit, sich unvermittelt niederzuknien, um hier beiläufig ein Unkraut zu entfernen oder dort schnell eine verwelkte Blüte abzuschneiden. Bella merkt, dass Fran das Thema Will meidet und stattdessen von ihrem verstorbenen Mann Hugh spricht.
»Ich vermisse ihn immer noch, weißt du. Es ist jetzt über fünf Jahre her. Früher hab ich mich häufig gefragt, wann ich endlich ›darüber hinweg sein‹ würde, als sei es irgendein Parcours, den es zu überwinden galt. Ich weiß noch, dass ich mir einen großen, steilen Felsen vorstellte, den ich erklimmen musste. Ich hoffte, dass das Leben wieder in gewohnten Bahnen verlaufen würde, wenn ich erst einmal auf der anderen Seite dieses Felsens angelangt wäre. Wie ahnungslos ich war.« Sie muss über sich lachen. »Komm, lass uns reingehen und eine Tasse Tee trinken. Ich habe alle möglichen Gefühle durchgemacht. Anfänglich konnte ich es einfach nicht glauben. Hughie war so

lebenslustig, verstehst du? Immer wieder bildete ich mir ein, ihn zu sehen. Einmal bin ich einem Mann, der eine ähnliche Kordjacke wie Hugh trug, durch den halben Supermarkt gefolgt. Blöd, ich weiß.«

Bella schüttelt den Kopf.

»Nein, überhaupt nicht blöd.«

»Ich war auch unglaublich wütend auf ihn. Warum hatte er nicht mehr auf seine Gesundheit geachtet? Er hatte doch schon einen kleinen Herzinfarkt gehabt. Wie konnte er mich nur alleine lassen? Und dann überkam mich das Gefühl, dass alles meine Schuld war. Ich hätte etwas tun müssen, irgendetwas. Ich war ein schlechter Mensch, weil ich ihn weiterhin Butter essen ließ. Ich hätte ihn dazu bringen sollen, mit dem Tennisspielen anzufangen. Nachdem sein Tod mir zur unleugbaren Tatsache geworden war, brach ich an den unwahrscheinlichsten Orten in Tränen aus. Einmal musste ich aus der Apotheke rennen, weil ich – wie doof – die Salbe gesehen hatte, die er immer benutzte, wenn er sich wieder einmal seinen Knöchel verstaucht hatte. Und ich fand das so ironisch, weil er ja eigentlich nie genug Bewegung bekam. Oder ich grub im Garten Kartoffeln fürs Abendessen aus, und wenn ich plötzlich in meinen Eimer schaute, merkte ich, dass ich genügend für zwei ausgegraben hatte, und schon musste ich wieder weinen.«

Bella gießt ihnen noch etwas Tee ein.

»Aber ... mit der Zeit ging es mir tatsächlich besser.« Fran machte eine abwehrende Geste, als sie Bellas zweifelnd hochgezogene Augenbraue sah. »Nein, ich weiß, was du denkst. Es hat mich immer unglaublich aufgeregt, wenn andere Leute mir so klug mit dem Die-Zeit-heilt-alle-Wunden-Zeugs kamen. Aber meine Gefühle haben sich tatsächlich verändert. Ich habe ihn zwar weiß Gott nicht

vergessen, und es wird auch nie wieder so sein wie vorher. Mein Leben hat sich verändert, ich hab mich verändert. Aber der Schmerz ist nicht mehr so vernichtend. Ich kann meinen Erinnerungen an ihn mittlerweile friedlich nachhängen, ohne dass es mir dabei schlecht geht. Und irgendwann habe ich mir dann auch vergeben.«
Sie schweigen. Fran steht auf, füllt den Wasserkessel auf und fischt in der Brotdose nach »etwas zum Toasten«.
»Du hast auch jemanden verloren, nicht wahr?«
Das Scheppern, als Fran den Deckel wieder auf den Kessel drückt. Das Anzünden des Streichholzes. Das Zischen des Gasherdes.
»Es tut mir leid. Vielleicht möchtest du ja nicht darüber sprechen.«
»Ich ... es ist nicht ... mir fällt es schwer. Ich spreche nie darüber. Es ist so ...« Bella presst die Lippen fest aufeinander, will es hinunterschlucken. Und plötzlich zittert ihr Mund und öffnet sich weit. Und aus Bella bricht es hervor: Sie hat so eine Angst; sie kann Patrick nicht loslassen; sie traut sich nicht; es wäre Verrat; ihm zuliebe muss sie sich an ihn klammern, weil er sonst wirklich und wahrhaftig fort ist.
Die Küche verschwimmt vor ihren Augen.
Und dann habe sie Will getroffen und sich furchtbar schuldig gefühlt, weil sie ihn so sehr liebte, und dann grauenhafte Angst gehabt, auch ihn zu verlieren. Das könnte sie nicht ertragen – nicht Will – sie könnte es nicht – der Schmerz würde sie dann aushöhlen, bis nichts mehr von ihr übrig wäre. Und so habe sie die Sache verbockt und ihn vergrault, und das sei ganz schlimm. Er wisse noch nicht einmal, dass sie ihn liebe, weil sie es ihm aus lauter Angst nicht sagen konnte. Sie sei sich sicher, er würde ihr weggenommen werden, wenn sie es ausspräche

und zugäbe; sie würde bestraft werden; so viel Glück würde ihr nicht zugestanden, jedenfalls nicht für lange. Gerade lang genug, um sie in Sicherheit zu wiegen. Sie würde sich an ihn gewöhnen, und das Leben wäre rosarot, und dann – BÄNG – würde er von einem Laster überfahren werden oder Krebs bekommen oder nach Australien abhauen – und sie könnte das nicht ertragen. Aber jetzt habe sie ihn ohnehin verloren, nur sei das nicht so schlimm, weil sie es ja schließlich erwartet und selbst herbeigeführt habe – sie wisse so wenigstens, wo sie stehe. Und es sei wirklich gar nicht so furchtbar schlimm. Nicht so furchtbar schlimm.

Und Fran schließt sie in die Arme; sie streicht ihr übers Haar und hält sie fest. Sie murmelt beruhigende Scchhh-Laute in ihr Haar.

»Und jetzt mach ich dich auch noch ganz dree-he-ckig«, schluchzt Bella.

»Schh, schh. Dieses Hemd hat mir sowieso nie gefallen.«

Bellas Lungen lassen sie nur stoßweise Atem holen. Ihre Schultern werden wie im Krampf geschüttelt. Das Schluchzen, das sie nun herauslässt, scheint ihr Inneres zu zerreißen. Sie versucht, es zu unterdrücken. Tränennasse Wimperntusche zeichnet sich als feingesponnenes Spinnennetz auf ihren Wangen ab. Sie wischt sich die Nase mit dem Handrücken ab.

»Aber es kommt noch viel schlimmer … vi-iehl schlimmer.«

Fran hält sie immer noch im Arm. Bella schaut zu ihr auf.

»Ich habe das noch nie jemandem erzählt. Du wirst mich dafür verachten.«

»Ist ja gut, ist ja gut. Ich könnte dich nie verachten.«

Bella beruhigt sich, ist beinahe völlig gesammelt. Sie

schnäuzt sich die Nase und seufzt tief auf, als sie sich erinnert.
Die Zeit, darüber zu sprechen, ist gekommen.

Die Erkenntnis durchströmt sie schon seit Wochen, vielleicht sogar seit Monaten, wenn sie den Mut aufbrächte, es sich einzugestehen. Wann ist ihr zum ersten Mal der Gedanke gekommen? Wann ließ sie ihn zum ersten Mal zu? Sie hat das Gefühl, er sei tief in ihr gereift, um sich dann über ihre Blutbahn auszubreiten, bis er ihr Herz und ihren Verstand erreichte. Jetzt spürt sie ihn als prickelndes Jucken unter der Haut, das zu ignorieren ihr nicht möglich ist. Nur wenn sie sich völlig in etwas vertieft, widerfährt ihr die Gnade des Vergessens. Und so stürzt sie sich in die Arbeit, steht morgens früh auf, um Schwimmen zu gehen, und genießt ausnahmsweise den Chlorgeruch, der ihr in die Nase steigt, ihre Augen rötet und ihre beschämenden, selbstsüchtigen Gedanken verscheucht. Sie beginnt sogar mit einem Wandteppich, für den sie eine Vorlage auf Grafikpapier erstellt, das auf einem vor längerer Zeit von ihr gemalten Bild ihres Elternhauses basiert. So hat sie abends einen Grund, sich ausschließlich auf die winzigen, mit Buntstift kolorierten Kästchen zu konzentrieren, sich in ihre winzigen Nadelstiche zu vertiefen, wie ein Forscher über dem Mikroskop, kurz vor einer bahnbrechenden Entdeckung.
Patrick macht lachend eine Bemerkung: »Man müsste fast annehmen, du hättest einen Liebhaber, Bel. Die langen Abende im Büro und so …«
»Ähh … so ein Quatsch, Liebling. Wichtiger Kunde, das ist alles.« Um ihn zu necken, hatte sie so getan, als sei sie

verlegen, als sei er hinter ihr großes Geheimnis gekommen. Er hatte gelacht.
Aber er merkt nichts. Er scheint noch nicht einmal eine Ahnung zu haben. Bella wünscht sich geradezu, einen Liebhaber zu haben, einen richtigen Grund, etwas Konkretes, auf das sie zeigen und sagen könnte: »Siehst du? Deshalb.« Wie einfach das doch wäre.
Mit jedem Tag spürt sie, wie die Kluft zwischen ihren Absichten und tatsächlichen Handlungen immer größer wird. Wie ein Schatten steht sie neben sich, folgt ihrem Selbst mit der falschen Maske und beobachtet, wie es sich durch die Wohnung bewegt. Sie verhöhnt sein fröhliches Auftreten, sein Lächeln. Warum merkt Patrick denn nichts? Er muss doch sehen, dass es sie hinter dieser fürchterlichen lächelnden Fassade schaudert.
»Alles klar?« Patrick tätschelt ihr Knie, während er gleichzeitig mit dem Bleistift auf das Kreuzworträtsel in der Zeitung tippt.
»Ja. Prima«, antwortet sie und kommt sich wie ein gut trainierter Hund vor.

Sie fängt an, sich erst im Kopf und dann im Terminkalender Fristen für »Die Aussprache mit Patrick« zu setzen. Dieses Wochenende geht nicht, weil wir zu seinen Eltern fahren. Unter der Woche ist auch nicht so gut, weil er abends erst so spät von der Baustelle in Walthamstow zurückkommt. Wie wär's mit nächstem Wochenende? Vielleicht. Doch dann kommt das nächste Wochenende, und sie haben entweder Freunde zum Essen oder Patrick geht's nicht so gut, oder sie hat gerade ihre Periode und Schmerzen. Vielleicht kann sie es am Dienstag hinter sich bringen, ganz schnell, bevor sie sich seinem Geburtstag zu sehr nähern. Und dann, o Gott, ist es auch schon beinahe Weihnachten. Womöglich sollte sie doch besser bis danach warten.

Und schließlich kommt der 18. Januar, und sie steht in einem kleinen weißen Raum und schaut auf Patricks Körper herab, der vor ihr liegt.
»Ich bin eine Schwindlerin«, sagt sie sich. »Eine furchtbare Lügnerin, die ihn nicht verdient hat.« Dennoch fühlt sie durch den Schock hindurch die Freude, es ihm nie gesagt zu haben, ihm seine letzten Monate nicht verdorben zu haben; sie ist froh, dass sie nie die Worte herausgebracht hat:
»Patrick, ich kann nicht mehr. Mit dir zusammensein. Ich ... ich liebe dich nicht.«

Fran kommt in ihr Zimmer, um ihr Gute Nacht zu sagen, und sie wie ein kleines Kind zuzudecken. Bella hat die Decke bis zum Kinn gezogen, schaut sich um und betrachtet die rosenbedruckte Tapete, die etwas schief aneinander gefügt ist, deren Kanten auch eher unregelmäßig sind, und die dennoch seltsam ermutigend stimmt. Die Nachttischlampe beleuchtet einige bunte Butterblumen, die mit Schwarzkümmelblättern und margeritenähnlicher Frauenminze in einem blauen Väschen stehen. Merkwürdig, denkt sie, mir ist noch nie aufgefallen, wie hübsch Butterblumen sind, wie perfekt jedes einzelne ihrer Blütenblätter ist und wie weich. Sie sinkt langsam in den Schlaf, während die gelben Köpfchen sie wie kleine Sonnen wärmen.

Patrick geht vor ihr, aber ihr fällt es schwer, mit ihm Schritt zu halten; mit jedem Schritt seiner langen Beine vergrößert sich die Distanz zwischen ihnen. Schließlich holt sie auf und tippt ihm von hinten auf den Rücken. Er dreht sich um und scheint überrascht, wenn nicht gar verärgert, sie zu sehen. Dann legt er sich auf den Boden und bedeutet ihr, es ihm nachzutun.

Es ist kalt, und die Luft auf ihrer Haut fühlt sich schwer und feucht an. In dem milchigen Licht ist selbst sein Gesicht nur verschwommen zu erkennen. Hinter sich spürt sie den Grabstein, und unter sich drücken spitze Steinchen in ihren Rücken. Sie graben sich in ihre Haut, in ihr Fleisch, doch sie versucht, sich vor ihm nichts anmerken zu lassen. Ihn scheinen die Steine nämlich überhaupt nicht zu stören. Plötzlich schlägt er mit der Handfläche gegen den Grabstein.

»Großartig stabiles Kopfbrett, eh?« Und dabei lacht er.

Auf ihrem Gesicht zeichnet sich ein Lächeln ab, als sie versucht, seinem Witz zu folgen, doch sein Gesicht ist wieder ernst geworden. Als er ihre Hand nimmt, schreit sie leise auf: Seine Haut ist so kalt wie Stein und lose wie die Oberfläche von geschmolzenem Wachs. Als handle es sich um einen fremden Gegenstand, sieht sie zu, wie er ihre Hand hochhebt und sie zu dem Grabstein führt. Er führt ihren Finger über die Inschrift am Fuß des Steins.

R.I.P.

Dabei schaut er sie an, bevor er dann die Augen schließt. Sie fährt noch einmal über die Buchstaben, fühlt die Einkerbungen im Stein und prägt sich ihre Bedeutung fest ein. Plötzlich ist sie ihr sonnenklar, für jeden auch noch so beschränkten Menschen ersichtlich. Jetzt weiß sie, was er meint, weiß, was die Buchstaben bedeuten. R.I.P. Requiescat in pace. Ruhe in Frieden. Doch dieser Wunsch gilt nicht den Toten, die still in der krümeligen Erde liegen; nicht ihnen, die keine Gedanken, keine Ängste mehr spüren, die ihrer Freude und Schmerzen ledig sind. Er ist eine Botschaft an die Lebenden.

Früher Morgen. Ein dünner Streifen Sonnenlicht tastet sich ins Zimmer vor. Sie öffnet die Augen und fängt leise an zu weinen.

31.

Sie blättert durch ihre Zeichenblocks. Hier muss doch irgendwo … ah, da. Sie hat mehrere Skizzen – und ihr Gedächtnis.

Sie beginnt zu malen. Sie malt ihn, wie sie ihn am lebhaftesten in Erinnerung hat: seinen langen Körper, unbequem in einen Armsessel geschlängelt, ein Bein über die Armlehne. Wenn sie doch nur seine Angewohnheit einfangen könnte, den Fuß beim Lesen kreisen zu lassen, erst in die eine und dann in die andere Richtung; vielleicht kann sie es andeuten, indem sie den Fuß angewinkelt darstellt.

Sie weiß, dass sie ihn in einer einzigen Sitzung malen muss, jetzt, da er ihr so deutlich vor Augen steht. Sie ruft sich seine Stimme in Erinnerung, kann wieder voller Wärme an seine Berührungen denken, lässt die Essenz seines Wesens ihr die Hand führen und sich selbst zu Papier bringen.

Es ist gut, muss sie zugeben, besser als sie zu hoffen gewagt hat. Manchmal bedeutet Malen schwere, mühselige Arbeit, einen ständigen Kampf gegen die Grenzen, die ihr durch die Farben, das Papier oder die Leinwand gesetzt sind, sowie enorme Frustration angesichts der Diskrepanz zwischen dem Bild in ihrem Kopf und dem blassen Abklatsch, den sie mit ihren Pinseln zu Wege bringt. Aber gelegentlich kommt ihr – ein seltenes und kostbares Er-

eignis – ein Bild förmlich zugeflogen, strömt direkt von ihren Augen und ihrem Kopf in die Hand und lässt sich einfangen wie ein Schmetterling, der sich niedergelassen hat.
Sie ruft vorher an, um sicherzugehen, dass ihr Besuch nicht ungelegen kommt; sie wolle nicht lange bleiben und auch nicht stören, sagt sie, und tastet sich durch die immer wieder entstehenden Sprechpausen, während sie sich fragt, ob sie wohl willkommen sei. Das Bild legt sie vorsichtig verpackt auf den Rücksitz.

Als sie die Hand auf den Türklopfer legt, wird die Tür schon aufgerissen.
»Bella!« Joseph, Patricks Vater, drückt sie an sich.
»Ist das schon Bella?«, ruft Rose und bindet sich, indes sie auf sie zustürmt, die Schürze ab.
Ihre Freude, sie zu sehen, beschämt Bella zutiefst. Sie bekommt kein Wort des Vorwurfs zu hören, keine versteckte Bemerkung, sie hätte sich ja einmal eher blicken lassen können. Ihre offensichtliche Dankbarkeit, dass Bella sich die Mühe gemacht hat, sie zu besuchen, ist unangenehmer, als es jede Kritik hätte sein können. Wie hat sie nur so egoistisch sein können?
»Komm herein, komm herein! Und schau mal, wer noch da ist.«
Sophie, Patricks jüngere Schwester, springt vom Sofa auf und fällt Bella um den Hals.
»Soph! Ich wusste nicht, dass du hier sein würdest.«
»Wir haben dich seit Monaten nicht gesehen. Ich dachte schon, du hättest uns vergessen.«
»Sophie!« Rose wirft ihr einen stirnrunzelnden Blick zu. »Sei nicht so unhöflich.«
»Ach, Mum. Bel macht das nichts aus.«

Bella merkt, wie Joseph und Rose einen Blick wechseln.
»Oh, Bel! Nicht weinen. Scheiße. Was hab ich denn gesagt?«
»Hör auf zu fluchen!«, sagt Rose. »Du musst sie entschuldigen, Bella.«
»Nein. Das ist es doch gar nicht. Das hat nichts mit dir zu tun, Soph, wirklich nicht. Das hat nur mit mir zu tun. Und ihr seid alle so *lieb* zu mir.« Sie nimmt das Taschentuch, das ihr Joseph hinhält.
»Wenn du willst, kann ich auch ekelhaft sein«, bietet Sophie ihr an. »Mum meint ja, ich sei sowieso die meiste Zeit ekelhaft.«
»Das sag ich *nicht*. Du kannst ausgesprochen charmant sein, wenn du willst, Sophie. Aber das scheint momentan nicht cool oder grufty zu sein oder was auch immer man heute sein soll. Also versuchst du, so zu tun, als fändest du alles und jeden langweilig. Aber das ist jetzt mit zwanzig einfach nur noch peinlich.« Rose rauscht davon in die Küche.
»Grufty? Mum bewegt sich ja wirklich gefährlich nah am Rande der Gossensprache.« Sophie verzieht frech das Gesicht. Bella schneidet ebenfalls eine Grimasse. »Lieber Gott«, betet Sophie, »schick mir eine andere Mutter.«
»Sag das nicht«, meint Bella, »sonst schick ich dir meine. Ich überlege, ob ich sie nicht vermieten sollte, um etwas für den Familienfrieden zu tun. Eine Woche mit ihr, und du merkst, wie wunderbar Rose ist.«

»Ich hab euch etwas mitgebracht, aber ich weiß nicht, ob es euch gefallen wird.«
»Du brauchst doch nichts mitzubringen«, sagt Rose.
»Dich zu sehen, ist das Schönste«, sagt Joseph.

»Ist es dein feuchter Zitronenkuchen?«, sagt Sophie. Bella geht zum Auto, um es zu holen. Was ist, wenn sie es furchtbar finden? Was ist, wenn sie in Tränen ausbrechen? Vielleicht begeht sie gleich einen schrecklichen Fehler.

Sie hält es dicht an ihren Körper.
»Ich hoffe, es macht nicht alles noch schlimmer. Aber ich habe es für euch gemacht, und ich möchte es euch geben.«
Bella übergibt das Bild Joseph. Seine Augen füllen sich mit Tränen. Er nickt, ohne ein Wort. Rose, die dicht neben ihm auf dem Sofa sitzt, klammert sich an seinen Arm. Tränen rinnen ihr über die gepuderten Wangen, benetzen die Falten um ihre Augen.
»Ich wollte euch nicht aufregen. Es tut mir leid, ich dachte … ich weiß nicht, was ich dachte.«
Rose und Joseph schütteln beide den Kopf..
Nein, nein, sagen sie. Das sei es nicht. Sie fänden es wunderbar, es komme nur so überraschend, sie hätte ihnen kein schöneres Geschenk machen können, es sei nur so, sie wisse schon – Joseph schaut sich nach seinem Taschentuch um –, es sei nur so typisch *Patrick*.
Sophie stimmt zu, es ist wirklich *sehr* typisch Patrick, schaut mal seinen Fuß an, man weiß genau, dass er ihn wie so einen verdammten Kreisel kreisen lässt, wie er das immer tat. Alan wird es auch sehr gut gefallen, wenn er es sieht, meint ihr nicht?
Alan wird erst zum Nachmittagstee erwartet, so dass Bella auch zum Tee bleibt. Als er kommt, küsst er ihre Wange und hält ihre Arme einige Momente unbeholfen fest. Er schaut sie halb von der Seite an, wie Patrick es tat.
»Sie haben dich ganz schön vermisst, weißt du.«

Sie nickt verlegen.
»Das Bild. Das freut sie unheimlich, so viel ist klar. Das war gut, dass du das gemacht hast. Genau das Richtige. Danke.«

Dieses besondere Gefühl, dieses Zusammengehörigkeitsgefühl in einer Familie, selbst wenn man nur für kurze Zeit daran teilhat, war ihr völlig abgegangen. Wie viel leichter war es doch, mit den Verwandten anderer Leute zurechtzukommen. Rose hat vergessen, die Koteletts aufzutauen, die sie für das Abendessen geplant hatte, so dass Bella darauf besteht, für die Familie zu kochen. Aus den verschiedenen Zutaten, die das Durchwühlen des Kühlschranks zu Tage fördert, zaubert sie eine herrliche *Mélange*. Danach fleht Sophie Bella an, doch eine *Zabaglione* zu machen; die beiden begeben sich also an den Herd und machen sich unter Lachen und vielen unanständigen Witzen daran, die Masse so lange zu schlagen, bis ihnen die Arme schmerzen. Schließlich gießen sie den süßen, goldenen Schaum in Gläser, und die Familie verzehrt ihn in solch andächtigem Schweigen, dass man unwillkürlich an ein uraltes Ritual denken könnte.

Rose lässt nicht zu, dass Bella jetzt, mitten in der Nacht, den ganzen Weg zurückfährt. Bella muss doch todmüde sein. Und außerdem ist das Bett schon gemacht. Sie können nicht zulassen, dass Bella sich noch so spät auf den Weg macht. Auf gar keinen Fall.
»Aber ich habe doch gar nichts mit …«
Sofort bringt man ihr ein sauberes Nachthemd und sucht ihr eine neue Zahnbürste hervor. Ausnahmsweise lässt sie sich verwöhnen.

Nach dem Frühstück geht Joseph mit ihr durch den Garten und zeigt sich beeindruckt, als sie seine Pflanzen nun plötzlich benennen kann. Sie nimmt ihre Blätter zwischen die Finger und freut sich an dem vertrauten Gefühl, während sie ihre Namen und ihre Düfte einsaugt: Thymian, denkt sie. Zitronenmelisse, Rosmarin. *Rosmarinus officinalis*. Ah, Rosmarin.
»Ich freue mich über deinen Besuch. Ich kann mir vorstellen, dass es auch für dich nicht einfach gewesen ist.«
»Mir geht's schon wieder viel besser.«
Joseph räuspert sich und beugt sich zu einer Pflanze hinunter, um ein welkes Blatt zu entfernen.
»Du hättest ihn nie geheiratet, nicht wahr?«
Bella schweigt und schaut dann auf, um seinem Blick zu begegnen.
»Es ist schon in Ordnung.« Er vergräbt seine Hände tief in den Hosentaschen. »Ich glaube, mir ist das schon ziemlich lange klar. Rose ahnt nichts. Sie hielt euch eben einfach für jung und modern in euren Ansichten.«
»Es tut mir leid.«
»Das muss es nicht. Es hat doch gar keinen Sinn, sich selbst etwas vorzumachen, nicht wahr?«
»Wahrscheinlich nicht.«
Er nimmt sie in den Arm und klopft ihr auf den Rücken.
»Ist das der Grund, warum du dich zurückgezogen hast?«
Sie nickt auf seiner Schulter.
»Ich konnte euch nicht besuchen. Ich kam mir wie eine Betrügerin vor. Ich dachte, ihr würdet mich hassen.«
Er macht leise, beruhigende Laute und schüttelt den Kopf.

Joseph begleitet sie zum Auto und ruft den anderen zu, sie sollen sich verabschieden.
»Ich hoffe, du findest ihn«, sagt er leise zu ihr. »Den Richtigen für dich.«

32.

»Das ist absolut umwerfend, viel zu schön für dich, du alte Schachtel. Ich will das haben.« Viv lässt den Ärmel des kirschroten Zweiteilers durch die Finger gleiten. Bella hatte befürchtet, für ihre Vernissage viel zu schick angezogen zu sein, zumal sie gleich bei ihrem Eintreffen auf einen der anderen ausstellenden Künstler gestoßen war, der eine grüne Jeans und eine Weste trug, die Bella prompt auf den Namen ›Materialienexperiment‹ taufte, das man sich ganz ansehnlich in einer Glasvitrine vorstellen kann, an einer Person indes lächerlich aussieht. Zum Glück tritt Donald MacIntyre in einem schicken Anzug mitsamt rot-schwarzer Seidenkrawatte auf, und Fiona, seine Assistentin, trägt ein elegantes schwarzes Kleid. Beide loben Bellas Aufzug in den höchsten Tönen, Fiona nicht ohne einen Seitenblick auf Mr. Weste, dem auch das gleichzeitige Beben ihrer Nasenflügel gilt.

»Du siehst umwerfend aus«, sagt Viv. »Ich hätte gedacht, du würdest einen Künstlerkittel tragen. Obwohl selbst das nichts gegen diese Weste wäre. Was sind das eigentlich für merkwürdig knusprig aussehende Teilchen? Aber na ja: zeig dich mal in einer Drehung.«

Bella tut ihr den Gefallen, wobei ihr der Rock sanft um die Beine schwingt.

»Da hast du dich aber in Unkosten gestürzt. Aus dem Dritte-Welt-Laden kommt das bestimmt nicht.«

»Das hat mal Alessandra gehört. Mum.«

Viv zieht kommentarlos die Augenbrauen hoch.
»Eigentlich viel zu schick für mich.« Bella schaut an sich herab.
»So ein Quatsch. Es steht dir sehr gut.«
Nick pfeift anerkennend, bevor er sie mit einem Kuss auf die Wange begrüßt.
»Nun zeig uns mal, was du so gemalt hast«, sagt er.
Sie deutet auf den Ausstellungsraum, in dem ihre Bilder hängen, und auf die beiden Exponate im Fenster.
»Ich hab mir schon gedacht, dass die Person auf dem einen Bild Will sein muss«, sagt Viv. »Es ist zwar nicht ganz sein Gesicht, aber irgendetwas an seiner Haltung, an der Art, wie er steht, erinnert an ihn. Verdammt, du bist ja *echt* gut. Wieso stellst du all die Jahre dein Licht unter den Scheffel, wenn du doch einfach nur genial bist, Frau? Wenigstens seilst du dich allmählich bei Scrotum Design ab.«
»Schht.« Bella nickt in Richtung Seline.

»Wo sind denn deine Eltern?«, fragt Jane, eine Freundin aus London.
»Nicht hier.«
»Oh, entschuldige. Bin ich da in ein Fettnäpfchen getreten?«
»Du *hast* sie aber doch eingeladen, Bella, oder?«, mischt sich Viv ins Gespräch ein und schaut Bella aus schmalen Augen an.
»Ich habe ihnen natürlich eine Einladung geschickt.« Bella nimmt sich noch ein Canapé. »Allerdings habe ich sie vergessen und erst heute zur Post gebracht.«
»Vergessen, ja, ja. Wie gemein von dir. Sie wären bestimmt wahnsinnig gerne gekommen. Rümpf mir ja nicht die Nase, du siehst sonst aus wie ein Schweinchen. Übri-

gens auch schön dumm von dir: Sie hätten vielleicht ein Bild gekauft.«

Eigentlich sollte dies einer der schönsten Abende ihres Lebens sein. Und das ist es auch – beinahe. Sie ist umgeben von guten Freunden. Ihre Bilder werden in der besten privaten Galerie der Stadt ausgestellt, und den Leuten gefallen sie. Ein angenehm prickelndes Gefühl macht sich in ihr breit. Die Leute überschütten sie mit Komplimenten, aber ihr fällt es schwer, sie ernst zu nehmen. Sie merkt, wie sie die freundlichen Worte abwertet, an sich abperlen lässt, wie Wassertropfen an einer Regenjacke. *Sie sind doch nur höflich. Irgendetwas Freundliches müssen sie ja sagen. Sie haben zu viel Wein getrunken.* Sie lächelt, nickt, bedankt sich, macht einige Witze auf ihre Kosten und ist im Übrigen darauf bedacht, sich nicht allzu sehr zu freuen.

Und im Grunde ist sie abgelenkt, weil sie eigentlich nur Will im Kopf hat. Sie ist froh, dass das Bild von ihm im Fenster hängt und zur Straße zeigt, so dass es ihr nicht immer ins Auge springt, wenn sie sich im Raum umschaut. Sie muss immerzu daran denken, wie sehr er diesen Abend genossen und was für Kommentare er wohl gemacht hätte. Bestimmt wäre ihm jener Mann dort drüben aufgefallen, der ihren Pinselstrich aus derartiger Nähe begutachtet, dass er beinahe mit der Nase daran stößt. Sie weiß, wie er sie im Vorbeigehen mit der Hand kurz am Rücken berühren und ihr nebenbei, beinahe ohne es selbst zu merken, das Haar aus dem Gesicht streichen würde. Donald MacIntyre mit seinem trockenen Humor und scharfen Intellekt hätte ihm bestimmt gefallen. Selbst mit dem Essen wäre er zufrieden gewesen. Die Galerie bietet Canapés und kleine Spieße mit passenden

Saucen an. Will liebt Essen vom Spieß. (»Findest du das Wort *goujons* nicht auch großartig?«, hatte er sie einmal gefragt. »Klingt so *drall*, wie deine Oberarme.« Und damit hatte er sich vorgebeugt und an ihnen geknabbert. »Sie sind nicht drall, sondern sanft gerundet.« – »Drall, drall und nochmals drall«, hatte er beharrt und weitergeknabbert.)

»Irgendwann musst du meins noch auf der Rückseite signieren, Bella, ja?«, sagt Seline. »Vorne stehen nur deine Initialen.«

Seline hat ein Bild gekauft. Hat Geld ausgegeben – und zwar nicht gerade wenig –, um ein Bild von Bella zu kaufen, von einer Person, die sie kennt, mit der sie heftig debattiert, über Schokoladenkekse gestritten und von der sie sich Tampons erbettelt hat.

»Aber sie sind doch so teuer – du solltest das nicht tun –, die Galerie bestimmt die Preise, und ihre Kommission ist ziemlich hoch. Ich muss dir noch ein anderes machen.«

Seline befiehlt ihr, den Mund zu halten und keinen Unsinn zu erzählen.

»Ich finde es wunderschön, und ich weiß auch schon genau, wo ich es hinhänge. Also lass mir die Freude.« Sie lächelt. »Außerdem vermute ich, dass ich mich gerade für eine ziemlich gute Kapitalanlage entschieden habe.«

Bella sieht, wie Nick gerade einen Scheck ausstellt, und stürzt zu ihm hin, um ihn daran zu hindern. Fiona droht, sie in die Küche zu sperren. »Die Leute sollen die Bilder kaufen. Das ist der Sinn einer Ausstellung.« Bella knöpft sich Viv vor.

»Ihr tut das doch nur aus Mitleid, nicht wahr? Gib's zu.«

»Ja, du hast Recht, das ist der einzige Grund. Wir werden es sogar über den Kamin hängen – so groß ist unser Mitleid mit dir. Du bist verrückt, Baby. Für Nick ist Höflichkeit ein Fremdwort, das weißt du doch.«

»Stimmt.« Nick gurgelt mit seinem Wein. »Ich bin knallhart. Der eiskalte, zynische Kunstsammler, der sich deine Bilder unter den Nagel reißt, solange sie noch billig zu haben sind. Na ja, so billig nun auch wieder nicht …«

»Ach, sei ruhig und iss eines dieser leckeren Pilzröllchen.«

Am nächsten Tag vergeht die Zeit bei der Arbeit ausnahmsweise wie im Flug. Anthony kommt herein und stülpt ihr eine rote Baskenmütze auf: »Jetzt gehörst du offiziell zur Riege der *artistes* und musst immer diese Mütze tragen.« Wieder zu Hause, lässt sie sich aufs Sofa fallen, um den Abend in Ruhe noch einmal zu durchleben. Da klingelt es an der Tür.

Das sind bestimmt nur die Zeugen Jehovas, sagt sie sich, als sie vor dem Spiegel schnell ihr Haar zurechtzupft und sich auf die Lippen beißt, um ihnen ein wenig Farbe zu geben. Oder irgendjemand, der für verwaiste Zwerge sammelt. Viv, die wissen will, wie man Mehl siebt.

Sie öffnet die Tür.

»Und was genau ist das, Fräulein Kreuzer?« Gerald hält ihr die Ausstellungseinladung unter die Nase.

»Oh, hallo, Dad. Das ist eine Einladung.« Enttäuscht lässt sie die Schultern hängen. »Man bekommt sie für eine Vernissage. Ihr seid zufällig hier?«

»Sehr witzig. Wann hat das denn stattgefunden? Und kannst du mir verraten, warum uns unsere Einladung erst so spät erreicht?«

»Keine Ahnung. Die Post, eben. Schrecklich.« Sie macht missbilligende Laute und schüttelt den Kopf.

Hinter ihrem Vater erblickt sie ihre Mutter. Alessandra

steht unsicher auf der Straße und fragt sich, ob sie sich in die Höhle des Löwen wagen soll.

»Hi!« Bellas Stimme kommt ihr unnatürlich hoch und zwitschernd vor. Sie räuspert sich. »Äh, hi. Hallo. Mum. Komm rein, komm rein.«

»Danke, Liebling.« Alessandra betritt vorsichtig den Flur. »Aber die Einladung hatte den Poststempel von gestern. Normalerweise sollte die Galerie doch ihre Einladungen früher verschicken, oder?«

»Mmm.« Bella hilft ihr aus dem Mantel. »Wahrscheinlich ein Versehen.«

»Jedenfalls haben wir sie uns angeschaut«, sagt Alessandra. »Es war großartig. Wir waren begeistert.«

Yeah. Klar. Natürlich wart ihr das.

Gerald ist nicht mehr zu bremsen: das sei ja sagenhaft, warum sie ihnen denn nichts davon erzählt habe? Sie freue sich sicher riesig, er jedenfalls freue sich riesig; sie hätten zur Ausstellungseröffnung kommen sollen, wären natürlich auch gekommen. Und die Bilder, die seien ja ganz außergewöhnlich – unvergesslich; warum die Galerie überhaupt noch dieses andere Zeugs ausstelle, wisse er nicht, das nehme doch nur Platz weg. Alessandra unterbricht ihn, sagt, wie wunderschön sie die Bilder gefunden habe – die Farben so herrlich, die unterschiedlichen Materialien so plastisch, dass sie sie habe berühren wollen. Und sie hätten darüber diskutiert, welches sie nun kaufen sollten, denn natürlich müssten sie mindestens eins haben; selbst wenn Bella nicht ihre Tochter wäre, hätten sie eins erworben. Und die junge Frau dort sei so nett gewesen und habe ihnen Kaffee angeboten und sich um sie gekümmert, als sie erfahren habe, wer sie seien. Und Alessandra habe jetzt eins für Gerald zum Geburtstag gekauft,

und ob Bella so lieb sei, es bei ihrem nächsten Besuch mitzubringen – wann immer sie zu Besuch kommen wolle – wenn sie denn irgendwann Zeit dazu habe.
Dann tritt Schweigen ein. Gerald hüstelt.
»Wir wollen dich nicht aufhalten, wenn du zu viel zu tun hast.« Er schaut sich im Zimmer um. »Aber wir waren neugierig auf das Haus. Wir haben gedacht, wir sollten nicht auf eine offizielle Einladung warten, bei *der* Post.«
»Kein Problem.« Verlegen verschränkt Bella die Arme, lässt sie dann aber zur Seite fallen. »Tee oder Kaffee?«
»Tee, bitte«, sagt Gerald in dem Moment, in dem Alessandra meint: »Ein Kaffee wäre schön.«
Alessandra und Bellas Blicke treffen sich.
»Tee wäre auch nicht schlecht.«
»Oder Kaffee«, sagt Gerald.
Bella nimmt einen Stapel Zeitungen vom Stuhl und legt ihn neben das Sofa auf den Boden.
»Wenn ich gewusst hätte, dass ihr kommt, wäre ich mal mit dem Staubtuch herumgegangen.«

Wie jeder interessierte Koch öffnet Alessandra in der Küche Schubladen und Schränke. Es sei zwar klein, stimmt sie Bella zu, aber gut aufgeteilt, sehr praktisch zum Arbeiten. Ob Bella momentan ab und zu koche oder ob sie zu beschäftigt mit dem Malen sei? Als Bellas Eltern durch die Terrassentür den Garten mit seinen gekonnt angestrahlten, architektonisch dramatisch angelegten Pflanzen sehen, können sie einen bewundernden Ausruf nicht unterdrücken. Sogleich versuchen sie, von ihrer Begeisterung abzulenken und sie zu relativieren, indem sie sich über die wunderbaren schweren Vorhänge äußern, die den Blick auf den Garten einrahmen, über die Helligkeit des Hauses, über die schönen kleinen Details, den Kamin, die Ecken. Es sei überhaupt viel geräumiger, als sie gedacht hätten.

»Darf ich mich mal im Garten umsehen?« Bellas Vater steht an der Verandatür und kann nicht mehr an sich halten. Bella schließt ihm die Tür auf.
»Kannst du auch genügend sehen? Du darfst übrigens gerne Unkraut jäten, wenn du schon im Garten bist.«

Sie sind allein.
»Du kannst ihn dir auch gerne anschauen, wenn du willst.«
»Vielleicht gleich.«
»Noch ein wenig Kaffee?«
»Ja, bitte.« Alessandra folgt Bella in die Küche.

»Es tut mir leid, wegen letztem Mal.« Bella zwingt sich, von ihrer Tasse aufzuschauen. »Ich wollte nicht ... ich bin ein bisschen zu heftig geworden. Na ja, entschieden zu heftig. Ich war, na ja, mit Will war einiges ... aber ich will mich nicht herausreden.«
»Ich wusste das nicht. Es tut mir Leid. Ich hätte versucht, ein wenig mehr ...« Alessandra zuckt auf italienische Art mit den Schultern.
Bella unterdrückt den Gedanken: »Ein wenig mehr ... wie jemand anderes?«
»Ist okay.«

Alessandra scheint besonders nervös zu sein, befestigt immer wieder Haarsträhnen, die gar nicht lose sind.
»Dein Vater meint, ich sollte dir etwas Bestimmtes erzählen. Ich hätte es dir schon lange erzählen sollen.«
»Ich bin adoptiert? Ich bin die letzte Enkelin des Zaren?

Ich bin als Junge zur Welt gekommen? Dad ist nicht mein wirklicher Vater; das ist der Milchmann, und deshalb habe ich Locken und kann so gut pfeifen?«
Alessandra sagt gar nichts und wartet, bis Bella geendet hat.
»Entschuldige«, sagt Bella.
»Es hört sich jetzt gar nicht so schlimm an. Scheint dumm, es so lange verborgen gehalten zu haben.«
Alessandra fragt, ob Bella sich erinnern könne, früher immer gefragt zu haben, warum sie denn keine Geschwister hätte.
»Tatsächlich bin ich, na ja, ich wurde wieder schwanger. Als du beinahe drei Jahre alt warst. Aber es fühlte sich anders an.« Sie rutscht auf ihrem Stuhl hin und her. »Ich war im sechsten, beinahe im siebten Monat, aber ich spürte keine Bewegung des Babys. Und bei dir, also, du hast mich immerzu getreten.« Ihr Blick gleitet über Bellas Gesicht. »Du warst sehr aktiv.«
Man hatte sie noch einmal untersucht.
»Und ich hatte recht. Sie, das Baby, war tot.«
Alessandra fummelt an ihrer Handtasche herum.
»Hier.« Bella reißt ihr ein Stück Haushaltspapier ab.
»So dumm, nach all den Jahren.« Alessandra schüttelt voller Ungeduld mit sich selbst den Kopf. »Und. Na ja. Ich bin sicher, dass man das heute nicht mehr macht. Bestimmt nicht. Hoffentlich nicht. Aber damals, … damals haben sie die Geburt eingeleitet. Weißt du, ich musste die ganze Geburt durchmachen, obwohl ich wusste, dass sie bereits tot war.« Sie scheint in ihrem Stuhl zusammenzusinken.
»Das ist ja schrecklich.« Bella schluckt. »Das hätten sie dir nicht zumuten dürfen.«

Sie hatten das Baby Susanna genannt.
»Habt ihr danach versucht, noch ein Kind zu bekommen?«
Alessandra schüttelt langsam den Kopf.
»Sie haben gesagt, es bestehe kein Grund, es nicht zu versuchen. Dein Vater hätte es sehr gerne getan. Das konnte ich ihm ansehen, obwohl er sich dazu zwang, nichts zu sagen.« Sie schnäuzt erstaunlich laut ins Küchenpapier, worauf sie lachen muss. »Nicht sehr damenhaft, ich weiß. Nein. Nein, ich konnte nicht. Ich konnte einfach nicht. Falls, du weißt schon. Nicht noch mal.«
Sie klappt ihr Puderdöschen auf und tupft sich die Puderquaste auf die Wangen.
»So, und wo bleibt mein Kaffee?«
Bella schaltet die Kaffeemaschine an und durchsucht ihren Keksvorrat. Drapiert einige Stangen *Shortbread* auf einen hübschen Teller. Alessandra nickt anerkennend.
»Und hast du dich davon erholt?«, fragt Bella leise.
Alessandra scheint für einen Moment völlig gedankenverloren, starrt wie hypnotisiert ihr *Shortbread* an und scheint Bella gar nicht wahrzunehmen.
»Mmm. Physisch, glaube ich schon. Ich wurde danach entlassen. Aus dem Krankenhaus. Wir holten dich von Mrs. Mellors von nebenan ab, und du hast uns deine Ärmchen entgegengestreckt. Du warst so süß, aber so, so … *klein*, verstehst du? Du sahst so klein aus, und ich … ich konnte es nicht ertragen. Gerald hat immer gesagt, dass ich danach nicht mehr … nicht mehr dieselbe war. Mit dir.«

Plötzlich fühlen sich die Kekse in ihrem Mund wie eine Hand voll trockener Krümel an, wie Mehlreste, die dabei sind, sich in Zement zu verwandeln. Ihr Hals wird eng.

Sie wendet sich ab, hält sich ein Stück Haushaltspapier vor die Lippen und entledigt sich diskret der ekligen Masse. Sie tupft sich den Mund ab, versiegelt ihn.

»Wollen wir uns jetzt wieder zu Dad in den Garten gesellen?« Alessandra erhebt sich vom Stuhl. An der Verandatür hält sie inne und legt Bella die Hand sanft auf den Arm.

»Ich bin froh, dass ich es dir gesagt habe.«

»Ich auch.«

»Allerdings … wäre es mir lieber, wenn du nun nicht immer darauf zurückkommen würdest. Ich kann wirklich nicht … du weißt schon.« Mit schiefgelegtem Kopf und weit aufgerissenen Kinderaugen schaut sie Bella an. »Verstehst du?«

»Natürlich.« Bella legt ihre Hand auf Alessandras und lächelt.

Ihre Mutter tritt hinaus in den Garten.

»Also, nein. Ist das nicht wunderbar? Und die Beleuchtung! *Magnifico!* Gerald-Liebling, du musst ja wirklich grün vor Neid sein.«

Bella bemerkt Alessandras umherschweifende Blicke. Sie scheint irgendetwas zu suchen. Oh-oh, die Lampe. Das Geschenk zur Hauseinweihung. Gleich würde sie mit einem gekonnten Blick, der implizierte, wie zweifelhaft doch Bellas Geschmack war, den Raum begutachten und sagen: »Stimmte irgendetwas mit der Lampe nicht?« Bella überlegt fieberhaft, welche Ausrede sie sich zurechtlegen kann. Die Lampe sei vom Tischchen gefallen und zerborsten. Die Kabel seien ein wenig lose und würden gerade repariert. Bella baute sie gerade in ein Stillleben mit ein; sie sei oben im Studio und dürfe momentan nicht

gestört werden. Viv habe sie so wunderbar gefunden, dass sie sich die Lampe für die Woche ausgeliehen hätte, um Nick zu überreden, genau die gleiche zu kaufen.
»Die sind wirklich sehr elegant, nicht wahr?« Alessandra deutet auf die Punktstrahler an der Wand.
»Wenn du dich fragst, wo eure Lampe ist, sag es doch einfach. Ich fand, sie sah aus, als gehöre sie in ein hochherrschaftliches Anwesen. Sie hat nicht hierher gepasst, okay?«
Sie beobachtet ihre Gesichter und wartet auf ein Zeichen von Ärger oder den üblichen verwundeten Blick.
»Gut.« Gerald lächelt sie mit amüsiert hochgezogenen Augenbrauen an. »Ich hab dir doch extra die Quittung gegeben, damit du sie umtauschen kannst.«
Bella wird sich ihrer verschränkten Arme bewusst und lässt die Hände zur Seite fallen.
»Sie hat einfach nicht zu mir gepasst, es tut mir leid.«
»Und was hast du stattdessen besorgt?« Alessandra schaut sich um, als könne sie es erraten.
Bellas Gesicht hellt sich auf.
»Hier. Kommt und seht es euch an.« Sie lotst ihre Eltern nach oben.

Sie stehen in ihrem Schlafzimmer, zu dritt bilden sie einen Halbkreis, als begutachteten sie einen preisgekrönten, wertvollen Vollblüter.
»Ich hab so etwas noch nie gehabt.« Bella ist verlegen, weil sie sich plötzlich wie ein Kind vorkommt, das voller Stolz seine schönste Puppe vorzeigt und sich gleichzeitig fragt, ob es nicht schon zu alt für Puppen ist.
»Darauf hätte ich kommen sollen«, sagt Alessandra. »Warum hab ich eigentlich nicht daran gedacht? Jeder sollte so einen haben.«

Gerald tritt vor und wirft sich mit den Händen am Revers vor dem mannshohen Drehspiegel in Positur.
»Ich komme mir in diesem Spiegel wie ein richtiger Herr vor.«
Bella und Alessandra stehen hinter ihm, zu seiner Seite. Im Spiegel begegnen sich ihre Blicke. Ein schüchternes Halblächeln von Alessandra, wie das eines Jungen, der zum ersten Mal ein Mädchen einlädt; das Lächeln wird erwidert, bis Gerald, der allerlei Faxen macht und vor Freude strahlt, sie verdeckt.

Als sie wieder unten sind, entdeckt Alessandra die alten Fotos von sich und Bella auf dem Kaminsims.
»Oh, das erinnert mich.« Sie öffnet ihre Handtasche und sucht mit ihren langen, eleganten Fingern nach etwas. »Sie sind wirklich reizend, nicht wahr? Du siehst so süß auf ihnen aus. Ich freue mich sehr, dass du sie aufgestellt hast. Gerald-Liebling, wir sollten unsere Abzüge einrahmen lassen. Du wirst nie erraten können, was ich in der Schublade meiner Kommode gefunden habe. Ich hab sie beim Aufräumen entdeckt. Augenblick. Hier, hier ist sie.«
Sie gibt Bella eine kleine, mit blauem Samt bezogene Ringschachtel und nickt ihr zu, sie zu öffnen.
»Die Familienjuwelen?«, fragt Bella.
In dem Schächtelchen liegt auf rosafarbenes Seidenpapier gebettet, als sei sie ein wertvoller Stein oder Ring, eine Muschel.
Bella nimmt sie heraus und befühlt sie von innen, soweit es die Windungen erlauben. Die Muschel ist innen rosa angehaucht und ganz glatt. Bella wendet sie hin und her. »Wunderschön«, sagt sie. »Woher hast du sie?«
»Erinnerst du dich nicht?« Alessandra schaut sie halb lä-

chelnd, halb fragend an. »Ich dachte, du wüsstest es vielleicht noch. Du hast sie mir geschenkt, als du noch ganz klein warst. Am Strand. Es war an diesem Tag.« Sie nimmt das Foto in die Hand. »Ja, da bin ich mir ziemlich sicher. Ich hatte gerade erfahren, dass ich schwanger war, … bevor … ja.« Alessandra nickt.
Und du hast sie all die Jahre aufgehoben?

Ihre Träume von jenen frühen Tagen. *Warme Arme, die sie umschließen. Der Geruch nach Jasmin und Gesichtspuder und Meer. Das Nasereiben.* Das waren Erinnerungen.

Der Himmel ist von dem klaren, bestechenden Blau des schönsten Kindheitssommers. Er ist so blau, dass es beinah schmerzt, ihn anzuschauen. Dennoch legt sie ihren Kopf in den Nacken und versucht, sich den ganzen Himmel einzuverleiben, damit sie diese Farbe nie wieder verliert. Sie presst die Augen fest zusammen, um zu sehen, ob es funktioniert hat, während ihre Beine sie schwankend wie ein Krebs über den Strand tragen. Hinter geschlossenen Augenlidern sieht sie das klare, durchdringende Blau.

»Soll ich dir zeigen, wie man eine Sandburg baut?«
Mummy kniet neben ihr auf dem harten Sand. Sie schaufelt Sand in den brandneuen gelben Eimer, bis dieser übervoll ist, und zeigt dann Bella, wie sie mit dem roten Spaten den Sand festklopfen kann.
»Und jetzt.« Mit der geschickten Bewegung eines Zauberers dreht sie das Eimerchen um und ahmt eine Fanfare nach: »Ta-*tah*.«

Daddy kommt mit drei Eiswaffeln zurück, die er so vorsichtig trägt, als handle es sich um Mummys beste Kristallgläser. Erdbeersauce tropft auf die eine, Schokolade auf seine andere Hand. Er reicht ihnen je eine Waffel und leckt sich die Finger ab. Mummy bricht die Spitze ihrer Waffel ab und zeigt Bella, wie man daraus eine Miniwaffel machen kann, mit Eis und Sauce. Dann saugt sie am zerbrochenen Ende ihrer Eistüte. Bella beobachtet sie fasziniert und macht sie dann nach, wobei ihr Eis das Kinn hinunterrinnt und sie einen ganz verschmierten Mund bekommt.
»Du siehst aus wie ein Clown.« Daddy lacht, und Mummy leckt an einem Taschentuch aus ihrer Handtasche, mit dem sie Bella das Gesicht sauber reibt.

Dem ersten Sandturm folgen noch drei weitere, so dass die Ecken einer viereckigen Burg entstehen. Dann verbinden sie die Türme mit einer Wand aus Sand, die sie fest und glatt klopfen. Um die Burg heben sie einen Graben aus. Daddy sagt, das würde ein richtiger Burggraben, sie bräuchten nur einen Zulauf vom Meer.
Sie sind zwar einige Meter vom Meer entfernt, aber er macht sich an die Arbeit und gräbt einen schmalen Lauf vom Wasser zur Burg. Als er den Burggraben beinahe erreicht hat, hört er auf zu graben, und reicht Bella den Spaten. Sie nimmt die letzten Zentimeter Sand auf die Schaufel und schleudert sie im hohen Bogen von sich.
Das Meer rauscht durch den Kanal herbei, teilt sich an der Stelle, wo es den Burggraben erreicht, und schäumt durch den Graben, bis es wieder aufeinander prallt.
»So. Und nun kann keiner mehr rein.« Daddy macht einen Schritt zurück, um ihr Werk zu begutachten, und streicht sich übers Kinn. Bella nickt ernst und streicht

sich ebenfalls übers Kinn. »Es sei denn, du willst jemanden bei dir haben, natürlich.«

»Die ist ja wunderschön, Bella.« Mummy hält die perfekte Muschel in ihrer Handfläche wie eine Maus. Es ist eine gewundene Muschel, nicht größer als Mummys Daumen. Sie ist beinahe ganz weiß, von Salz und Sonne gebleicht. In der Höhlung fühlt sie sich ganz glatt an und schimmert leicht rosafarben, als wolle sie Bellas Hautfarbe reflektieren.
»Willst du damit deine Burg schmücken?« Mummy hält sie ihr wieder hin.
»Nein.« Bella schüttelt den Kopf. Sie schaut Mummy an und nicht die Muschel, um nicht in Versuchung zu geraten, es sich anders zu überlegen. Sie hat sich entschieden. »Sie is für dich.« Warme Arme, die sie umschließen. Der Geruch nach Jasmin, Gesichtspuder und Meer. Sie wird gedrückt, gedrü-hü-hü-ckt. Und jetzt das Nasereiben. Das helle Glucksen des plötzlichen Auflachens.
Das Klicken der Kamera.

33.

Fünf Bilder sind bei der Ausstellungseröffnung verkauft worden – was ihr ein unter nachdrücklichem Nicken hervorgebrachtes »Vielversprechender Anfang« von Donald MacIntyre eingetragen hat. Ein weiteres haben ihre Eltern am nächsten Tag gekauft. Umso unwahrscheinlicher, um nicht zu sagen, völlig absurd ist es anzunehmen, es hätten sich inzwischen noch mehr Käufer gefunden. Schließlich sind die Bilder nicht gerade billig und auch nicht besonders gefällig, keine leichte Kost à la Hübsche-Blume-in-Vase-Stillleben. »Ihre Bilder werden nicht weggehen wie warme Semmeln, aber sie gehen einem unter die Haut. Die Leute, die sie gesehen haben, werden wiederkommen, um zu kaufen«, hatte Donald prophezeit. Doch warum sollte sie nicht einmal vorbeischauen, liegt die Galerie doch praktisch auf ihrem Weg und der gute Fischladen gleich um die Ecke? Das ist jedenfalls Bellas Version, mit der sie sich gegen etwaige Enttäuschungen zu wappnen versucht.

Zwei ihrer Bilder hängen im Fenster: ihr Erstling, das kleinformatige Bild von der Frau, die sich selbst umarmt, sowie ein größeres, das auf ihrer ersten Zeichnung von Will basiert. Es trifft sie immer noch wie ein Schock, ihre Arbeiten öffentlich ausgestellt zu sehen. Es ist, als ginge sie in eine Boutique und entdeckte plötzlich ihre gesamte Garderobe auf der Kleiderstange. Irgendwie ist das ein wenig unangenehm. Fast glaubt sie, die Leute kämen nun auf sie zu und sagten: »Jetzt *wissen* wir, wer du bist. Wir haben deine Gedanken gelesen. Dich zu verstecken, hat keinen Zweck mehr.« Sie schaut sich das Bild von Will genauer an, als sähe sie es zum ersten Mal. Die Art, wie er den Kopf und die Schultern hält, das ist tatsächlich sehr Will-isch und ihr besser gelungen, als sie vermutet hätte. Die Steine der hinter ihm angedeuteten Wand – fast möchte sie die Hand ausstrecken und sie anfassen; sein Gesicht, das halb im Schatten liegt; das im Hintergrund einfallende Licht.

»Hallo!«, sagt Fiona. »Sind Sie vorbeigekommen, um zu sehen, wie viele Verkaufspunkte sie schon haben?«
»Nein, nein. Ich war nur gerade in der Nähe.«
»Ach ja? Das muss Ihnen nicht peinlich sein. Wenn es meine Sachen wären, würde ich jede halbe Stunde anrufen, um zu hören, ob ich irgendetwas verkauft hätte. Kaffee?«

Bella schlendert durch die Ausstellung und zählt die roten Punkte. An ihren Bildern kleben acht. Das scheint nicht viel, aber sie weiß, dass das gut ist, viel besser, als sie zu Anfang erwarten durfte. Allerdings sagt sie sich, dass sie die von Viv, Seline und ihren Eltern gekauften Bilder nicht mitrechnen darf, so dass es eigentlich eher fünf sind. Verstohlen schaut sie nach, wie viele Bilder die anderen Künstler der Ausstellung verkauft haben. Das ist kein Wettbewerb, sagt sie sich, und zählt trotzdem weiter. Einer der Mitaussteller hat sechs verkauft, ein anderer darf drei Klebepunkte für sich verbuchen, während der dritte gar keinen Punkt vorzuweisen hat. Wie schrecklich. Allerdings geschieht das nicht gerade selten. Wenn ihr das

passiert wäre, hätte sie Viv Geld gegeben, um eines ihrer Werke zu kaufen.
Fiona blättert das Verkaufsbuch durch.
»Neun. Das ist ziemlich gut. Sehr gut sogar. Das nächste Mal, wenn Sie ihre eigene Ausstellung haben, läuft es sicher noch besser.«
Das nächste Mal.
»Neun? Ich bin nur auf acht gekommen.«
»Haben Sie das Bild im Fenster dazugerechnet?«
War das kleine verkauft worden? Das sei sehr gut, es sei das erste, das sie gemalt habe.
»Nein, das größere. Ich wollte Sie übrigens ohnehin anrufen, weil ich keinen Preis daran entdecken konnte, aber ich vermute, es kostet ebenso viel wie die anderen dieser Größe. Ein Typ hat gestern Morgen eine Anzahlung geleistet. Es ist übrigens, glaube ich, mein Lieblingsbild. Ich finde es wunderbar, wie man förmlich sehen kann, was der Mann denkt, aber doch nicht ganz. Da bekomme ich jedes Mal eine Gänsehaut.«
Das größere? Doch nicht etwa das von Will?
»Da muss ein Missverständnis vorliegen. Das steht nicht zum Verkauf. Das habe ich Donald auch gesagt, bevor er es aufhing, aber er wollte es trotzdem ins Fenster stellen, weil er meinte, es ziehe die Leute an.«
»Oh-oh, mir hat er nichts davon gesagt.«
Fiona geht zum Fenster und greift unter das Gemälde.
»Sehen Sie? Kein Merkzettelchen.«
»Au, Mist.« Sie bückt sich, um etwas vom Boden aufzuheben, und hält Bella ihren Finger hin, auf dem ein kleines, weißes Zettelchen mit den Buchstaben NzV klebt.
Sie entschuldigt sich mehrfach. Und fragt, ob Bella es sich denn noch anders überlegen könnte.

Es ist doch nur ein Bild, sagt sie sich. Warum daran festhalten? Es würde mich sowieso nur traurig machen, wenn es bei mir hinge. Aber, aber …
Aber es ist doch das Einzige, was mir von ihm geblieben ist.
»Also, eigentlich …«, hebt sie an.
Fiona unterbricht sie. Sie will den Herrn anrufen und ihm die Situation schildern. Vielleicht kaufe er ja ein anderes, so dass ihnen der Kunde nicht verloren gehe. Sie wolle jetzt einmal nachsehen, ob sie eine Telefonnummer habe, wo sie ihn tagsüber erreichen könne, wenn Bella noch ein wenig warten wolle.
»Hallo. Ja, guten Morgen. Hier ist Fiona von MacIntyre Arts. Spreche ich mit Mr. Henderson?«
Mr. Henderson. Oh, mein Gott. Will.
»… ob Sie es noch haben wollen?«
Will.
»… ein Missverständnis …«
Will.
»… die Chance, dass Sie es sich anders überlegen …«
Bella macht sich winkend bemerkbar, signalisiert Fiona, dass sie einen Stift braucht, und kritzelt auf einen Notizblock: ER SOLL'S HABEN.
»Ähm, entschuldigen Sie, Mr. Henderson. Anscheinend ist es doch okay. Ja. Meine Schuld. Tut mir leid, dass ich Ihre Zeit in Anspruch genommen habe.« Sie lacht. Wie oft hatte er Bella schon am Telefon zum Lachen gebracht? »Ja. Wie gesagt: es tut mir leid. Ja. Nach dem achtzehnten, jederzeit. Danke. Wiederhören.«

»Uff«, sagt Fiona und tut so, als müsse sie sich den Schweiß von der Stirn abwischen. »Netter Typ, aber er klang nicht gerade gewillt, vom Kauf zurückzutreten. Vielen Dank, dass Sie Ihre Meinung geändert haben.

Sonst hätte Donald mich den Rest der Woche nur noch mit seinem Drei-Tage-Regenwetter-Gesicht angeschaut.«

Bella will gerade gehen, als Fiona sie fragt, ob sie schon die Kommentare gelesen habe. Kommentare? Welche Kommentare? Fiona gibt ihr das Gästebuch. Unter dem Datum der Ausstellungseröffnung haben die Gäste ihre Namen eingetragen. Einige haben noch eine kurze Bemerkung dazugeschrieben. Viv: »Umwerfend! Sollten in der National Gallery hängen.« Nick: »Kaufen Sie jetzt, solange sie noch bezahlbar sind.« Jane: »Ich versteh zwar nicht viel von Kunst, aber diese Bilder sind toll!« Seline: »Fesselnd und sehr stimmungsvoll.« Anthony: »Dagegen ist Vermeer ein alter Hut.« Selbst ein Kommentar ihrer Eltern: Ihr Vater hat in seiner winzigen Schrift seine stolzen Ansichten verewigt, ihre Mutter in eleganten Schriftzügen vermerkt: »*Magnifico!* Eine neue Göttin am Himmel der Kunst.«
Selbst völlig Fremde, die sie gar nicht kennt, haben eine Bemerkung in das Gästebuch geschrieben; lebendige, echte Menschen, die ein oder zwei Minuten ihrer Lebenszeit geopfert haben, um etwas über ihre Bilder zu schreiben, über Dinge, die sie geschaffen hat. Es ist ein sagenhaftes Gefühl, als sei sie ihr Lebtag als Geist durch die Welt geschwebt und habe nie mehr Beachtung gefunden, als eine Brise Wind, und plötzlich sei sie körperlich präsent, strahlend und lebendig, und alle Welt drehe sich nach ihr um. Sie überfliegt die Einträge, schriebe sie am liebsten auf, um sie nicht zu vergessen, wenn es ihr nur nicht so peinlich wäre; nach jedem einzelnen blinkt sie mit den Augen, als wolle sie die Worte fotografieren. »Unvergesslich und aufregend.« – »Dunkel, mysteriös.« –

»Wie ein Traum, eine Illusion.« Und noch zweimal »Fesselnd«.
Sie blättert weiter zum gestrigen Datum. Will Henderson. Das Gefühl des Papiers unter ihren Fingern, die kleinen Rillen, die er mit seinem Kugelschreiber gezogen hat. Selbst seine Unterschrift bringt sie beinahe zum Weinen. Sie zieht mit dem Finger seine Schriftzüge nach, folgt seinen Worten: *Ich liebe dich noch immer.*

34.

Sonntagmorgen. Normalerweise ist das ein Trödeltag, doch heute, jetzt, gleich morgens, habe ich etwas zu erledigen. Der Weg ist nicht weit, und der Himmel ist strahlend und klar. Je näher ich komme, desto nervöser werde ich. Ich habe das Gefühl, als müsste ich gleich in eine Prüfung oder auf die Bühne und verhaspelte mich dann plötzlich, blinzelte im grellen Licht und könnte den Mund nur noch wie ein Fisch auf- und zuklappen, ohne ein Wort hervorzubringen, weil ich den Text vergessen hätte.

Auf mein Klingeln geschieht nichts. Nur das Pochen meines Herzens in meinen Ohren ist zu hören. Natürlich hätte ich vorher anrufen sollen, aber was hätte ich sagen sollen? Das Paket wieder nach Hause zu schleppen, scheint sinnlos; am besten lasse ich es in der Laube im Garten und rufe später an.

Ich gehe durch das Gartentor und den Pfad entlang. Ich atme den Duft von rosafarbenem Phlox ein. Ich sehe ihn nicht gleich, höre zuerst das Schnippen seiner Gartenschere und sein Ächzen, als er an einer besonders hartnäckigen Wurzel eines Unkrauts zieht. Er ist dort, jenseits der Gartenbank, halb verdeckt von den Pflanzen in der hinteren Ecke, als sei er selbst Teil von ihnen. Durch die Streben der Bank sehe ich immer nur Streifen von Will; geometrische Formen, die ausgefüllt sind mit seiner schwarzen Jeans und diesem Kordhemd, das ich eigentlich nie mochte, das er aber ab jetzt immer tragen soll – so wird er mir ab sofort und auf ewig vor meinem inneren Auge in Erinnerung bleiben. Er arbeitet mit dem Rücken zu mir, so dass ich eine Zeit lang ungestört dabei zusehen kann, wie er sich hier und da zu den Pflanzen hinunterbeugt und mit seiner Schere in fließenden, zielgerichteten Bewegungen dies und das abschneidet.

Ich bin versucht, mich an ihn heranzuschleichen, die Hand auszustrecken und ihn zu berühren, ihn mit dem Selbstverständnis der Geliebten zu erschrecken, doch ich weiß nicht, wie er reagieren wird, und so spreche ich ihn an:

»Du hast dort ein Stückchen übersehen.«

Er zuckt ein wenig zusammen und richtet sich auf, dreht sich dann langsam um, genau so, wie er es tat, als ich ihn zeichnete, wie er es auf dem Bild tut, das ich in den Armen halte.

Er schaut mich an und schweigt, und auch ich schweige. Dann gehe ich auf ihn zu und halte ihm das Paket entgegen. Er lächelt, als er begreift, was es enthält, nimmt es entgegen, packt es aus und schaut auf sein Abbild herab, das vor dem Wandgemälde in meinem Garten steht – die bröckelnde Mauer, die Andeutung einer Sonne, die im Hintergrund lockt.

»Ich wollte dich so oft anrufen«, sage ich.

»Ich dich auch.«

»Ich dich aber tausendmal mehr.«

Er streckt die Hand aus, um eine lose Haarsträhne aus meinem Gesicht zu streichen.

»Und, bist du nur in deiner Funktion als Packesel hier, oder hast du Zeit für einen richtigen Besuch?«

Ich schaue auf die Uhr und hole scharf Luft.

»Hmm, für eine Tasse Tee habe ich immer Zeit … wie wär's mit etwa fünfzig Jahren oder so?«
»Das ist dann wohl ein Ja, oder?«
»Das ist allerdings ein Ja. Ein JA von der Größe eines Wolkenkratzers.« Ich strecke die Hand aus und streichle mit meinem Finger über seine Augenbraue, halte an seiner Narbe inne. »Hatte ich eigentlich schon erwähnt, dass ich dich einfach unglaublich ›l‹-worte? Meinst du, damit kommst du zurecht?«
»Ich denke, damit kann ich umgehen.« Er lächelt und schließt mich in seine Arme.
Ich lege meine Hände um sein liebes, teures Gesicht und recke mich, um ihn zu küssen. »Können wir jetzt gleich damit anfangen?«

Danksagung

Mein Dank für ihre Unterstützung und Aufmunterung gilt folgenden Personen:

Meinem toten Vater, Mel, der stets an mich glaubte
Meiner Mutter, Pat, die ebenfalls s-e-h-r l-a-n-g-s-a-m schreibt
Stephanie Calman, Richard McBrien und Joanna Briscoe, die unverschämte, aber hilfreiche Kommentare zu diesem Roman schrieben
Paul Allen, der am Anfang da war
Trevor Dry, der mich dazu zwang, den Roman fertig zu schreiben
Vivien England, die von Zeit zu Zeit für Fleischpastete und Frieden und Stille in Devon sorgte
Die Arvon Foundation Writing-Kurse, die mich dazu brachten, überhaupt zu schreiben
Die Insight Seminars, die mein Selbstvertrauen stärkten
Anna Russell, meine ehemalige Englischlehrerin, die daran glaubte, dass ich Schriftstellerin werden könnte
Jo Frank, mein Agent, der weiß, wann er nett und wann er hart sein muß
Dem dynamischen und netten Team von Transworld/Black Swan, besonders meiner Lektorin Linda Evans